伊藤一彦が聞く

牧水賞歌人の世界

伊藤一彦［編・著］
Ito Kazuhiko

高野公彦
Takano Kimihiko

佐佐木幸綱
Sasaki Yukitsuna

永田和宏
Nagata Kazuhiro

小高賢
Kodaka Ken

小島ゆかり
Kojima Yukari

河野裕子
Kawano Yuko

三枝昻之
Saigusa Takayuki

栗木京子
Kuriki Kyoko

青磁社

＊目次

伊藤一彦が聞く　牧水賞歌人の世界

高野　公彦

高野公彦（1941–）歌集『天泣』で第１回若山牧水賞受賞。
歌集に『流木』『水苑』『汽水の光』他。

般若心経の暗誦

伊藤　高野さんは言葉に対して、すごく愛着と関心を持っておられますけれども、それは小さいときから本を読むことが好きで、言葉や文字に関心があったということがあるんですか？

高野　僕は特別そういう傾向はないんですけれども、ひとつ覚えているのは、高校時代に、工業高校ですから文学と無関係ですけれども、読書好きな友だちがいて、お互いに図書館の本を借りて競争して読んでいました。そのとき読んだのが、吉川英治の『宮本武蔵』です。

伊藤　長いやつ…

高野　長いんですが読んで、ひとつだけ覚えているのが、一乗寺で宮本武蔵と吉岡一門の剣士が決闘する場面です。それを草むらの陰から伊織という少年が見ているんですよ。人が刀で切り合っているのを見て、あまりにも恐ろしいので、そのとき伊織は思わず、「いばりを漏らした」という。

「いばり」とは小便のことなんだけど、その「いばり」という言葉に出会って、おもしろい言葉があるなと思った。言葉というものを意識したのは、そのときがはじめてです。それまでは何もないですね。

伊藤　でも「現代短歌雁」六号の年譜に、「般若心経を暗誦した」とあります。あれは中学時代ですか？

高野　あれは中学校のときで、言葉というか、意味は知らないで、単なる棒暗記ですね。海を泳いでいると怖くなる時があるんです。地元の言葉でエンコと言うんですけれども、死霊という意味で、死霊が泳いでいる人の足を引っ張るぞ——と、子どもは大人からオドかされているんです。要するに、危ないところに行かせないようにするんでしょうね。

確かに、河口の汽水域は大きな川が海に流れ込むところだから、海からの満ち潮もあるし、潮の流れが複雑なんですよね、水が急に冷たくなったりして、ときどき人が実際に溺れ死んだりする。

だから、子どもがそういうことにならないように、大人は「エンコがつべ抜く」と言った。「つべ」というのはお尻のことですが、死霊が尻を引っ張るという言葉。そうやってオドされていたんですが、うちのおふくろが、「あんた、そがいなときは、お経の文句を唱えたら助かるんよ」と言っていました。『耳なし芳一』の考えですね。

それで僕は、家の仏壇の引き出しに「般若心経」がたまたまあったので、それを覚えただけです。

伊藤　では、「般若心経」そのものをお母さんが勧められたんじゃなくて、「般若心経」は高野さんが自分で、これが自分を守ってくれると？

高野　そうです。おふくろは「南無阿弥陀仏」とか、そんな断片でいいんだと言っていましたけれども、もっと覚えようと思って。たくさん覚えたほうが、もっと安全かなと思ったんです（笑）。

伊藤　だってあれは、二六〇いくつかありますよね。

高野　三分の二ぐらい覚えましたね。あとは似たようなフレーズがあるので、ややこしくて覚えきれない。「無」という言葉が二十回も三十回も出てくるんですよ。「無無明　亦無無明盡　乃至無老死」と。先へいくと、だんだんごちゃごちゃになって覚えにくい。でも、三分の二ぐらい覚えましたね。いまでも半分ぐらいまでは言えるかもしれません。

伊藤　それが、のちの『般若心経歌篇』という全部文字を使った歌集になるわけですね。

高野　そうですね。いつも肱川の河口で泳いでいたんですが、実際に泳ぎながら唱えたことがありますよ（笑）怖くなって。深い所に来て、下を見ると怖いんですよね。下の砂とか岩とかが見えているときには怖くないんですが、暗くて見えなくなると、何かが隠れていそうで、ぞっとしちゃうんですよ。

伊藤　エンコがいる、って。

高野　エンコがいるかもしれないと思った時、お経をつぶやくわけです。

伊藤　いまの子どもたちも、そんな感じがあるんでしょうか。そういうところに泳ぎには行っていないかな。僕らは川とか海で何度か溺れかかったり、「危ないっ」と、ひやっとする経験がありますよね。

高野　ありますね。やはり泳ぐのは怖かったですよ。

伊藤　呑んで終電で帰るときに、「般若心経」を唱えたら無事に帰れるとか（笑）。

高野　唱えればいいんですよね。けど寝ちゃうんですよ（笑）。

「般若心経」は一度だけ、実際に役に立ったことがあります。これは無駄話なんですが、私が会社に勤めていたころに、中華料理屋の二階の畳部屋で忘年会をやっていたら、ふすま一つ距てた隣で、別の知らないグループが忘年会をやっていたんです。我々は十人ぐらいで、向こうが二十人ぐらいだから、向こうがものすごくうるさいんです。

それじゃあというので、僕が皆さん静かにしていてくださいと言って、シーンとしてからお経を唱え始めたんです。「観自在菩薩　行深般若波羅蜜多時…」って、隣に聞こえるように唱える。そうしたら隣がだんだんしいんとしてきました。

伊藤　隣の人は、お経が聞こえてきたから、あまり騒いじゃいけないと思われたんでしょうか。

高野　なにごとだろうと思ったんでしょうね。非常に効果がありました（笑）。

伊藤　おもしろい話ですね。

いま、小さいときのお話をうかがったんですけれども、高野さんが覚えておられる一番幼いときの記憶というのは、何歳ぐらいの記憶がおありですか。

高野　文学者とかいう、小説を書く人の随筆なんかを読むと、すごく小さいころのことをよく覚えている人が多いんですけれども、僕はあまりそういうのはなくて、忘れっぽい。小さいときも、大きくなってからも、わりに記憶がないほうなんです。

たぶん一番古いのは、小学校に上がる前で、正確にはわからないですけど、五歳ぐらいじゃないかと思います。家の前に七輪が置いてあって、おふくろが七輪に炭を入れていた。堅炭《かたずみ》という、消し炭に対して、きちんとしたクヌギでつくった炭ですね。そういうのは、まず消し炭に火をつけてから、その上に堅炭を置いて発火させる。堅炭は火がつくと、ぱちぱちときれいな火花が飛ぶんですね。なぜか家の前の道路で母親が火を熾して、火花がぱちぱちと飛んでいるというのが、一番古い記憶ですね。

伊藤　印象に残っておられるわけですね。

高野　なぜ外に出したかというと、七輪は団扇で煽がなくちゃいけないんですね。外は風があるんで、七輪の口を風に向かって置けば、風が入ってきて自然にぱちぱちと火花が飛ぶ。たぶんそれで、家の前に出して火を熾していたんじゃないかと。で、そこに母親がいた。

伊藤　五歳ぐらいのときですね。

高野　あいまいですけど、四、五歳という感じでしょうか。ほかの記憶は何もないんですよ。

伊藤　僕もほとんど覚えていないんですけどね。文学者なんかは、二歳のときにこういう体験をして、それが自分の原体験になったとか、ときどき書いていますけれども。

高野　すごいですね。なんか、うらやましい感じ（笑）。

小学校のころになってもそんなに記憶がなくて、あと覚えているのは、溺れたときの記憶ですね。

伊藤　よく泳ぎはされていたわけですね。

高野　溺れたのは泳げるようになる前。僕が泳げるようになったのは、中学一年生ぐらいだと思います。

小学校低学年のころに、家の近くの浜辺で遊んでいて、昔はよく伝馬船がつないであったんですよね。伝馬船が二艘、三艘とつないであって、それに乗り移ったりして遊ぶ。みんなそういう遊びをしていたんです。

それで、二艘の舟のあいだに両足をまたげて立っていたら、両方の舟が離れていったので、どぼんと落ちたわけです。「あ〜っ」と叫んで上を見上げたら、水面のほうに、あぶくがブクブクとのぼっていったのを記憶しています。

近くの舟の中に大人がいたのか、すぐに手を引っ張り上げられたんです。それが小学校低学年のときで、一年生か二年生ぐらいでしょうか。

方言を使った歌を

伊藤　この度「桟橋」八十号が出まして、今度は「時のまほろば」という一連があります。この内容はだいたい高野さんが小学校ぐらいのときですか。

高野　中学生ぐらいが中心ですね。小学校のころのことや、高校生ぐらいになってからのできごともちょっと混じっていますけれども、たぶん中学生のころの記憶が中心になっています。
伊藤　これを見ると、実際にこのとおりだったかどうかはわかりませんが、体験を方言を使って歌っておられる。
高野　ええ、だいたい事実に即して詠っていますね。
伊藤　愛媛と宮崎は方言が似かよっていて、お金持ちのことを「ぶげんしゃ（分限者）」とか、僕らも言っていました。
もともとは「ぶんげんしゃ」なんでしょうけれども、分限者とは金持ちのことでして、どんな短歌があるかというと、
「ぶげんしゃはどんなおやつを食うならん梅干の種割りつつ思う」
我々はこんなものを食べていたという歌ですね。
高野　食べていたでしょう、梅干し。おやつがないときに梅干しを食べて、そのあと種を石の上に置いて金槌でたたく。これがなかなかうまいんですよね。あれが食べたいがために梅干しを食べているような感じで。
伊藤　梅干しそのものは食べたくないって。
高野　梅干しは、ちょっと酸っぱいので。
編集　あれは天神さんなんて言いませんか。
伊藤　天神さんって言いますね。
高野　あれのことを。
伊藤　はい。
編集　私なんか天神さんと言いますね。
伊藤　天神さんと言いますね。あれは京都でも宮崎でも言いますね。
高野　僕らは名前を知らなかったですね。僕らはあいまいだけど、梅干しの種って言っていたかな。
伊藤　日常はそうですね。
高野　種っていうのは外側を言うわけですよね。種の中身の呼び名は知らなかったですね。天神さまはいいですね。食べたくなったな。
伊藤　焼酎のお湯割りの中に入れておいて、あとで（笑）。
高野　梅干しを食べて、種を貯めていたような記憶があります。一つでは小さいでしょう。だから四つ、五つ貯めてから、こつこつ割って食べるというのが楽しみでしたよ。
伊藤　こういう小学生、中学生、高校生時代の思い出というので、いまちょっと詠ってみたいなとかいうのは？
高野　思い出を詠いたいというよりも、「分限者」とか、いろんな古い言葉があって、使う人が少しずつ減っているわけですよね。言葉を短歌のかたちで残したいということで、言葉を残したいから歌をつくっているんですよ。
「棧橋」に出したのは二十四首だと思うんですが、それ以外にもつくって、いまは全部で五十首以上あります。「現代短歌雁」の、この前の五十七号にも二十首ぐらいつくって、そのままだと意味がわかりにくいものは、詞書きで説

明しました。
伊藤　ええ、書いてありましたね。
高野　知らない人もわかるようにと、注をつけて。
伊藤　短歌で方言が出てくるって少ないですよね。
高野　短歌で方言を使う場合は、極めてユニークな特徴のある津軽弁とか京都弁とか、それを使った短歌はときたま見かけますけどね。愛媛の言葉は極端な特徴がないので、あまりまだありません。いままでつくった人でも、断片的につくった人はいるでしょうけれども、それを断片的ではなくて、まとめてつくりたいなと思っています。
伊藤　「いもがゆ」を、「いもがい」と言ったとかね。
高野　そうなんですよ、いもがい。
伊藤　「しまっておく」を「のけとく」と言うのは宮崎も同じです。やはり西のほうは共通なんでしょうかね。
高野　「ひろう」というのを「ひらう」と言います。
伊藤　そうですね、「ひらう」って。
高野　関西もそうですよね、「ひらう」って。
編集　そうですね、同じですね。
高野　会社に勤めていたころ、普通の言葉をしゃべっている人が、タクシーが来たときに「タクシーをひらっていこう」と言うので、この人は関西の人なんだと。
伊藤　わかりますね（笑）。
高野　それで出身がわかるという。
伊藤　ここで出てくる、お母さんの「あんきな暮らし、したいのう」って、この「あんき」というのは宮崎では言いませんね。
高野　使いませんか。京都はどうですか、「あんき」。
編集　「あんき」というのは、どういった意味なんでしょうか。
伊藤　「あんき」というのは、気楽な、平穏というような。言わないですね。
編集　言わないですね。
高野　「あの人はあんきな人やのう」というのは、あの人は少しぼやぼやしているとか、悪い意味でも使うんです。
伊藤　あと、性にかかわる歌もいくつか、「時のまほろば」のなかにありましたね。
高野　ありますかね。
伊藤　僕らも少年時代は性に対する関心があったのですが、それを詠うというのは、なかなか難しいですよね。
高野　うん。それは子どもの時代ですけれども、子ども時代に限らず、性的な歌をつくりたいんですよ。
伊藤　本当は人間にとってものすごく、さっき食べものの話をしておられたけれども、食と性というのは人間の一番根本にかかわる部分ですよね。だから性の歌なんか詠えるといいけれども、実際はなかなか難しいですよね。
高野　難しいですね。
伊藤　でも高野さんの歌は、我々に非常に印象を与える、自分の少年時代もこうだったなと思わせる、そういう歌ですよね。

高野　性に対する関心は強かったですよね。男の子同士で集まるとすぐに、「あのおなごは胸が大きゅうなっとるぞ」とか、「ブラジャーしとるぞ」とか言って、中学時代にいろいろなことを喋ってましたよね。

伊藤　だいたいみんな、そういう世界で育っているんだけど、なかなか表現に出さずに終わっている世界ですよね。それを高野さんは詠っておられるなと思って、なかなかおもしろく感じました。

中学生のときは美術部なんですよね。

高野　絵を描くのが好きだったんです。なんで好きになったかは知りませんけれども、美術部に一年生、二年生、三年生と三年間いたと思うんですが、絵を描いていました。

伊藤　それは、もっぱら風景の絵とか。

高野　そうですね。モデルなんて描いたことはない。部屋の中で静物を描くか、外へ出て風景を描くか、樹木とかね。

美術部では、蛸壺の絵を描いた。海辺の町なので、蛸壺がそのへんにごろごろあるんですよ。それを借りてきてテーブルの上へ置いて、蛸壺の周りにもう少し何か置いて、蛸壺の絵を描く。蛸壺の絵は覚えていますね。フジツボがたくさんついていた。

伊藤　そのころ、将来は絵描きになりたいと思われたことはなかったんですか？

高野　それほどでもないんですね。

伊藤　では中学生ぐらいのころは、将来は何になりたいと思っておられたんでしょうか。歌人というのは思っておられませんよね（笑）。

高野　思っていませんね。特に何も考えていないと思います。あまり将来のことを考えない人間なんで。

小学校の卒業のときに文集ってあるでしょう。そこで何になりたいというのを書きました。

伊藤　六年生ぐらいのときに、だいたい書きますよね。

高野　そのときに僕は「力士」と書いていました。

伊藤　相撲が強かったんですか。

高野　いや、強くはないんですが、田舎の小学生の男の子は、校庭なんかで相撲をよくやっていましたよね。

ズボンのベルトをつかんで相撲をやるんだけれども、相撲をとっているうちに、いつもベルト通しが切れて、ぴんと跳ねている子どもがたくさんいました。それで母親に繕ってもらうんですが、「あんた、またこがいなことして」と、しょっちゅう小言を言われていましたね（笑）。

中学校に入ってからも相撲をやっていました。土俵でやるわけではなくて、普通の場所でやるんです。

私は栃錦の時代でしたね。「栃若」で、この時代は相撲そのものが人気があったんですよ。ラジオで聴いていました。

伊藤　ラジオですよね。

高野　聴いていたでしょう。

伊藤　あれはすごく興奮して、いまのテレビ時代から考えるとラジオの相撲をどう思うか知りませんけれども、けっこう場面がありありと目に見えて、力が入って聴きましたよね。

高野　そうですね。

伊藤　では、あまり文学少年ではなかったんですね。

高野　ぜんぜん違いますね。一番熱中していたのは、やはり絵ですかね。

伊藤　中学時代ですね。僕も高野さんが描かれた自画像を見せてもらって、コピーをもらって持っているんですけれども。

高野　あれは、あとで描いたものです。

伊藤　あれは高野さんがいつぐらいのときでしょうね。高野さんといっしょだった「NHK歌壇」の「第一歌集を語る」のときに、高野さんが持ってみえて、それで僕がこれをくださいと言ってもらって、家で大事に持っています。

高野　大学生のころに描いたものですね。中学三年間は美術部をやって、高校では絵を描かなくなって、また大学に入ってから、ときたま描いていました。スケッチブックを買って何かを鉛筆で描くだけですが。

将棋と器械体操

伊藤　高校は、工業高校の機械科ですか。

高野　機械科です。そのころは将棋に熱中していました。

伊藤　将棋と機械というのはどういうふうに。

高野　学校とは関係なく、行き帰りの汽車の中で。

伊藤　長浜から松山まで、何分ぐらいかかったんですか。

高野　ちょうど一時間。

伊藤　その間はだいたい将棋をさしておられた？

高野　長浜という町から同じ工業高校に通うのが四人いて、汽車の本数は非常に少ないから、乗る汽車は決まっているんです。朝は始発だったのでボックス席に四人で座れるから、そこで将棋盤を二つ並べて、二人ずつでやっているわけです。毎日、毎日。

伊藤　勉強はしなかったんですか。

高野　勉強なんかしないですね、高校時代は。

中学校も高校も僕らは田舎だし、進学なんて念頭にないような環境で育ったから、勉強はただ学校で授業を受けるだけで、試験の前の晩に勉強する。それ以外で勉強なんかしたことがないですね。いい環境でしたよ。親も勉強しろなんて、ひとことも言わない。

伊藤　高野さんは、すごく器械体操が得意だと聞いたんですよ。

高野　得意というほどではないんですが、得意なのは器械体操というより逆立ちです、倒立。僕は小学生のころ、やや身体が弱かったんですよ。小学校三年生のときに、肺門リンパ腺という病気にかかって三カ月ほど家で寝ていたんです。入院するほどでもないので、ただぼんやり寝ているだけで。

そのときに読む本もなくて、父親の持っていた地図帳があった。世界地図と日本地図があったので、日本地理と世界地理を覚えたんですよ。勉強しようという気持ちはないんですが、見るものがないから。それで自然に日本の都道府県とか、県庁所在地、世界の国の名前、首都の名前などを覚えた。たとえば、サウジアラビアの首都はリアドというところだったかな。そういうのを一人で覚えていった。

その病気のあとも、なんとなく身体が弱かったんで、おやじが「逆立ちをすると身体にええけん、逆立ちをしなさい」と。最初は壁の前で手をついて、足を振り上げて、壁にもたれてやっていたんですけれども、しばらくして壁なしでやるようになって、そのうちに歩けるようになって。歩くといっても、二十、三十メートルぐらいです。

伊藤　逆立ちで、二十、三十メートルを歩いたらすごいですよ。

高野　それが中学校のころだと思うんですが、そのころから逆立ちが得意になって、高校に入ったときに、僕がグラウンドで逆立ちしているのを器械体操部の先輩が見て「おまえは器械体操部に入れ」と勧誘されたんですよ。でも僕は逆立ちしかできない。大車輪ができなくて、怖くなって辞めました（笑）。平行棒の上で倒立するとかはできたんですよ。吊り輪で上がって、吊り輪の上での倒立もできましたけれども、その程度で。

伊藤　それはたいしたもんですよ。

高野　けれども十字懸垂なんて、絶対にできません。

伊藤　では、逆立ちは本当に健康のためにプラスになったんでしょうね。

高野　なったと思います。逆さまになると内臓が揺すぶられるんじゃないですか。大きく揺すぶられはしないけれども、程よく揺れる。普通の位置と逆になるでしょう。だから自然に、がさがさっと揺すぶられて、それがよかったんじゃないかと思います。いまは身体が重くなって倒立できないですね。

伊藤　歌人たちもときどき逆立ちしてみると、いい歌ができるかもしれませんね。内臓を揺さぶって（笑）。

高野　身体にいいと思いますね。ただ体重が増えると、むつかしいですよ。体重が増えると両腕で支えられない。それに身体が硬くなると反れないんですね。身体がまっすぐでは安定しないので、すぐに倒れてしまう。少し反らないと。だから、もうできなくなっていますね。五十歳ぐらいまではできました。

伊藤　え、五十歳ぐらいまで？

高野　二、三メートルは歩いていましたね。しょっちゅうやっていればよかったのに。

伊藤　でも、高野さんの運動神経がすごいというのは、牧水賞の第一回授賞式で岡野弘彦さんが、高野さんとサッカーの試合をしたときに、自分がシュートしようとしたら、高野さんが猛然とシュートを阻止しようとしてきた、という話をされましたけれども。

高野　僕はディフェンスのほうだったので、ゴールの近くに立っていると、いやでも相手が迫ってくる。それを防ぐだけですから、べつに運動神経があるわけじゃなくて、普通ですね。

伊藤　そうすると、短歌をはじめてつくられたのは、高野さんの自筆年譜でいうと、中学校の国語の時間に。

高野　そうですね。国語の先生が熱心で、宿題で短歌二首というのが出て、それでつくりました。

伊藤　それは覚えておられますか。

高野　ええ、一首だけね。実に平凡な歌で、はずかしい気がします。

伊藤　中学生だから。

高野　いまの中学生は、もっといいのをつくりますよ。僕のは

「ふりつづくあめにバラの芽ぐんとのび露をたたえて垣にまきつく」という歌。ああ、いやだなあ。

伊藤　いいじゃないですか。

いまは日本語そのものが進化していると、僕は思うんです。短歌のほうでも言文一致がどんどん進んできて。だからいまの中学生は、そういう日本語の発展が後押ししていると思うんですが、高野さんや僕らのころは、まだまだ短歌がそこまでいっていない時代だと思うんですけれども。

でも、いまのはすごく新鮮な感覚ですね。

高野　いやいや、もうちょっとどこか、ぴりっと光るものがあればいいんですが、ぜんぜんそれがないですね。

中学の国語の時間には、たぶん正岡子規の歌なんかを習ったんじゃないかと思うんですけれども。

伊藤　やはり愛媛は正岡子規ありということで、国語の先生なんかは、すごく熱心な方が多かったんですか。

高野　私の習った先生は久保七郎という人で、僕が大学時代に「コスモス」に入って、「アララギ」という雑誌をちらっとのぞいたら先生の名前があった。

伊藤　先生が載っておられた。

高野　うしろのほうだから、あまり偉い人ではなかったみたいですが、歌が出ていました。一首ぐらいしか出ていなかったですね（笑）。

それであとから、あの先生は歌人だったんだと思って懐しくなりました。

伊藤　僕がいる宮崎県立看護大学に今年の三月までいた愛媛出身の先生が言われた話で、僕が忘れられないものがあります。こんな話なんです。

自分が小さいときに、戦争が終わって帰ってきた人たちがいて、その大人たちが、食糧の確保や住宅の確保よりも、「おい、句会をやるぞ」と言ってやっておったと。その先生は、この人たちは食いものよりも家のことよりも、句会だ、句会だって、なんとのんきな大人だろうと思ったと、自分の少女時代の思い出として言われたことがありました。

それを聴いて、やはり愛媛ってすごいんだなあと思いましたね。そういう人たちが少なからずいたんでしょうね。

高野 そうですね。そういう人もいるんでしょうね。僕の身の回りには、あまりそういう人はいませんでした。

伊藤 短歌は中学時代にはじめてつくられて、そのあと特に熱心につくられるということはなかったわけですか。

高野 ええ、それきりですね。

伊藤 そのまま熱心につくっておられたら、ストレートに大学の国文科に行かれたかもしれないけれども。

高野 いや、僕らの田舎の中学は、大学に行く人がいなかったですよ。

伊藤 では、自然に工業高校に。

高野 ええ。だいたい地元の普通高校か工業高校へ行って、どこかに就職する。だいたい一〇〇人のうち九十八人ぐらいがそんな感じで、あと二人ぐらいが大学へという感じじゃないかと思います。

伊藤 僕らの時代というのは、高校進学率も三十、四十パーセントぐらいでしょうかね。大学というのは、そのうちのほんとうに少数の人たちが行っていた時代ですね、昭和三十年代はね。

高野 僕なんかの家の近所には、大学を出た人はいませんでした。

伊藤 工業高校を出られて、日産自動車だったんですね。

高野 ええ。就職試験は、大阪の住友金属と横浜の日産自動車の二つ受けたんですけれども、第一志望は住友金属でした。こちらのほうが大阪で近いし、松山の高校を出て関東まで出る人は少ないんですね。

伊藤 九州、四国は、だいたい関西の希望が多いですね。

高野 やはり八割か九割が関西か地元です。どちらを先に受けたかは忘れましたけれども、結果は、住友金属は落ちて日産自動車に合格したんです。だからしようがないから、しようがないと言ったら日産の人に怒られるけれども（笑）。

住友金属のほうが近いし、初任給もよかったんですね。日産ってわりに安月給なんですよね。いまは知りませんけれども。それではるばると横浜まで出て行って、独身寮に入って、一年ちょっと勤めました。

伊藤 そのときのことを高野さんは、「現代短歌雁」六号の自筆年譜に「巨大な会社組織の中に埋没して働くうちに、漠たる不安がきざす」と書いておられる。

高野 そうですね。こんなところで一生を地味に、こつこつと生きて過ごすのかと思って、なんとなくもったいないような気がしたんです。

何か多少勉強しようという気持ちはあったんでしょうね。入社して間もなく、たぶん秋ぐらいでしょうけれども、同じ寮に横浜国立大学の夜間の工学部に行っている人がいて、昼間は日産に勤めて、夜は大学へ行くのですが、自分もそこへ入ろうと思った。

それで受験勉強をして、合格したので、日産に入って一年が経った四月から通いました。だけど工学部の授業は難しくて、数学がついていけなくなったんです。なんか行列式とかいうのが出てきて、もうどんなものだったかも忘れましたが、これがぜんぜんわからない。これはあかんと思って、ひと月かふた月で辞めました。ふた月ぐらいは行ったかもしれないけれども。

そのときに、とにかく白紙に戻して何かやってみようということで、とりあえず会社を辞めて、受験勉強をして、どこかの大学へ入ろうと思い立ちました。

伊藤　東京教育大学に入ろうという決心ではなくて、とにかくゼロにして、もう一回、自分で何かやろうという。

高野　そうですね。日産を辞めたのは入社した次の年の八月ごろで、上京して文京区に下宿して、受験までの半年ぐらいの間は猛烈に受験勉強をしました。

伊藤　東京教育大学はいまの筑波大学ですが、入るのが非常に難しい大学ですよね。

高野　そのころは、受験勉強のなかで、まだ理系の勉強もしたんです。数学ができるようになれば、理系に行こうという気持ちはまだありましたが、受験勉強をしてみて、やはりダメ。数Ⅱまでは大丈夫だったんですが、数Ⅲになるとダメで、もうこっち方面はできないなと思って、あきらめて文系にしました。

伊藤　では、理系の方向もあったわけですね。僕なんかは高野さんの年譜を見て、文学をやるための受験勉強かと思っていましたが、そうではなかったんですね。

高野　ないですね。ただただ、どこかの大学へとりあえず入ろうという気持ちでした。理系でも文系でもいい。むしろ、とりあえずは理系を目指したのですが、理系ができないというのが自分でわかったので、やめて文系に入った。だから教育大学に入ったとき、何をやるかはぜんぜん決まっていない。目標なし。

伊藤　高野さんはそのときにリセットされたわけですが、のちに河出書房を辞められるときも、結果的には青山学院に勤められることになりましたが、青山学院の話がないときにリセットされたわけでしょう。

高野　ええ。何か目標を立てて進むということが、あまりないんですね。ひょいと辞める、ひょいと方向転換するとか、将来のことを深く考えたことは一度もありません。軽々しく、すぐにあっちへ行ったり、こっちへ行ったりはしないんですが、とりあえずいまと違う方向へ行くというのを、わりに気楽に、あまり悩まないで決めたりします。

伊藤　それが愛媛県の気質ですか？

高野　愛媛の人はそうなのかもしれませんね、もしかすると。愛媛の人は、あまり高いところを望まないんですよ。ほどほどでいいというのが特徴で、深刻に考えたりしない（笑）。

伊藤　そういえば正岡子規という人も、病床でも生きていくすごい力というのは、愛媛県の人の特徴でしょうか。

高野　いや、愛媛のなかでも、ちょっと特殊なんじゃないですか。

伊藤　そうですか。「大切なのは平気で死ぬことではなく、平気で生きていることである」という、子規の有名な言葉がありますけれども。

　子規なんかはどうですか、大変お好きで読まれたりはされたんですか。

高野　あまり読んだことはないです。僕の行っていた松山工業高校から、歩いて二分足らずのところに子規堂という建物がありました。いまの子規記念館ではないんですが、子規記念館がないころは、子規関係の建物というと子規堂だけだったんです。

　子規堂は、正宗寺というお寺の境内の一画にあって、その中に、子規が使っていた、ものを書くときの机や、「くれなゐの梅ちるなべに故郷《ふるさと》につくしつみにし春し思ほゆ」という掛け軸など、いくつかの遺品や書いたものがあったので、それはときどき見に行ったんです。

　もちろん、子規という人が松山出身の偉い人というのは知っていましたけれども、まともに読むようになったのは、ずっと後になってからですね。

伊藤　でもスポーツが得意なところとかは、高野さんと共通するところが。

高野　べつに得意というほどではないんですが、多少、好きということですね。いまでもテレビでいろいろなスポーツは観ています。

短歌総合誌より先に俳句総合誌デビュー

伊藤　それで大学に入られて、大学時代に短歌を本格的にされるようになったわけですよね？

高野　そうですね。短歌を作りはじめたのは、一年生か二年生かよく覚えていないんですが、大学のなかに購買会みたいなのがありまして、学生に文房具とかノートなどを安く売っていて、そこに本もありました。そのなかに、『文芸読本　石川啄木』という河出書房から出ている本がありまして。

伊藤　ありましたね。

高野　それを買いました。あとで河出書房に入社するんですが……。

伊藤　いまでも『文芸読本』って貴重ですね。『与謝野晶子』とかありましたけれども、あれは非常に便利ですよね。

高野　『文芸読本』も一期、二期と続いてきて、少しスタイルが変わったところもありますけれども、一番最初の『文芸読本』なんですよ。担当した人は藤田三男という人で、河出書房に入ったら、その人が僕の上司になって。

伊藤　それは縁でしたね（笑）。

高野　それを買って読みはじめたら、非常におもしろかったんですね。いまでもその本は持っていて、なぜか当時、よくない癖なんですけれども、万年筆で丸をつけているんです。だから消えなくてよくないんですが、とにかく熱心に読んだみたいで。

啄木の歌を読むと、特に若いときはいいなって思いますよね。それでつくりたくなりますよね。なんとなくああいうセンチメンタルな歌をつくって、自分でいい気分になっていたりして、それが何カ月か続きました。

それ以前は、中学校時代に二首つくっただけ。でも、ほんの少し詩を読みました。たぶん高校時代かなと思うんですけれども、どこかの図書館で与謝野晶子の「君死にたまふこと勿れ」という長い詩を読んで、気に入って一所懸命に暗唱していました。どこで読んだのか思い出せないのですが。それと宮沢賢治の「雨ニモマケズ」。

この二編の詩が気に入って、二つともやや長くて全部覚えるのはひと苦労しましたけれども、一所懸命に覚えて暗唱していました。ただ、それはそれっきりなんですけれども。そして大学に入って『石川啄木』を読んで、それからは短歌がおもしろいなと思って。

伊藤　「般若心経」も身体のなかに入っていて、「君死にたまふこと勿れ」が入って、「雨ニモマケズ」が入って。

高野　でも、ほんのちょっとしか入っていないです。もっとたくさん入っている人が、たくさんいたでしょうけれども、その程度しかないですね。

『文芸読本』を読んだのは、やはり大学一年生のときですね。同じクラスの人が、四、五人で集まって「万葉を読む会」とかをつくっていたので、僕も短歌研究会をつくろうと思いました。学校に届出をしたり、部活の費用をもらうとかは無関係で、ただつくるだけで、同級生四、五人という程度の会です。上級生もあとで参加しましたけれどもね。

それをつくったのは二年生になってからかもしれませんが、二年生、三年生、四年生と、その短歌会を毎月やっていました。最初は集まって歌をつくり、ガリ版で誰かが切って、お互いに批評するだけでしたが、そのうちに僕が、我々だけではなく先生に見てもらおうと言いました。

国文科に、峯村文人という新古今和歌集の研究をなさっている先生がいて、まだ生きていらっしゃると思いますけれども。その先生のところへ行って、「短歌会をやっているんですけれども、批評していただけないでしょうか」と言うと、「ああ、いいよ」と。どの程度行ったかは、よく覚えていないですが、月に何回か先生の研究室へ行って、我々四、五人がその中に入って、お互いに批評したり、最後に先生の批評をいただくというかたちだったと思うのですが、それをしばらく続けていました。

そんなことをやりながら、さらに意欲が湧いて僕は短歌を朝日歌壇に投稿したんです。それが昭和三十八年の何月だったか、新聞にはじめて短歌が載った。二年生のときだったと思います。最初に採って下さったのは五島美代子さんでした。
　掲載されると賞品がくるんですよ。何だと思いますか？
伊藤　はがき。
高野　はがきなんですよ。
伊藤　というのは、そのころ僕はまだ短歌をつくっていなかったのですが、僕の友だちで、朝日新聞の投稿に熱心なのがいて、なかなか載らないんですよ。それではじめて掲載されたときに、はがきが来たとか、たしか。そのはがきで、また投稿せよという（笑）。
高野　はがきが五枚ぐらい来た。それでせっせと、また投稿して。
伊藤　高野さんは、今度朝日歌壇の選もやられていますが、いまよりもあの時代は、短歌を出された方がもっと多かったんじゃないですか。どんなでしょうか。朝日歌壇に載るのは、そうとうの激戦だったんですよ。
高野　僕がはじめて載ったのが昭和三十八年で、昭和三十九年まで一年二、三カ月ぐらい投稿を続けていましたけれども、「コスモス」に入ったのでやめました。そのあとは、宮先生の手伝いで朝日歌壇に行っていましたので、当時のはがきの山は見ているんです。
　ただ、いまとどちらが多いかは、並べ方が違うのでよくわからないですね。いまは高く積んでいますが、昔はそんなに高く積まないで、小さな山がいくつかありました。
伊藤　では、いまも変わらず多いんですね。
高野　多いですね。
伊藤　僕の友だちは、ともかく載らない、載らないと言って、宝くじを買うような。そして載ったらすごく大喜びして、一生に一回載ればいいんだと言っていました。それで自分は満足だというぐらいに、なかなか載らない。載ったらすごく大喜びしていましたけどね。僕はまだ短歌をつくる前ですが、大変なんだなと思っていました。
高野　それで毎週投稿して、いまもスクラップ帳はありますけれども、そのころは本名の日賀志康彦で出ています。たぶん平均すると、ひと月に一回ぐらい載っていた感じですかね。
伊藤　やはり宮柊二選が多かったわけですか？
高野　そうじゃないんです。五島美代子選（笑）。一番最初が五島美代子選でしたが、そのうち宮先生にもとられて、近藤芳美さんにとられるのが一番少なかったですね。五島さんが回数としては一番多かった。
　ただ、強く印象に残っているのは宮先生にとられた歌で、「青春はみづきの下をかよふ風あるいは遠い線路のかがやき」というのがあります。
伊藤　『水木』のタイトルにもなっている。
高野　これは、短歌研究会で歌を作るだけでなく、自主的にいろいろな歌人の作品も読んで勉強しているうちに、いままでの短歌と少し違うものをつくろうという気持ちになって、それでつくった歌なんです。それを宮先生がとってくださったのは、非常にうれしくて、印象に残っていますね。

伊藤　これは本当にいい歌ですよね。

高野　それまで詠んでいた近代短歌とはちょっと違うような感じで、そういう歌を思い切ってつくってみたら、宮先生がとってくださったんです。うれしかったですね。

伊藤　そのときに、宮柊二先生の「コスモス」に入ろうという決心が…。

高野　いえ、まだ、どこかの結社に入るという考えはなかったです。結社に入るというのは、もっと専門家の人がやることだと、なんとなく思っていたんですね。あまり実体を知らなかったので。だから一年あまり新聞に投稿を続けていたんです。

伊藤　この年譜によると、俳句も。

高野　ああ、そうです。やっていました。

伊藤　そうとう俳句を熱心にされていてまた、いい句があるんですよね。

高野　俳句はちょっと前衛的なんです。なにせ、金子兜太ふうの俳句が全盛の時代でしたからね。

伊藤　あのころは全盛時代ですよね。

高野　前衛俳句が盛んな時代でしたから。

伊藤　印象に残っている高野さんの句は、「貝ひらく過去るり色に輝かし」とか、いい句ですよね。

このころは学生がデモをしている時代で、「シュプレヒコール金網へ赤きのどをあけ」と、まさに金子兜太的、現代的な。

高野　恥ずかしいな。

伊藤　ひょっとしたら、そのまま俳句にいく可能性もあったわけですか。

高野　短歌会をやっていて二年生になったときに、一学年下の内野修という友だちが短歌研究会に参加していて、あまり歌はつくっていないのですが、熱心に出席していたんです。彼自身は俳句をつくっていて、我々は彼に引っ張られて俳句もつくるようになり、そのころは同時に両方をやっていた。

伊藤　これは正岡子規とまったくいっしょですね。

高野　内野くんに誘われて「海程」に入って、金子兜太さんにもお会いしたことがあるんです。一泊句会というのがあって、宇都宮の大谷石を見に行ったりして、そこでの句会に一度参加したことがあります。一年あまり短歌と俳句の両方をやっていました。

短歌のほうでは、「コスモス」に入る前は無所属で、ただ朝日歌壇に歌が載っていただけでしたが、「コスモス」に入ってから、一時はダブって「海程」に入っていました。「海程」に入ると、「俳句研究」の時評を書いていた堀井春一郎という俳人が、「海程」に載った僕の句をいい句だと言って取り上げてくださって、そのあと「俳句研究」から作品の依頼がきて。

伊藤　それでは、角川の「短歌」からくるより早く、「俳句研究」から依頼が。

高野　はるかに早く、俳句作者としてデビューをした（笑）。

伊藤　そのときの名前は。

高野　俳句は全部、日賀志康彦で書いていました。「俳句研究」に載ったのは十句ぐらいですけれども。

伊藤　それは何歳のとき。

高野　昭和四十年ぐらいだったと思います。とにかく短歌の雑誌に作品が出るより前なんですよ。

伊藤　では二十四歳ですね。若き俳句作家がそこで誕生したわけですが、だんだん俳句からは遠ざかられて。

高野　そうですね。やはり実際は、短歌と俳句を両方やるのが難しいんですよね。頭の切り替えが難しい。正岡子規も両方やっていますけれども、ある時期は俳句に重点があり、ある時期は短歌に重点があった。両方とも同じ比重ではやっていないんですね。

伊藤　たぶん、両方をやっているほかの人もそうでしょうね。

高野　両方を均等にというのは、なかなか難しいですね。短歌と俳句では、頭の働きが違いますからね。短歌をつくって、次の日に俳句をつくるというのは、なかなかできない。だから俳句は単なる読者になってしまいました。

伊藤　でも、俳句は一種の見立てということがすごく盛んでも、やはり高野さんの短歌のなかには、俳句的な鋭い鮮やかな切り取りのような見立てが、たくさんありますよね、比喩となって表れたものが。

高野　俳句は、俳句研究会で俳句をつくるのと同時に、中村草田男や加藤楸邨などの作品も読むようにしたんです。もちろん歌人の作品も読んでいましたけれども、そのころから俳人の作品も読みはじめて、俳句をつくるのをやめても、読むのはずっと続けていました。俳句は短歌をつくるのに役に立つと思います。

お風呂、電話付きのマンションに住み込み

伊藤　それで宮先生を訪ねられて、「コスモス」に入会された。

高野　そうですね。昭和三十九年の八月か九月に宮先生のおうちを訪ねました。昭和三十八年から朝日歌壇に投稿しはじめて、一年ちょっと経ってから宮先生のところに行ったわけです。

伊藤　これは宮先生にお手紙を出されて、あるいは宮先生のほうから遊びに来ないかという。

高野　電報がきたんです。

伊藤　宮柊二先生から？

高野　「オデンワ、クダサレタシ　ミヤシュウジ」と書いてあって、そのあとに電話番号が書いてありましてね。僕は学生で夏休みのときでした。

伊藤　びっくりされて。

高野　ミヤシュウジというのは宮柊二先生だと思って、何

の用なんだろうと思いながら、恐る恐る電話をしたら、ちょっと頼みたいことがあるんだけど、よかったらうちに来てくれませんかということで、すぐ翌日に行きました。

伊藤　それはとにかくもう、高野さんとしてはうれしくて。だって選者の宮先生ですから。

高野　ただ、用件がわからないんですよ。僕も電話であがっていたし…。とにかく、よかったらうちに来ませんかというような感じだった。

それで、なんだろうという気持ちで行ったら、「コスモス」という雑誌があるというのはかろうじて知っていたのですが、宮先生がおっしゃるには自分のうちが「コスモス」の編集所なんだけれども、大田区の大森に編集分室があって、そこで月に一回の編集会と校正をやっているというんです。校正は、初校と再校を合わせて五、六日ぐらいですね。

その編集分室は、五階建マンションの五階の一室で、普通は人が住むような、わりにゆったりした広さだったんですが、そこには人がいないので、「君がそこに泊まり込んでくれないか」と言われた。その泊まり込みがアルバイトだったんですね。もちろん家賃はいらないし、編集会とか校正のときに、何かちょっと手伝ってくれればいいということでした。あとは自由に使っていいということで、お風呂付き、電話付きなんですよ。

伊藤　すごい。その時代の学生からしたら、すごいですよね。

高野　ええ。当時はマンションと言ったら、ちょっと金持ちの住むところというイメージですからね。そのマンションの持ち主は「コスモス」の会員の方で、宮先生のために一室提供したんです。宮先生の書斎として提供したんですけれども、宮先生がそれを「コスモス」の編集分室にしたんです。

僕は早速そこへ転がり込みました。けれども宮先生から「コスモス」に入れとは言われていないんです。

しかし、編集部の手伝いをするんだから、どうせなら「コスモス」に入ろうと思い立ちました。

そのころは歌が好きでおもしろくなっていたから、なんとなくどこかへ入りたいけれども、まだ僕は結社に入るような人間ではないんじゃないかと、ちょっと臆病というか、短歌の結社とか雑誌というのは遠いものだと思っていたんです。

それで宮先生のところに伺った時、これが最近の雑誌だと「コスモス」をくださったんです。うちへ帰ってからそれを見て、ああ、ここに入ろうと思った。

伊藤　でも宮柊二その人は、「コスモス」に入るようにということは言われなかった、雑誌はくださったけれども。

高野　ええ、入れとは言わないです。

伊藤　普通なら、君は「コスモス」に入って、ここに泊まり込んでくれと言いそうになりますけれども。

高野　入れとは言わないで、アルバイトで泊まり込んでくれと。いずれ自然に入るだろうと思っていらっしゃったのかなと思いますけれども（笑）。

伊藤　なるほど。それが、高野さんのその後に大きな影響を与えるわけですね。「コスモス」のなかで。

高野　だから一挙に、短歌雑誌の一番中心部分に入り込んだ感じでした。

　そのマンションに昭和三十九年から卒業するまでの三年間ぐらい住んでいたと思います。そのあいだは編集の手伝いをして、いわゆる割り付けとか何とか、雑誌編集のあらかたを教わった。

伊藤　それは、出版社に勤めようということにも関係してきたわけですか。

高野　それが役に立ったんです。

伊藤　会社に入られてからね。

高野　出版社に入るために手伝ったわけではないんですが、結果として役に立ちました。毎月、編集会のときに手伝っていると、割り付けとか、活字指定とか、自然に覚えちゃうわけです。写真の拡大とか縮小とか、いろいろなことを勉強して、校正も多少はできる。プロほどではないですけれども、準プロですね。

　だから結果として河出書房に就職したら、翌日からきちんと仕事ができるという状態でした。

伊藤　それで「コスモス」に入って、たちまち注目すべき時代を担う新人として。

高野　いや、そんなこともないでしょう。じわじわという感じじゃないですか。僕は、いつもじわじわなんですよね。わりにゆっくりというか、ぱあっと目立つというタイプではない。作品もそうですし、自分の生き方としても、ゆっくりじわじわが好きなんです。

伊藤　ゆっくりじわじわ確実に。

高野　愛媛の人で共通しているのは、なんでも普通がいいということじゃないでしょうかね。

　むしろ、偉くなるとか目立つというのは嫌うんですね。普通が一番いいという。どん底はもちろんいやなんだけど、普通が最高という考えなんです。だから愛媛は偉い人がなかなか出てこない。

伊藤　いやいや、正岡子規から大江健三郎まで。

高野　うん、その二人しかいない。

伊藤　そうですか？

高野　瀬戸内海の近辺で総理大臣が出ていない県は、愛媛県だけです。これが特徴ですね。

伊藤　普通を目指すというか、普通がいいという…。

高野　香川県は大平正芳、徳島県は三木武夫、土佐は吉田茂、広島は…。

伊藤　宮澤喜一。

高野　池田勇人が広島か岡山ですね。山口が、岸信介とか佐藤栄作で。

伊藤　山口はたくさんいますよね。

高野　山陰にも竹下登がいて、あのへんはぞろぞろ総理大臣が出ているのに、愛媛だけ空白。総理大臣どころか著名な大蔵大臣とか、大臣のなかで重要な大臣もいない。なんか下のほうの経済企画庁長官とか（笑）せいぜいそれぐらいが最高で、偉い人がいない。
　だからむしろ正岡子規とか大江健三郎は、伊予の人間としては例外的な人材だという感じですね。俳人は偉い人が出ていますけれども。
伊藤　そうですね。子規山脈で、虚子だとか碧梧桐だとか。
高野　そうですね。すべて子規がいたからですよね。子規のつながりで虚子が出て、それから草田男とか石田波郷など、みんな子規の系列なんです。やはり子規がいたからであって、それだけ子規がすごかったということですよね。富澤赤黄男は子規系ではありませんが…。

君の名前はこれにしたよ

伊藤　本名は日賀志さんで、高野公彦というペンネームは宮先生がつけられたわけですか。
高野　そうなんですよ。僕は朝日歌壇に日賀志康彦という本名で出していて、「コスモス」へ入った時も、最初の詠草に日賀志康彦という名前で出したんです。すると宮先生が、雑誌が出てからかな？
「君の名前はこれにしたよ」と。
伊藤　もう決定ですか。
高野　僕は「ああ、そうですか」と、ただそう言っただけで、どういう意味なのかを聞きそびれました。なぜ「高野」という名前なんですかね。聞いておけばよかったと思います。
伊藤　自分としてはどうでしたか、もう決めたよと言われた「高野公彦」というのは。
高野　あれえ、というような感じですね。べつに違和感というか、抵抗はないんですけれども。
伊藤　僕もなかなかいいなと思いますね、「高野公彦」って。
高野　「日賀志」という名前もちょっと変わっていておもしろいんですけれども、「高野公彦」という名前は、「きみ」とか「ひこ」とか「たかの」もそうなんですが、なんとなくいいイメージがあるみたいです。歌を読んで、この作者が「高野公彦」だというと、ちょっと男前の青年みたいなイメージが浮かんでいたらしくて、得をしましたね。
　國學院短歌の人たちが、大学の学園祭のために原稿を書いてほしいと頼みにきたことがあるんです。國學院短歌の学生、男女合わせて四、五人という感じでしょうか。
　それで、喫茶店で会ったときに「高野です」と言うと、ちょっと戸惑った顔をして、話しているうちに「高野公彦という名前はよすぎる」と言うんです。「そう。じゃあどうすればいいの？」と訊ねると、「高野は仕方がないとして、高野熊五郎」と（笑）。
　ずいぶん失礼なことを、女子学生が僕に向かって言っていました。もっとも、あれは冗談だったんでしょうけど。
牛山ゆう子さんとか、鎌倉千和さんとか、あの人たちがそのなかにいたと思います。たしか、あの世代ですね。もうちょっとあとかな？

影山一男くんの世代かもしれない。学生短歌がまだ盛んな時代でした。

伊藤　先ほど結社の話もされましたけれども、やはり結社のなかでは動けないところを勉強しようということで、「桟橋」の前に、最初が「グループ・ケイオス」で、そのあと「群青」。

高野　そうですね。

伊藤　「コスモス」におられるけれども、そういう同年代のものを中心に勉強したり、討論をしたり、雑誌を出したりということは、ずいぶん早くからやっておられるわけですよね。

高野　ええ。僕が昭和三十九年に「コスモス」に入ったときには、すでに「グループ・ケイオス」があったんですよ。

伊藤　では、これは高野さんがつくられたんじゃないんですね。

高野　ええ。これは奥村晃作さんがつくって、一時期、「コスモス」以外の若い人たちも巻き込んで大きな集団になってしまったらしいんです。それで、奥村さんが宮先生に怒られたんですね。ぺしゃんこにされたという。

そのあと奥村さんが自粛して、言ってみれば地下に潜っているような状況でしたね。雑誌は出さないで、細々と月に一回の歌会をやっていた程度でした。そのときに僕は「グループ・ケイオス」に入ったのですが、やはり若い人が集まっているので、楽しい。歌会に毎月出てゆきました。

そのうちに、歌会、作品の批評だけではなくて、評論活動もやったほうがいいのではないかと思ったんです。「コスモス」では書く機会がない。いまなら若い人が何か書きたいと言うと、すぐに書かせてくれると思いますけれども、昔はそんなことはないので。

それで奥村さんと相談して、「グループ・ケイオス」に集まっている人たちと、「ケイオス通信」という名前でガリ版刷りの雑誌を出し始めました。そこに白秋の作品の合評とか、宮柊二の作品の合評などを毎号載せて。

伊藤　いまの「桟橋」まで続いているのですよね。

高野　それに応じて、たとえば白秋の短歌合評を十回やると、終わりに誰かが白秋論を書く。毎号ではないけれども、ときどき誰かが歌人論とか、短歌論を書くというかたちで、それを熱心にやっていた。これは地道な仕事ですから、宮先生も怒らないで、注目して下さったようです。

伊藤　奨励されて。

高野　奨励と言うんですかね、いいことをやっているなーと認めて下さったんでしょう。「グループ・ケイオス」は団体ですけれども、「桐の花賞」をもらったんです。

伊藤　それはめずらしいですね。

高野　「桐の花賞」という新人に与える賞の第一回目が柏崎驍二さんで、第二回が誰かで、第三回目ぐらいにもらいました。

「群青」を創刊したのは、「グループ・ケイオス」を長くやったあと、もう少し少数精鋭にしようという考えになったのかな。

伊藤　あれは四人でしたね。

高野　「群青」は四人という限定で、号数も十号と限定して。

伊藤　ガリ版刷りのね。

高野　十号を出したら廃刊にするというので出発して、おしまいのほうは遅れ気味になって、九号までしか出ていないんです。

伊藤　でしたかね。

高野　出ていないけれども、十号まで出したら終わりにするということにしていたので、なんとなく十号は出さないで終わりました。

僕らが「群青」をやっているころに、「コスモス」の内部で、影山一男や、宮里信輝、桑原正紀というような、僕らより五歳から十歳ぐらい歳下の弟世代の人たちが、ときどき集まって勉強会をやっていたらしいんです。彼らに対して僕は以前から、君たち何かやりなさいと言っていたんですが、彼らは意外におとなしいので、それ以上のことをやらない。

それで僕らは「群青」が終わったので、彼らといっしょに雑誌を出そうということになりました。僕はいっしょにやるけれども、あくまでもこの雑誌の性格は、戦後生まれの人たちが勉強する場所で、僕はそれを手伝うのだといった気持でした。こちらも若い人といっしょに勉強するといい刺激を受けるから、大きなプラスになる。それで「桟橋」をはじめたんです。最初は二十五人か二十六人だったと思います。

伊藤　もういまは何人ですか。

高野　いまは八十人ぐらい。

途中からはガリ版の原紙がなくなったんです。原紙の生産はずっと前に中止になっているんですけれども、ガリ版をやる人が買い貯めておいたから、何年も持続できたんです。それでも、もう紙がありませんというので、しようがなしに活版のほうに変わりました。

「桟橋」でこういうふうに活動していると、若い人で意欲的な人をほったらかしにするとかわいそうという気持になりまして、もしかすると入りたいかもしれないのに、つても何もないから、噂だけを聞いて残念に思っている人がいるかもしれないということで、歳が若い人と直接会うことがあったときには、わりに誘うようにしました。その結果、人数も自然に増えてきました。

伊藤　若い人はうれしいですよね。結社のなかで月に何首か送って何首かが載るだけで、地方にいてあまり交流がなかったりすると、そのまま辞めてしまう人が出てきますよね。

仲間がいたり、作品の評を受ける機会が直接出てくると、すごく大きな刺激ですね。僕らの二十歳代を考えても、若いときってそういう仲間がほしいですよね。

高野　そうですね。雑誌が出るたびに批評会をやりますけれども、遠いところに住んでいると、あまり出てこられない人もいるんです。でも、「桟橋」というグループの中には、いい作品をつくる人がいるので、そこに混ざっていくことで、前より熱心に、一所懸命につくるようになってレベルアップはしますね。中には変化しない人もいますけれども。

それから、「コスモス」は十首を出しても三首とか四首しか載らないので、四〇〇首や五〇〇首ぐらいの歌集を一冊出すのに、十年とか十五年かかる。毎月四首載ったとしても、一年間に五十首ぐらい、十年やっても五〇〇首で、そこから四〇〇首なんて選べないから、六〇〇首や七〇〇首となると十五年ぐらいかかる。昔の人はそうやっていましたけれども。でも「桟橋」に参加すると、選歌なしで、つくった歌がそのまま載りますから、どんどん歌が増える。

伊藤　しかも年に四回出ますからね。

高野　その結果、歌集を出す人が急速に増えて（笑）。

だから、中身の質は平均すると少し落ちたかもしれないけれども、中身の善し悪しは別にして、一所懸命にやれば歌集をいつでも出せるという点がいい。

伊藤　そして雑誌に出すのももちろん大事ですけれども、歌集として一冊、自分の世界をつくるということがとても大事ですよね。

この情報化時代に、いろんな雑誌をみんな見るというのは不可能ですから、その人の世界は一冊の本にして見せていただくと、読者もありがたいですよね。

高野　断片的に読んでいたんでは、その人の全体がよくわからないですから、歌集が出るといいですね。

伊藤　それにしても、定期刊行はすごいですよね。

高野　ほんと、これはすごいです。自画自賛ですが（笑）。

伊藤　しかも年四回ってなかなか。結社誌は別として、こういう何人かの仲間でやる雑誌で定期刊行というのは。

高野　めずらしいですよね。二十年で八十冊出ました。

伊藤　二十年で八十冊の定期刊行！

高野　一度も遅れていないんです。五日ぐらいのズレはあるんですけれども、だいたい、出る月の二十日前後に雑誌が出ています。これは影山くんがしっかりやってくれているからです。彼は仕事が早いので。

伊藤　牧水などは雑誌への情熱はあっても、雑誌が遅れたり、雑誌から離れたり、潰したりね。白秋もそうだと、「桟橋」はその点すごいですね。

高野　白秋はどういう状態で出したのか知りませんけれども、「朱欒《ざんぼあ》」とか「屋上庭園」とか、「多磨」以前に出した雑誌がなかなか長続きしない。「多磨」のときには、お弟子さんのなかに編集専門の人がいたんじゃないかと思います。だから「多磨」になって、わりに定期的に出るようになった。

「コスモス」をはじめたときの宮柊二の立てた目標はす

ごいんですよ。毎月十七日に会員の机の上に来月の号が乗るというものです。

伊藤　「コスモス」はいまでも一番早いですもんね。翌月号が、前の月の半ばぐらいにくる。あれだけの雑誌がね。

高野　ぴたりと十七日でした。これだけは絶対に守るということで、僕らは編集部の人間として何度も何度も言われて、実行していました。

それを実行するために宮先生は、会員が千人ぐらいいたころに、一人で選歌をしていましたが、一人が十首出しても一万首で、二日徹夜です。選歌が遅れると雑誌が遅れますから、宮先生も人に言うだけではなくて、きちんと自分でやるわけです。

二日徹夜して選歌の終わった原稿を、宮先生のお宅から編集分室まで運ぶんですが、僕はそこへいつも迎えに行っていました。すると、宮先生は目の縁が黒くなっているんですよ。二日徹夜すると隈取りができるんですね。そんなことをなさるから病気になって、比較的早く亡くなったんですよね。宮先生の命を縮めたのは、一にお酒、二に選歌ですね。

毎月十七日にぴたりと雑誌が届く。それは早くも遅くもないんです。十七日に絶対に届くようにということで、編集部員には、がみがみおっしゃるし、印刷所や製本所に対しても絶対にそれを守ってくれと、ものすごく厳しかったですね。

そのあと「コスモス」は、いろんな都合で十七日より少し早まったんですけれども、遅れることはない。

「桟橋」も、きちんと出すという考えは宮先生から影響を受けていますから、定期的に出ています。でも僕だけだったら、そうしようと思っていても遅れていただろうと思うのですが、影山くんがものすごい早さで、ぱっぱ、ぱっぱと仕事をやってくれる。それで助かっています。

けれども実際のところ、同人の人たちがみんな原稿の締め切りを守っているわけじゃないんです。守らない者がいるんですよ。

伊藤　それはどうされるんですか。

高野　しようがないから、あとから突っ込んで入れたり。

伊藤　あれは出したいときに出すんじゃなくて、みんな毎号出すわけでしょう。

高野　ええ。題詠やアンケートなど、毎回変えていますし、巻頭作品の顔ぶれも変わりますから、「桟橋」の場合、依頼状を毎回一人ずつに出しています。

伊藤　「桟橋」の同人であっても依頼状は出されるんですか。

高野　出してます。創刊号からいまの八十号まで、全て依頼状は僕のところから発送してきたんですよ。

伊藤　高野さんから来たとなると、遅れるわけにいかないと同人たちは思うんじゃあ…。

高野　それが平気で遅れる人がいる。毎回、同じ人。極端に遅い人が四、五人いるんですよ。いつもがみがみ言っているんですけれども、直らないですね。遅い人はずっと遅い。

依頼状のなかには、「大幅に遅れた原稿は次の号に回すこともあります」と書いてあるので、本人には連絡しないで、平気で次号回しにするということもあります。だけど季刊だから、遅れてもなんとか入っちゃうんで、彼らは反省しないんですよ。

伊藤　結社誌以外で、定期的に刊行されている雑誌って、いまは本当に少ないですよね。

高野　同人誌自体が少ないですね。結社誌のなかに同人誌的な集まりで、選のないのもあるでしょうけれども、外部から見ていると、そのへんがよくわからないですが、同人誌と言っていいものは、前よりずっと少なくなっていますね。

出し方もよくわからないですよね。毎月というのならわかるけど、季刊雑誌とか、年に二回となると、遅れているんだか、遅れていないんだかよくわからない。年に四回出して、二十年間一度も遅れないというのはめずらしいでしょうね。

伊藤　本当にそうですよね。

高野　締め切りに遅れる人がいたりとか、面倒くさいこともあるんですけれども、まあ楽しくやっています。僕は雑誌には遊びというか、楽しくという要素が大事だと思うので、「棧橋」もおもしろいページを最初からつくろうと思って工夫しています。

伊藤　今回の八十号でしたら「人生最大の赤面シーン」とか、こういうアンケートをね。

高野　アンケートでおもしろいページをつくろうということで、創刊号からしていました。

伊藤　毎号ですものね。これと題詠が柱になってますね。

高野　外部の人はアンケートを楽しみにしているようです。作品はまあいいやという感じで、アンケートだけを読むという(笑)。あとは巻頭の作品で、二十四首とか四十八首とか。

伊藤　これはやはり、「棧橋」の若い人にとって大きなものでしょうね。

高野　本人にとってはいい経験になると思います。そのなかにはいい作品が含まれていることが多いし、歌集を出すときのひとつの大事な部分になっていく。

七十二首というのをときたまやっていますけれども、これはつくるのが大変ですね。

伊藤　でも七十首ぐらいつくると、次に三十首の依頼がきても、三十首ならなんとかできそうだと思う。数多くつくると、それより少ないのが楽になりますよね。ところが五十首とかつくったことがないと、二十首でもふうふうという感じがしますね。

高野　そうですよね。ほんとうに三十首なんて大変だな、なんて昔は思っていたけれども、僕も七十二首を一度やって、そうすると三十首ぐらいはまだまだ大丈夫だと。

伊藤　そういう気になりますよね。

高野　いい経験ですよね。七十首もつくると、作品はちょっと平均値が下がりますけれども。でも、いい経験ですよね。

自選の第一歌集

伊藤　短歌より先に「俳句研究」から依頼が来たということですが、短歌の総合誌に最初に出されたのはいつですか。そのころは角川の「短歌」がメインでしたが。

高野　あれはいつかな。スクラップ帳を見ればわかるんですけれども。

伊藤　僕なんかがつくりはじめたころには、高野さんは総合誌に出ていましたから。

高野　たぶん昭和四十一年ぐらいじゃないかと思うのですが。

伊藤　そのころでしょうね。

高野　一回目が十首ぐらいという感じかな。「郷里時間」という作品だったと思います。

伊藤　三十首ぐらい出されたのもありましたよね。

高野　ええ。第一回目が「郷里時間」で十首ぐらいで、その次が「楕円思想」という題で三十首ぐらい。

伊藤　二・二六事件を下敷きにした。

高野　そうですね。これは作品として不完全な歌も混じっているんですが、なんとなく刺激的なところがあって、多少、時評なんかで取り上げてくださった人もありました。

伊藤　思い切った問題提起の作ですよね。

あのころに高野さんぐらいの年齢で三十首というのは、高野さんが大きく認められていたということだと思いますね。

高野　そうですね。三十首というのは、いまのようにしょっちゅうはないですね。特に若い人の作品は。

伊藤　しかも総合誌がほとんど一誌の時代ですよね。いまみたいに五つも六つもある時代じゃないから。

高野　そうですね。「短歌研究」はあったけれども、あのころは今とは違って特殊な編集方針だったから、あまり若い人は載らない雑誌でした。

伊藤　そのころの僕らは、とにかく七首でも十首でも依頼がきたらすごく喜んで、年に一回か、二年に一回かを、みんな出していたわけですからね。

高野　もしかすると宮先生が、宮先生は何もおっしゃらないけれども、想像すると、あのころ角川の「短歌」の編集をしていたのが片山貞美さんで、ときどき片山さんは宮先生のところへ用事でいらっしゃっていましたから、雑談で、「コスモス」の若い人でいい人がいますか？みたいな話が出て、高野というのがいるけれども、みたいなことをおっしゃったんじゃないかと思いますね。

伊藤　それはぜひ、こういういい歌をつくる若い人がいるからということでね。

高野　それで、どうせなら思い切った歌をつくろうと思いました。昭和四十二年だったと思うのですが、その年のはじめに、勤めていた河出書房の「文藝」という雑誌に、磯部浅一の手記が出たんです。それを読んで、すごいなと思った。

伊藤　それがきっかけだったわけですね。

高野　それは雑誌が出たときに読んだのですが、そのあとで、それとは無関係に依頼がきたときに、二・二六で歌をつくろうと思いました。二・二六を起こした青年将校の一人に成り代わるかたちで、歌を三十首つくったんです。あのころは、わりに連作をつくる人が多かった時代ですよね。

伊藤　多かったですね。その時代から第一歌集の『汽水の光』までというのは。『汽水の光』は三十代半ばぐらいですか。

高野　そうですね。

伊藤　その間、歌集を出そうとか…高野さんのその時代というのは、同年齢の人たちが、第一歌集をだんだんと出すようになってきた時代ですよね。そのころの高野さんは、歌集をまとめようというようなことを、まだ思っていらっしゃらなかったんですか？

高野　うん、ぜんぜん思わなかった。

伊藤　ぜんぜん。

高野　「楕円思想」というのをつくってから歌集を出すまでは、十年ぐらいあいだがありますね。

伊藤　そうでしょう。

高野　「コスモス」はけっこう古風な考えで、宮先生の考えは、白秋の考えを受け継いでいました。

白秋に限らないのですけれども、白秋の時代の歌人は、歌集というものは勝手に出すもんじゃなくて、師匠の許可を得て出すもんだと。かつ、何冊も出すのではなく、考え方としては、一生に歌集を一冊出せればいいんだと。自分から出したいなんて言い出すのはけしからんと、抑えつけているんですね。白秋の時代は、それに服従していたわけです。白秋が「よし、出しなさい」と言わないと、言い出すこともできなかったんですね。

伊藤　たぶん先生から、「君はそろそろ長い期間のものをまとめたら」と言われたら、「はい、ありがとうございます」と先生に見ていただいて。

高野　宮先生もその考えを受け継いでおられて、それほど厳密ではないと思うんですが、歌集はそんなに気軽に出すもんではなかった。宮先生のお眼鏡にかなったのは「コスモス」でいうと、葛原繁さんや、田谷鋭さん、島田修二さんなどで、そういう人の歌集が出ていました。

僕なんかも、最初からそういうもんなんだろうと思っていました。歌集を出すということは現実的な考えじゃないんです。自分で出すという気持ちはあまりなかったですが、ただ、伊藤さんたちのが先に歌集を出したでしょう。

伊藤　「反措定叢書」というシリーズですね。

高野　河野裕子さんの歌集も出て。

伊藤　出ました。「茱萸叢書」というのもありましたね。

高野　伊藤さんとか、永田和宏さんも同じころですよね。

伊藤さんの歌集が昭和四十九年で、その次の年ぐらいに永田さんが出した。そのころに自分より若い人たちが出すようになって、自分たちの世代の人が出しているなということは、だんだん意識しはじめました。
でも、ぜひ自分は出したいと言うほどの強い気持ちはなくて、ただ漫然と、かすかに自分の歌集ということを意識するようになっていましたが、まだまだもう少し先だろうなという感じでした。そうしたら、ちょうど秋山さんが。
伊藤 角川書店の秋山編集長。
高野 こういうシリーズをやりたいと思うんだけど、どうですかと声をかけられた。僕は運がよかったですよ。向こうが企画して、自費出版ではあるんですけれども、そういうシリーズがあると出しやすいわけです。
宮先生にご相談して、こういう企画があるので入りたい、シリーズのなかの一冊として出したいと言いましたら、それはいいだろうとお許しが出ました。そのあとで僕は勝手なことをして、宮先生に選歌をお願いしないで、大胆にも自選でやったんです。
なぜ見てもらおうとしなかったのかよくわからないんですが、いちいちお願いしてというのが面倒だなという感じがあったんですね。それに、多少は自分でやりたいという気持ちがあったのかもしれません。
やはり結社で、指導者が絶対的な力を持って、会員たちを支配しているという状態が好きではなかったんですね。だから多少は抵抗というか。宮先生は尊敬しているんですけれども、なんでも服従するというのには、ちょっと抵抗があったのかなと思うのですが。
歌集が出たあとで何か言われるかと思ったら、何も言われなかった。
伊藤 あのシリーズは「新鋭歌人叢書」でしたから、角川書店としては、第一歌集を出していない有力新鋭ということでメンバーが揃って。
高野 八人ですね。
伊藤 だから、高野さんもいい機会だったと言われたけれども、角川にとっても、高野さんが歌集を出さないでおられるというのは、非常によかったなと。あのシリーズに高野さんがいることが。で、大岡信さんが力を入れて解説を書かれて。
高野 本当に運がよかったですね。そういうシリーズを秋山さんが企画してくれたことと、大岡さんが解説まで引き受けてくださったのが不思議なんですけれども。
伊藤 そんなことないですよ。第一回の牧水賞の選考のときも、大岡さんは高野さんの作品を評価しておられましたから。
高野 そうですか。でも僕の作品を、当時はあまりご存じなかったんじゃないかと思うんです。だから、角川の依頼だから引き受けてくださったか、あるいは宮柊二さんのお弟子さんだから、まあいいんじゃないかということだったのかもしれませんね。特別、僕の歌をよく知っていて、積極的に評価するという感じではなかったと思うんですよ。

伊藤　でも、すごく読み込まれて、高野公彦論であると同時に現代短歌論になっていて、力編と言っていいような長文ですよね。

高野　ええ、すごく長いんですよ。十何ページあってね。

伊藤　僕らはこれで『汽水の光』を読むことができて、非常によかったですよね。

高野　『汽水の光』は影山くんに原稿を写すのを手伝ってもらったりしました。彼はもう「コスモス」に入っていて、あのときは何歳だったかな。『汽水の光』を出したのが昭和五十一年で、彼は昭和二十七年の生まれですから、二十四歳だったかな。

　歌集が出て、角川に受け取りに行ったその日、僕は彼といっしょにいたんです。思い出深いですね。歌集が出たときはやはりうれしいから、誰かといっしょに呑みたいですよね。そのときは彼といっしょに彼の家の近くの居酒屋へ行って二人で呑みました。これは忘れられないですね。やはり歌集が出たときは、最初ではなくても。

伊藤　うれしいですよね。

高野　誰かといっしょに一杯呑みたいという気持になりますね。

伊藤　開けるのがうれしいような、怖いような、本当に特別な気持ちを味わいますよね。

『汽水の光』という非常にいい歌集が出て、その後もいい歌集をずっと出されていたけれども、歌集での受賞というのはなかったわけですよね。

高野　そうなんですよね。ぜんぜん賞に縁がないんです。

伊藤　おそらくいまの若い人たちは、高野さんが若いときから、いろいろな賞を受賞してきたように思っている人がいるかもしれないけれども、そうじゃなくて、本当に。

高野　そうですね。歌集ではぜんぜんなかったです。

伊藤　でも牧水賞にとっては、それがまことに幸運なことでありました。

　長い一生のなかで充実期に入る五十歳代の時期の歌集を顕彰しようと、宮崎県ではじまって、大岡信さん、岡野弘彦さん、馬場あき子さん、僕が選考委員になりました。

　賞というのは受賞者によって決まるじゃないですか。それで高野さんの『天泣』が出て、これに決まったことが、牧水賞のスタートになったわけです。

高野　まだ僕は、牧水賞というのを知らなかったんです。で、何月何日かは覚えていないですが、僕が家にいたら、伊藤さんから電話をいただいて。

伊藤　ああ、僕からかかったんですか。

高野　「牧水賞に決まったんですけれども、お受けいただけますか」みたいなことだったと思います。僕はそんな賞が出来たのかと思って、どんな賞かは知らないけれども、それはありがたいことだと思った。うれしかったですね。

伊藤　そうですか。そうおっしゃっていただくと僕もうれしいですね。
高野　あとから徐々に牧水賞の実体というかものが判明するんですが、とにかく牧水賞は宮崎県の行事なんですね。県単位の賞で、すごいなと思いました。
　まず打ち合せの電話が来て、次の週ぐらいに県庁の人が二人みえました。
伊藤　そうでしょう。
高野　高林さんと、もう一人上役のかたです。
伊藤　佐伯課長かな？
高野　佐伯さんですね。そのお二人がみえて、これは大ごとだなと。牧水賞はすごく大きな規模ですね。
伊藤　そうですね。授賞式もだいたい七〇〇人ぐらいで、それだけ県民も楽しみにしています。このときには、まだ若山旅人さんがお元気で宮崎にみえて、「牧水賞をつくってくれてありがとう」と言われて、本当に喜んでおられた。
高野　授賞式も非常に大がかりだし、あのときはね、足ががくがく震えました。
伊藤　そうですか。そうは見えませんでした（笑）。
高野　いや本当に、どうしようという感じでしたね。壇上に座っているときは全身が震える感じでした（笑）。
伊藤　でも、高野さんのとてもにこやかな顔は印象的でしたけれども。
高野　いや、それはうわべだけなんですよ。内心は青ざめていました。

人生の転換期を詠む

伊藤　選考委員や運営委員の側からすると、第一回の受賞者は今後の賞を決める。
　ご自分として『天泣』という歌集は、四十歳代終わりぐらいから五十歳代にかけての、ちょうど河出書房を辞められた時期にあたりますね。中年期終わりぐらいの時期の歌集になるんでしょうか。
高野　会社に勤めている時代の歌と、辞めようとしている退職前後の歌と、辞めてからの歌とが入っているので、人生の転換期を含んだ歌集でしたね。自分でも、感慨深いものがありますね。
伊藤　中年の歌と同時に、老いをどういうふうに迎えるかという歌ですよね。
高野　老いに近づく意識がありました。お酒や食べ物の歌が、このころから少しずつ増えたんじゃないですかね。わりに多いんですよ。
　「新鋭歌人叢書」が出たころ、詩人の飯島耕一さんに、レース編みの歌人たちというようなことを言われました。
伊藤　内向派のうんぬんとか、レース編みうんぬんとか。
高野　たとえば、ものを食ったり、酒を呑んだりしているような歌がないじゃないかと言われたんです。
伊藤　それが印象に残っておられるわけですか。

高野　多少は意識しましたね。そういえば、ないかもしれないなと。でも、そのあとすぐに、そういう歌をつくりはじめたわけじゃなくて、記憶の片隅に残っていたという程度でした。そして中年になってから、あらためて酒がうまいとか、食いものがうまいというような気持ちになって、楽しいことを歌うことも積極的にやってみたいと思って、そういう歌が増えましたね。

伊藤　そして、高野さんはこの時期前後から、読者を楽しませてくれる歌をつくり始められました。それこそ『汽水の光』は緊密な抒情の世界で、たしか大岡さんが解説のなかで、ほかに向かってあまり呼びかけない歌だというようなことをお書きでしたけれども、『天泣』の時期の歌というのは親しみがあって、読者を楽しませてくれる歌が多いですよね。

高野　僕は自分で楽しむという気持ちでつくったんですよ。結果、それが読者を楽しませるということになっているのかもしれませんが、いまだに読む人を意識することはあまりないんです。

伊藤　では、つくるときは自分が楽しむ感じですか。

高野　ええ。誰かに呼びかけるような気持ちというのも、そういえば稀薄ですね。あまり変わらないですね。

伊藤　高野さんのファンは歌壇の内外にたくさんいます。いろんな人が文章を書くときに、高野さんの歌をよく引いて書いていて、やはり楽しめるというのかな。厳しい現実を見つめておられるんだけど、歌われた世界というのは、こちらを和ませてくれる、ほっとさせてくれる歌だと思うんです。

高野　そう言っていただくとうれしいですけれども。

伊藤　高野さんが文語できちんとつくっておられたのが、ある時期から口語を盛んに用いたり、くだけた言い方をされたりで、最初は「ええ、高野さんはこういうところにいくのかな」と思ったのですが、あれは決意ではなく自然に。

高野　そうですね。とにかく楽しく、つくるときも少し楽しみながらつくるというような意識が、中年になって徐々に芽生えてきたという感じですね。

伊藤　やはり短歌に対する考え方や、歌人、あるいは歌壇も変わってきたということが背景にあると思うんです。

そのことへの最も早い取り組みのひとつが、僕は高野さんだろうと思います。まじめに苦しみや悩みを歌うという、近代短歌の「病気、貧困、絶望」というようなキーワードとは違って、短歌の別の面というのにだんだんなってきた。

先ほどの食もそうだと思うんですが、前衛短歌時代の、ある観念や思想などをどう歌うかという感じから、普段の食や住まい、通勤などを歌うのも意味がないことではないんだということで、僕自身もそうなんですが、歌自体が変わってきたなと思っています。

高野　重いものを短歌で求めなくてもいいんじゃないかという感じですね。少なくとも表面的には深刻な時代ではなくなって、豊かな時代になっているんで、いまさら貧乏の歌なんてあり得ないですよね。

伊藤　もうだいぶ前ですけれども、ある放送評論家が、アメリカのテレビドラマはコメディタッチで、非常に明るくて楽しくておもしろい。日本のドラマは、なんでそんなにめそめそしていて、暗かったり、何か問題を抱えていたりなんだと。

その放送評論家が書いていたのは、やはり日本人そのものが暗かったんだって。でもいまは、日本人そのものが明るくなっていい状況ではないかという。

高野　そうですよね。なんだかんだ言いながら国内に戦争もないし、徴兵制度もないし、貧困もない。ただ刹那的な殺人とか、たちの悪い詐欺とか、これはちょっと先鋭化しているのかなという感じがします。内面が変に狂っているというか、ゆがんでいる時代。いつでも、そうなのかもしれないけれども。

伊藤　特にいまは、マスコミが大々的に報道するということも、不安を煽っているような気がするんです。

高野　報道のやりすぎですよね。事件を誇張するというのか、これをおまえら達は知っているか、これでもか、これでもかと報道する。

被害者のことだって暴きたてるという感じで、そんなに事細かに報道しなくても、もう少し遠くから見守るという感じでいいと思います。なかにずかずかと入っていくというのは、ずいぶん無礼な感じがしますね。

伊藤　先ほどの日常生活のことと、牧水作品の新たな見直しみたいなところでは、牧水も日常生活を、ある意味では静かに淡々と歌っていて、あるいは旅先の自然なども、味わいを深く感じられる。そういう時期にきているんじゃないかと思うんです。

高野　伊藤さんもそうだろうと思いますけれども、若いときと違って、淡泊な味わいのある作品が、なんとなく好ましいという感じがしますね。若いときだったら、なんかもの足りないような平凡に見えていた作品が、なかなかじっくりと味わいがあって、こういう歌もいいな、なんて思いますよね。

伊藤　年齢を重ねる喜び、楽しみが。

高野　そうですね。

伊藤　でも、高野さんは早くに自分の作品、自分の楽しむ世界へいかれて、僕なんかはまだまだ時間がかかっているのですけれども。

馬場あき子さんの歌なんかも、ものすごく変わってきましたね。明るくて、親しみやすくて、奥が深いという。

高野さんとか馬場さんのそれは、すごく大きいなと思いますね。

高野　馬場さんもそうですよね。『無限花序』あたりは、すごく重かった。

伊藤　重いですよね。

高野　重いし、ちょっと難解なところがあった。艶やかさとか華やかさは、それはそれであるんだけれども、徐々に身軽になっていったという感じですね。

伊藤　身軽だけれども、深いものがあるんですよね。

高野　奥深さがありますよね。

伊藤　昔にライトバースという議論がありましたが、表面は軽やかなんだけれども、奥に重たいものを持っているという作品ですね。

高野　馬場さんの歌はライトバースとは異質ですね。いまのインターネット歌人という人たちは、ライトバースですけれども。

伊藤　あとは大学のことなんかも少しお聞きしたいんですが、今後のことはあまり考えないということで。

高野　考えない。

伊藤　大学は勤められて十年ぐらい。

高野　十年目ぐらいですね。

伊藤　どうですか。学生に短歌を教えて、そのなかから人材も育っておられるように思いますけれども。

高野　学生の短歌は、若いからじょうずかというと決してそんなことはなくて、五十歳代になってはじめて短歌をつくる人と変わらないですね。

伊藤　やはり短歌年齢ですかね。

高野　要するに、短歌に対する適応性というのが、若かろうが歳をとっていようが、ある人はあるし、ない人はない。進歩がない人は進歩しない。

伊藤　厳しいですね（笑）。

高野　中年の人でも、うまくならない人もいるけれども、非常に速い速度でじょうずになる人もいますよね。もちろん、若い人でもじょうずになる人はいるし、まったく進歩しない人もいます。

伊藤　その差は何から生まれるんでしょうか。

高野　人の言うことを聞くか聞かないか、でしょうね。人からいろいろ教わっても、それを一切受け入れない人がいるんです。それは学生に限らず、短歌教室に五年、十年通ってもじょうずにならない人というのは、絶対に人の言うことを聞き入れていないんですよ。

伊藤　耳では聞いているけれども、心でしっかり受け止めていない。

高野　他人の言うことを素直に受け入れて自分を変える、ということができないんでしょうね。長いあいだ教えてきて、年齢に関係なく、そういう人がいるということを発見しました。一年やってもまったく変わらない、本当に変わらない人がいます。若いということは進歩と関係ないんだと。

若いということは残りの時間が長いだけであって、柔軟性があるということではない。逆に言うと、中年の人でも柔軟性はある。極端に言うと残り時間の差だけなんです。そういうことを感じるようになりましたね。

もちろん若い学生でじょうずな人もいるんです。ある程度、短歌が好きなんだろうと思うんですけれども、しかし卒業したら一切つくらない。これも第二の発見です。

伊藤　かなり才能があって、つくり続ければいい歌ができそうなのに。

高野　そういう人は毎年いるんですよ。だけど勧めても続けないし、勧めないと、まさにそれっきり。授業のために、単位を取るためにつくっている。

伊藤　でも、つくっているときは、単位のためでも熱心にやるわけでしょう。

高野　熱心といえば熱心ですが…でも僕らは、伊藤さんもそうだと思いますが、つくりはじめた頃、言われなくても人の作品を読みますよね。これをまったくやらない。

伊藤　授業中だけで終わってしまう。

高野　そうです。だから熱心ではないですよ。

歌人のいい作品を読んでいない人は、じょうずにならないですね。授業の途中で、現代の優れた歌人の作品を五首とか十首紹介して、いい歌というのはこういうものですということを教えるんですが、授業以外のときに自主的に誰かの歌人が好きで読んでいるという人がいると素晴らしいのですが。そういう人だったら、きっと卒業しても続くんでしょうけれども、そういう人が皆無です。

こっちが読みなさいと言わない限り、授業以外で現代短歌を読むなんていう人は一人もいないというのが、悲しい現実です。

これまでにちらっと読んだというのはありますが、自分が短歌の授業をとって、いい歌をつくりたいから、そのためにいい作品を読むという意識はないんです。ただ自己流でやるだけで。自己流でもじょうずな人はいるんです。ただ、それ以上にじょうずにはならないですね。

授業中にいろいろな歌人の歌を紹介するのですけれども、明治時代までさかのぼるとすると、与謝野晶子なんかもやりますけれども、けっこう難しい。牧水は非常にわかりやすくていいんです。

伊藤　そうでしょうね。

高野　それから白秋とか、現代の歌人ですね。一番新しいほうで言うと、穂村弘のあたり。学生は穂村弘の歌に興味を持ちますね。ああいう歌がぴんとくるようで、やはり文語的なものは、ややなじみにくいみたいです。

文語調の歌のなかでは、牧水なんかが、いまの若い子にも理解しやすいみたいです。茂吉とか迢空なんかを教えても、反応なし。若い女性というのは、ああいう歌をおもしろいと思わないみたいです。

伊藤　牧水の恋の歌なんかはいいのかもしれませんね。

高野　ええ、これはいいんですよ。

伊藤　卒業後につくらないということですが、彼女たちが、四十歳代、五十歳代、六十歳代になったときにどうでしょうか。種を播かれたぶん、ひょっとしてつくる可能性が。

高野　それに期待したいですね（笑）。
伊藤　高野さんが教えて十年だから、まだ三十歳ぐらい。
高野　一番最初の教え子でも、まだ三十歳ぐらいですから。
伊藤　では、まだこれからですかね。
高野　あと十年待てば（笑）。
伊藤　高野さんの子どもさんは、歌をつくったりはされないんですか。
高野　しないですね。あまり興味がないようです。娘が二人いますけれども、上の子は文学部を出たぐらいですから、多少は短歌に興味があるみたいですが、まだつくったこともないし、つくろうという気持ちがない。
　下の子は、まったく興味なし。お父さん、短歌つくってんの？と。興味なしですね（笑）。先日は小島なおさんが角川短歌賞を取りましたが。
伊藤　高校生で、小島ゆかりさんの話によると、お母さんの講演原稿とか、ワープロを打っているうちに、けっこう関心を持ったりして。
高野　いいですよね。つくりたいという気持ちがあれば、歌集もいっぱいあって、環境はすごくいいですから。
　歌集なんて、読もうにも手に入らないですよね。だから学生たちに何かを読ませようと思っても、歌集を買わせることもできないんです。高いこともあるけれども、売っていないし、書店に直接注文して本を買うという経験がないようだし…。買わせることができないので、結局コピーして、あるいは自分で抜粋したのをプリントして読ませているんですけれども。
伊藤　高野さんの歌を、奥さまは読まれますか。
高野　読まないです。
伊藤　うちもだいたい読みませんから。読んでくれないほうが、ほっとしているというか。
高野　読まれるとちょっと窮屈ですね。歌をつくるときに、そのことが念頭に浮かんでつくりにくいでしょうね、たぶん。僕は幸い、家族は誰も読まないんです。
伊藤　うちもそれに近いですね。
高野　ときたま歌集を出すと、お父さん、歌集が出たみたいだねと。出ると、ちょうだいとか言うことはありますから渡すけど、読んでないみたいです。幸い。
伊藤　幸い（笑）。
高野　だって家族に読まれると、ちょっとエロチックな歌はつくりにくくなるでしょう。読まないという安心感の中でつくらないと。だから、僕はいい環境に置かれていますけれども。

辞典を作りたい

伊藤　高野さんはこれから、大学にはまだお勤めでしょうし、短歌だけではなくて、いろいろな仕事をされたり、あるいは仕事と別のこれからの過ごし方みたいなことで。
　僕も六十歳代に入ったんですけれども、高野さんも六十歳代で、我々はいつ何が起こるかわからないけれども、これからの六十歳代、七十歳代を生きるうえで、こんなことをして過ごしてみたい、こんなことをやってみたいとかは。
高野　そうですね…どこかに別荘を買って、そこで暮らしたいという気持ちもないし。
伊藤　ああ、ない？（笑）
高野　僕は愛媛の人間なんで、なんでも普通というのが好きなので。
　やりたいと思っていることはひとつあって、古語逆引き辞典というのかな。
伊藤　現代のものはありますよね。
高野　古語辞典というのは、昔の古い言葉を引くと現在の意味が出てきますけれども、いまこう言っている言葉を、昔はなんと言っていたかという字引がないんです。
伊藤　ああ、そういう逆引き辞典。
高野　要するに、現代語と古語の逆引き辞典ですね。いまそれがあると、短歌と俳句をつくる人はわりに役に立つと思う。一般の人にはぜんぜん役に立たないけれども（笑）。
伊藤　英和と和英があるように。
高野　そうそう。広辞苑なんかでも、現代の言葉を引けば、古語が少し出ていますが。
　腕という言葉があって、腕を昔はなんと言ったかというと、「かいな」という言葉があって、「ただむき」という言葉がある。この「ただむき」なんて知らない人が多いでしょう。もし、腕では音数が足りないというときにひくと、「かいな」が出てきて、まだ足りないというと、腕は「ただむき」と出ているから「ただむき」でいくかとか、そういう短歌に役に立つ辞典ですね。
　朝といえば、朝《あさ》というほかに朝《あした》もあるし、夜明け、あかつき、明け暗れ、東雲とか、ものすごくある。
伊藤　いろいろありますよね。
高野　これは音数も違うけれども、ニュアンスも違う。だから類語辞典も兼ねる。朝というところに、それらがずらずらと全部出てくるという、そういう字引をつくりたい。
伊藤　それは、ぜひつくっていただくと我々たすかりますね。
高野　名前がないんです。なんて言えばいいでしょうかね。
伊藤　これは何がいいでしょう。でも、なかなかそれはいいですね。
高野　わかりやすく言うと、古語逆引き辞典ですかね。古語を逆に引き出せるという。正確に言うと、現代語古語逆引き辞典ですかね。
編集　現古辞典ですか。
高野　現古辞典か、なるほど。それのほうがわかりやすいかな。では、その名前を使わせてもらって。
伊藤　ぜひそれは、完成していただくとありがたいですね。
高野　少しつくっているんですよ。人に手伝ってもらって。沼空の歌などで「あかとき」という言葉が出てくる。そこで現古辞典では「あさ」の下に「あかつき」というのがあって、あるいは「あかとき」というのもあってついでに迢空の例歌を挙げる。簡単な説明及び例歌が付くんですね。

伊藤　それはいいですね。

高野　それを現在は少しつくっているのですが、できればそれを完成させたい。たぶん、小冊子的な字引で終わっちゃうと思いますけどね。現古辞典、それぐらいですかね。

伊藤　いまは遠大な計画はおっしゃらないけれども、たぶんこれから、そのときどきでプランを立てて、おやりになりたいことがいっぱい。

高野　でも、あまりそういうことを考えたことがないんですよ。とりあえず、いまのことをこなしていくだけ。

しいていえば、締め切りを守るようにしたい。それをやらないと、結局、自分が苦しくなりますね。いま、自業自得のことなんですが、いつも追いかけられている感じがする。どうせやらなくちゃいけないんだから、早く片付けるようにしたいなと、ほんとに、情けないぐらい小さな目標ですね（笑）。

伊藤　それは多くのものが、そうだと思いますけれども。

高野　まあ、それといい旅行詠を作っていきたいですね。

伊藤　馬場さんのような（笑）。

今日はいろいろ貴重な、有意義なお話を本当にありがとうございました。

高野　ありがとうございました。

（'04・11・23　於・渋谷喫茶室ルノアール）

佐佐木 幸綱

佐佐木幸綱（1938-）歌集『旅人』で第２回若山牧水賞受賞。
歌集に『ムーンウォーク』『瀧の時間』『群黎』他。

最初の記憶

伊藤　文学者というのは、わりと小さいときのことをよく覚えていて、それをエッセーや小説に書かれたりされるじゃないですか。佐佐木さんは、小さいときのことを覚えておられるほうですか。

佐佐木　いや。あまり覚えていないほうかな。子どものころは戦争中だったから、いろいろなことがあることはあったわけですけどね。

　ただまあ、文芸雑誌「海燕」などに数編、短編小説を書いたときには、疎開をしていた話とかを書きました。

伊藤　そうすると、覚えておられる一番古い記憶は…うんと遡った人でしたら二歳とかの記憶のある人もおられますが。

佐佐木　断片的にいくつか覚えている最古の記憶があって、一つは、東京の本郷西片町十番地「ニの三十号」だったかに住んでいたころ、「イの十六号」に佐佐木信綱が住んでいて、歩いて五分くらいの距離だったかな。その道を急いで歩いている記憶があります。

　もう一つは、紀元二千六百年の記憶があるな。

伊藤　昭和十五年ですね。

佐佐木　俺が二歳のときですね。わが家の前の道を「ちょうちん行列」が通ったんだよ。どきどきしながら待っていた記憶、暗くなった道を小学生がわいわい言いながら、ちょうちんを持って長い長い行列で通った。暗い道の印象を覚えていますね。

伊藤　やっぱり、二歳だとかなり古い記憶ですよね。

佐佐木　それは断片のイメージとして覚えている感じですね。

　ちょうちん行列の本物を見たのは、これまでにこの一回じゃないかな。あと「花電車」を見た記憶もあるな。なんのときだろうね、シンガポール陥落かな。

伊藤　佐佐木さんが河出におられたころ、三島由紀夫さんに会いに行かれたりしていますが、三島由紀夫さんなんかはたしか一歳とか、そのときの記憶を書いておられました。

佐佐木　ほんとですかね（笑）。

伊藤　そうですね。三島さんぐらいが書いてしまうとみんな信じてしまう。

佐佐木　三島さんや寺山さんなんかは、虚構と現実が並列しているからね。

千葉県布佐に疎開

伊藤　そうすると戦争が激しくなって、昭和十九年ですか、疎開されたのが。

佐佐木　千葉県に一家三人で疎開して、その時代のことはいろいろ覚えています。利根川がすぐそばにあって。

伊藤　地図を見たら布佐というところは、我孫子の近くですか。

佐佐木　そうです。我孫子からＪＲで二つ目ぐらい。「心の花」会員で、信綱と親しかった斎藤さんという方の家の離れの部屋を貸してもらったんです。大きな造り酒屋さんの離れだった。小学校一年に入学したのは布佐の小学校です。

近くに利根川があって、古い町でした。田んぼがたくさんあって、よくザリガニ捕りをした。ザリガニやタニシ、ナマズなんか、捕まえて食ったよね。食糧不足の時代だったから。

伊藤　僕なんかの印象に残っているのは、『直立せよ一行の詩』のなかに、「少年発青年行急行列車」という一連があります。このなかで、「昭和十九年、空襲の激しい東京を逃れて、私たち一家三人は、千葉県の布佐という小さな町」に行ったということで、「蛇の捉え方も蛙の裂き方も知らない駄目な子供として先住少年連中の蔑視に耐えなければならなかった」と書いてある。

やはり、東京から行かれて、向こうには田舎の子どもたちがいて。

佐佐木　そうですね。例えば雷魚を釣るとき。まずカエルを捕まえてきて、カエルの皮をつるんと引っぺがすんです。すると皮のない生身のカエルになる。それを釣り針に引っかけたのを餌にして、雷魚を釣る。

カエルは皮を引っぺがされても、泳いだりなんかするわけですね。それにがばっと、雷魚は食いつく。

おしりのところをナイフで切って、ギュルッとカエルの皮を逆にひんむくなんてことは、俺のような東京っ子はなかなかできないんだよね（笑）。馬鹿にされたりしながらそういうことを覚えていった。ザリガニだって、でかい奴は獰猛だからね。田んぼに這って、穴の中に手を突っ込んで手探りで摑みあげるんだから、最初は指をハサミで切られたりする。あと、空襲警報っていうのは怖かったよね。

戦中・戦後へ

伊藤　昭和十九年から二十年にかけてというのは、すごかったわけでしょう。

佐佐木　空襲警報が出ると、急いで下校させられるんですね。防空頭巾というのがあったな。座布団を折ったような感じの不思議な頭巾、それをかぶって。銚子沖から東京に行く飛行機が布佐の上空を低空飛行で通るんだよ。

それに見つかると撃たれちゃうっていうので、爆音が聞こえると木の陰に隠れるとかね。向こう（米軍機）は東京爆撃を終えて、遊びながら帰るんだな。地上に人がいるとおもしろがって機関銃でバンバン撃ったりなんかする。「禁じられた遊び」にそんな場面が出てきた。あんな感じです。向こうは遊びだけど、こっちは必死ですよね。

伊藤　それはかなり濃密な記憶ですね。

佐佐木　そう。濃密な記憶。

それからあと、三月十日の東京大空襲だったんだと思うけど、東京が燃えて空が真っ赤になっているのを眺めた記憶も濃密な記憶です。高層ビルがないから、ちょっとした丘に登ると、布佐から東京が見えた。八十キロくらいあると思うけれど、見えるんだよね。

真っ赤な空に、探照灯っていう白い光の筋が何本も交差する。高空を飛ぶ飛行機が爆弾を落とすと、火がはじけ飛ぶ。音は聞こえないけれど、爆弾の火がばんばん跳ねるのまで見えるんですね。はじめてのきれいな光景をうっとりとして見た記憶として、鮮明に覚えています。

伊藤 戦争ということとは別に、それは非常にきれいな。

佐佐木 きれいな場面としてね。音が聞こえない。無音で光の動きだけが見える。

あとはもう食い物（笑）。

伊藤 そのころはとにかく、戦争が早く終わってほしいっていう気持ちで。

佐佐木 子どもですから、そういうことはあまりわからなかった。戦争が日常の感じだったからね。

伊藤 物心ついたらもう、そういう戦争の日常だったわけですよね。

佐佐木 戦争以外の選択肢があるって、わからなかったんじゃないのかな。食い物はさすがになくて、飢えの記憶も濃密です。

伊藤 食い物の記憶っていうと、どんな記憶が一番ですか。

佐佐木 一番は戦後になって見た白砂糖。それまでまったく見たことがなかった。

それが配給になったか何かして、はじめて見た記憶、舐めた記憶、っていうのは鮮明だよね。とにかく美しかった。気高い美しさ、と言っていい感じだったな。エッセイに書いたら、上田三四二さんがよかったよって葉書をくれた。

伊藤 白砂糖っていうのは、貴重品ですよね。

佐佐木 この世の中にこんなものがあったのか、と思った。

伊藤 ともかく昭和十九、二十年というと、ろくな食べ物はない時代ですよね。

佐佐木 疎開時代、同じ家の離れにもう一家族住んでいました。陸軍中尉だか大尉だかで奥さんもいたな。当番兵っていうのが一人ついているんです。いま、急に思い出した。小説的だな。

伊藤 そのときはもう、お父さん、お母さんと三人でそこにおられたわけですね。

佐佐木 親父は勤めで東京の学校まで通っていたんです。

伊藤 千葉のほうから東京へ。

佐佐木 かなりたいへんだったみたいでしたね。電車の本数が少ないし、思いっきりこむし。蒸気機関車に乗客がしがみついたまま走ったりもした時代ですね。

伊藤 そして、昭和二十年八月十五日の記憶というのは。もし記憶があったら、ぜひとも。

佐佐木 布佐小学校一年生の夏休みです。友だちと一緒に、暑い中をザリガニ捕りに田んぼを這いまわっていて、昼までに帰ってこいって言われていたらしいんだけど、遅れてしまった。
伊藤　ということは、重大な放送があると…
佐佐木　帰ってこいって言われていたんだけれども、遊ぶのがおもしろくて帰れなかった。帰って怒られた記憶がありますね（笑）。
　敗戦のショックみたいなものは、覚えがない。理解できなかったんだろうか。怒られた記憶はあるけれども。
　八月十五日以前は、電灯にカバーをかけていた。
伊藤　B29が来たら上から見えないように。
佐佐木　その夜からカバーをはずしたのは覚えているな。あとは戦後、購入した電熱コンロの記憶。ニクロム線がぐるぐる巻きで、スイッチを入れると赤くなる。はじめてのメカで、新鮮だったなあ。

　　チバケンノ　ユキツナサンニ、アタミノオヂイサンカラ。

伊藤　幸綱さんが「NHK短歌」に書かれた、信綱さんの手紙を用意しました。これは昭和二十年二月二日の、信綱さんが孫の幸綱さんに宛てた、カタカナの葉書です。
「チバケンノ　ユキツナサンニ、アタミノオヂイサンカラ。ユキツナサンハ　タケウマニ　ノレルヤウニナツタトノコト、」（笑）と冒頭にあります。
佐佐木　そういえば布佐時代に竹馬は乗ったな。
伊藤　そうですか。続けて
「テンキノヨイヒニ　タケウマニノルノハ　オモシロイデセウ。オヂイサマハ　オヂイサマノオトウサマノオカンガヘデ、ガクモント　オウタヲヨムコトバカリヲ　ヲシヘラレマシタノデ　タケウマニノツタコトモナク　タコヲアゲタコトモ　アリマセヌ。シカシ　イマハ日本人ガ　ツヨクツヨクナルベキトキデスカラ　ツヨクナルニ　ウンドウモヨイコトデス。ケレドモマタ　日本ノレキシヲ　オカアサマニキキ　ウタヲヨムコトナドモ　ヲシヘテイタダイテスグレタヒトニナルヤウニ　オヂイサマハ　ネガツテヰマス。」と。これが昭和二十年の二月二日の信綱さんからの葉書です。まだ小学校の一年か二年ぐらいですかね。
佐佐木　まだ一年です。四月に入学、八月に敗戦です。
編集　そうすると、信綱さんは運動というのは、ほとんどからっきしだめだったということですか。
佐佐木　全然やらなかったみたいね。明治五年生まれだもの。スポーツの時代以前だし。
伊藤　もう、歌の道に進むように教育を受けていたので、ほかのことをする余裕が時間的にもなかったという。
佐佐木　碁が強かったっていう話ですね。ただ、碁は時間を取るからっていうので、親父（弘綱・信綱の父）にやめさせられたらしい。
　弘綱は碁が好きだった。新しいもの好きで、また小唄や端唄をたしなんだり、遊び好きの人だったらしいけど、息子には英才教育をして、遊ばせなかったらしい。そういう話を聞いたことがありますね。「うぶすなの秋の祭も見にゆかぬ孤独の性《さが》を喜びし父」という歌がある。

伊藤　でも、信綱さんは自分の学問が忙しいなかで、孫にこうやって手紙を送って、メッセージがすごいですよね。

佐佐木　まめな人、気配りの人だったから。いくら自分が忙しくてもこういうことをやったんです。

伊藤　とにかくこの信綱さん自身が、自分の父親の弘綱さんから、五歳ぐらいからいろいろ勉強をするように教育を受けるじゃないですか。

　だからやはり、幸綱さんに対しても信綱さんは、まったく同じようなことを願っていたんでしょうか。自分がそういう教育を受けたから、幸綱さんにも。幸綱さんだけではなく、ほかのお孫さんにもだったかもしれませんけれども。

佐佐木　若い時代は貧乏だったし、自分の仕事も超多忙だったから息子・娘にはあまり何も言わなかったらしい。だから孫には……

伊藤　是非ともそうなって欲しかったんでしょうね。「オカアサマニキキ　ウタヲヨムコトナドモ　ヲシヘテイタダイテ　スグレタヒトニナルヤウニ」の箇所なんて読むと特に（笑）。

佐佐木　それは俺にだけ言ったんじゃないと思うけど。他の孫たちにも言ったんじゃないかな。

伊藤　お弟子さんにも言っているんじゃないですか。孫はまだ六つか七つぐらいでしょう。

編集　当時は、軍国少年だったとかそういう記憶は。

佐佐木　いや。それほど。まだ小さかったから。

編集　お国のためというようなことは、考えられなかったのですか。

佐佐木　もうちょっと上の人たちとはちがう。まったく考えなかったな。

伊藤　戦争が終わって、成蹊小学校に入学されます。それは西片町から、僕は成蹊小学校の場所を知らないのですけれど、わりと近くなんですか。

佐佐木　いや、遠いんです。現在でも一時間以上かかります。

伊藤　これは両親のすすめで……。

佐佐木　藤田純一という従兄弟が、当時、成蹊の高等部に通っていた。その関係だったと思います。もう故人になりましたが。

伊藤　佐佐木さんのいとこで物理学者の。

佐佐木　はい。物理学者で元文部大臣の有馬朗人さんと親しかった人です。成蹊へは、御茶ノ水から吉祥寺まで、三十分以上中央線で行き、吉祥寺から二十分ぐらい歩きます。遠かったです。家からお茶の水までだって歩けば三十分。都電に乗ったこともあったな。

　中央線がたいへんな時代でね。ラッシュアワーが並じゃないラッシュアワーで。戦後だから電車の窓ガラスなんか割れて無い。冬はものすごく寒い。電車の本数が少ないから、ものすごく混雑する。昔は幌がなくて連結器がむき出しになっていたんですね。車輌に乗れずにはみ出した人は連結器の上に乗るんです。四、五人は乗れる。しかし寒いときなどは、手がしびれて振り落とされたりするんだよね。当然轢かれてしまう。

轢かれても、現在みたいにすぐかたづけない。むしろで遺体を隠すだけ。むき出しで放置されたりもしていた。礫死体というのはものすごく気持ち悪いよね。それを週に一回ぐらい見ちゃいましたね。桜木町事件があって、車輌が幌で結ばれる。それ以前の話です。

それから、いまではとても考えられないけれど、電車の座席の上に立った。シートに座ると一人しか座れないけれど、立つと同じスペースに三人は立てる。ラッシュアワーには座席に座らず、上に乗って立った。

伊藤　できるだけたくさん乗れるように。

佐佐木　そう。連結器にも乗るしね。子どもは危ないからと、網棚の上に乗せられたり（笑）。そういうすごいラッシュアワーの記憶がありますね。

伊藤　幸綱さんは小学校の低学年で、その電車で一人で通われていた。

佐佐木　一人です。帰りは友だちといっしょでしたが。

伊藤　それは相当鍛えられましたね。

佐佐木　それはすごく鍛えられた。不思議な時代だね。

伊藤　想像するだけでもたいへんな通学の小学生ですよね。いまの子どもだったらもう、学校へ行かないって言うような。

佐佐木　一番の大事件は、人の圧力で自動ドアの戸がはじけたことがある。乗っている人がたくさん落ちた。たまたま川の上で、七、八人が落ちていっぺんに死んだんじゃなかったかな。俺が乗っていた電車じゃなかったですけど。

伊藤　そういうことがよくあった時代なんでしょうね。いまだったら大問題だけれど。

佐佐木　そうそう。轢死ぐらいでは新聞にも載らない。日常茶飯事だったんですね。

旧制高校寮歌の暗唱

伊藤　そのころの学校の勉強というのは、まだほんとに教科書もなくて…

佐佐木　よく覚えていないな（笑）。

伊藤　勉強でおもしろかった科目とか関心を持った科目は。あるいはそのころの学校での楽しみでもいいです。

佐佐木　勉強っていうか、雨が降ると教室の中で傘をさした。要するに、すごい雨漏りなんだよ（笑）。成蹊は私立学校で、いまでは学費が高いので有名な学校だけどね。そういう学校でもそんなありさまだった。

伊藤　それはB29にでも穴を開けられたんでしょうか。

佐佐木　本校舎は破壊されていたんだね。われわれの教室は元兵舎だった。広い敷地があるから、陸軍の何とか連隊がそこに駐屯していて、その兵舎の残っているのを教室に使った。木造の掘っ立て小屋みたいなもので、天井はないし、古くなって傷んでいたんだな。

授業そっちのけで、校内にあった林へ行って、ちゃんばらごっこをやったり、秘密の家を作ったりしていた。学校へ行って毎日、野外で遊んでいた。先生が特攻隊の生き残りで「軍隊でこういうことがあって」って泣きながら話したりした。飛行機が飛んでくると一番に外に見に行くんだよ。「俺はもう兵にはなりたくないけれども、飛行機は大好きだ」って。いま考えると、先生は二十代の半ばぐらいだったですかね。いまでもこの先生とは仲がいいんですよ。

伊藤　いままだお元気でおられるわけですか。

佐佐木　ええ。お元気です。

伊藤　いきなり価値観が変わってしまった時代ですよね。

佐佐木　だから遊んでいていいよって感じで（笑）。

成蹊は、何万坪っていう敷地があって、学校の中に奥深い林があったり、そういうところで一日中遊んでいました。ちゃんばらがはやっていたな。三銃士とか、フランス映画の海賊物が入ってきたりして、フェンシングの感じだったかな。

伊藤　日本の刀ではなくてフェンシング。

佐佐木　のような感じだったですね。ダルタニアンとか、三銃士を読んだっけ。

伊藤　やはり、昭和二十年から二十三、四年くらいが一番たいへんだったでしょうね。僕が小学校へ入ったのは、昭和二十五年なんですよ。田舎ですけれどもそのころは一応、雨漏りがしない教室で勉強していましたけれど、昭和二十年から三、四年ぐらいっていうのはたいへん。

佐佐木　子どもだから、たいへんという感じではなく、おもしろかったし楽しかったよね。教室内で傘をさすっておもしろいじゃない、普段と違って（笑）。

伊藤　授業よりおもしろい。

佐佐木　給食もなかった気がするな。低学年のうちは。学校組織も破壊されたままだったんじゃないかな。給食を作る施設もないし、弁当を持って行ったのか、昼で終わったのかな、よくわからないけど。とにかく、学校がおもしろかった。

伊藤　先ほどの特攻帰りの先生とは、いまでもときにお会いになるとのことですが、お友だちでそのころの方っていうのは、いまでも……。

佐佐木　俺は小学校から高校までエスカレーターですから。そのころからつきあっている奴でクラス会をいまもやっています。

三年までは飛行機好きのその先生が担任でした。先生は数年前まで、海外子女の教育相談の仕事で、世界各地をまわったりしておられました。

四、五、六年は別の先生だった。その先生が不思議な先生で、師範学校を出た熊本の人で、当時まだ三十代だったかな。十数年前に亡くなられましたけれど。熱血先生でした。戦後民主主義の時期だったけど、断固、生徒を殴った。ひどいときはクラス全員を殴ったりした。男子だけのクラスでしたが。

その先生が、生徒に俳句を作らせたんです。そして、旧制高校の寮歌を歌わせた。いまでも一高寮歌「嗚呼、玉杯に花うけて」とか、北大寮歌「都ぞ弥生の、雲紫に」とかちゃんと覚えていて、最後まで歌えます。一高から八高までの寮歌をみんな暗記させた。暗記しないと殴られる。その暗記体験が深くインプットされていて、日本語観の基礎になっている気がするな。

伊藤 その先生の影響が大きいわけですね。

佐佐木 意味なんてわからない。「玉杯」とか「栄華の巷」って言ったって、なんだかわからない。つまり、分からない日本語を全部暗記させられるわけだね。

伊藤 まだ小学校高学年ですよね。

佐佐木 小学校四年、五年ぐらい。「緑酒に、月の影やどし」って歌っても、「緑酒」ってなんだかわからないわけ（笑）。一番だけじゃないんだよ、全部歌わせる。先生がガリ版を切ったプリントを渡されて、予習復習して来い、っていう。三年間やらされたから、プリントはぼろぼろ。コピーがない時代だから、なくすとたいへんです。がんがん殴られる。三高寮歌「紅萌ゆる丘の花」なんて、十一番か十二番まであるんじゃないの。それを全部歌わせるんだよね。覚えていないやつがいると殴る（笑）。とにかく意味不明、意味不了解の日本語を、徹底的に覚えさせられた。「都の花に嘯《うそぶ》けば、月こそかかれ吉田山」「ラインの城やアルペンの　谷間の氷雨なだれ雪」っていったって小学生に分かるわけないもの。

伊藤 いまはこれが復活していますけれどね。暗誦させる、声に出して日本語を読むというので。

佐佐木 そうですね。昔の「百人一首」もそうだった。

伊藤 俳句を子どもたちに作らせられて、幸綱さんもじゃあ。

佐佐木 うん。

伊藤 幸綱さん前にお書きですが、生まれたときは水原秋桜子先生がドクターだったということで、俳句に縁があるとおっしゃったけれど、あとでまた、高校では中村草田男先生に出会われるっていうことで。

佐佐木 その前に徳永吉晴先生という今話した先生に会っている。徳永先生は俳人としてはマイナーな方だったと思いますけれども。

伊藤 熊本は俳句が盛んなところですよね。漱石は五高に五年くらいいます。そして熊本時代というのはかなり多く俳句を作っています。熊本はわりと俳句が盛んだと思うんですけどね。

佐佐木 そういう影響なんですかね。

伊藤　時代はそれこそ第二芸術論のさなかにあるときに、子どもたちに戦前の校歌、寮歌を歌わせて俳句を作らせるというのは。

佐佐木　徳永先生はあと算盤をやらせた。算盤もずいぶんやらされましたよ。これでも殴った。クラス全員殴ったのは、算盤関係が原因だった気がするな。

伊藤　算盤は佐佐木さん得意でしたね。

佐佐木　いやあ、得意っていうか、その先生にやらされたから。得意ってほどじゃないですけどもね。頭の中に算盤をイメージする暗算もやらされました。掛け算・割り算の暗算も、昔はまあまあぐらいできました。

伊藤　やはり小学校の教育って大事ですね。

信綱が直す

伊藤　僕は今日は、古い「心の花」を見てきまして、全部丁寧に見たわけではないんだけど、僕が見た限りでは、佐佐木さん覚えておられますか。「心の花」での一番古い作品。

佐佐木　山吹のどうとかっていう歌じゃないですか。

伊藤　そうなんです。

佐佐木　あれがたぶん一番古い。

伊藤　やはりそうだな。「心の花」六百号記念という、昭和二十三年十月ですね。「記念自選歌集」と言って。

佐佐木　その前の普通号に載っていたのが出たのかな。

伊藤　なるほど。そして自選ですね。「しとしとと雨がふるなり山吹はきれいな花をちらしはせぬか」

佐佐木　それとはちがう山吹の歌のような気もするけど。「山吹の枝が揺れている」とかっていうのがあった気もする。庭に山吹があったんですね。

信綱が作れって言う。食糧不足の時代は、菓子を餌にしたりしてね。小遣いが餌だったこともあったかもしれない。餌につられて俺が作った原型を、信綱が直すんだよね（笑）。

伊藤　これは普通だったらね、「雨が山吹の花をちらす」という表現になるところじゃないですか。でもこれは、「しとしとと雨がふるなり」と言って、そして「山吹はきれいな花をちらしはせぬか」というね、ここがちょっと、ああっと思って読みましたね。

そしてその翌月に佐佐木雪子夫人追悼号が出るんですね。

佐佐木　おばあさんですね。

伊藤　おばあさん。信綱夫人が亡くなられて。そのときに幸綱さんが三首作っておられるんですけれど。「おばあちやまおなくなりになつて淋しいと思ひ思ひ登る月の夜の道」

いいでしょう。

佐佐木　これも直されているんだな、きっと（笑）。でも、かすかな記憶はある。登るのは熱海の坂ですね。

伊藤　この下の句の「淋しいと思ひ思ひ登る月の夜の道」がいいですね。「菊の花こすもすの花はさいてるけれどおばあちやまはもう御覧になれない」「僕の頭をなでて下さつたおばあちやま今はなんにもおつしやらない」。

十歳のときです。いいですよね。

佐佐木　十月でしたから秋の花が出る。その祖母の死のことはよく覚えてるんですよね。熱海で死んだんだけれど、東京の谷中に埋葬した。土葬だったんです。

埋葬にも立ちあった。土葬に立ちあったのはこれ一回きりですね。深い穴を掘って、アメリカの映画なんか見ると横に埋めますよね、祖母のときは縦に埋めたんです。墓地が狭いからだろうと思うんだけど、頭を上にしてお棺を縦に入れて、そこに土をかぶせた。

ものすごいでっかい音がして、びっくりしました。しーんと静かななかに、「どっ、どどどどーっ」と。太鼓の原理と同じで、棺の中の空気が反響するんだな。ものすごい大きな音がした。それと、棺にかけられたまっ白い布の上に黒い土がばっと散るでしょう。その印象が凄く鮮明だった。

伊藤　僕もずっと前に土葬を見た覚えがありますけれどもね。でも、縦というのは初めて聞きますね。

この一連は信綱さん、あるいは「心の花」のほうからぜひ、幸綱さんも作りなさいということで。

佐佐木　信綱に作らされたんだと思いますが、これは作った記憶がありますね。

伊藤　そのあとの「心の花」に幸綱さんが載ったっていうのは、僕が見たところ、ほとんどなかったんですが。

佐佐木　そう。ほとんどないと思います。

伊藤　おばあさまが亡くなったから、幸綱さんも作りなさいということで。

佐佐木　信綱は熱海、こっちは東京ですから、熱海の家に行くと作らされるんですね。

伊藤　熱海にはどれくらいの割合で行かれたんですか。

佐佐木　昭和二十年代はあまり行かなかった。運賃も高かったし、新幹線がなかったから。熱海まで片道三時間とかかかったんじゃないかな。

高校の終わりぐらいからはわりと行くようになりました。昭和で言うと、三十年代に入るか入らないかくらいですね。そのころから、夏休みと冬休みに行っている。

伊藤　それは呼ばれて行くというより、幸綱さんがちょっと信綱さんに会いにという感じで。

佐佐木　いや、親父と一緒に。親父が生きているときですね。正月に行くと、ふだん逢えないような人が年始にくる。それは面白かった。谷崎潤一郎さんは近くに住んでいたし、松子夫人が「心の花」会員でしたから、正月以外にもときどき来ておられました。吉川英治氏は別荘があったんですかね。新村出、広津和郎、金田一京助といった人を見ました。

親父（治綱）はちょっと信綱が苦手なんですね。治綱にはうるさい親父だったんだろうと思うな。

伊藤　最初、心理学を東大でやられて、あとは国文学に変わられたのはやはり、信綱さんがぜひ国文学をやってほしいっていう、そういうお気持ちがあったんでしょうかね。

佐佐木　それもあったと思います。直接聞いたことはありませんが。国文学をやるとなると、自分のテリトリーだから信綱はうるさいわけです。もっと短歌史を勉強しなさいとか、そういうふうな言い方をされる。

心理学科では、卒論で『短歌鑑賞の心理』をやりました。単行本になっていますね。その後、『永福門院』、『伏見天皇御製の研究』という著書があります。永福門院も伏見天皇も二人とも『玉葉集』の歌人です。たぶん、信綱に研究テーマを与えられたんだと思いますね。そういう経緯もあって、頭が上がらない。お互い好きだったんでしょうが、苦手だったんだと思います。あまり言いたくないんだけども（笑）。

伊藤　でも、信綱さんは弘綱さんからまた、そういう教育を受けて、そして信綱さんはわが子にそういう教育を。

佐佐木　だから、親父は俺には放任主義でやってくれました。何も言わないという。自分が言われてきたからでしょうね。

伊藤　「心の花」でちょっと見つけたのが、昭和二十八年というと中学ですか。

佐佐木　そうですね。

伊藤　昭和二十八年の十一月号というのを見ていたんですけれども、もう幸綱さん風になっています。

「こゝろよき音ひゞかせてピンポンの球光り飛ぶ秋の書さがり」

「満身の力をこめてわれの打つボール眞白しすむ秋空に」

「快音を殘して高くとばされるボールは青き空にくつきりと」

これは覚えておられますか。

佐佐木　あまり覚えていないですね。卓球と野球ですね。

伊藤　これは昭和二十八年一月、新年号ですね。なんかとてもすっきりしています。

編集　スポーツは野球をされていたのですか。

佐佐木　男の子はみんな野球をやった時代でした。

伊藤　そうですね。

佐佐木　野球をやっていました。このころは空き地があると三角ベースとか、野球をやっていました。あのころは何もない。ボール一つで野球をやっていたわけだから。グローブなんかないですよね。

やはり歌をちゃんとやるというよりも…これもたぶん一月号だから、新年号には幸綱さん出しなさいということだったんでしょうかね。

佐佐木　何かで熱海に行ったときに、作らされたのかもしれないな。ただ、中学時代になると自分のグローブを持っていた気がしますね。

伊藤　僕もずっとバックナンバーを見ていたんですけれども、七百号記念になると幸綱さんのが一首出たりして。記念号や新年号になると、佐佐木家の子どもとして出されてるみたいですね。

こういう文章も見つけました。これは昭和三十二年二月号、七百号記念に「みちしるべ」という文章を書いておられます。

佐佐木　ああ、信綱がどうとかってやつ。母親に書かされたような気がするな。信綱の手紙の紹介だけれど、立派すぎて恥ずかしい。

伊藤　幸綱さんが中学生になるときに信綱から来た手紙を引用して、高校を卒業される直前に書かれています。

信綱の手紙には「人生は、努力の連續、精進の生涯であること、人生の目標を定めて初一念を貫徹すべきこと、よい書物を友とすべきこと、自主獨立の精神を養ふのは大切であること」とあるようです。

そういうことを言われて、そして自分はそういうふうに生きようという、それを道しるべにしようという決意を述べられています。

編集　ほかのいとこの方は歌を全然出されていないんですか。

佐佐木　さっき言った藤田純一さんはあるんじゃないかな。

編集　その方だけですか。

佐佐木　そうですね。一、二回作っているのは他にもいると思いますが、継続したのはいません。

伊藤　結局、信綱が歌の種をまかれて、歌を作ったお孫さんというのは。

佐佐木　二人です。

伊藤　藤田さんは僕が「心の花」に入ったころお元気で、歌を出したり文章を書いたりされていましたから。

佐佐木　彼は真面目なひとだったから。あとは、信綱があまりしつこくやりすぎたから、みんな嫌がって（笑）。

伊藤　でも、二人も歌を作ったというのは…

佐佐木　孫は二十五、六人いて、そのうちの二人ですからね。分母が大きいから発芽率は非常に悪いよね。

編集　おじさんはお二人ですか？

佐佐木　息子は四人いたんだけれども、一人は養子に行って、一人は若死にして、残ったのはうちの親父を入れて二人。あと娘が五人です。

伊藤　昭和三十三年に「心の花」で合同歌集『二点鐘』が出ています。これは佐佐木治綱を中心とする「心の花」の若い世代の合同歌集ということだったんですか。

佐佐木　昭和二十七年に治綱が編集を担当するようになるんですが、じっさいには信綱の発言力が強かったようです。三十年代に入って、少しずつ治綱中心に移行しはじめる。わが家で「心の花」の東京歌会をするようになったりもした。そういうこともあってなんとなく、短歌っぽい雰囲気がわが家にできはじめてくる、そんな時代だった気がします。『二点鐘』の参加者は、当時の三十代が中心でしょうか。

伊藤　これは昭和三十三年に出て、このときは幸綱さんは、成蹊大学政治経済学部一年に在学中、と作者紹介に書いてあります。

佐佐木　はい。歌会に出はじめていたんですかね。
伊藤　この最初の一首なんかもやはり幸綱さんらしさって出ているなと思いました。「夕暮れの原に伏しをり濃紺の秩父の山の春雷を感ず」
　原に伏していて、山の春雷を感じるっていう。
佐佐木　秩父連峰は武蔵野市の成蹊から見えるんです。成蹊学園の校歌にも出てきます。「土のはぐくむ　武蔵原野の林　空を限りて　秩父連峰走る……」っていうんです。たしか志田義秀作詞ですね。自分のイメージとしては、成蹊のグラウンドに寝ころんでいる場面だな。
伊藤　なるほどそうですか。なんで秩父が出てくるのかなと思ってたんですが。これは巻頭歌ですよね。

早稲田で出会った人々

伊藤　今回ちょっと古い「心の花」を見たんですけれども、やはり佐佐木さんが「心の花」にいつも作品を出され、本格的に作られるようになったのは、お父さまが亡くなってから…
佐佐木　のはずですけど。決意と言うか、そのあたりが変わった。
伊藤　以前から歌を作らされたり、自分でも作ったりされていたけれども、やはりお父さまが亡くなってから「心の花」にもほとんど毎号、歌を出されるし文章を書かれるようになる。お父さまの死を契機として改めて「歌」の道を選ばれたと、そういうことでしょうか。
佐佐木　そういうことですね。それまでは作らされていたんだな（笑）。
伊藤　それがちょうどまた六〇年安保の年ですよね。
佐佐木　他界したのが五九年十月です。大学も早稲田に変わったので、その頃から文学仲間もできた。たとえば小野茂樹さんですね。小野さんは偉そうに見えたな。「イメージ」を「イマージュ」って言うんで、びっくりした。それまで文学青年に会ったことがなかった。小野さんが最初に会った本格的な文学青年だった。その前後で環境も変わったんですね。高校までは全然、文学なんて雰囲気なかったな（笑）。
伊藤　それまではスポーツ高校生だったわけですか。
佐佐木　高校までの同級生で、文学関係の友だちって一人もいなかったからね。今は、吉川英明（吉川英治の息子）が小説・エッセイを書き、五十過ぎてから三宅徹夫が「心の花」に入ってきましたが。
伊藤　スポーツそのものは熱中してやっておられたんですね。いまでも佐佐木さんは身体を動かすのが得意で。
　僕はスポーツは嫌いではないけど、あまり得意ではない。やはりスポーツ好きな人っていうのは、身体に対する独特な感覚っていうのがあるんじゃないですか。
佐佐木　う〜ん（笑）。今のような「スポーツの時代」が早く来ていたら、職業にしていたかもしれないですね。日体大にさそわれたことがあったし。高校まではスポーツのために学校に通ったようなものでしたね。

伊藤　そういう意味ではお父さまが亡くなった、ほんとに突然で、何日間かで亡くなられているから、そのときの歌というのは力作ですよね。

編集　お誕生日じゃなかったですか。

佐佐木　そう。俺の誕生日です。

伊藤　『緑晶』（合同歌集）の前に初出で、「心の花」昭和三十五年二月号が、佐佐木治綱追悼号です。このときは「喪章」という題の一連ですね。

佐佐木　そのころからはもう信綱の手が入っていないんです。

伊藤　この一連はもう現代短歌ですよね。もちろん挽歌なんだけれど、近代短歌の挽歌と違う「生とは何か、死とは何か」という問いかけの深い、例えば、

「義歯除きし父の笑ひの幼くて臨終の時に我も笑ひたり」

とかね。

こういうのは近代短歌の挽歌の中では通常出てこない歌ですよね。そういう歌を含んで、非常に生と死を問いかけて揺れ動いていますね。

佐佐木　そうやって資料を繰りながら質問されていると、何だか面接されているみたいで（笑）。

伊藤　いやいや（笑）このレポートはなかなかいいな、なんて（笑）。

ま、それはともかくすごい歌だなと思いました。これは個人歌集には…

佐佐木　入っていないですね。ただ、河出書房刊の『佐佐木幸綱の世界』には、合同歌集収録作も入っています。

伊藤　このときが早稲田の二年生ですか。

佐佐木　そうですね。「早稲田短歌会」に二年のときに入る。小野茂樹、河出朋久、藤田三男、伊勢勇、牛島伸たちがいた。

伊藤　当時は短歌はどんな存在だったんでしょう。それまでに作らされてはいたけれども、ご自分で歌の道を選ぶというのは。短歌の手応えというか、自分にとっての短歌の存在理由みたいなものは感じられたんでしょうか。

佐佐木　当時はまだ、「文学の時代」というか、文学に魅力のある時代だった。早稲田大学入学時には、一つのクラスが五十人ぐらいだったけれども、そこに四つか五つ同人誌ができるんだよね（笑）。

まだワープロなんかないから、近所の印刷屋さんでガリ版とかで、同人誌を出してました。みんな小説が書きたいわけだよね。小説がおもしろかった時代だったしね………。石原慎太郎さんとか大江健三郎さんとか、ちょっと上の世代に学生小説家が出た。俺も書けるんじゃないかと皆思って（笑）。三木卓、五木寛之さんたちは、もうちょっと上だけど、同人誌全盛期の早稲田にいた人たちです。

伊藤　三人集まれば同人雑誌ができるという雰囲気ですよね。

佐佐木　そういう時代だった。まだ小説全盛の時代だったから、短歌なんて作るのはほとんどいなかったですね。

伊藤　短歌会は早稲田に入ってすぐに入られたんですか。

佐佐木　いや。ずっと入っていなくて。二年になってからかな。同人誌で、小説みたいなものを書いたことはありますね。結局、早稲田に入って間もなく親父が死んで、短歌をやるようになった感じですね。

伊藤　早稲田短歌会では佐佐木さんが入られて、佐佐木さんが中心になっていって…

佐佐木　いや、そんなことはないですよ。藤田三男、河出朋久とか太田比呂志、そして小野茂樹さんがいた。太田さんは卒業して、「ミステリーマガジン」の編集長になったんですね。

藤田三男さんは、河出書房に入って、編集者として知られた人です。三島由紀夫の『英霊の声』とか『サド公爵夫人』などは、たしか、装幀も含めて藤田三男がみんな作ったんですね。小野茂樹さんも編集者になった。人数は少なかったけど、いろいろ才能のある人がいた。寺山修司さんも、忘年会や合評会、早稲田祭のコンパなどにはよく来ていた。

伊藤　短歌会じゃないけど。

佐佐木　俳句会だったんですね。病気で休学のような退学のようなかたちだったんじゃないかな。病気が治ってから、ひまでしようがないからでしょう、ときどき遊びに来ていた。寺山さんとはそういうかたちで出会ったんです。

伊藤　それは学生会館の二十七号室、あそこで。

佐佐木　そう。それから「茶房」っていう喫茶店。合評会なんかは「茶房」でやった。予約すると食事も酒も出してくれたから、合評会やコンパなどしたんですね。寺山さんは、よく来たんだよ。

伊藤　寺山さんとはほんとうにお互い学生のころからの付き合いで。

佐佐木　こっちは学生で、向こうは中退してたんだと思うけど。結局、寺山さんは四十五歳で死んだから、二十年ちょっと付き合ったことになりますね。

一番最後にやった座談会がいっしょで…

伊藤　「国文学」のね。

佐佐木　寺山さんと大岡信と俺と三人で。その二カ月後ぐらいに死んじゃったんだからね。

伊藤　あれは印象に残っている座談会ですよね。

あのなかで寺山さんは、「自分もまた短歌を作ろうかな」とかいうお話をつぶやいて、「えっ？」と思ったけれども、亡くなられてね。すごく短歌の好きな人でしたね。

佐佐木　そうだと思いますね。短歌的人間だったんだな。

伊藤　あの座談会は印象に残っていますね。

佐佐木　まあ、いま考えると、早稲田に入っていろいろな先輩・友人に会ったことが大きかったと思いますね。篠弘さん、来嶋靖生さんも、早稲田短歌会のコンパに来てくれて知り合ったはずです。岩田正さんはずっと上のＯＢです。
伊藤　でもやはり当時の文学の中では短歌は少数派で…
佐佐木　もちろん少数派でね。短歌を作っているのは恥ずかしいんだよね。短歌史の中でも社会的に短歌がマイナーな時代だったんだな。第二芸術論の時代からまだ立ち直れていなかった。逆に言うと、小説の地位がものすごく高かった時代だった。
伊藤　僕らの時代でいうと大江健三郎とか高橋和巳とかですね。
佐佐木　安部公房、開高健とか井上光晴とかね。彼らが元気のいい時代でした。詩も元気がよかったよね。「現代詩手帖」とか「詩学」なんて、友だちもみなよく読んでいた。詩の同人誌もさかんだったし。
伊藤　そう。みんなで出してみようとかね、いろんなのが出ていましたものね。
佐佐木　短歌は落ち込んでいた時代だった。
伊藤　早稲田詩人会は肩で風を切って歩いていたけど（笑）。
佐佐木　寺山修司とか大橋巨泉とか、これも落ち込んでいた俳句会から出たわけですね。やや上の年代で。早稲田のおもしろいところで、寄らば大樹の陰で、小説や詩の方へいっぱい行くけれども、しょぼくれた短歌や俳句にわざと行くやつがいたんだよね。ひねくれているやつが。
伊藤　それは大事な存在ですね。
佐佐木　小野茂樹さんだって詩も書けたし、よく読んでいたけれども、わざと短歌会に入ったっていう感じがあるよね。たしか立原道造を卒論で書くつもりだったんだと思う。フランスの詩などもよく読んでいたしね。

塚本邦雄の励まし

伊藤　「27号室通信」は佐佐木さんが始められたんですね。それまでは「早稲田短歌」で。
佐佐木　金がなかった（笑）。「早稲田短歌」は活版印刷で三十ページぐらいだったから、高かったんですね。
　当時、五万円ぐらいの部費が大学から出るわけ。「早稲田短歌」を年に二回出したかったんだけれど、経済的に二冊出せないんだよね。一冊出して、二冊目はみんなから金を集めて出すはずなんだけど、金が集まらない。しかし、みんなたくさん短歌を作る。なんとか発信したい。
　ちょうど同人誌の時代がはじまりかけていたし、どうせ自分たちで金を出してやるわけだから、安いガリ版刷りでいいじゃないか、っていうんで、数ページのパンフレットみたいなのを創刊したわけです。
伊藤　僕の時代の同人誌というのは綴じてもいないし、折り込み式の。
佐佐木　そんな奴だから、あの頃の「27号室通信」は残っていないんじゃないだろうか。わが家にもないと思うな。ほんとうに幻。

伊藤　僕らの時代のは何部か持っていますけれどね。

佐佐木　すぐに捨てたくなっちゃうようなものだった（笑）。

伊藤　佐佐木さんのころは、その「27号室通信」は年に何回も出していたわけですか。

佐佐木　決めていたわけじゃないから、月に一回とか、月に二回とか出したんじゃないですか。けっこう読んでもらった。質素でシンプルなのが、かえってよかったんじゃないかな。

伊藤　ということは薄いですけれども機動力があって。

佐佐木　そう。すぐにけんかができたんだね。総合誌が出ると、その日に批判や反論を書いて、興奮が持続しているうちに送っちゃう。

伊藤　このまえ塚本さんが亡くなられたけれども。僕の時にも「27号室通信」を出していて、歌人にもいくらかは献本していたようです。塚本さんのところにも。

佐佐木　手紙が来るでしょう。

伊藤　そう！塚本さんから早稲田短歌会に返事が来ていたんですよ。

佐佐木　あのころの歌壇の先輩は、学生、後輩に気を遣ってくれたんだよね。

伊藤　きちんと読んで、この歌がいいとか批評して。

佐佐木　あれがありがたかったな。

伊藤　ありがたいですよね。

しかしそのころはあまり、われわれがありがたいと思っていなかった（笑）。

佐佐木　短歌人口の全体が少なかったと思うんだよ。いまはいっぱいいるから、いちいち返事が書けない。

伊藤　それに塚本さんは若い世代に非常に期待するところがあったんですね。

佐佐木　そう、六〇年代、七〇年代の歌壇の有力新人で、塚本邦雄の手で発掘された人がたくさんいる。塚本さんはとにかくよく読んで、毎号返事くれたよね。「早稲田短歌」一冊分、「27号室通信」一号分、全員の作品の批評を書いてくれたんだよね。

伊藤　そう。一人ずつ。

佐佐木　あの葉書もどこへ行っちゃったんだろうね。

伊藤　誰かが編集後記に「送ってもろくに返事も来ない」って書いたら、それに抗議する葉書が来たんです。「私はちゃんと読んで返事を書いています」って。

でもそれは、佐佐木さんがおっしゃるように、若い世代に対しての厚い期待だと思いますね。塚本さんは当時古い短歌界と戦っていて。

佐佐木　そういう飢えの感覚、戦う姿勢があって、それがやがてシンポジウムの時代になってゆく。シンポジウム時代が盛り上がった伏線に、塚本邦雄の筆まめがあったんだな。でないと、あんなに集まらなかった。シンポジウム時代はすごく盛り上がった。

伊藤　まだその前ですよね。

佐佐木　同人誌の時代もまだ初めのころで、雑誌の数が少ない時代なんですね。お互いに飢えの感覚があった。

伊藤　しかし僕らのころから言っても、総合誌も少し流れが変わって、反前衛の動きなんかで、そういう時代だったですよね。

佐佐木　そう、六〇年代後半から変わる。その前に同人誌の時代があった。歌集の数も少なかったし、総合誌も薄かった。「短歌研究」と「短歌」しかなかったから、みんな隅から隅まで読んだよね。

歌集も借りたり貸したりして筆写した。雑誌も金がなかったからみんな回し読み。隅から隅まで読んだんだ。

伊藤　後輩が佐佐木さんから貴重な歌集を借りてきたんですよ。「貸していいのかな?」って思うような貴重な、『日本人靈歌』や『裝飾樂句』というような大事な歌集も、後輩に貸していただいたりしていましたね。

佐佐木　本や雑誌だけじゃなく、食い物にも飢えていた。出版社でこういう対談をやる。あとで飯と酒を出してくれる。それをみなけっこう楽しみにしていた。そんな時代状況が、人と人との出会いの場をつくったりもした。

いつのころからかみな忙しくなって、飢えの感覚も消滅して、ご馳走をしてもらってもうれしくなくなっちゃった。今は対談するでしょう。終わると、次の仕事がありますからって帰っちゃう。対談相手と親しくなる機会が少なくなったんだよね。歌壇づきあいも似てきた。

伊藤　そのあとを以前は楽しみに思って。

佐佐木　飢えの時代のよさもあって、人間関係が濃密になるみたいです。さっきの塚本さんの葉書もそうだと思う。そういう時代的な状況があった気がしますね。

伊藤　作品と名前もよく覚えましたよね。

佐佐木　覚えた、覚えた。

伊藤　総合誌が事実上一つみたいなものだから、出た作品をすぐその場でお互い論じて、共通の話題はそこだったですよね。

佐佐木　かなりの人でも、年に一回ぐらいしか発表する機会がなかったもんね。だから、それにはもう。

伊藤　全力投球。全身全霊をかけて歌を出していました。

佐佐木　そういう感じがありましたね。

そんな雰囲気が、昭和三十年代の半ば過ぎぐらいまで続いていた。

河出書房時代

伊藤　大学院に行かれて、そのあとさらに大学に残るということはなかったんですか。河出書房に行かれてますよね。

佐佐木　大学卒業のとき、河出孝雄社長が呼んでくれたんだよね。

伊藤　スカウトされたんですか。

佐佐木　大学院に行くつもりですからって、そのときは大学院に行ったんだけれど、修士が終わったときにまた呼んでくれた。

伊藤　待っておられたんですね。

佐佐木　創業者の孝雄社長がおられたころです。で、お世話になることにしました。

伊藤　そのお話がなければ、そのまま博士のほうに。

佐佐木　たぶん行ったでしょうね。

伊藤　佐佐木さんというと歌人・学者の家に生まれて、何かもう一直線みたいに思う人があるかもしれませんけど。成蹊大へ行って早稲田に変わったり、早稲田の修士を出られたあとに、今度は河出に行ってまた大学へ帰る。けっこう真っすぐではないですね。

佐佐木　そうですね。金がなかったせいもあるけれども。親父がいませんでしたから。

伊藤　小説ももともとお好きだし文芸雑誌をやってみようというつもりで？

佐佐木　最初は文芸雑誌じゃなかったんですね。入社して間もなく孝雄社長が急逝されて、朋久社長の時代になります。最初は社長室付きっていう、何か特別待遇にしてくれました。隣の席は、あとで小説を書くようになった片岡義男君。中田雅久さんという柔らかいジャーナリズムの名編集者もいた。中田さんのおかげで、田中小実昌さん、野坂昭如さんたちと会いました。小実昌さんを発掘した編集者ですね。「エロチカ」時代の及川隆彦も、中田さんにいろいろ世話になったはずです。彼らをはじめ社長室付きとして不思議な人が何人かいました。河出が儲かりはじめて、余裕がある時期だったんですね。

児童文学、辞典辞書、漫画雑誌、テレビ雑誌等に進出しはじめます。坂本一亀、寺田博（現在・文芸評論家）、清水康雄（のちの青土社社長）といった名編集者が先輩にいました。三木卓さん、清水哲男君ら、のちに書き手になる人もたくさんいた。ただ、漫画雑誌創刊など、三、四年早すぎたんだと思う。漫画雑誌ブームは、五、六年後にやってくるんですね。

伊藤　もうちょっとあとなら時代に合ったかもしれないけれど。

佐佐木　テレビ情報誌も、創刊がちょっと早すぎたと思うんですね。

入社して四年目に倒産して会社更生法が適用されることになるんですが、倒産近い時期にはいろんな人が寄り集まってきて、不思議な雰囲気だった。悪いやつもいっぱい入って来た。広告業界の一発屋や一匹オオカミみたいなのがすごかったですね。当時、河出書房は朝日・毎日・読売に見開き二ページで、児童文学全集の巨大広告をバンと打ったりしました。まあ、おもしろかったって言えばおもしろかった。

伊藤　そのころ、いろんな作家にも会われたわけですよね。

佐佐木　社長室付き時代には、朋久社長にくっついて、当時の大物小説家たちの家に行きました。関西に行って司馬遼太郎さんの家を訪ねたこともあった。今東光さんが健在のころで、今さんの家にも行ったな。東京では井上靖、野間宏さんらのお宅に社長と行った。

伊藤　「心の花」に書かれた文章でしたでしょうか、大江さんの原稿を取りに行かれた文章が僕は印象に残っているんですね。

佐佐木　大江さんの家は近くだから。

伊藤　その文章で、大江さんの小説に出てくる場面というのが、大江さんの家とまったく同じで、リアリズムで家を書かれているというような文章をお書きになっていてそれがすごく印象に残ってるんです。大江さんの小説は観念だとかそういうものが中心にあるようだけれども、実は、風景とかが大江さんの家の近所そのままだというようなことを書かれていました。

佐佐木　「文芸」編集長時代に、大江健三郎さんの小説「狩猟で暮らしたわれらの祖先」を連載した話ですね。主人公が当たり屋なんだよね。自動車にぶつかって因縁を付けて金を取る。それを職業にしている一家が出てくる。その一家が架空の不思議な街に住んでいるわけだけれども、ディテイルが成城の街そのものなんだよね。大江さんの自宅は成城にある。その家に毎月、原稿を取りに行った。

大江さんは原稿が遅い人で、なかなか書けない。いつも雑誌の締切ぎりぎりだったな。原稿を取りに行って夜遅く十二時とか一時過ぎまで待たされる。「やっと書けましたんで、どこかへちょっと飲みに行きましょうか」って、大江さんと二人でたいてい飲みに行ったりしたな。学生運動が盛んなころで、飲み屋なんかに行くとデモ帰りの学生なんかがいて、向こうは大江さんの顔を知っている。「大江さんでしょう」なんて呼びかけられて、議論をふっかけてきたりする。それが嫌なもんだから、大江さん変装して行くんだね。変なスキー帽みたいなのをかぶって。そんなのをかぶったら、かえって目立つのにね（笑）。

学生が来ないようなところっていうんで、三軒茶屋の中華屋で飲んだこともあった。文壇バーとか、そういうところは嫌いな人だから。

やはり、文学がおもしろかった時代だったんだよね。商業主義にそんなにのめり込んでいない時代でまだ昔の文壇のムードがのこっていた。商業的に売れている人は三島由紀夫さんとかごく少数の人で、大江健三郎、井上光晴、安部公房なんか学生にはよく読まれていたけれど、商業的に売れていたわけじゃなかった。開高さんは、対談を連載したので、一緒に旅行したり、いろんな人といっしょに会ったりしました。今西錦司、金子光晴、埴谷雄高……。

志賀直哉の思い出

編集　いろんな方にお会いされていると思うのですが、一番影響を受けた出会いというのは誰との出会いでしょうか。

佐佐木　影響を受けたかどうかわからないけれども、思い出があるのは志賀直哉ですね。編集者時代にはじめて先生と呼んだ小説家が志賀先生だった。編集者になったころ、意地をはって、自分が習った先生以外は「さん付け」で呼んでいた。みんなが先生と呼ぶ人を「さん付け」で呼ぶ。川端康成を「川端さん」と呼ぶのは、かなり度胸がいるんだよ。

伊藤　度胸がいりますよね。

佐佐木　そういう時期に志賀邸に行ったんだよ。「志賀さん」と言えるかなと思って、渋谷のお宅に行った。するとまず本人が玄関に出てきたんでびっくり。夏だったんだけど、まだクーラーがない時代で、緊張しているし、急いで行ったから汗をだらだら…すると志賀先生が扇風機を調節してくれて（笑）。いま考えると、こっちは二十代後半、志賀先生はいまの俺くらいか、もうちょっと上かな。

話をしているうちに、何だか小さなことにこだわっている自分がつまらなく思えてきて、先生と素直に言えるような気持ちになってきた。

伊藤　志賀直哉というと何かこう、凄く厳しいイメージがありますけれども。

佐佐木　当時はもう、歳をとっていましたから。若いころとはちがっていたんだろうな。やさしい感じだったな。例えば、本多秋五や平野謙、藤枝静男さんといっしょになったことがあった。そこで彼らは、昔話で盛り上がるわけ。けれども俺だけが知らないじゃない。そうすると志賀先生が、話を途中でとめて、「いま、これこれこういう筋でこういうところの話をしている」と、全部に説明をしてくれる。同席している一人を疎外してはいけないということを実践するんだね。

伊藤　すごい心遣いですね。

佐佐木　そういう心遣いができる人だった。扇風機の角度調節もそうだけれど（笑）。当時の志賀先生は、もう書かないって言っていた時期だったんだけど、数回通ってお願いしたら、「エッセイだったらちょっと書こうか」と言ってもらうところまでいった。結局、書いてもらえませんでした。

伊藤　河出にはずっと勤められるつもりではなかったわけですか。

佐佐木　いや、状況としては勤めるつもりだったけれどもね。たいへんなんだよ、編集っていうのは。自分が頑張ってもだめ、人に頑張らせなけりゃいけない（笑）。スポーツ・チームの監督もそうだけれど…

伊藤　いまの時代よりも、はるかに編集者と作家が密着した時代でしょうね。自宅に行って原稿をもらうとかね。

佐佐木　そう、ファクス・メールのない時代だったし。原稿も全部手書きだった。原稿はみな手渡しだったな。

最近亡くなった倉橋由美子さんの思い出もあります。文芸雑誌は、毎号、メインの小説をかなり前から予定を決めておくんです。売れている小説家の、しかも代表作になるような作品を一本は入れたい。メインは何カ月も先まで決めてあるわけです。来月は誰さん、再来月は誰々さん、といった感じでね。半年先ぐらいまでは何人かの候補にしぼってひんぱんに連絡をとるんです。そういう段取りで詰めていったのに、倉橋さんが前月にだめになった。妊娠初期のつわりがすごいって言うので。俺が行ってもだめだから、女性編集者を何回も行かせたんだけれど、やはりどうにもならなくて。たいへんな思いをしましたね。

編集の師匠が坂本一亀さんという有名な編集者だった。今では坂本龍一の親父と言ったほうが通りがいいかもしれないけど。だから、坂本人脈としぜんに親しくつきあいました。福永武彦、中村真一郎、野間宏、埴谷雄高、椎名麟三、島尾敏雄といった第一次戦後派の人たちとその流れ。あと、小田実、高橋和巳、丸谷才一、辻邦生、山崎正和、井上光晴といった河出書き下ろし長編シリーズから出た人たちですね。

まあ、楽しいけど、雑誌編集はたいへんで、これを一生やっていくのはしんどいから（笑）、書かせる側よりは書く側になったほうが楽だなと考え始めていました。

そういう時期に倒産騒ぎが起こって、それをきっかけに退社しました。

『群黎』の頃

伊藤　そのころも、短歌のほうでは最前線で佐佐木さんもずっと忙しい仕事を。

佐佐木　いや。河出書房の時代には作品は少ないんです。まだ「心の花」の編集にもかかわっていないし。酒を飲むのが仕事みたいで、酒ばっかり飲んでいた。

伊藤　（笑）河出を辞められたのが昭和四十四年ですね。その翌年に『群黎』を出されるわけですね。

佐佐木　そうです。退職金をあててね。

伊藤　佐佐木さんの第一歌集っていうのはもっと早くていいように思っていましたけれども、これは河出の仕事をされていて忙しかったから…

佐佐木　お金がないとか、時間がないとか、そういう事情があったわけですよね。それから、河出書房で編集部長だった清水康雄さんが退社して、青土社を立ち上げて、「ユリイカ」という雑誌を出したんです。『群黎』は、青土社創設二冊目か三冊目の本だったはずです。

昭和四十五年に『群黎』刊行、そのあと昭和四十六年ぐらいから、歌壇の会に出るようになりました。ちょうどその年、四十六年に大阪で「男うた女うた」というシンポジウムがあって、馬場あき子さんと一緒に呼んでもらいました。

その時代が、ひとつ、佐佐木幸綱の自分史が変わっていく時代だったですね。

伊藤　これはいわゆる七〇年代ですね。

佐佐木　合同歌集『男魂歌』も、七一年、その年ですね。

伊藤　これは皆さん言っていることですけれども、佐佐木さんの歌集は一冊、一冊輪郭、主題、あるいは歌集の成立の根拠があって歌集ができていく。歌集を作るときというのは、そういうことを意識して作られているわけですよね。

佐佐木　わりとそうですね。編集者をやっていたからってこともあるのかもしれません。

もう一つは、歌集を出すときの編集者に恵まれたよね。最初が今言った青土社の清水康雄さん。そのあと『直立せよ一行の詩』『夏の鏡』『火を運ぶ』と第四歌集までみな青土社で出してもらうんですね。藤田一幸君という「早稲田文学」編集部から青土社に行った人も若かったけどとてもいい編集者でした。第一評論集の『万葉へ』が青土社で、彼の仕事です。『直立せよ一行の詩』『夏の鏡』『火を運ぶ』の三冊とも藤田君が作ってくれました。『群黎』は、清水さんがみずから作ってくれたんです。藤田一幸君は、残念ながら夭折してしまいました。

第一歌集の装幀が加納光於さん。第一評論集の装幀が李《リ》禹煥《ウーハン》さん。二、三年前、一緒に紫綬褒章っていうのをもらって、久しぶりに会いました。今、注目されている画家で、つい先日も朝日新聞に大きく「李禹煥の仕事」という特集を組んでいました。

こうした人たちに最初の歌集や評論集の装幀をしていただいた。最初がよかったから、その後も非常に恵まれたんですね。

伊藤　『夏の鏡』だとか『火を運ぶ』とかみんなおもしろいですよね。

佐佐木　装幀の人がみなおもしろがってやってくれるからね。『夏の鏡』は司修さんですね。

近代短歌史以来、歌集刊行がどことなく、仕事の成果をまじめにまとめる、みたいな定型ができてしまった。たとえば、ピアノのおさらい会みたいな、ね。そこを、歌集自体を一作品と考えてみようとした。おさらい会ではなく文芸イベントみたいな感じを出したいと思ったんです。幸いいい装幀と出会ったから、そのあたりが、まあ、うまくゆきました。単に歌をまとめて歌集にしたというのとは、ちょっと違うような気がします。

現在は、判型や装幀にこった歌集が増え、作品としての歌集という考え方も一般的になってきたけどね。

伊藤　みんなそうでない歌集を作りたいと思っても、実際に作ってみると、これまでのものをただまとめただけという印象になってしまいます。

そういう意味では牧水賞の『旅人』も、オランダに行かれての歌集ですけれども、歌と散文とのミックス具合が非常におもしろい。選考委員会でそういう話でした。

佐佐木　一年間を海外で過ごす機会はあまりないと思い、歌集一冊にまとめようという意図は最初からありました。

伊藤　うしろに付されている散文を一緒にしようというア

イディアも最初からあった?
佐佐木　小学館のPR誌「本の窓」に連載していたんです。それを軸に、〝茂吉の「ピエテル・ブリューゲル」〟等、新聞に書いたものを組み入れました。
伊藤　これは誰でもやれそうで実際なかなかやれないですよね。歌は歌でおもしろくて、文は文でおもしろくて、両方あってなおおもしろい。
佐佐木　アイディアは写真入りにしたことですね。オランダを知らない人が読んでも、まあ読めるかというようなな。これ以前、いろんな人の海外旅行歌集が何冊かあったけれど、みなおもしろくないんだよね。他人の海外旅行詠っていうのは。
編集　現地の生活が見える旅行記と読みました。
佐佐木　何とか面白く読んでもらいたいと思って。
伊藤　牧水もある場所に行って、歌を作り散文を書いていて、歌に出てこないことは散文に出てきたり、ということがありますよね。
　こういった歌と散文との関係というのはどのように考えられますか。
佐佐木　歌と散文の関係、歌と写真の関係、これからまだまだ開拓の余地のあるところですね。歌と写真の関係は、このあいだ矢部雅之くんが歌集『友達ニ出会フノハ良イ事』で新しい試みをやりましたけれど、まだ試みた人がほとんどいないんだな。まだまったく手探り状態でしょうね。
　実際はみんな、いろいろなことをやりたいだろうと思うけれど、なかなか実現するチャンスと場がないんだろうと思うんだよね。俺はたまたま、「本の窓」にエッセイを連載中だったからできたけれども、結社雑誌でもなかなか都合のいい連載はできない。ホームページに書き込むぐらいだね。
　歌集だけでそれをやろうと思っても前例があまりなかった。これからはもっとどんどん出てくるでしょうね。
伊藤　散文に「私は、すぐその土地になじんでしまう性質」(笑)と出てきます。わりとそういう感じですか。
佐佐木　知らない飲み屋に入ってもすぐになじんじゃう。
伊藤　ここでは日本酒ではなくて、ワインが合うと言われていますね。
　日本人がオランダに行っているんだけれども、異邦人の感じではない感じと言いますか、それが選考委員会でも話題になりました。
　日本とオランダの距離の取り方が日本人中心でもないし、オランダ中心でもない。オランダにいて日本を思ったり、その軸の動かし方、軸の取り方がおもしろいという話が出ていました。
　それこそ自由な旅人として、ある意味では日本にいても旅人なのかもしれませんけれども。
佐佐木　重い義務とか仕事がなかったから、わりと気楽な気分で行っていられました。商売をしなくてはいけないだとか、週二日授業する義務があるとかだったら、またちょっと違ったと思うのですけどね。バブルがはじける寸前だったからわりと恵まれた条件で行けたのがありがたかったと思います。

伊藤　これは一年間、自由に何を研究してもいいということだったのですか。

佐佐木　そうです。一応、報告書を出すのですけれどね。

伊藤　「軽みの歌」と言うかそういう歌も多くて、すごく楽しませてくれる。明るい雰囲気の歌ですよね。みんなそんなふうに評しました。

佐佐木　オランダ滞在中に、早稲田でお世話になった『古事記』研究者の山路平四郎先生が亡くなったり、井上光晴さんがなくなり、中上健次君が亡くなったりした。それから安藤美保さんがその前に亡くなっていて、オランダで追悼文を書くといったこともありました。それぞれの挽歌があったりして、暗い歌もあるんだけれどね。

アニミズム

伊藤　アニミズムのことをずいぶん前からおっしゃっていると思うんですけれど、ご自分がお書きになった文章では、特にオランダへ行かれたあとに、アニミズムの問題を、より考えるようになったとお書きですよね。

『群黎』にすばらしい川の歌の一連があるじゃないですか。ああいうところからもう、佐佐木さんの自然感覚ってあったと思うのですけれど、やはりアニミズムの問題というのは、オランダに行かれて以降特に考えられるようになったのですか。

佐佐木　そうですね。その前に金子兜太さんとの対談の中でもアニミズムを話題にしたことがありましたね。しかしまあ、具体的には、オランダの樹木と日本の樹木の違いを感じたことが、より深く考えるきっかけとしてありました。

樹木が懐かしくなるとか、雲が懐かしくなるという感覚は、向こうに行くまではなかったわけです。

オランダには樹齢何百年という木がないんだよね。大きな木はありますけれど、みんなカナディアンポプラみたいな、早く育つ木ですね。

屋久島には行ったことないんだけどね。何千年の屋久杉みたいな木があるでしょう。オランダにはない。

伊藤　千年以上たたないと屋久杉と言わないんですよ。五、六百年ではだめなんですよ。

佐佐木　そういう何百年とか千年という木がオランダにはない。老木が持っているオーラが恋しくなる。そんな感覚を味わったのははじめてだった。

それとオランダには山がないでしょう。そうすると雲のかたちが、日本の雲のかたちとちょっと違うんだよね。

わが家から車で二時間ぐらい行くとドイツに着くんですが、日本みたいな雲が見たくなると、ドイツまで車飛ばして行くわけです。

伊藤　雲を見に行きたくなる、そんな感じが湧いてくるわけですか。
佐佐木　そうですね。何て言うか、木とか雲とかに惹かれる感じ、体内に染みついている親しみとか、シンパシーみたいなものが、オランダに行くまでは気づかなかった。それがアニミズムを言い出す原点だった。もちろん、その間にスイスへ行ったり、ベルギー、ルクセンブルグ、フランスへ行ったりして、時々は老木も見ていたんだけどね。
伊藤　さきほど少年時代のことをうかがいましたが、少年時代にそういった木に出会ってきた体験というのがあるのですか。
佐佐木　木はそんなにきにして…今のは洒落ですが（笑）。川に対するアニミズムはあった。
伊藤　利根川、多摩川…
佐佐木　少年時代に利根川のそばに疎開した体験が大きいような気がします。
　川が好きな人と、湖が好きな人と、海が好きな人と、歌に出る頻度が平均している人といます。俺には川の歌が多い。やはり、好きなんだろうと思います。
伊藤　牧水は少年時代、青年時代は山の川で育って海への憧れがあります。晩年は山。渓谷にひたすら入り込みますけれども。
佐佐木　牧水ははっきりしている。牧水は、木や草の名前を具体的、意識的におぼえますね。
伊藤　木が「待って」いるような感じですよね。自分も木に会いたいけれども、あそこの木が自分を待っているんじゃないかって感じがしてきますね。それを理由にして牧水は出かけていくわけですけれども。
佐佐木　つい二週間くらい前、熊野に行ってきたんですね。あそこにも千年杉とかっていう、巨木があります。
伊藤　われわれの周りで五百年、一千年の命を持っているのは木ですものね。木以外に生きているものはないのです。木は、五百年、千年。場合によっては千五百年、二千年生きています。
佐佐木　木のことはいろいろな場面で考えてきたんだけれども、エジプトは木との関係でびっくりした。ローマやギリシャはどうってことないんだよ（笑）。
　なぜエジプトではびっくりしたかと言うと、ギリシャとかローマは木が基準になって建物とかがつくられている。けれどもエジプトには木がない。だからピラミッドなんていうのは、木とは全然関係ないスケールなんです。とてつもない高さと大きさ。
　いろいろなオベリスクがあるけれども、あれも木と関係のない大きさなんですね。ギリシャとローマは、木が基準になっているから理解可能な大きさなんだな。まぁこれは俺のオリジナルの説だけど。
　逆に言うとわれわれは、木を基準にして時間を感じたり大きさをはかったりしているんだろうなと思います。

伊藤　これから短歌が自然あるいは自然の中の谷間、そういうものを歌っていくのが大事な一つの仕事になるのでしょうか。
佐佐木　そうでしょうね。目で見る自然詠ではなく、アニミズムに立つ自然詠。
伊藤　佐佐木さんはアニミズムをおっしゃるずっと前の若いときから自然を歌われていまも歌われていますよね。東京のど真ん中にいる佐佐木さんがいまも歌われています。そういった都会にあって自然を歌う感覚はどのようなものなんでしょうか。
佐佐木　飢えているのかも知れませんね。前登志夫さんとは違う感覚だと思いますよね。
伊藤　自然のアニマに囲まれて暮らしている前さんと、佐佐木さんはやはり違うのでしょうね。
佐佐木　それは基本的に違うと思いますね。
伊藤　千年二千年たったら、ここのビルはもうなくて廃虚だという佐佐木さんの歌がありますよね。すばらしいビルだと思っているけれども、少し時間軸を長く取ったらもう目の前のビルというのはないんだという感覚で、佐佐木さんは歌われた歌があります。あるいは、ビルの上の銀河を歌った「太々と銀河流せる極月の夜空を羽織り新年を待つ」という歌が僕は大好きです。
　視点をうんと高くしてしまえば、銀河と自分とが近くなるのだけれど、銀河を見ないで周りやビルばかり見ていると視野が狭まるという意味だと思うんです。最初の頃は佐佐木さんが、自然とかアニマのことをおっしゃるというのは、東京にいて何故?と思ったけれど、逆に東京にいると見えるものがあるのかな、と最近は思います。
　歌というのはテーマがあって歌うと同時に、歌っていく中でテーマが出てくるわけですけれども、これからはどのようなテーマで…この前『はじめての雪』という初々しい名前の歌集をお出しですが、次の歌集を考えておられるようにも見えるんですが。
佐佐木　ええ。今年中に出す予定です。タイトルは『百年の船』となりそうです。

成熟・達成をどう見る

伊藤　これからのご自分の歌について、いま考えておられることはありますか。あまり考えないでそのときどきに思い付かれるわけですか。
佐佐木　行く先のことは、あまり考えないタイプです。ただ、今年、他界された塚本さんは、晩年まで「成熟」や「達成」を拒否しようとしたわけだよね。その生き方、作品の展開が気になっています。
　高野公彦くんは、早くから成熟を意識しているみたいだけれども(笑)。現代のライフスタイルは、できるだけみんな歳を取らないように、若いままでいたいと、ブレーキをかけながら生きているわけだよね。それはそれでいいわけなんだけれど。

しかし、一つのジャンルをずっと続けていって、やがて成熟、達成にいたる生き方がある。ある「境地」への到達を目指す生き方だな。「名人」とかさ。短歌も含めて、日本の芸術はだいたいそんな感じです。「道」がつくものはみなそうなんだね。仏道からはじまって、柔道、剣道、茶道、華道……、短歌だって「敷島の道」だからね。若さに価値がある時代に、成熟、達成はどうなっちゃうんだろうと、みんな迷っていると思うんだよね。そこがおもしろい。

伊藤　例えば、乳児期、幼児期、児童期、青年期、壮年期って、これはほとんどの方が変わらないで通っていくのです。ところが、老年期というのはものすごく個人差が大きいっていうことが、いま一番のテーマになっています。

佐佐木　きみはいろんな人を直接、見ているものね。

伊藤　六十代ぐらいでも痴呆になる人もいるし、百歳過ぎても全然痴呆にならない人もいるし。

佐佐木　初めて個性が出てくるのかな。

伊藤　そうなんです。それまではみんな一通り、身体的にも心理的にも同じルートを辿るんですよね。あまり大きく変わらない。ところが、五十代、六十代以降というのは、ものすごく個人差が大きいんです。だから老年というのは実はまだ、これからの課題だということになっています。

佐佐木　一億総中流の時代が続いてきたけれど、それはもう終わりだよね。これからは貧富の差が激しい時代を迎える。老年にも大きな格差が出てくる。

伊藤　そう。ものすごく違った老年がこれから。それがたいへんだけれど、一部ではおもしろい。というのは、自分勝手な老人になるということですが。

佐佐木　自分で自分に興味を持たなくてはいけないんだね。

伊藤　そうですね。何のアンケートだったか、佐佐木さんに「どんな老人になりたいですか」っていう質問があったんです。それの答が、昼間から蕎麦屋の奥で、若い女と酒を飲んでいる得体の知れない老人になりたい（笑）っていうものでした。

この「得体の知れない」という箇所ね、ここが非常に面白くて。この老人、何を考えているかわからない。ほんとはそういう老人になれたらいいんじゃないかと思います。

佐佐木　そうだよね。分かりやすくちゃつまらない。

風貌もね、異様な感じになれたらいい。金子兜太さんが「容貌魁偉」が最高と言っている。何か変なやつ、異様なやつ、得体の知れないやつ、という風な。

伊藤　存在感のある。昔は翁って大事にされてましたが、戦後の日本って若さを価値にしてきましたから、やはりこれからは老年の存在感を示していきたいものですね。

佐佐木　若さに価値を見る見方は、アメリカの価値観だろうと思います。それがどう定着し、どう変わってゆくか。福島泰樹はずっと青春をやっているよね（笑）。

伊藤　彼はほんとに。それも一つの生き方ですね。

佐佐木　このあいだラジオの「子ども電話相談室」に福島

泰樹が出ていた。お彼岸の日に坊さんとしてね。子どもが「お彼岸てなんですか？」「ほとけさまは、肩の上にいるんですか？」なんて聞く。彼は「そうなんだよ」なんて答えてました。

伊藤　佐佐木さんは牧水賞の第二回の受賞者であると同時に、第七回から牧水賞の選考委員になっていただいています。

　もちろん、いい歌集が出て、みんなで議論して決めるということなのですけれど、何か今後の牧水賞に関して佐佐木さんのお考えがあったらぜひ。

佐佐木　基本的には、その年刊行の一番いい歌集ということで、これまでもやって来たし、今後もそうやっていくと思います。ただおのずから、一つの色合いみたいなものが少しずつ出てきたような気がします。

　それは、時代的なものと反時代的なもののバランス。自然なら自然とのその時代的な折り合いの付け方なんだろうと思います。性急なかたちではなくて、かと言って、反時代的なもの一辺倒でもないバランスの問題ですね。芭蕉の言う「不易流行」でしょうか。

　牧水自身が、時代的なものに縛られず、しかし、まぎれもない明治の青春をうたった人でした。そういう幅の広いところで、ある特徴みたいなものが出てきている感じです。

伊藤　何か充分聞けなくて。よけいなことをいろいろしゃべりまして。

佐佐木　いえいえ、あまりしゃべったことのない、少年時代、青春時代の話を聞いてもらいました。

伊藤　ではどうも有り難うございました。

（’05・8・23　於・エクセルホテル東急）

永田　和宏

永田和宏（1947-）歌集『饗庭』で第3回若山牧水賞受賞。
歌集に『夏・二〇一〇』『風位』『メビウスの地平』他。

両方あるからもらえた賞

伊藤　今度、京都府文化賞功労賞を受賞されたということで、おめでとうございます。

僕は九州にいて、あんまりこの賞を知らないんですけど、どんな業績の人に、どういうことで賞を贈るんですか？

永田　ありがとうございます。第二回が高安国世さんなんですよ。それで、四、五年前に河野ももらってるんですね。

伊藤　じゃあ、永田さんにとっては縁のある賞ですね。

永田　そうですね。第一回が瀬戸内寂聴さんとか染色家の志村ふくみさんなんかがもらってて、京都のいろんな分野の人たちが受賞しています。今回は都はるみさんとも一緒でした。

それは一応歌のほうの賞なんですけども、今年、もう一つ京都新聞大賞というのをもらって、それは不思議で、サイエンスと歌と両方です、って言われて。

伊藤　その京都新聞の賞は、サイエンスと短歌のほうと二つ合わせての受賞。それはちょっと珍しいですね。

永田　梅原猛さんにだいぶ「両方あるから、もらえたんやで」って言われました（笑）。

伊藤　梅原猛さんが選考委員で？

永田　たまたまどっちも梅原さんが担当だったんです。京都新聞大賞のほうは、梅原さんが受賞理由を一人一人に述べられた。京都新聞大賞の文化学術賞というので。井波律子さんという『三国志』の専門の方と、もうお一方は考古学の小笠原好彦さんでしたが、たぶん京都新聞でも、そんな受賞理由って初めてじゃないかな。

文化功労賞のほうは、わりと京都の有名なっていうか、いい仕事をしてこられた人が、歴代ずっと受賞しておられるので、それはうれしかったですね。

今年の受賞者の最高齢者は百四歳。

伊藤　それは、裕子さんが「塔」の後記に書いておられた。僕もテレビで特集を観たんですが、山口さんだったかな。

永田　山口伊太郎さんと安次郎さんで、お二人兄弟なんですよ。弟が百二歳ぐらいなんです。

伊藤　女性の高齢の人っていうのはいるけれども、男性！

永田　百四歳の伊太郎さんは『源氏物語絵巻』を西陣織にするという仕事をされてます。百四歳なんですがちゃんとあいさつされて、京都市の市政に対する注文までして、すごかった。

伊藤　まだ完成するためには何年もかかるということでした。

永田　僕は昔、平塚運一さんって人に会ったんです。

伊藤　ああ、あの版画の方ね。アメリカで永田さんが親しくされたっていう。

永田　そうです。あの方もすごかったですね。山口さんも何年かかかるって言っておられるでしょう。平塚さんも、僕が会ったのは九十ちょっと過ぎたとき。で、版木をいっぱい買っておられた。奥さんが、この人は百五十歳ぐらいまでやれるつもりで、版木を買っているんじゃないかって仰って…

平塚さんなんて、「梅原くんがね」って言ったら、梅原龍三郎なのよね。若山牧水と一緒に同人誌をやっていたんです。それで、「若山くんが」って言ったら、本当に若山牧水なんで、そのへんのときのことを、もうリアルタイムでしゃべるわけ。おもしろかったですね。棟方志功なんかの先生なんですね。

伊藤　永田さんは京都は四、五歳ぐらいから住んでいるわけですよね。

どうですか、いろんな魅力があると思いますけど、永田さんが住んで、仕事をされていての京都の魅力というのは、どういうところにありますか？

永田　やっぱり長いこと住んでいるからかな、どこへ行っても安心していられるっていう感じですね。

伊藤　安心していられるっていうのは？

永田　緊張して歩かなくてもいいというのかな。東京には六年いたので、ある程度は知っているんだけども、東京へ行くとどこか外国のまちを歩いているみたいな、ある種の緊張感があるんです。外国を一人で歩いているときもけっこう好きなのと同じで、東京も好きなんだけど。京都はどこへ行ってもホームグラウンドであるという意識がわりとあって。

横道が面白いですね。メーンストリートじゃなくて、どこの路地に入っても、何か面白いという感じ。

伊藤　それでいて、どこも京都であるという感じですかね。

永田　そういうとこほど、京都。

僕らは名所とかは、お客さんが来て案内するときぐらいしかあんまり行かない。でも、その寺町あたりの細道を歩いていると、一回一回、あ、こんなとこに、こんなものがあるんだという発見があって。そういう面白さってありますよね。

伊藤　人間の作ってきた豊かなものが、隅々まであるっていうことですかね。

永田　われわれはどこへ行ってもそうだけど、名所とかを「見に」行っているわけですよね。でも、京都にいると、そういうところは自分の日常の一部なんです。御所にキノコ採りに行ったりとか。ですから、名所が本当に日常の一部になっているというような、そんな感じ。

伊藤　歴史が街に溶け込んでるからかな。

永田さんのように長く住んでいる人はもちろん馴染みがあるけれども、そうでない、僕みたいに九州から来た人間でもやっぱり京都に来ると、すごく何か馴染める、落ち着く、安らぐっていうのはありますね。人間が豊かに作ってきたものがあるからですかね。

永田　中学校が双ヶ丘《ならびがおか》中学校でね。双ヶ丘っていうのは、兼好法師がいたところ。

双ヶ丘っていまはもう史跡ですけどね、お墓なんですよ。それで中学の裏山でもあったし、うちの家の裏山でもあった。放課後友だちとそこに行っては、２Ｂって爆弾あったでしょう、火つけてポンとやったらすぐに爆発する。あれを頂上の松の木の洞《うろ》に投げては遊んでいたんです。そうしたら、途中で火がついて煙が出始めた。

それでもう大変で、友だち三人と麓の家まで走って、バケツに水をくんできて水を放り込んで、何とか鎮まったんだけど。あれ、燃えていたら大変ですよね、史跡を燃やしたことになるもんなあ。

伊藤　史跡を燃やした犯人で補導されるところですね（笑）。

物理の落ちこぼれ

伊藤　この再生医科学研究所に勤めて何年になられるんですかね。ここのあたりも京都の非常にいいところですけども。

永田　森永乳業中央研究所というところに勤めていたんですけど、二十九歳のときにそれを辞めてこっちに帰ってきたんですね。それからですからちょうど三十年。

伊藤　永田さんは大学入られたときには、理学部の物理学科でしょう。そしていまやられているのは、細胞生物学。

地球だとか宇宙を対象にする学問を学部時代やっていたわけじゃないですか、巨大な、マクロなものをね。そして今は、同じ大学でも物理学じゃなくて、今度はまさにミクロの世界、細胞を研究されています。

永田　要するに、まあ、物理を落ちこぼれたわけですよ（笑）。

伊藤　物理に行かれたのは、湯川秀樹を目指したからだって何かで読んだような気がするけど。

永田　そうですね、高校のときの塾の先生がとてもよかったんですよ。

その先生は物理の解答はいろいろな解答があっていいという教え方。ちゃんとした解答じゃない解答を求めるという先生だったんです。それがとても面白くて物理にのめり込んでいった。

伊藤　物理の先生って、そういう先生が普通ですかね？

永田　いや、あんまりいないんじゃない。

伊藤　ですよね。物理や数学というのは、一つの答に向かって解いていくという学問だし。まあ、解き方は多少あるにしてもね。

永田　普通はそうですね。

われわれが高校で習ったのは古典力学でした。古典力学というのは、Ｆ＝ｍａという一つの公式があったら、その公式から世界が全部微分方程式で導き出せる。それをその先生に習って「ええっ、世界ってそんなに面白いのか！」と思うわけね。

それから、もう一つはカッパブックスかな。あれで『数式を使わない物理学入門』という、猪木正道さん…正文さんかな。

伊藤　正道さんは、政治学者かな。

永田　猪木正文さん。それがすごく面白くて、高校のときよく読んでいたんです。そうしたら、アインシュタインの相対性理論とかが書いてあるんですね。

相対性理論を持って、高校の物理の先生に聞きにいくとわかるわけない。で、あとで教員室に行くと、先生がみんな頭並べて解いているとかね。そういうのをけっこう面白がって楽しんでいた。

まあ、猪木さんなんかの本で、湯川さんの仕事の話とかも読んだし、やっぱり世界が一つの式だけで解けるとなったら魅力的だなと思って、それで物理に行こうと考えたんです。

物理は大学に入ったころはわりとよくできたんですけどね。僕の解答用紙が教室中を回って、試験が終わったころに帰ってくるとかね。

伊藤　さすがだなあ。

永田　それは一年までで。その後どんどん落ちこぼれちゃって。

伊藤　短歌に熱中しすぎたのかな?

永田　そうですね。短歌と恋人。

伊藤　短歌と恋、その二番目が大事!

永田　もう、のめり込んでいましたからね。それと学園紛争で講義もなかったし。

伊藤　そうでしたね。われわれの時代っていうのはね。永田さんの時代も全共闘の時代ですからね。

永田　もう講義はなしでしょう。試験もなしでしょう。みんな何に熱中するかっていったら、政治ももちろんそうだし、デモも毎日みたいに行くし、バリケードもあった。けれど僕の場合、本当に熱中したのは、やっぱり歌かもわからんですね。

三人の恩師

伊藤　いったん企業に行って大学に戻るっていっても、同じ専門のところに帰るということが多いと思うんですが、永田さんは違うんですよね。「アサヒグラフ」に永田さんが書いているんです。市川康夫先生、永田さんが繰り返し歌っている恩師だけれども、その市川先生を大学時代の永田さんが知っているかと思ったら、知らないんですよね、専門が違うから。

それで、母校の先生というだけで、その市川先生を訪ねて行ったときのことを、永田さんが書いているんですよね。

普通は、自分が教えを受けた先生とか、そういう先生のところに行くわけじゃないですか。ところが永田さんは、手紙を書いて、初対面の先生に会いに行って、先生の部屋が狭くて暑かった。クーラーなどはまだなかった。そこで、ステテコ姿の先生に出会って、いろいろ話したってあります（笑）森永乳業で細胞の研究を始められたわけですか。

永田　まあ、あのころはほら、バイオ。バイオっていったら、もうオールマイティーみたいな感じでした。

物理なんて行ったってあんまり役に立たないので、しばらくぶらぶらしていたんですけど、「おまえ、やれ」ということになって、顕微鏡で細胞を見るわけです。でも誰も動物細胞って顕微鏡で見たことないんですよ、周りの人はね。

培養した細胞を顕微鏡で見るんですが、どうも増えが悪いなということで、その当時、医科研（医科学研究所）というところに相談に行ったんです。吉倉広先生っていう先生がいて、彼に培養を教えてもらっていたんで、彼に見せたら「ばかだな、おまえ、これはちりだよ」って（笑）。

顕微鏡の焦点を合わせるのがうまくいっていないわけね。それで全然関係ないちりを見ていた。そんなレベルから始めたんですが、それでも、森永で三年ぐらいやっていたかな。

森永にいた時代に、森永としては珍しいんですが、外国の雑誌に論文を書いていたんです。市川先生の仕事が面白いというのを文献で読んで知ったので、手紙を書きました。京都には盆正月に帰っていたのかな、帰省中に訪ねて行ったのが、最初ですね。

暑くてね。細胞培養をするので、汗なんかかいているとコンタミと言って、バクテリアが入っちゃうんですね。それは困るので、できるだけ涼しい格好で。ステテコで白衣を着ているから、もうすごいエロチックな格好で出てこられた（笑）それが知り合った初め。

何回か京都に帰ってくるたびにちょっと出掛けて行って話を聞いたり、早く論文を書けと言って叱咤されたりね。そんなことがあって研究室に飛び込んできたんですけどね。まあ、でもいいかげんなもんですよ。無給ですからね。

伊藤　それを永田さんは決断して、もちろん裕子さんも、あなたがやりたいなら、やりなさい、と。

永田　彼女はもう東京に不適応を起こしたから。

伊藤　あ、それは何か書いておられたのを読みましたね。

永田　それで京都に帰ってきて研究室に入ったんですが、子ども二人でしょう、将来どうなるあてもなくて、市川さんもいい加減で、まあ、おいでという話だったけど、二、三年無給でやって、海外にでも出ればいいなとぐらい思ってるわけね。こっちも全然勝算があるわけでも何でもないけど、まあ、何とかなるだろうと思っていたのは、たぶん若かったんでしょうね。

伊藤　それで、塾で得意の物理を授業で教えて生活費を稼いでいた。

永田　そう、物理が役に立ったのは、僕の人生のなかでそれだけ（笑）物理は好きでしたからね。物理を教えていたときは面白かったですね。

ちょうど三年ぐらいやってたら、研究室で職ができて、講師になったんです。それで勤められなくなって辞めたんですけど。
岩波の「図書」にも一回書いたことがあるんだけど、すごく小さな塾で、一学年二十人ぐらい。高校一、二、三年といて、塾長やってる人が全部自分の給料をそこにつぎ込んでなんとかやっていくという、そういう塾だった。
僕が二期生で、それからずっと続いていた。僕が卒業して京大入って、森永から帰ったときに、三年間先生をやってたでしょう。そのあと淳が入って、淳の奥さんもそこにいた。そこで知り合ったんじゃないかな。それで、紅も入った。

伊藤　永田家と非常に縁の深い塾ですね。

永田　片田清先生っていう先生がやっていたんだけど、亡くなって残念ながらつぶれちゃったんですね。

伊藤　その片田先生は、永田さんが三人の恩師がいると書かれた…市川先生と高安先生と、その片田先生。

永田　そうです。英語の先生でね、とにかく自分でガリ版で文例から何から全部書いて資料を作っておられました。結局それがあとで一冊の本になったんですけどね。僕のいま使っている英文法っていうのは、もうその授業だけですよ。それ以降何も入ってきていませんね。
けっこう怖い先生でしたね。怖い先生だけど、それだけ面白い先生で、亡くなったときが、またすごくてね。
本人はよくLPや全集がいっぱいあるって言ってたんだけど、僕ら全然信じていなかったんですよ。ところがいざ亡くなって家に行ってみると全集、LP、CDがいっぱい残っていた。
ものすごく貧乏な先生で、毎日コンビニの肉じゃがしか食べていないような先生だった。自分の給料を塾につぎ込んでいたしね。本当に三軒長屋の狭いところに住んでいたんですね、生涯独身で。
ただ、神田なんかでは全集を集めるということでわりと有名な人だったみたい。それで、全集だけで亡くなったときに一万冊を超えていた。

伊藤　すごいですね。それ、個人の家に全部あったわけですか。

永田　三軒長屋のほんとに狭い家です。行ったら、壁際にまず全集の棚があったんです。その前にもう一列全集の棚があって、その前にLP、それからCDの棚があった。LPなんか戦前からのを含めて、縦に並べると六十メートルもあるんですよ。
CDもやっぱり六十メートルぐらいあって。ところが身寄りが誰もないので、大阪府が処分すると言うんです。

伊藤　もったいないですね、それは。

永田　それで、それらが散逸するのはあまりにも忍びないと思って、京大図書館に話を持って行ったんです。京大図書館もこのごろ蔵書がいっぱいなんで、普通は受け付けないんだけど、渋々ながらもとにかく見に行ってもらった。すると、行った途端にあんまりにも量がすごいので、担当者がちょっとびっくりしてしまって、ぜひ受け入れたいということで話がまとまりました。いま京大の開架図書に並んでいますけどね。

　棚を全部一列にすると本だけでも何百メートルかありますよ。新村出全集からカントから何から、堅いものからサザエさん全集までね、それが全部残っていて。LPはいまだに整理が付いていないんだって。CDはさすがに全部整理が付いて、オーディオルームという部屋で自由に聴けるようになっています。週一回音楽会をやっているのかな。「片田文庫」って名前が付いていますけどね。

　片田さんが紙袋にLPを入れてきて「いらんか?」っていうのは前からあったんですよね。だけどあそこまですごいとは思わなかった。僕が京大に貢献したのは、それが唯一かもしれない(笑)。

伊藤　ちょっと市川先生の話に戻りますけど、市川先生から次々弟子が去っていって、自分が一人になったという歌を作っておられるじゃないですか。

永田　市川さんは政治的に動ける人じゃなかったし、大先生になるという野望もなかったんでね。いい仕事をしておられるんですけどね、世界的に通じる大きな仕事が三つぐらいあるんですよ。高松宮妃癌研究基金学術賞かな、そういうのをもらっていたんだけど、あんまり弟子には恵まれていなかったですね。市川さん自身も好き嫌いが激しかったし、僕らも少数精鋭とか言っていました。

　個人的には非常に馬が合ったというか、フィーリングが合ったというか。『山なみ遠に』という、自分の半世紀みたいなことを書いた市川さんの本があるんだけど、そこで「ようやく文学を語れる友に巡り会った」と僕のことを書いていて。僕本人の目の前では言わなかったですけどね(笑)。

　まあ、友人だったでしょうね。僕でもいまの学生をあんまり学生とは思ってなくて。面白いやつと対等にいろんなことしゃべるというのが一番面白い。

伊藤　先生とはいくつ違われたわけですか。

永田　ちょうど二十歳ですね。馬場あき子さんなんかと同じか。

伊藤　じゃ年の離れた兄弟ですかね。まあ、学問上は先生と弟子かもしれないけども。

永田　市川さんも自分の専門ではない領域に入っていこうとしているときだったんで、二人で一緒に、わからんことをやっていましたからね。そういう意味では同志でもあるし。

　亡くなってから本当に、自分の先生、師と思ったけども、生きておられるときは、もちろん「市川さん」と呼んでいた。師という感じではなかったですね。まあ、友だちでもなかったですけども。でも、いい人に巡り会ったと思いましたね。実験が一段落したら毎日のように部屋に行ってだべっていましたしね、映画の話とか文学の話とかね。

　それがまた市川さんはよく読んでいるんですよ。僕はサイエンティストのなかではわりと小説とかいろいろ読んでいるほうですね、当然。それでも市川さんと、もう一人、東京都臨床研に矢原一郎さんっておられて、彼らにだけは負けるなあと思っていましたね。
　あの当時は面白かったですね、お互い若かったしね。だいたい帰るのは夜中の二時ぐらいです。それでも夕方に一時間ぐらいだべっているのは、全然苦じゃなかった。

伊藤　ここでいま永田さんがされている研究のことをちょっと…

永田　市川さんのころは、血液のがんで白血病というのがある。白血病の細胞をいろんな薬剤とかタンパク質とかで正常な細胞に戻すという、そのメカニズムを解明するというのが僕のテーマで、市川さんのテーマでもあったんです。そういう仕事をしていたんですけど、海外留学して、そこで新しいテーマに出会った。
　われわれの身体を作っている一番大事なものはタンパク質ですよね。タンパク質がきちんとした構造をとって機能を獲得できるというのは、すごく大事なことなんです。細胞の中では、一秒間に数万個という単位で新しいタンパク質が作られているんですが、作られるだけではだめで、一つ一つが正しい構造を作らないといけないんですね。それを助けるいろんなタンパク質があって助けているんですが、そういう研究をしています。その構造を作るのに失敗すると、いろんな病気が起こる。例えばアルツハイマーなんかもそうですしね。小脳変性疾患とかいろんな病気がある、それは全部タンパクが間違って構造を作ったもの。
　いま、巷間をにぎわせているプリオンというのもそうで、変に構造を作ってしまうんで、それがどんどんと、本来は正常にはたらくはずのプリオンも悪くしてしまう。脳のなかにそういうのがたまって、脳がスカスカになってしまうのが海綿状脳症、ウシ海綿状脳症と言います。じゃあ、間違ったやつをどうしたら正しく戻せるか。タンパク質の品質管理というんですけど、そのメカニズムをいまやっています。

伊藤　僕は放送大学でたまたま、永田さんが授業しているところを見ましたよ。自分の研究室で、若い人も行き交っているところのね。

永田　あれ、一回だけ研究室でやって、あとはもう幕張に行って。
　あれ、ひどいのね、朝、細胞生物学で、夕方に短歌のほうが出るとか、何かそんな時期があったみたい（笑）。

母親の記憶

伊藤　じゃあ、永田さんの小さい頃からの話を。生まれは饗庭《あえば》郡《ぐん》五十川《いかがわ》。これはどんなところなんですか、地理的に言うと…

永田　琵琶湖の西側。今津というのがあって、そのちょっと京都側なんです。いまでいうと高島市。高島というと、わりと『万葉集』とかに出てくるところなんですよね。土屋文明も歌っている、比良山系がずっとなだらかに下りていくあたりで、いまは自衛隊の演習場になっていますけれど、饗庭野というのがあって、その一帯を饗庭といっていたんですけどね。ほんとに山と琵琶湖のあいだに挟まれた狭い地域です。北だし、雪の深いところですね。

伊藤　永田さんが書いた自筆年譜によると、一番古い記憶というのは、お母さんが亡くなったとき、まだ四歳にならない前にお母さんが亡くなって「父に枕元に連れて行かれ、何か言ったら、その場にいた人たちが一斉に泣いた。それが私の最も古い記憶である」という風に書いておられるけど。

永田　母親についての記憶は本当にないんですよ。僕の顔色が悪いからっていうんで医者に連れて行ったらしいんだけど、そしたら「子どもは大丈夫やけど、あんたのほうがあかん」と言われて、それで診てもらったら結核だったんです。ストマイなんか出ていない時代。

伊藤　お母さんが亡くなったのは二十六年で、お母さんが悪くなられたのは、昭和二十四年ですもんね。戦争直後の感じですよね、昭和二十四、五年ぐらいまではね。

永田　それでもうすぐ離さないとダメだとなって、母親から隔離されました。お寺が山の上にあって、そこのおばあさんに子どもがいなかったんで、二つぐらいからそこに預けられた。

そこから母親の隔離されているところまで下りていって離れで寝ていたのを見た記憶はあるんだけど、どんな顔か全然わからない。一番古い記憶ではっきりしているのはその葬式のときの記憶だと思いますね。よくわからないんですけどね。

伊藤　記憶っていうのは実際の記憶の場合もあるし、誰かから話を聞いて、自らの記憶にした場合もあるし。あるいは、自分が想像していくような記憶っていうものもありますから。

永田　だから、母親に出会っていたというのは、あとから自分で作り上げた記憶かもわからないので、そのへんはわからないですね。ただ、その葬式のときの記憶ははっきりしていて、何かすごくあらたまって、おやじが手を引いていって、何を言ったのか全然わからない、本当にその年譜に書いた通りで、何を言ったのかわからなかったけども、何か言ったら背後でどどっと人達が泣いたんです。子ども心に晴れがましい場面で、けっこう得意でもあるわけ、ある種の主人公だから。寒いときで雪が降っていて。

いまでもありますけども、共同墓地まで歩いて行って。棺を下ろすときの記憶は、たぶん違っているな、あれは別の何かの記憶だろうと思うけど、行ったところまでは覚えていますね。

伊藤　永田さんは歌のなかでは、母とは何かというのが一つのテーマでずっと歌われていますね。『無限軌道』の巻頭の「饗庭抄」。あれがやっぱり非常に印象に残りますね。塚本さんは当時、永田さんの歌集のなかで『無限軌道』が一番いいとおっしゃっていましたけどね。

永田　ほう、そうですか。それは本人から聞いたことない（笑）。

伊藤　連作で母親を歌われたのは、これが最初ですか。

永田　そこは難しいところですね。やっぱりある種の構成というか、わりと自分で作ろうという意識がかなり表立っている一連でもありますね。

伊藤　僕は自分のテーマをここで出されているなと思いますね。自分が母親を亡くしたという体験が根底にあるんだけど、母とは何か、母がないとはどういう存在かっていうことが、一つのテーマになっているように思います。この歌では「幼らの輪のまんなかにめつむれる鬼が背後に負わされし闇」の輪のなかの鬼が自分とか「わが裡に闇ともわかぬ沼ありて髪の類が靡いておりぬ」の自分のなかの真っ暗な沼、そこに髪のたぐいがなびいているとか。

この一連は、われわれにとっての母体というか、母性的なものというのか、何かそういうものを歌われていると思いました。この一連の最後は、「抱かれし記憶持たざるくやしさの、桃は核まで嚙み砕きたり」ですね。

永田さんの歌の一番のキーワードは「抱く」。『メビウスの地平』以降こんなに「抱く」という言葉の多い歌人は他にいないんじゃないかな。「抱く」と「乳房」だな（笑）。

『メビウスの地平』はもちろんそうだけど、その後も「抱く」と「乳房」が多い。いまの話につながるんだけど、永田さんが母を早く失ってしまったという意識が、どっかで抱く、抱かれるというところに象徴的に出ているのかなと思いますね。

永田　システィーナ礼拝堂でミケランジェロの「ピエタ」を見ました。

伊藤　『饗庭』に歌がありますね。

永田　あのときに、「われかつてこのように抱かれしことなし恍惚と死に溺るるイエス」とか四首ほど作って、初めてようやくそのへんが、衒いなくというか、構えなく出せたかなという気持ちになりましたね

伊藤　「死んでも泣かせる母がいない」っていう一連かな。あれも印象に残っていますね。

永田　そうそう、泣かせる母がいないのは悔しいという、そんな歌だったけども（「その母を嘆かすることなきわが死などはもうとうにつまらなし」）。母親のことは、アキレス腱なんですよね。どうしても歌えなかったですね。

伊藤　第三歌集で、ようやく挑んでみようということで、歌われたと思うんだけどね。

永田　システィーナ礼拝堂の「ピエタ」を見たときに歌ったあたりから、何となくそのへんのことが人に言えるという感じになった。

小さいときから、とにかく母がいないというのは、一番

大きな自分のマイナスっていうか、誰にも言えないことだった。特に二度目の母親が来ていたから、もう禁句だったわけね。それを自分で出せるまでに、だいぶ時間がかかった気がしますね。今度の歌集の『百万遍界隈』で僕のなかでは一番大事な歌だと思っているのは、「母を知らぬわれに母無き五十年湖《うみ》に降る雪ふりながら消ゆ」です。やっぱり五十年かかったという。

伊藤　その一連に二、三首お母さんの歌があって僕も印を付けてます。

永田　「月の蟾蜍」っていう一連です。

梅原さんも、それを挙げてくれて、うれしかったですけどね。

伊藤　その次のね「昼の月透き通りおりはじめからあらわれにあらざりしものとして母」これもあらざるものとして「母」があるっていう感じの歌ですよね。ないんじゃなくてね、ないことによって一層永田さんに存在感をもって迫ってくる母。

永田　若いときにモーリス・ブランショにずいぶん凝ったことがありまして「ないものが存在する」という、第一評論集なんかにずいぶん書いたことがあるけど。ちょっとそんな感じかなあ。ないことが自分にとって一番大きな意味なんだという、そんな気はしましたね。そのへんが、衒いなく歌えるようになってきたということかもしれません。

父親も母親の薬代を稼がないといけないし、田舎にいたんでは当時、職もありませんでした。役場には勤めていたんですけどね。ですから結局京都に働きに行ってたので父親もいませんでした。ストマイがちょうど出始めたころだったから、だいぶ無理をしてストマイを…

伊藤　高かったわけですよね。

永田　高かったんですよね。一本二千円だって言っていました。当時の二千円がどれぐらいなのかよくわからないですけど。それを三本か四本買ってきて打ったりしてたようです。するとちょっとよくなったらしいんです。働き者だったらしいのでちょっとよくなると、真冬の川に行って野菜を洗ったりなんかしたらしいんです。それで急にまた悪くなって亡くなったみたいなんですけどね。

伊藤　お母さんの人柄とか、お父さんから、あるいは親族の方からいろいろ聞かれていますか。

永田　働き者だったということと、力持ちだったというのを聞きましたね。一俵を担いだって言っていたかな。

伊藤　永田さんの歌って、温かみが一貫して変わらないと思うんです。厳しい境遇を生活してみえたわけじゃないですか、いまおっしゃったようにね。にも関わらず温かさっていうのが変わらない。

いまのわりと普段の暮らしを歌う歌のなかでも、人と人とのいろんな係わり、場合によっては険しい係わりとか、難しい係わりとか、そういう係わりを歌っても、永田さんの歌は温かみがある。

それはできるようで、なかなかできないことだと思うんですよね。仲よくしている歌っていうのは、温かくなるかもしれないけども、ものすごく険しい人間関係だとか、あるいは難しい課題に取り組んでいる時っていうのは、何かそういうものが冷たくなりすぎることがあるじゃないですか。

そういうものがお母さんのお人柄だとか、お父さんの生き方とか、そういうものから永田さんに受け継がれているのかなと思って、ちょっとお母さんの生き方、お人柄というのを聞いてみたんです。

永田　母親の人柄は、あんまりよくわからないですね。父親はわりと楽天的というか、いろんなことがあっても、けっこう能天気というか、明るい。

伊藤　淳さん、お父さんは楽天的ですか。

ちょっと突撃インタビュー。息子としてどうですか、お父さんって楽天的？

淳　楽天的っていうよりか、物事を常に明るく見ていますね。悲観的になることがないというのかな。まあ、楽天的と言えば、そうなのかもしれません。失敗をあまり考えないというか、考えないということではないんでしょうけども。まあ、そういう風には思いますね。

永田　二回目の母親が来てからの生活というのは、僕が存在悪なのね。つまり、存在することが家庭不和の原因になるという。そういう状況が長かった。母親がべつにそんなに悪かったわけではないと思うんですけど。

伊藤　うん、そういう問題じゃないですよね。

永田　いい人だったと思うんだけど。家庭のなかで「自分がいなければ」といつも思っていた。実際に言われもしたし、自分でもそう思ってた。それをどう乗り切るか、どう自分のなかで耐えていくかというのは、すごく大きかったですね。

伊藤　そういう境遇というのは、場合によっては本当に道を踏み外して、とんでもない方向に…

永田　そうです。だから、うちの女房は、「あんたはそれはすごい」って（笑）。

伊藤　僕もカウンセラーの仕事をしているけれども、場合によってはそういう状況っていうのはね、自己否定にいかざるを得ないような、そういうコースになってしまうじゃないですか。

永田　そういえば伊藤さんの専門でしたね。

だから、家を出られたときはほっとしました。解放感というのが非常にあった。家にいる間っていうのは、やっぱり辛かったですね。まあ、それでよくグレなかったなとは思いますけどね（笑）。

伊藤　小学生、中学生の頃のことをあんまり歌ってもおられないし、語ってもおられないというのは、語るにはなかなか重いものがおありなのかもしれませんね。

永田　そうですね、まあ、言ってもしようがないという思いも一方ではあるし、いま言うと何か自分で落とし前つけちゃうだろう、と、きれいに処理しちゃうだろうという思いもあって、なかなか言えないですね。母親がいないことを言うことすらも、すごく時間がかかったという気がするから。

まあ、でも子どもが独立するようになると元気になるんですよ、そういう意味では。そのへんの縛りも取れてくるしね。

伊藤　永田さんの温かさというのは、永田さん科学者だから、事実を大事に、そこに感情的なものを持ち込まないわけでしょう。サイエンスでものを見る時っていうのは。

永田　うん、感情ではないですね。

伊藤　それで、一人一人の人間や人間関係を見るときにも、自分に感情はあるけど、そういう感情的なものは除外して、人と人との係わりだとかを見ているからなのかなと思いますね。普通の人だったら、もっと感情的に見てしまいそうなことでも、すごくきちっと見ているから。

永田　どうでしょうねえ。わからないですけど。

伊藤　人間関係でも、あるいは自然でも、科学者として見るときと、歌人として見る時の区別はないのかな?

永田　あんまりないと思いますね。ただやっぱりいま言ったみたいに、恨みを引きずったら生きていけなかった。そういうものを自分のなかで忘れようとするというか、捨てていこう、ある種の恨みとか、怨念みたいなものは、どっかで捨てていかないと、もう生きていられなかったという事情がありますから。人の長所は覚えているけど、嫌なことって忘れてしまう。うちのおやじも同じなんで、遺伝なのかもわからないけれどもそういう感じなんですね。

だから、本当に恨んだ人というのはあんまりいないですね。もちろん何人かはいますけどね(笑)。

新聞投稿で特選に

伊藤　短歌は高校時代に国語の先生、アララギの先生、が課外プリントを作って指導されたということを書いておられたけど、それが短歌との出会いですか。

永田　そうですね。あれが大きかったですね。受験戦争の真っただなかでしょう。そんな時にガリ版で落合直文の「父君よ今朝はいかにと手をつきて問ふ子を見れば死なれざりけり」ってあって、あれが一番最初です。

伊藤　それはみんなではなく、希望者が?

永田　これね、学校だと思っていたんですけど、塾だったかもわからない。二百首ぐらいあったんじゃないですかね。アララギだから、やっぱり五味保義ぐらいまで入っていて。

近代の大事な面白い歌、牧水なんかも勿論入ってました。それがとてもよかったですね。文法とか何もしないんですよ。「こんな風にいいですね」という感じで、鑑賞ですよね。それが勉強という感じじゃなかった。受験戦争のなかの、ある種日だまりみたいな感じで、ほっとする時間でした。これだったら作れると思って、作って…

伊藤　新聞に投稿したっていう。宮崎の講演のときに言われていたけど。

永田　言いましたっけ？

伊藤　うん、それで「ええっ、永田さんも高校時代に投稿してたんだ」と思って（笑）それで特選か何かになったって。いま自分が選者になって考えてみると…

永田　そうなんですよね（苦笑）。

伊藤　高校生ってめったに投稿ないから、それで採られたんだということがわかったけれども、あのころはずいぶん才能あるんじゃないかと思ったって、宮崎での講演で言われてましたよ。

永田　「ほろ酔いの父を迎えに外《と》に出でぬ元旦の夜のオリオンの冴え」だったかな。

伊藤　おお、いいじゃないですか。

永田　「酔いまさん父を迎えに」って直してあるのよ。「酔いまさん」って、わからへん（笑）。

伊藤　ほろ酔いならわかるけどね。

永田　そんな感じでしたね。まあ、それで、歌ってこんな簡単なもんかと思って、やめてしまいました。

伊藤　もともとはスポーツやったりするスポーツ少年でもあったわけでしょう。

永田　もう完全な体育会系ですよ。中学時代は軟式テニスで、これはけっこうよくて、京都市で八本でした。八本というのは、四位から八位までの間。三位にはなっていないんですけどね。

伊藤　すごいじゃないですか。

永田　うん、もう中学時代ってテニスだけしかやっていなかった。高校になってテニスをやめて、一応勉強のほうだったんだけど、でもバスケットやったり。バスケット好きでしたけどね。で、大学に入って入ったのは合気道部。これは動機が不純で、袴を履きたいだけ（笑）。

僕ね、三高に憧れていたんです。舞妓さんと三高生の恋の物語に憧れていてね。京大に入るよりは、三高に入りたかったんだけど、当時はもう三高はなかった（笑）。

大学時代はずっと、下駄履きでした。さすがに袴を履こうと思うと、合気道部か柔道部かぐらいしかない。それで合気道がかっこうよさそうだったので。

伊藤　ああ、そうか、何で合気道に入ったのかなと思っていたら、そういう理由だったんですね（笑）。

永田　ただ、袴を履けるようになるまで二年かかると言われて、「これはあかん」と思って、バスケットが好きだったから、バスケット部に入った。それがすごい練習で、一週間もすると指と爪の間から全部血が出てくる。受けるときに、バアンとなるでしょう。好きだったんで、けっこう自信があったんだけど、何しろ相手は一八〇センチとか一九〇センチばっかりでしょう。これはどう考えてもかなわんと思ってやめて…

伊藤　それで京大短歌会に？

永田　そうなんですね。

伊藤　それは高校時代に短歌に出会ったということで、また短歌を作ってみようかなという気に…

永田　そうです。それがすごく大きかった。

伊藤　特選になった実力があるわけだし、ねえ（笑）。

永田　そりゃ大いばりですよ。藤重直彦さんという、当時医学部の修士だった人が短歌会を作ったんです。北尾勲さんもいて、けっこう短歌を作っていた人ばっかりが集まってきたんです。素人は僕とか、ほんの二、三人だったんですね。

伊藤　それは大学一年のとき？

永田　一年の秋ですね。それで第一回の歌会に、例の特選歌を出したんです。それでこっちは絶対に自信があるわけね。ところが批評の場になったら、みんな、口では褒めているんだけど、これ、どうにも批評のしようがないというような感じが態度でわかるわけ（笑）こっちもみんなの言っていることが何もわからないの。

伊藤　だいたい普通は近代短歌を教科書で習って、短歌ってそんなもんだと思って来るわけだもんね。

永田　そうそう。批評用語がわからなかったですね。よく覚えてるんですが行ったときに、藤重さんがプリントを持ってきて、四人の歌人の歌が十首ずつ書いてあったんです。高安国世、これはまあ、顧問。寺山修司、塚本邦雄、岸田典子。

伊藤　岸田さんはあしかびかな？

永田　喜望峰ですね、あのころ。

そんなのが四十首載っていた。藤重さんが「誰か知っていますか？」って言うんだけど、誰も知らないの。名前も知らないし、歌もまったく知りません、と。藤重さんはひどくがっくりしたんじゃないかと思うけど。

それで、結局三カ月ほど行ってやめたんです。三カ月ぐらい休んでいたら、藤重さんから電話がかかってきて「もう一回出ておいで」って。

伊藤　そのとき、藤重さんからそういう誘いがなければ、ひょっとしたらもう行かないまま…

永田　絶対やめていたと思いますね。

伊藤　おお！

永田　藤重さんの誘いに乗って出て行った時に、その三カ月間ってべつに何も勉強したわけでもないし、歌を読んでいたわけでもない。けれど三カ月過ぎて行ったら、何となくわかるんですよね。これが不思議だった。いま考えても不思議ですね。

伊藤　何があったんだろう、その三カ月に。

永田　それまではちんぷんかんぷんで、みんなが言っていることもわからないし、みんなの歌のよさも何もわからない。でも、三カ月して行ったら、まず自分の歌の駄目さ加減がわかった（笑）それから、他の人の言ってることがわかる、歌の良さが本当にわかったかどうかはよくわからないんですが。

意味ある偶然

伊藤　僕の入ってた早稲田短歌会は、歌の悪口を言うことが日常会話でしたから。
永田　伊藤さんが早稲田短歌に入ったのはいつなんですか。
伊藤　僕は四年生のときなんです。
永田　そうそう、わりと遅かったんですね。
伊藤　遅かったんです。僕が歌を作り始めたのは三年生の終わりぐらいで、もう部も入らないつもりだったんだけど。
　最後半年、福島泰樹が強引に僕の歌を載せたんで。いまさら入ってもしようがないと思ったけど、入って。まあ、よかったんですけどね。
永田　ええ。やっぱりそういうきっかけって大きいですよね。
　茂吉だってそうでしょう。好きで作っていたんだけど、伊藤左千夫に何か質問して、自分のこういう歌がこういうふうに言われているんだけど、どうだろうと文法の質問をして歌を送ったら、伊藤左千夫が「君の歌載せたから」って。それで入っちゃったんだからね。
　河野だってそうですよ。何か勝手にコスモスに入れられてしまっていて。
伊藤　河合隼雄さんがカウンセリング過程で、意味ある偶然が起こるって言われています。必然じゃないんですよね。
　非常に意味のある偶然がわれわれの人生で起こるということですね。
永田　ああ、それはわかる気がするな。
伊藤　いい言葉でしょう、意味ある偶然。あとでふり返ると、たしかにそこが人生の分岐点だったということが。
　それで、高安先生に出会われたんですね。
永田　そうですね。三カ月休止のあとにまた行った時に、俺の歌はこれではだめではないかと思いました。近衛通りの楽友会館というところで歌会をやっていたんですけど、帰り道に高安先生がバスを待っておられた。一度は行き過ぎたんだけど戻ってきて、「歌うまくなるのはどうしたらいいですか」ってなんとも間抜けな質問をして（笑）。
伊藤　そうしたら？
永田　高安さんもさるもので、「塔にお入りなさい」と（笑）。
伊藤　それは見事な答えですね。
永田　あそこまで自信を持ってはよう言わんなぁ、僕なんか絶対。
伊藤　今だったらどうですか、塔にもどこにも入っていない人に「永田先生、歌はどうやったらうまくなりますか？」って聞かれたら。
永田　この頃は若い人には「入ったほうがいいですよ、仲間がいるから」と言えるようになったけど…
伊藤　われわれ世代にはやっぱり結社罪悪論の名残がずっ

と続いているから、それから抜け出すのにかなり時間がかかりましたよね。
永田　それは大きいですね。やっぱり第二芸術論というのはわれわれの中では大きなトラウマですね。
伊藤　われわれが歌を始めたころは、まだその亡霊が生きている時代だから。
永田　第二芸術論から何とか抜けられると思ったのは、読者論を書いてからですね。「読者論としての第二芸術論」というのを角川で一回書いたことがあって。あそこでようやく呪縛から逃れたという気がしますね。それまでは、いまの若い人には全然わからないと思うけど、歌をやっていることってものすごい恥ずかしかった。
伊藤　そうですね。早稲田詩人会、俳句会、短歌会とあってね、詩人会のメンバーは肩で風切って歩いているように見えるんですよ。われわれ短歌やっているのは、何かこう後ろめたいようなね。そういうものをわれわれは持っていましたね。
永田　ただ、やっぱり塚本さんがほかの世界で取り上げられていたのは、うれしかったですね。自信を与えてくれましたしね。
伊藤　それで京大短歌に入って「幻想派」も一緒に創刊して、そこで裕子さんに出会われるのですね。
　年譜を見ていたら、京大二年のときの昭和四十年、一九六七年、ちょうど永田さんが二十歳のときだ、このときに塔に入会して「幻想派」創刊に参加して、河野裕子さんに出会って、塚本邦雄さんに出会ってっていうね。
　合評会に塚本さんみえたんでしょう。
永田　ええ、そうですね。
　このあいだ塚本さんが亡くなって、あちこちに引っ張り出されて思ったんだけど、われわれの世代で塚本さんの本当に近くにいたっていう歌人が、わりといないんですね、みんな東京だったから。僕の場合、たまたま関西だったから。
伊藤　近くにいても、何かちょっとこう近寄ることができない存在でもありましたけどね。
永田　それもありますね。けれど近くにいられたことはよかったですね。だって、合評会に三回ぐらい来てくれましたから。
伊藤　そのとき塚本さんが、永田さんのことを「華麗なる馬車馬」と言ったのは、どういう意味で言ったんですか。
永田　荒々しくて迫力があるけれど、ただ突っ走るだけということかなぁ。「幻想派」の0号の作品のときでしたね。河野が持っている「幻想派」にもちゃんと書いてあります。「華麗なる馬車馬」、河野がメモしたのがね。
伊藤　かっこいいじゃないですか、華麗なる馬車馬。
永田　かっこいいですけどね、要するに、繊細なところがないみたいな、とにかく馬車馬なんです。ばあーっと。
伊藤　もう走るんですね、突っ走るね。疾走する象《かたち》。
永田　どうだったんでしょうね、塚本さんもまあ、面白いとは思ってくれたんじゃないかと思いますね。

伊藤 そうでなければ、こんなネーミングはないですよね。

永田 でも、あんまり塚本さんから褒められた記憶ないしなあ。

六十歳になったら旧仮名

伊藤 仮名遣いのことは塚本さん、ものすごく残念がっていましたよね。

永田 そうそう、「雁」の特集でも「定家に遭わず」って、わざわざ新仮名で書いておられた。

伊藤 仮名遣いはどうですか。

永田 宣言したらまずいかもわからないけど、六十歳になったら旧仮名に変えようか、と。

伊藤 それは重大宣言。

永田 いや、ちょっと今のところまだね。でも、やっぱり永遠のあこがれではあるんですよ、旧仮名というのはね。

伊藤 仮名遣いが変わることとは、やっぱり文体や思想が変わることにまでつながりますかね、どうですか。

永田 それはもう絶対変わってくると思いますね。単に新仮名で作って、あとで旧仮名に変えるというもんじゃないですからね。これはもう非常に大きいと思うんだけど。それをやったほうがいいのか、やらないほうがいいのか、ちょっとわかんない。

伊藤さん、最初からですか。途中からでしたよね？

伊藤 僕は第三歌集から歴史的仮名遣いに変わったんですよ。

永田 変えてどうですか。

伊藤 僕は歌を作りやすくなりました。変える前はね、何か自分のまさに文体や思想まで変わるんじゃないかっていう危惧がありましたよね。

永田 どうですか、それは。あんまり関係なかった？

伊藤 と、僕は思ってますけれどもね。だから、永田さんに聞いたんですけれどもね。でも、自分の知らないところで変わっているのかもしれない。例えば「におい」という時に、現代仮名遣いで「におい」と書くのが耐えられなくなって。そうすると「におい」という言葉を避けるまでに自分がなってしまったから。

これじゃもう歌ができないと思った。それで、自分が歴史的仮名遣いに行き詰まりを感じたら、もう一回現代仮名遣いに戻ればいい、一生というわけじゃないんだからと思って、第三歌集のときから、つまり第二歌集を出したあとから変えました。

永田 僕も一回変えたんですよ。

伊藤 ねえ、しばらく両方してましたね。

永田 しばらく変えてたんですよ。そうしたら、当時「塔」は新仮名だけだったんです。「塔」にも旧仮名で出すと宣言したら、高安さんがすごく心配して、僕が旧仮名で出したときのために文章を用意されたと人づてに聞きました。

おそらく、駄目だという内容だと思うんだけど。それで結局、塔にはついに旧仮名では出さず仕舞い。総合誌には旧仮名でしばらく出していたんですね。ただ、何となくまだ中途半端だったんで、もう一回新仮名に戻っちゃったんですけどね。

伊藤　寺山さんみたいに『血と麦』は新仮名で、『田園に死す』は歴史的仮名遣いでっていう風に、ワールドによって使い分けた人もいるけれど。

永田　馬場あき子さんも変えましたよね。

伊藤　戦後はともかく戦後民主主義と現代仮名遣いとがセットでしたから。で、果たしてそれが正解なのかどうなのか…

永田　そうですね。「塔」なんかももろにそうで「未来」もそうでしたね。

伊藤　塚本さんがすごく残念がっておられたから。塚本さんは、それこそ永田さんや佐佐木さんの自分の気に入った歌は、歴史的仮名遣いに変えて原稿を書きたいっていうぐらい。逆に言うと、そうできないときには、その歌を引くのをやめるぐらいでしたから。

永田　そうですね。また、あの人は正字だもんね。

第一歌集の頃

伊藤　最初に角川の「短歌」に出されたのが、昭和四十四年二月ですね。「疾走の象《かたち》」ですね。これは『メビウスの地平』の巻頭でもあります。

それで僕思ったのは、あの「短歌」の初出とこの巻頭の作品とは、まったく異同がないじゃないですか。

普通はね、第一歌集の巻頭といったら、自分の処女作みたいなもんで、あとで歌集作る時には耐えられなくて、推敲しそうになるけれど…

永田　でも、その前に「幻想派」に出した作品は、歌集の後半の初期歌篇に入れているんだけど、あれはずいぶんと削りましたね。

やっぱりあの頃って時代ですよね。要するに少数精鋭で、文学的にレベルの高い歌だけを精選すべきだって、むちゃくちゃ削るでしょう。第一歌集なんて、いまから考えたらすごく惜しいと思うけど、三分の二は削っていますね。だから骨だけになっちゃってるんで、本当はもうちょっとたくさん収録しておいたほうがよかったんですけどね。

伊藤　僕が記憶している限りでは、永田さんの作品を総合誌で取り上げて初めて論じたのは、佐佐木幸綱さんだと思います。昭和四十五年の「短歌」の短歌月評、ここは普通、総合誌の作品を取り上げるじゃないですか。でも、佐佐木さんは「幻想派」の五号の作品を引いて「福島泰樹君の次の世代の戦う学生の短歌を最後に紹介しておこう。見事にまとめられた作品である」と書いているんですよね。

僕は永田さんの名前はちらほら聞いていたけれども、いやあ、永田和宏ってすごい歌作るんだって思いましたね。

それでまた『メビウスの地平』にも入っていない、いい歌があるんですよ。

永田 ああ、そうか、サーチライトの歌とか、あれは入っていたかな?

伊藤 サーチライトは入っているんだけど、入っていない歌ではね、「笛やみしつかの間闇は緊りつつ〈孤立!〉すなわち小便したし」「火のつきし彼がころがりきたるとき思わず一歩さがってしまう」ってこう、火炎瓶闘争のころのね。この二首を特に幸綱さんは「美しすぎるイメージより、私はこれからの学生短歌のためにこ(いま紹介したような)自由でぬけぬけとしたところのある作品をかう。実際の出来としては後者の方が上であろうが。」と書いてます。

これが昭和四十五年の五月だから、闘争が昭和四十三年、四十四年が全共闘闘争時代で。

永田 たまたま立て籠っている友だちの陣中見舞いに行ったんです。夕方に法経一番教室に入ったら、あの頃のいわゆる三派って一団にそのまま閉じこめられちゃって、一切出られなくなった。どんどん石が飛んできて、机も何もかも全部なかったですね、バリケードにするのに。石と火炎瓶が飛んで飛んで、大きい教室では守り切れないというんで、法経四番教室という小さな教室に逃げ込んだんですね。

そうしたら、そっちにもやっぱり催涙ガスが入ってくるし、闇のなかから石は飛んでくる。怖いですね、闇のなかを飛んでくる石ってね。当たるまでわかんないですからね。支給されたヘルメットはかぶっているんだけど、火炎瓶はどんどん飛んでくるし。

一番よく覚えているのは、飛んできた火炎瓶を投げ返したんだけども、それがちょうど窓から入って来ようとしている学生に当たって、彼がそのまま火だるまになって向こう側に転がり落ちた。まあ、あれは表面だけだから、死にはしてないんだけど。

そのとき初めて、前線の兵士が「突撃!」ってやるでしょう、あの時の心理みたいなのが分かった気がしましたね。あんなもの、死ぬのが分かっていて、何であほみたいにやるんやろうと思ってたけど、やっぱり集団ヒステリーみたいになって、たぶんやるんだろうなという気がしましたね。

二階から飛び降りて、自転車置き場のスレートの屋根を蹴破って落ちたとかね。何かいろいろありましたけどね。

伊藤 話は戻りますが、この一連は全部歌集に入れてほしかったですね。僕はこれを見たくて「幻想派」を送ってもらったんですよ。

永田 あれを抜いたのは、自分の思想形成っていうかな、そのへんがすごくいい加減だったので、ちょっと出せないなあという気がしていたんです。いまから考えると、出しといたほうがよかったんだなと思います。けれど、自分の気に入らないものはすべて削るという、あのころの歌集の編み方だったから。

伊藤 あの頃はやっぱり厳選の考え方ですよね。だって、

『メビウスの地平』なんて、あとがきもなければ誰かの推薦文もない。

永田　何もないです。

伊藤　茱萸《ぐみ》叢書の、誠に清々しい（笑）

永田　突っ張っていたんですよ、もう。

伊藤　やっぱりあの頃の考え方がよく出ていますよね。

永田　女々しいあとがきなんて書くもんか、とかね。誰かに推薦文もらうなんて何ちゅうこっちゃとか、思っているわけで。とにかく歌壇っていうものを馬鹿にしていましたよね、われわれは。

伊藤　そうですね。あの頃はまだ二元論的な考え方でね。歌壇対われわれとか、歌壇対前衛とか、何かそういうとらえ方がありましたからね。

永田　原稿依頼してほしいと思っているんだけど、歌壇みたいなのに尾っぽ振るやつは、とか言いながら。だいたい『メビウスの地平』なんて、歌壇関係の歌人への贈呈は五、六〇冊ですからね。まあ歌壇内の礼儀を教えてくれる人がいなかったということもあるけれど。

伊藤　あの頃の永田さんの作品で非常に印象に残っている初期ので『現代短歌'70』の「海へ」という、この二十首「あなた・海・くちづけ・海ね　うつくしきことばに逢えり夜の踊り場」から始まる、永田さんの『メビウスの地平』の代表作ですけれども。「きみに逢う以前のぼくに遭いたくて海へのバスに揺られていたり」とか、永田さんの初期の代表作がいっぱい入っている。「水のごとく髪そよがせて　ある夜の海にもっとも近き屋上」とかね。こういう『現代短歌'70』自体がそういう歌壇に対する一つのアンソロジーだったわけですよね。

永田　そうでしたね、歌壇にはなかなか依頼してもらえないけれど、っていう感じがあって、そこに結集するみたいで熱かったですよね。

伊藤　タイトルが「海へ」ですけれども、海とか岬とかの歌がすごく多いじゃないですか。育ったところは海というと…

永田　ないんですよ。僕は海を全然知らないんです。海で初めて泳いだっていうのは大学じゃないかなあ。それまで琵琶湖だけしかない、真水だけ。

伊藤　永田さんは第三回の牧水賞受賞者ですけども、牧水も山国の坪谷で生まれて、小さいときから坪谷で一番高い山に登って日向灘のほうを見て、海は見えないんだけど、何かあっちが海だと言われるだけで胸がときめいて、そして初めてお母さんに連れられて耳川を下って海に出会ったときの感動を、何度も何度も書いていて、若いときの牧水のあこがれっていうのは、まず海なんですよね。

永田　なるほどそうですね。僕もわりと近いところがあったんじゃないですかね。

伊藤　「あなた・海・くちづけ・海ね」と、海が二回出てくるじゃないですか。さっきの「きみに逢う以前のぼくに遭いたくて海へのバスに揺られていたり」も、きみが恋人でも、ほかの人でもいいんだけど、そのときも海へのバスとかね。

永田　海へのバスっていうのは、絶対に寺山の影響ですね（笑）。

その歌はわりとあっちこっちで、教科書なんかにも採ってくれて、やっぱり若い、きみだけじゃなくてもいいんだけど、何かに出会ってしまって変わってしまった自分っていうのがあって。

伊藤　出会ってしまって、ある自分が形成されていく。それはそれで非常に貴重な自分なんだけど、とはいえ、出会う以前の自分っていうものも、どっかでまた大事だと思うんですよね。

永田　僕は海を知らないので、やっぱり人間がちっちゃいんじゃないかなとも思う。僕の海っていったら、せいぜい琵琶湖ぐらいだったから。

伊藤　牧水とそういう点ではね、この海へのあこがれというのは似てますね。『メビウスの地平』に海っていっぱい出てきますよね。

永田　そうですね。一番大きな憧れというか、何かありそうな気がするところなのかな。「海へ」っていうだけで、何か行きたくなるようなね。

伊藤　タイトルが「海へ」だもんね。海が近くにないだけに、海というのはものすごい憧れの対象。

牧水は、彼女と行くときにはもう海でして、例の千葉県の根本海岸とか。

永田和宏養生訓

永田　僕が一番長い評論を書いたのも「現代短歌」ですね。初めて書いた評論で「虚数軸にて」だったかな。五十枚ぐらい書きましたね。

もう、書き方が全然わかんないんですよ、五十枚なんて初めて書くと。あれは大変でしたね。何年生のときだったかな。とにかく必死に書いた覚えがありますね。筑摩で三冊本が出て。

伊藤　あれも長い文章でしたね。『短歌の本』ですよね。

永田　そうですね。『文体論』っていうのに書かされた。あれもやっぱり歌壇じゃないところで書くという意識があって、一所懸命に書いた覚えがあるなあ。

伊藤　サイエンスの研究が忙しいなかで、歌と論と本当に両方だったね、永田さんの仕事っていうのは。

永田　その頃って全部無給の時代ですよ。無給の時代によくやったと思いますね。サイエンスやって、生活のために働いて、それから評論でした。やっぱり若かったですね。体力勝負ですね。

伊藤　やっぱり体力っていうのは、仕事するためには大事ですしね。

永田　そうですね。だから、三枝昂之が「永田と一緒にいると、もたんよ」とよく言っていましたけどね。

伊藤　体力を保つ秘訣は、永田さんはよく寝られるけれども、睡眠は大事なんですか。

永田　どうでしょうね。まあ、どこでも寝られましたけどね。

伊藤　宮崎にも、南の会のシンポジウムのとき講演に来てもらって、僕の家にも泊まったことがありますけどね。よく眠っておられたから（笑）。

永田　もうね、いつも寝不足だから。結局、僕の生涯はずっと眠い、眠いで過ごしてきたような気がするなあ、どこでも寝ちゃう。小池光に「永田和宏死につつ眠る」っていう歌があるんですけどね（笑）あれは、短歌人の夏の全国大会に呼ばれて、僕の講演のあとでみんなが集まるまでにちょっと時間があったのかな、その時に部屋を一つ貸してもらって、そこで寝てしまった。そのとき小池が見に来たんだと思うんですよ。

当時、無理していた頃は、いつでもちょっとした時間に寝ていましたね。

伊藤　それだけ本当にハードな生活をしていたということですね。

永田　市川先生が感心して「あんたはよう寝るなあ」って言ってた。実験室でみんなで比叡山にテニスしに行くと、車に乗った途端に寝たらしくて。まあそんなのでもっていたのかなあ。

伊藤　このシリーズで佐佐木幸綱さんが、馬場あき子養生訓っていうのを五つ書いたんですよ。馬場さんが元気な理由っていうのは声が大きいとか。

永田さんが自ら語る永田和宏養生訓はどうですか。

永田　まあ、寝るのはそうですね。

伊藤　ともかく時間を見つけて、場所を見つけて、寝る。

永田　あんまりくよくよ考えないほうじゃないかなぁ。

伊藤　あんまりくよくよ考えない。

永田　さっき淳が言ったけど、ポジティブだと思いますね。一つの失敗したことがあって、ネガティブなところでくよくよするのか「えい、いいや」と思って何とか次を考えるというのがあるのかもしれませんね。

企画でもないけど、いろんなことを考えるのも好きですね。新しいこととかね。次に「塔」はこんなシステムにしようかとか。

伊藤　次から次に企画を考えたり、夢を持ってプランを考えるっていうね。

永田　それはサイエンスをやっていることの裏返しかもわからないですね。

伊藤　意識っていうのは一つのことにしか向けられないから、そういうプランとか夢のほうにいってしまえば、たしかに余計なことはあんまり考えなくなりますよね。

永田　こんなことやったら面白いんじゃないかとか、これとこれがわからないからやれとかって学生と喋るのはわりといいのかもなと思います。

伊藤　他にありますか？

永田　あんまり身体のためになることはしてない（笑）飲み過ぎているから。

伊藤　身体のためになることをしようと、思わないところがいいのかな。

二足の草鞋

永田　ただ、一貫してこれまで自分を縛ってきたのは、二足の草鞋ですよね。それはもう、抜けがたく自分のなかでしんどかったことですよね。でも、結果的にはそれが何となくよかったのかもわからないという気がするんですね。

伊藤　高安先生が『黄金分割』かな？　栞に、自分もドイツ文学と短歌と両方やってきて、永田さんが、サイエンスと短歌と両方やることについて、非常に心配されていてね、自分と同じ苦しみだ、と。結婚の相談に来たときも、早いんじゃないかと言ったけど、永田さんは結婚しちゃったってね。二足の草鞋とさらに家庭生活。研究者のなかには、研究のためには結婚は控えたほうがいいとか言う人もいますよね。家庭生活に時間を取られたくないっていう理由で。ところが永田さんは三足の草鞋……

永田　家庭はあんまり顧みなかったから。

高安さんが結婚に反対したのはね、坂田博義の自殺があったんですよ。それが非常に大きかったと思います。坂田さんが早く結婚しちゃって、まあ、家庭に問題があったというんじゃなくて、責任感の重さに耐えられないみたいなことで死んじゃったんですね。で、またそうなるんじゃないかと。

坂田博義っていうのははるか昔の人だと思っていたけど、僕が入った頃から考えたら、五年ぐらい前の出来事なんでまだ生々しかったんですね。だから、あの反対っていうのはそういう不安が高安さんのなかにあったと思いますけどね。

ただ、高安さんの言う二足の草鞋は、僕のタイプとは少し違いますね。僕は全然違うことをしていますので。まあ、いまでも後ろめたさがないかと言えば、それはもちろんあります。歌がなければ、もっと学生叱れるのにとかね。

伊藤　ああ、そうですか（笑）。

永田　全然集中していない、もっと一所懸命やれと思う学生がいっぱいいるわけだけど、何でこんなオモロイ事に集中できないかって怒ったら、全部自分に返ってきちゃうんで。

伊藤　でも、永田さんにとっては両方面白いわけですからね。

永田　そうですね。だから、やめられないというのはそういうことですけどね。

高安さんの場合は、ドイツ文学と歌はわりと近いのでいいような悪いような。佐佐木幸綱さんなんかでもそうですよね。僕はもう全然違うので、全然違うっていうのがしんどかった。人からいつも、何で両方やるんですか、とか、何が同じなんですかと、質問を受けるんですね。みんな共通項を見つけて安心しようとする。それで僕もなんとか共通項を見いだそうとしていたんです。

十年ほど前は「どちらも新しい自分に出会える」だとか何とか、わかったようなことを言ってごまかしていたわけです。でも、考えてみると全然違うことなんで、それがよかったのかもわからんですね。

伊藤 特に科学の最先端の研究っていうのは、あらゆる時間と労力をそこに注がないといけないような仕事なんでしょう。

永田 特にこの大学には、僕よりはるかに優秀な人たちがいっぱいいるわけでしょう。同じ教授さんでもね。

伊藤 まして永田さんさっき言いましたように、学部時代は別のことをやっていて、二十代後半ぐらいから、いまの細胞生物学の勉強を始められたわけでしょう。

永田 とにかくかなわんっていうぐらいに優秀な人がいっぱいいるのに、その人たちは全部自分の力をサイエンスに集中してやっていて、こちらは、もう一方で別のことをやっている。それはもう、どうしようもなく後ろめたいことですね。その道一筋の美学というのが自分のなかにあって、自分のなかにあるのが一番困るんです。人から言われるのでなくてね。

伊藤 冒頭におっしゃった梅原さんの言葉は、両方あって永田和宏さんですから○・五足す○・五の一でなくて、一足す一の二が永田さんの魅力という意味で、梅原さん流のユーモアだと思いますね。

永田 ただ、どっちみちサイエンスはずっとはやれないので、何年かのちに閉じざるをえないと思うんですね。いま急いで片一方をやめちゃうと、両方だめになっちゃうんだろうなという気はしますね。

そう思えるようになったのは、ここ十年ですよ。特に全然関係ないんだよと、人に言えるようになったのはすごくびっくりなんですよ。そう思ったらね、すごい楽なんで。関係ないことをやっているんだって。

伊藤 われわれの歌の世界の者からすると、科学者の永田さんが歌を作り続けていて、科学の世界をいろんなかたちでわれわれに見せてくれたり、あるいは科学的な捉え方を歌のなかに示してくれたりというのは大きな財産だと思いますよね。

そのことに限らず職業詠というものが、とても大事だと思っているんです。やっぱりその職業を通してしか、現場を通してしか見えないものっていうのは必ずありますよね。だからそういう仕事の現場からの歌っていうのは、大事だなあと思います。

永田 本当にその通りですね。僕の場合は、自分で手を動かして実験することがなくなっちゃったんで、それが割と歌いにくくなってきているんですね。この頃学生をしかっている歌しかない（笑）。

伊藤　（笑）それもなかなか面白い。どうですか、この頃の若い人というのは。

永田　学生がね、何か隠れて僕の歌を読んでいるらしくて。あれ、誰々のことだとか言って。

伊藤　私も二足の草鞋を先生のように歩みたいと思います、っていう学生が出てくることないですか。

永田　大体だめですね（笑）。

伊藤　二足の草鞋はだめだって言われて、やめるようだったら初めからやらないほうがましでしょうね。

永田　僕は割と負けず嫌いだと思うので、歌をやっているからサイエンスのほうでは、「まあ、いいや」とはなかなか思えなくて。歌のほうでも、やっぱり負けるのは嫌だという気がするんで、それは結構たいへんです。特にやっぱりサイエンスの世界は負けるというか、仕事が出なくなると途端にもう研究費が来なくなっちゃうんで。それはもう、死活問題ですよね。超零細企業の社長みたいなもんです（笑）。

コロキウムイン京都

伊藤　仕事の中身は別だけど、研究グループを組織するとか、あるいはシンポジウムをおこなうとか、そういう点は歌の方と仕事としては共通してませんか。学会でそういう仕事をされること、あるいは歌人としてあるシンポジウムを企画するとか、そういう点では何か永田さんの能力が生きているんじゃないですか。

永田　どうでしょうねえ。

伊藤　細胞生物学会の会長をされてるわけでしょう。歌のほうでもいろんなものを企画して。僕が覚えているのは、あれは何年だったのかな、一九八一年、昭和五十六年だ。

ちょっとシンポジウムの時代が続いていてね、聞かせるためのシンポジウムじゃない、われわれ自身がお互いに学び合う、クローズドのディスカッションをやろうじゃないかというので、永田さんが企画してね、京都に十人ぐらい集まって。

永田　そうでしたね。

伊藤　コロキウムイン京都か。みんな自弁で集まって。

永田　そうですよね。何も金出さなくて佐佐木さんも来てくれたし、伊藤さんも来てくれたし。

伊藤　高野公彦さんは250ccのオートバイで来てくれて。

永田　雨のなかをオートバイで来て。たいへんですよね。あれ、面白かったですね。

伊藤　面白かったですね。

永田　唯一残念だったのは、記録を出さなかったことですね。とにかく十人集まって、全員が発表する。一時間ぐらいずつでしたっけね。夜遅くまでディスカッションして、次の日またやって。
伊藤　うん、二日間やりましたよね。
永田　何か、真面目でしたね（笑）。
伊藤　あの頃永田さんすごく忙しいじゃない、昭和五十一年だから。
永田　そうそう。無給で一番忙しいときだった。
伊藤　でしょう。そのときにね、企画して。今日僕そのときの手紙も持って来てるんですよ。これ、大事に取ってあるんだよ。コロキウムの手紙。
永田　えーー!!
伊藤　コロキウムの手紙があるんですよ。
永田　へえ〜！感動やなあ、それは。
伊藤　来たんですよ、この手紙がね、みんなのところに。
永田　自筆？
伊藤　いや、書かれたものを全部十名にコピーしてね。それで、最後はちゃんとサインを入れて、永田和宏の。
永田　ああ、そうですか、それはまったく忘れていた。
伊藤　実際の内容はね、決まってここに、最終的には三月二十一日、二十二日、あ、そこです、京都教育文化センター。夜は鴨沂荘《おうきそう》に泊まって。
テーマが定型論、韻律論、文体論、詩性論、短歌史の表現。みんな自分で資料を用意してね、四百字詰で一枚から三枚の資料をつくって、前もって永田さんに送って、それでもうみっちりやったんですよ。
永田　そんなの、一人が言い出して、みんなよく賛同するよねえ（笑）。
伊藤　北海道から細井剛も来たよね。仙台から佐藤通雅が来て。
永田　これを一回やったでしょう。あと、まあ、大きなシンポジウムっていうのは何度もやってますけど。
同じように割とクローズドでやったのは、岡井隆さんと小池光と僕と三人で、茂吉について喋る。二カ月に一回、一年間、六回やったよね。
それはものすごく傲慢な企画で、三人で喋る、と。会場から一切質問も受けない。一人が基調発表して、三人で討論して、聞いていただく。そして、六回分前払いしてもらう。来ても来なくても払ってもらうという、そんなのでやってね。それは一冊になりましたけど、面白い会でしたね。
伊藤　このコロキウムの企画っていうのは、何かいまのシンポジウムだけでいいんだろうかっていうときに出てきたものですね。聞かせるものでなくて、お互いが問題を、課題をぶつけ合う。クローズドで、他の者を入れないでやろうじゃないかって言って、自弁で集まってやろうというね。
永田　そうですね。ちょっと最近のシンポジウムは特に、みんながタレントになり過ぎちゃった。どこへ行っても、会場を適当に沸かせてという感じになっちゃった。
しかし、その手紙にはほんとに感動したなあ。
伊藤　他にも永田さんの貴重な手紙をいろいろとね。「裕子と結婚することになりました」というのもあるけど、それは永田さんが生きている間はちょっと（笑）。

『饗庭』の頃

伊藤　牧水賞受賞歌集の『饗庭』について。第三回の牧水賞選考委員会で、ともかく大岡信さん、岡野弘彦さん、馬場あき子さん、もちろん私を含めて、もう第三回は『饗庭』しかないということで。

永田　僕ね、賞に縁がなかったんですね。

伊藤　えっ？

永田　本当に。ほとんどそれまでなかったんです。

伊藤　そうだよね。現代歌人協会賞も取ってないしね。

永田　ずっと縁がなかったんです。まあ、角川賞は本当は塚本さんが出しなさいって言ってきたんだけど、あの頃はさっき言ったみたいに、歌壇に尾っぽを振るなんて、って。

伊藤　そういう応募して何か賞を受けるなどというのは、われわれの時代は不本意だったんです。

永田　そうそう。それで牧水賞をいただいたのがすごく大きかったです、僕は。で、すぐそのあとで読売文学賞。あれも牧水賞が弾みになったんで。あのへんから、何か賞をもらうようになって。安森敏隆が「お互い無冠で行くはずだったのに」って怒っているんですけど（笑）。

伊藤　『メビウスの地平』から一つの永田さんの作風があって、少しずつ変わってきて『饗庭』っていうのは、あのとき大岡さんが特にユーモアの感覚が自ずから滲み出る、と言っておられましたね。

永田　あそこで随分変わりましたね。

伊藤　自分でもそう思われますか。

永田　『華氏』前半までが前期、『華氏』の後半からちょっと変わったと思うんですけど、『饗庭』から今までが中期だと思いますね。

伊藤　『饗庭』から今度の『百万遍界隈』までが？

永田　そうですね。『百万遍界隈』がどのへんに位置するのかまだわからないですけど。『饗庭』で確かに自分の中で何か変わったなという気はしましたね。

伊藤　それは何か、自分として特に考えてそうなったところはあるんですか。

永田　いや、そんなにないんです。ただ『饗庭』の時期っていうのは、すごく忙しかったんです、研究の方が。

教授になって、研究室を主宰することになって、まだ何もないところから研究室を立ち上げていく時期だった。それで『華氏』の刊行も遅くなりましたけど『饗庭』もずいぶん長くかかったんです。そういう時期だったんで、歌でどういうスタンスを取るかっていうのをあまり考えてませんでした。さっき伊藤さんが職業詠っておっしゃったけども、もう自ずから自分の生活が衒いなく出てくるような感じで。

だから「あ、こういう風にもなるんだ」という、そんな気がしましたね、後から見たらね。

伊藤　われわれが歌を作り始めた頃っていうのは、何か、日常っていうものがすごく否定すべきものとして。

永田　そう。唾棄すべきものとして。

伊藤　そうそうそう。『饗庭』から暮らしを見る視点、暮らしを歌う視点が、すごく豊かに出てきたという気がしますよね。

永田　うん、そうですね。

以前はやっぱり「作る」という意識がすごく強かったでしょう。いかに作るかという。みんなそうだった。人の作っていない、新しいものをどうして作るかとか、どういう風に表現を作り上げていくかという意識は、誰もが持っていたので、それは大事なことなんですけれども。

『饗庭』の頃は自分の生活を大事にするという、そういう意識はあまりなかったんです。研究の方に没頭していたんで、それに引っ張られて自ずと歌がそういう風になっていった。後から見ると、それが自分の中では、一番率直に感じたことを歌えているという、そういう気がしましたね。

伊藤　作るという意識がなくなると言うけれども、そう簡単にはこの歌は作れないですよ。やっぱりそこに流れている、温かい抒情、対象との親和的な関係性っていうのが、人に対しても、自然に対しても豊かに感じられるし、さりげない。それこそ普段の言葉っていうのを一首のなかで生かすって、すごく難しいじゃないですか。もちろん口語自体がね、定型にフィットしてきた、言葉の持つ長い時間もあるでしょうけれども、なかなかこの普段の暮らしを作品にして、読者にある感動を与えるって、すごく難しいじゃないですか。

その意味では、さりげないけれども、言葉が斡旋されているし、それはやっぱりすごいことだなと。『饗庭』のときにそんな話もしたし、それは『百万遍界隈』までずっと続いてきていると思うんですよね。

時間に対する責任

永田　この頃、歳をとっていくというのはいいことだなと実感しています。

伊藤　それは、今日是非、老いの話を聞かなくちゃいけないので。ただ、老いに関してもね、否定的じゃない老いのとらえ方っていうのは、僕は感じられるんですよね。

永田　そうですね。われわれの世代っていうのは、伊藤さんも含めてそうだと思うけど、うまく歳をとれていない世代なんですね、たぶんね。というのは歌壇的に言うと、年寄りが元気過ぎるから。馬場さんとか岡井さんとか、やたら元気で、そうすると、いつまでも馬場さんなんて、まだ「あの子たち」って言っているわけだから（笑）「あの子たち」の世代なんですよね。

だけどどこでそれをうまく、何て言うかな、自分で老いを持つというんじゃなくて、自然に馴染んでいけるかという、その自然の入り口をどういう風に見つけるかって、すごく大事だという気がするんですよね。

唯一、自分で責任を持たないといけないものは、時間だと思うんですね。

伊藤　ほう、時間。

永田　うん。自分の時間にどんな風に責任を持つか。若いときに冒険をする、若いときにいろんな新しいものを取り入れてやる、というのはその若い時期の時間に対する責任だと思うんですよね。ただ、いつまでもそれでやってられないので、われわれの世代は。ある年齢を経たときにいかに……う〜ん、難しいなあ、ちょっとようわからんのですけどね。

昔から言うような、自然に老いて、円熟した境地になるというのは、全然ないんだと思うのですが、いつまでも自分が老いていくことに対して抵抗して、自分は老いない、老いない、若い、若いと思っていてはいかんのじゃないかなということを、いま、わりと思ってる。

伊藤　この『百万遍界隈』を読んでそういう風に感じましたね。

永田　年齢相応に老いるというのとはちょっと違うんですよ。でも、やっぱり人間絶対老いていくもんだという意識を、どんな風に受け入れられるかというかな。突っ張らないで、自分は若いんだ、若いんだと言わないで、その時その時の自分の〈時間〉をどんな風に受けとめて、歌の中に持ち込んでいけるかという意識ですね。時間は本当に一回限りだと思うんです。そこの時間の見極め方みたいなものが、大事なような気がするんですよね。

伊藤　人間というのは、乳児期、幼児期、児童期、青年期、壮年期って、一定の心身のコースを辿るんです。ところが、この高齢の時期、老人の時期っていうのは、まったく千差万別。そこが面白いんじゃないかと思ってます。コースはもうないんですよ。だから、六十代でいわゆるお年寄りになってしまう人もいるし、百歳で先ほどの山口さんのように、元気な人もいるしね。それからのコースっていうのは、まったくオリジナルに自分が作っていくもの。そういう風に思うと、何かどんな風に老年を生きるかっていうのは、何か面白いなあという気がするんですよね。

永田　そうですね。そこでどんな面白い老年になるか。

伊藤　永田さんどうですか。どういう？

永田　僕はまだね、まだもうちょっと…

伊藤　まだ、五十代ですもんね。

永田　ただ、サイエンスの世界がいま面白くてまだだやりたいことがあるので、ここはもうちょっと引き払えないなと思ってます。このあとどう生きるかっていうのはね、おっしゃったように、これからは千差万別で、齢とってからの個人差は大きいですね。全然つまんない老人になる人はいっぱいいるわけですね。

いつまでも「若い、若い」と若ぶってたらそこが見えてこない。作品もやっぱりそんなの面白くないと思うんですよ。若い作品は、若いものに任せておけばいいので。ただ、本当のところ、老年になって面白い歌って、あんまりないですよね。

伊藤　そういう歌を見たいですよね。

永田　茂吉の『つきかげ』なんて面白いと思いますけどね。あれはちょっと特殊な面白さ。伊藤さんが以前このシリーズでおっしゃっていたように、馬場さんなんかはけっこう新しいところに来た女性ですよね。

女性っていうのは、歳のとり方がすごく下手で、誰も女性で面白くなる人はいない。斎藤史だって、僕はあんまり面白くないと思っているし。馬場さんなんかうまく歳をとっているほうだと思いますけどね。

伊藤　いま、斎藤茂吉の『つきかげ』を言われたけど、ほかに老いの歌で注目している歌はありますか。近代でも、現代でも。

永田　清水房雄さんなんか面白いですね。それから、岡部桂一郎さんですね。

だいたい男なんですよね、それって。女性はちょっと思い浮かばない感じ。

伊藤　清水さんと岡部さんなんて、どっちも老いを歌ってるんだけどまったく違う世界ですよね。でも、それぞれ面白い。

何かそういう面白さが、いろんな老いの歌が出てくればいいかなと思いますね。

永田　老いは必ずしもテーマにはならなくてもいいんですね。

伊藤　うん、そう、生きていることを歌えば、そこに何か、六十代は六十代、七十代は七十代の歌が出てくるんでしょうけどね。

永田　そういう意味で結局何が大事かっていったら、自分の時間に責任を持つということやと思うなあ。

塚本さんに最後やっぱり若干不満が残るのは、そこですね。塚本の老いの歌を見たかった。

これはないものねだりで、塚本さんはあれでいいんで、あの人は一代横綱だから、一代横綱はそれを最後まで、横綱で立派にまっとうしたので、それでいいんだけど。ただ、一読者としては、塚本邦雄が老いていったときに歌を作り続けたらどうなっただろうという、それをうまく見せてくれれば、うれしかったという気がしますし、岡井さんなんかにも、僕はやっぱりそれを望みたいですね。「岡井さん、早く老いてよ」という、そんな気がしますけどね。

伊藤　これから、裕子さんと二人で老いの家庭を作っていかれるんだけど（笑）今日は裕子さんの話をあんまり聞いていない。

裕子さんがもう、永田和宏、永田和宏って歌ってる歌がありましたね。

欠伸大明神の歌とか。相変わらず忙しくてたいへんだなと思っているけれども。

歌人一家

永田　伊藤さん、このシリーズの高野さんのときだったかな、言っておられたけど、家の者は読まないって。

それはいいですよね、たぶんね。

伊藤　永田さんのところはお互い歌を読んでもらったり、批評してもらったり…

永田　批評はあんまりないけど、○×を付けたりはします。とにかく必ず読まれているというのはね、なかなか難しいものがありますね。

伊藤　そうですね。

永田　息子、娘も読むし。

伊藤　僕なんか女房が歌を詠まないから、自分がモデルになることはなくて、勝手にモデルにしているだけだけど、自分がモデルになった感じっていうのは？

永田　あんまり気にならないですけどね。

伊藤　お互い作品だと思ってるから。

永田　そうそう。そこに歌われているのは「あ、こんな風に感じていたのか」と思うことはよくありますし、それがあるから、やっぱり日常会話で通じないところまで通じちゃうところがあってね。それはいいような悪いようなで、しんどいことですけどね。ただ、モデルになるっていうこと自体は、自分そのものではないという気がするので、あんまり気にならないですね。

伊藤　淳さんや紅さんには、ぜひ歌を作ってほしいと両親とも思っておられたんですか。それとも自然に？

永田　いや、それはもうまったく思ってなかったですね、僕の場合は。始めに作ると言いだしたときはびっくりしたので。淳が中二かな？

伊藤　淳さんが作り始めたのは、どういうきっかけ。おやじが、おふくろがやっているので自分もやってみようということ。

淳　何だったんでしょうね。別に何にもなかったんですけども。そういう多感な時期ですよね、中学校二年ぐらいって。それでまあ、何かやってみようかなというだけだったんですけど。

伊藤　両親の歌の仕事に対する、尊敬心があったから？

永田　いや、それはないんじゃないですか（笑）ただ、福島泰樹が家にやってきたりとか、そういうことがしょっちゅうあったこともあるだろうし。何か急に言いだしたんだよね、淳は。作るわって。そしたら紅も、じゃ、私も作るって言って。

伊藤　逆に言うと、両親が歌を作れって押し付けたりしなかったことが、かえってよかった。

永田　そうかもしれませんね。こっちも一切そんなこと考えもしなかったのに。おかげで変な家になりましたね、ほんとにね。

伊藤　変な家ですかね。周りからうらやましがられるような家じゃないですか。

永田　いや、まあ、変わってはいるでしょうね。やっぱり普通の人だったら、とてもじゃないけど耐えられないと思うんですよね。お互いが全部わかっちゃうとかね。けれども歌を続けてくると、それは全然違うんだということがわかるんですよ。

伊藤　でも、淳さんと紅さんの歌っていうのも、やっぱり永田和宏、河野裕子のいいところを影響を受けていますよ。僕、そう思っていますね。

永田　僕はね、なかなか偉かったのは、河野裕子が最初にばあってデビューしたでしょう。

伊藤　角川短歌賞を取ったときに。

永田　角川短歌賞以降もね。で、歌壇の人たちは「与謝野晶子、与謝野一家だ」「鉄幹と晶子だ」って、鉄幹と晶子って言い方は、鉄幹はだめだけど晶子はいいというニュアンスでしょう（笑）。そう言われ続けてきたんだけども、それにめげずにきたところかな。いまでもそういう評価はけっこうあると思うけど。まあ、それとは違う、自分の歌は、河野のとはまた違うよさはあるんだと思っている。

いろんな夫婦を見ていても夫婦でやるとね、やっぱり一つの集団のなかで、二つ立つということはすごく難しい。「塔」っていう集団でもそうだし、家庭という集団でもそうだけど、どちらも同じような力をもって出て行くというのは難しいんだけど、河野があそこまで華々しくデビューしたら、僕はもうあきらめてサイエンスに没頭するというのが普通の成り行きですよね。でも、まあ、歌が面白かったっていうこともあるし、僕自身好きだったからやってきたんだけど。世評に惑わされず、あそこでへこたれなかったのがよかったんだと思いますね。

伊藤　永田さんの歌と文を見ていたら僕なんかは全然そんな印象はないですね。

永田　いやあ、やっぱり世間的にはそうでね。そういう時期が長かったですね。

伊藤　まあ、それだけ裕子さんが歌壇的にも輝かしい存在だったっていうことはあるんでしょうけどね、僕なんかはやっぱりそういう印象じゃ、全然ないですね。

歌も論も、永田さんは僕より四つ若いわけですかね、ともかくさっきの佐佐木さんの文章じゃないけどね、新しい歌人が生まれたっていう感じだったから。

永田　まあ、停滞も長かったけど…

伊藤　そうですか。停滞っていつ？

永田　『やぐるま』から『華氏』のあたりは、ちょっと停滞じゃないかなあ。『やぐるま』って歌集は、あまり見るべきものがないっていうか。

伊藤　そうですか。タイトルが難しくて、悩んで付けられたとかなんとか。やっぱり歌集自体も、かなり永田さんは悩んでおられたのかもしれないけれども。

永田　『華氏』の後半ぐらいからはわりとね、いまにつながるある種の面白さ。ちょっとあそこで切れている感じがしますね。

僕自身は『黄金分割』とか『メビウスの地平』のあたりの歌も、けっこう好きですけどね。まあ、自分でやっぱり悩んでいたころの煩悶が如実に出ているのかもわからないですね。

伊藤　『饗庭』の後記に書いておられたけど、かなり苦しい状態が続いているなかで、といって歌が暗くならずにね。

永田　まあ、でもやっぱりよかったですね、続けてきて。

月水金

伊藤　僕も永田さんのところには何度か厄介になってね。

永田　あの当時、たくさん人が集まりましたね。伊藤さんも。

伊藤　そう、よくね、永田家はみんな押し掛けて。

永田　あの、竜安寺の家でね。伊藤さんと、三枝と岡井さんと三人が泊まって。

伊藤　永田さんが『黄金分割』を出して、三枝が『水の覇権』を出して、僕が『月語抄』を出して、月水金と言われた。

永田　月水金（笑）次は是非「火木土」でいこうとか言って盛り上がった。

伊藤　夜明けまで大きい声でしゃべっていて、僕なんか声が特に大きいから、近所から苦情が来るからって言って、裕子さんに「もう静かに寝てください」ってしかられた（笑）。

永田　両側が壁一枚で。古い家でさ、壁のあいだから向こうの電気の光が見えるのね。岡井さんの声もよく通るし。伊藤さんもよく通るしさ。で、いつまでも寝ないのよね。

伊藤　押し掛けて行ったんだな、泊まる予定が。あれは一九七七年の現代短歌シンポジウムのときですね。

永田　あのころは、家が汚くても何でも気にならなかったから、呼んだんだと思うけど。

伊藤　われわれが押し掛けたんですよ。

塔について

伊藤　ともかく毎号ほら「塔」は面白いじゃないですか。隅々まで神経が行き届いていてね。読ませる工夫があってね。

永田　もうこの頃、細かいことは何もタッチしていないんですよ。

いまは全部松村正直くんがやっているので。報告は受けていますけどね。だから、あんまり僕なんか、もうやらないほうがいいのかもわからんと思うんです。ただ、枠組みだけはね、まだこれで充分だと思っていないので、どうするかというのを考えるの面白いですよね。

伊藤　さっきの永田和宏養生訓の一つだもんね。プランを考えるっていうのはね。

永田　最近のヒットは「若葉集」ね。

伊藤　一年未満の人がいる欄でしょう。

僕なんかも「塔」をもらって、やっぱりあそこを見ますもんね。しかも秀歌は前のほうに選抜されて出て「若葉集」の人はアスタリスク（＊）が付いているじゃないですか。だから、おっと思ってね、あれは新しく入った人にとってはすごく励みだし。あそこがすごく新鮮に思えますよね。

永田　「若葉集」っていうのは、入ったところでこれからっていう意気込みがあって、それがすごく面白いですね。

伊藤　表現はたしかに未熟かもしれないけど、初めて表現する、短歌で思いを表現する、やっぱり初心の輝きっていうのはありますよね。上手下手を超えてのね。何かそういうものがあるし、そしてある意味では、いまやっぱり口語っていうのが、日常の言葉が短歌となじんできているので、短歌を特別勉強したことのない人でも、何かきらっと光るものがね、新しく作った人のなかに感じられるなと思いますよね。

永田　そうですね。昔から「塔」は新陳代謝が激しくてね。どんどん変わっていって。昔、小野茂樹が塔のことを「高安ゼミ」だって言ったことがあるんですよ。つまり、ゼミみたいに毎年人が変わっていくと。

伊藤　入っていくけど出て行ってしまうという。

永田　というのがあって、それがずっと続いていて。それがだんだん大きくなってしまったんだけど、大きくなってしまうと、今度は新しく入ってきた人がわからなくてね。われわれの時代は一年に入ってくるのが二十人もいなかったんで、同じ年に入ったのは同期の意識がすごく強くある。不思議ですよね、同期っていつまでたっても同期なのね。

だから、そういうのをやってみようっていうんで塔は毎年一回、十年目の作家、二十年目の作家、三十年目の、四十年目の、五十年目のというのを特集するんですよ。それも一つは同期の意識ですね。あのとき、一緒に入った人はいまもこんなに作っているんだというのは喜びなので。その意識をもうちょっとシステムとして何とかできないかなあと思ったときに、思い付いたのが「若葉集」。

伊藤　ああ、面白いね。

永田　松村編集長が心配するみたいに、あれが尻すぼみになってはまずい。

伊藤　新入会者がいないと、あれは成り立たない企画ですからね。新入会員がちょぼちょぼだと、この結社はこれだけしか入ってこないのかとなってしまうけど。

永田　もう、いっぺんに目に見えちゃうからね、それが。

でもね、あれも言うは易しで、僕が提案したころは、無理だという意見のほうが多かった。というのは、どう管理するのか。つまり、まず入った人に「若葉集」に出しなさいと言うことから始まって、一年後にその欄を抜ける。それを誰が管理するのかとなると大変で。何人かそういう事務をやってくれている人のバックアップがあってね。

「若葉集」に力があるというのもそうだけど、やっぱりそういうものがシステムとして動かせるというのが、いまの「塔」の頼もしいところだと思いますね。若い連中がそういうので働いてくれるんで。
あと結社で難しいのは選歌ですね。

伊藤　選歌がやっぱり結社の一番、勝負のしどころでしょう。

永田　「塔」はなかなか面白い選歌体制だと思うし、「心の花」でも同じようなことをやっておられると思うけど。ただ、前から言っているみたいに選歌のシステムに正解ってないですよね。

伊藤　いろんな方法があってね。やっぱり固定化しないほうがいいのかな。

永田　それをどうするかっていうのは難しいところですし、実際僕と河野が、いま毎月全部の作品に目を通しています。全部の作品に目を通すっていうのがいつまで続くかですね。

伊藤　ああ、永田さんのそういう歌、あったなあ。「選歌に殺されしとう宮柊二をこの頃肯定しているしかも本気で」(『百万遍界隈』)とあるからね、これやめちゃいけないわね。

永田　さあ、どうですかね、本当に最後まで続くかどうか。もう千人超えたら無理だろうしなあ。でも、それに代わる何か別のシステムを使って。
この制度は三回、目を通るというのが、会員にはとてもいいんですよね。各選者と永田、河野という、その三人の目を通っているというのが、ある程度安心できるんだと思うんだけど。三つの目を通すっていうのが物理的に無理になってきたときにどうするかですね。

伊藤　選を受ける人はどうかわからないけど、選者は試されますよね。選者のほうがどういう歌をどういう方針で採るかってことをいつもね。

永田　朝日の選を始めて、共選というのがけっこう面白いんです。「塔」には「百葉集」といって、その月の二十首を選んでいるんですけどね。あれを選者が二人か三人で、共選にできないかなと思っているんですけどね。

伊藤　ああ、なるほど。

永田　時間と距離、物理的にできるかどうかだよな。でもその月の「塔」の全部のなかから、重なった歌が出てくるかどうかっていうのは、すごく面白いと思うんだよね。

伊藤　ともかく歌を出したほうは、選ばれるか選ばれないかっていうことが非常に重要ですよね。そこから学んでいくわけですからね。だから、選ぶ側もその点はやっぱり真剣勝負でね。

永田　伊藤さん添削はされるほうですか?

伊藤　いや、僕はほとんどしないですね。

永田　それは新聞歌壇でもそうですか。

伊藤　添削して採りたいなと思う歌もあるけれども、まずしないですね。
あれは何か裁判になったのがあって。添削してもいいという判例が出たっていうことを聞きましたけれどもね。

永田　そうですね。

伊藤　だから、添削はやってもいいですよって、この前聞いたけれども。

ああいう新聞選歌でも、どういう歌を選ぶかって、ものすごく重要ですよね。自分にとっても重要だし、投稿者にとってはもちろんですけれどもね。

永田　そうですね。やっぱり「塔」なんか見ていても、今月この選者、元気ないなというのは、もろにわかりますね。

それは選び方の元気のよさというか、生き生きし方っていうのがあって、選者のある種の気迫みたいなものがたぶんあるんだと思いますね。思い切って削ってよくなるとか、緩く入れてよくなるとかって、いろいろあるんで。

「心の花」は何首選べっていうのは決まってるわけ？

伊藤　いや、毎月みんな八首送りますよね。何首採るかは、もう選者に任されていますね。平均すると、三首か四首ぐらいですかね。八首全部載せるときもあるし、まあ、一首は載せないと着いたかどうかがわからないということになるのでね。

八十〜九十名選をして、特選を四人選んで、その特選についてコメントする。だからまあ、一首でも特選にしていいわけですけどもね。

八人の選者が選んだ歌のなかから、幸綱さんが今月の十五首を巻頭に置くというシステムですね。

永田　幸綱さんは選者が四人選んだ中からその十五首を選ぶんですか。

伊藤　いやいや、じゃない。それ以外からも多いですね。だから、幸綱さんは全部見て選ぶんですね。

選ぶ側は本当にたいへんだけど、やっぱり選ぶっていうことが、これはもう『古今集』のときから、どれを選んでどれを選ばないかっていうのは、歌人の勝負みたいなところがありますよね。

いま、朝日歌壇だって、永田さんは永田さんの選歌をしていて、それぞれ四人特色があって面白いですよね。

永田　特色ありますね（笑）。

伊藤　だから。ときに重なる。

永田　でもやっぱり、あんまり「塔」らしさっていうのが出てしまうと、またこれもよくないんですね。知らないうちに「塔」らしさみたいなことが、どっかに出てきてしまいますね。歌会なんかでもね。

伊藤　何ですか、その「塔」らしさっていうのは。

永田　うーん、何かえもいわれぬものだけど。ある種の具体的なところの、目の付けどころみたいなところですかねえ。みんながそんな小さな具体をうまく取り込みすぎるようになると、全体に歌柄が小さくなる危険もある。

ただ、「塔」は昔から、僕も学生時代から編集長だったたし、吉川宏志くんが長くやってたし、最近は松村くんに移ってね。若い世代に編集長を任せるあたりはわりと健全だと思いますね。これがいつまで続くかですね。松村もそう長くはやってられないだろうし。そのあとどう人材を育成できるかです。

伊藤　いったん「らしさ」ができないとだめですよね。そこが一つの土台になって「らしさ」を作って今度は「らしさ」を壊して、誰かがまた出てくればいいわけだわね。

永田　そうですね。やっぱりもういまは高安国世の「塔」とは完全に違いますからね。

いったん前衛を経たわれわれが入ってそれで、かなりごちゃごちゃした時期があって、それで今はまたどっか落ち着いていこうという時期なのかなあ。高安さんなんかでも、アララギから見るとまた違うんですけどね。

僕はもう、とにかくいつも言っていることは、いろんなのがいないとだめなんだということ。いろんな芽がないと、結社というのは面白くならないですね。それを摘まずに、しかも結社というのは従《つ》いて行きたいと思う人がいっぱいいるわけ。従いて行きたいと思う人がいかに迷わないでいられるかという、そのへんのある種の牽引力と、しかも一つの方向だけに引っ張って行くんじゃない、ある種の自由が必要。

伊藤　結社にはいくつもの顔が必要であると同時に、一本筋が通っていないといけないわけだからね。

永田　それはすごく難しいところ。そういうこと考えるのは、楽しいですよね。この次どうしようかとかね。

伊藤　そのあたりは結社に対してわれわれは、ものすごく純粋に考えられるようになりましたですよね。

以前は結社の主宰者なんていうのは、もう（笑）。

永田　悪の権化ですよ。僕が同人誌にいた頃は、安森敏隆が「おまえはアララギにいるからだめなんだ」とか「塔なんて結社にいるからだめなんだ」って言われ続けてきましたからね。まあ、時代も変わったということ。

伊藤　そうですね。

永田　ただ、やっぱり、結社って大事ですよね。

伊藤　そうですね、僕もそう思いますよ。

ただ、どういう結社にするかっていう、各人にとってどういう結社であるかっていうことが大事であって、結社自体が枠のような価値というのをね。

短詩型読者論

伊藤　じゃあこれから永田さんの作りたい歌を聞かせていただこうかと。いよいよ、中期が終わって。

永田　これを作りたいというのは、これまでもあんまりなかったんで。何となく作ってきたんですけどね。

ただ、いま一つやりたいのは、読者論をまとめたいというのがありますね。もう、本のタイトルは決まっていてね、出版社も決まっているんですよ。

伊藤　タイトルは何ですか。

永田　『短詩型読者論』。

伊藤　短詩型文学論ではなくて、短詩型読者論。

永田　ただね、前から書いたものを集めてもちょっと面白くないので、それを基にして書き直そうと思ってるんです。そうなると時間が足りなくて。サイエンスのほうでいろいろ約束がいっぱいあって、それを何とかしてからじゃないと、ちょっと手に付かないので、まだそのままになっているんですけどね。三枝昻之が非常にいい本（『昭和短歌の精神史』）を出したりとか、ね。そうすると、いろいろと刺激も受けるし、自分もぜひ、短詩型読者論は、わりと面白い視点だと思ったんで、まとめたいなと思っているんですけどね。

伊藤　実作のほうはどうですか。僕らから見たら、永田さんってわりと自分の歌をこれからああしよう、こうしようって考えて作ってるようにも見えるけれども、自分としてはそうでもないんですか。

永田　自分としてはそれはないですね。まあ、前期の『メビウスの地平』『黄金分割』のあたりは当然、岡井を超えなきゃとか、塚本を超えなきゃっていう意識がすごくありましたけど特に『華氏』以降はあんまりそういうのはないですね。

　人の歌の業っていうのは、ずっと最後まで見てきたときに、どれぐらい振り返って、そのときどきの歌が面白いかというところに尽きるんじゃないかって、このごろちょっと思ってます。

　こう言うと若い人からまた反発を食うかもわからないけども、さっき言ったみたいに、その人がどんな風に、歳をとってきた、その歳をとってきた生活が縷々述べられているというのじゃなくて、どんな風にそのときどきにものを思ってきたのかっていう、その時間の軌跡が見えるのがすごく大事だと思っていて。

　例えば演歌の歌手とか、流行歌の歌手というのは、いつまでも恋歌を歌っているわけね、「昔の名前で出ています」なんてあったよね。それじゃあつまんないだろうと。平凡に歳をとっていくのがいいと言っているのとはちょっと違うんだけども。そのときどきの自分の時間を、軌跡としてある程度は辿れるようなものであってほしいなという、そんな気はしているんですね。

　すごい平凡なことになっちゃうけど、やっぱりそのときに自分が感じていることが、率直に歌に出てくるような、そんな歌でないと、やっぱり生きて歌を作っていて…

伊藤　それができるから逆に短歌っていうのは魅力ですよね。

永田　そうそう、そう思うんですよね。振り返って「あのとき、ああ、頑張っていたな」とかそれだけじゃあ、ちょっと不満で。

伊藤　特に何か事件があった、ないにかかわらず、事件がないときでも、そういう軌跡がにじむのが短歌だなと思いますよね。

永田　唯一僕が考えるとしたら、そのへんにわりと正直に作りたいなという気はしますね。だから、さっきも言ったように、いつまでも若がらないとかね。無理をしないというか。そういうのは、このごろわりと強く感じるわけで。このまま変わらないで最後まで行くかどうか、ちょっと自分でも自信ないけど。いま考えているのは、そんな感じですね。

伊藤　そういうことを考えておられるのはこの京都という、さっき冒頭に聞いた、風土もやっぱりかかわっているのかな。東京にいたら、またもうちょっと違う発想になるんでしょうかね。

永田　まあ、いつもいつも歌人と接したりしていると、また違うのかもわからないしね。ただ、やっぱり残り時間ということを考えますよね。まあ、元気なのは、あと二十年だろうと。二十年前を考えたら、僕はアメリカから帰ってきたときなんですね。

あれからの二十年って、もうあっという間ですからね、あっという間に二十年たっちゃうんで、だからもうこれからは、一番大事なのは歌える時間だという気がするなあ。

伊藤　まあ、過ぎてみれば、あっという間だけどね。でもまあ僕はたっぷり二十年あるといつも思ってます。そのときどきの一日一日、一週間一週間というのは相当長いなと思ってます。これも僕が六十代になって老いの時間を考えるようになったからかもしれませんけどね。すごく一日一日が長くて、いっぱいいろんなことができるんだと、このごろ思っているんですよね。

これから過ごす時間としては、僕は時間はあるような気がして。しかし、もう僕も六十二歳だから、六十代、七十代というのは、いかなる身体的異変が起こるかわからない。

永田　そうですね。

伊藤　それは思っていなくちゃいけないですよね。

永田　そうそう。何が起こっても不思議じゃない歳ですよね。

伊藤　では今日は本当に長時間有り難うございました。

永田　こちらこそ、有り難うございました。

（'06・3・4　於・永田教授室）

小高 賢

小高賢（1944-2014）歌集『本所両国』で第５回若山牧水賞受賞。
歌集に『秋の茱萸坂』『長夜集』『耳の伝説』他。

人間交際論

小高　伊藤さんはいつも何時ぐらいに起きるの？

伊藤　僕の方が聞かれるの（笑）。だいたい七時過ぎぐらいかな。寝るのは一時ぐらい。

小高　結構遅いのですね。僕はこのごろ早くなって、十一時半から十二時の間ぐらいに、もう床に着く。

伊藤　寝付きはいいの？

小高　昔に比べてよくなった。

伊藤　勤めているころは、あまり寝付きがよくなかった？

小高　勤めていたころは、帰ってきてから短歌の仕事をしていたでしょう。やっぱり興奮するのでしょうね。一時とか、二時になっても、なかなか寝つかれなかった。それプラス人事異動だとか、団交だとか、企画がどうしただとか、そういうふうに「会社」を家に持って帰るからね。

伊藤　いろいろ課題を家に持って帰って考えている。

小高　歌と両方あるから、悪くても仕方ない。ここのところは、それがない。だからいいのでしょうね。ただ、この頃、昔の夢をよく見る。

伊藤　仕事の。

小高　職場の人が出てくる。

伊藤　えっ、どういう夢なんです？

小高　つまり、誰かと議論していたり、編集会議をやっていたりする。死んだ友人もよく出てくる。

同僚で亡くなった人も多い。また、二、三歳上の仲よかった人が死んでいるので、そういう人が急に出てくるとびっくりする。

伊藤　それは、日ごろから忘れられない人？それとも、日ごろ忘れているけれども、ひょっと夢に出てくる。

小高　両方ですね。「恨みがましい」ということになるけれども、いろいろ諍いもあるじゃないですか。

伊藤　ああ、それは仕事ならね。

小高　仲もよかったけれども諍いもあって。役員会で大激論になって、辞めるきっかけになったこともある。そういう人間が出てくると、やはり翌日に、考えてしまうわけ。結構ここのところ多いですね。

伊藤　生々しく自分の中に残っているわけだね。

小高　お互いに傷ついていたのですね、たぶん。出版社は狭い世界で、せいぜい千人ぐらいの社会ですから。僕が辞めてから、その人は一年後にがんで亡くなった。寝覚めがすごく悪いのですよ。よく遊んで、飲んで。家族同士の付き合いもあったから。そういう人が夢に出てくると、そろそろ人生のたそがれ時を感じる（笑）。自分で気になっています。伊藤さん、そういうことはない？

伊藤　いや、僕はあまりないな。

小高　仕事柄なのかな。

伊藤　出版社というのは、そういう意味では、出版についての考えとか、いろいろなことについて相当

小高　ある、軋轢が。

伊藤　シリアスな議論を。

小高　当時は全然傷になっていない、と思っていた。そんなものは過ぎてしまえば気にならなくなると。しかし、今になって浮上する。おそらく先方も傷になっていたのだろうなと思う。一度も和解しないまま、先に死なれてしまうと、気になりますね。言ってもどうしようもないのですけどね。

伊藤　向こうが元気であれば憎しみを持ち続けたり、もういっぺん会おうかなと思うけど、死なれてしまうと目覚めが悪い感じだよね、本当にね。

小高　僕自身は、あくまでも向こうが悪いと思っている。しかし、こっちは生きているからね。兄の問題もそうなのですよ。伊藤さん、もう七十歳になった？

伊藤　まだ。来年七十歳。

小高　そういう時期なのかなと思ったりもするのですが。どうですか、そういうの。

伊藤　それはね小高さん、会社のその出版の仕事に本当に命がけでやってきたわけですよ。

小高　まあ好きだったのですよ、やっぱり。

伊藤　どんなに好きだったというのは、『編集とはどのような仕事なのか』によく出ているよね。

単なる編集のハウツー本ではないわけじゃない。編集、出版のことはもちろん書いてあるんだけど、「人間交際論」とあるじゃないですか。こういうところは、編集とはどのような仕事なのかという本ではないと思うよ。もう、これは人間論だよね。

小高　編集の話になると、要するに誰にでもできて、短歌より冗舌になりますね。編集は、要するに誰にでもできて、誰でもできない仕事なのです。自分が書くわけではないから、才能のある人が書いてくれれば、何もしないでも済むのだけれど。

伊藤　いい人を見つけてくるために、どれだけの努力をしなくちゃならないか。

小高　そう。それは、人間関係をどうつくるかにかかってくる。よく後輩に言うのですが、書く人というのは、だいたい変わった人が多く……（笑）。

伊藤　いいものは書くけれども、人間としてはちょっと。

小高　どっちかというとね。逆に言うと、うまくいくとものすごくいい関係になる。

たとえ太宰治がつまらない人間であろうと、変った人であろうと、付き合った編集者はいるわけじゃない。そうすると、この変人にどうやって仕事をしてもらおうかと思うと、勝負みたいになる。

男の場合には奥さんがいるわけです。こんなおかしな人に、どうしてこんないい奥さんがいるのだろうと思うこともある（笑）。そうすると、奥さんとも良好な関係になることも大事になる。付き合い方の原初的なところが編集者にはどうしても必要になる。それが面白いといえば、とて

も面白い。ただ、歌人は、そういうものとまた違いますから

伊藤　どういうところが？

小高　そういうスケールはない。伊藤さんみたいな人は珍しくて、基本的に付き合いにくくないですか。

伊藤　付き合いにくいというのは、どういうところが付き合いにくい？

小高　つまり、フランクに話せないところがある。一つは、細かいところで競争している。読者がいないせいかもしれない（作る人＝読む人）。出版とか、編集というのは、売れるとか、売れないとかいう読者の判断が生まれる。少なくとも公共性がある。ところが、歌人は私的な序列などの微妙なものをすごく気にしている側面がありませんか。作家は、どんなに売れなくても、俺のものが一番だというほこりのある人がいる。歌人は、そこまではなかなかいかない。

伊藤　ものすごく他人の評価を気にする人が多いよね。

小高　付き合いにくさの背景かもしれない。自分もそうなっているのでしょう。多分に。

伊藤　そうかね。

小高　自分のスケールが小さくなっている。

伊藤　そうは見えないけどな、小高さん。

小高　いや。自覚的ですよ。

伊藤　僕は、宮崎にいて離れているから、そんなに歌人たちと付き合っているわけじゃないから。

小高　話を戻せば、編集というのは、そういう付き合いの原則さえもっていればそれ以外のことは、それほどないのです。面白いとか、面白くない、いいものか、いいものでないかは、何回かやっているうちに、だんだん判断できるようになる。

伊藤　やっぱり付き合いができる人で、こっちもそれだけのものを、作家と相対する何かを持っていないといけないわけだから。

小高　こんなことを言うと笑うけど、編集者にも変わった人は多い。例えば、亡くなったのですが、講談社にT君という編集者がいました。文芸編集者でした。もうじつにだらしない酒飲みだったそうです。著者と一緒に海外に取材旅行などに行くじゃないですか。どんどんお酒を飲み、ひどく酔っ払って、飛行機の中でおもらしなどをしてしまうわけですよ。普通でいえば、とんでもない人間ですよね。ところが多くの作家にかわいがられる。結構いい作品をとってくる。

そういう特技？で著者に大事にされる編集も「あり」なんですよ、編集者は。だから、能力の有無の問題ではない。あまり能力がありすぎると、嫌われるということもある。

伊藤　作家は場合によっては、自分が書いてやると思っているから、編集者が自分より偉いと思えると、ちょっと困るんだ。

小高　警戒心もあるでしょう。だから、T君みたいな人がいい場合もあるのですよね。

伊藤　でもその人はやっぱりその作家なりに書いてほしいものがあるわけでしょう。

小高　そう、そう。一所懸命なの。

伊藤　それが一番いい編集者魂を持っているのね。もう、ぜひこの人に書いてほしいというね。

小高　それから、編集者論でいうと、いちばん大事なものは親切心。自分が担当した著者に対して親切にする。内容については勿論ですが、それ以外でも、その人について書いたものを読んだら、切り抜きを送る、お金がなかったら、心配をしてやるとか、病気だったら、お医者さんを紹介してやるとか、そういう親切心がいちばんですね。親切にすれば、向こうも親切にしてくれるのですよ。ギブ・アンド・テークでもある。だから、誰でもできて、誰でもできない仕事なのです。それを商売にしているのが編集者。学歴も関係なければ、性格も関係ない。ただ、いい編集者と悪い編集者だけが生まれる。だから編集論は面白いのですよ。

伊藤　本当にこの本を読んでも面白いよね。もし、小高さんが実名を挙げて、そういう自分が親切にして書いてもらった本で、特に何か。

小高　随分ありますけど。

伊藤　何か一つか、二つ例に挙げてくれると。思い付くものがあれば。

小高　この本に出てくるので言うと、例えば、網野善彦さんみたいな人。

伊藤　ああ、網野さんの話はここに出てくるよね。ちょうどあなたが書かせたわけでしょう。

小高　そう、『日本の歴史』の第00巻。網野さんは、講談社とはまったくご縁がなかった著者でした。僕は入社以来ずっと、いつかは『日本の歴史』という大型企画をやりたいと思っていました。自分の地位も上がって、企画が通る段階になった。その中心に網野さんを据えたかった。網野善彦さんを何とか説き伏せなければいけない。すぐに行っても何もやってくれない。実は大分前から付き合ってきたわけですよ。年一回ぐらいはお酒を飲んで、少しずつ少しずつ接触して、そのうちタイミングをはかって思い切って、お願いする。実際に始まるまで、おそらく十年ぐらいかかっているのではないかな。

それが結果的には、網野さんの最後のお仕事になった。しかし、事件もありました。原稿が九割方できたときに、ご本人に肺ガンが発見されてしまった。確か、残りあと五十枚と言っていました。

そのとき、網野さんに「先生、最後のところ、口述でいいですから話しておいてください」とお願いしましたよ。「編集者はすごいですね。もしかしたら、書けなくなると思っているからでしょう」と言ってあきれられました。確かにひどいお願いですね。もしかしたら、中絶するかも分からない。網野さんによって、シリーズがスタートするわけだから、いなくてはどうしようもない。しかし、肺ガン！非人間的ですよ、編集者は。

伊藤　あれは目玉だったんだね。

小高　ともかく五十枚分ぐらい話してくれと。「それでは話します」と、話してくれて。実際は手術をなさって、退院後、結局書いてくださったのですけど。網野さんがつくづく「編集者はあこぎですね」と言っておられました。亡くなったら困ると、こっちが思うことを感じるのですね。

網野さんの本はとても売れました。もっと売れそうなときに、例の旧石器捏造事件（「神の手事件」）が起きてしまったのです。あれでかなり冷えてしまった。でもシリーズ全体では、各巻平均で五、六万部売れているので、成功は成功なのですけど。事件のあと、新聞社などから、責任をとれ、絶版回収にしろとか、たくさん責められました。それの矢面に立たされたので、苦労しました。

伊藤　それは、あまり詳しく書いてない。

小高　きびしかった。

伊藤　ちらっとは書いてあるけどね。

論争好き

小高　朝日新聞の「天声人語」だけでなく、毎日新聞の「余録」とも論争しました。こちらも悔しいから、新聞の縮刷版を繰って調べる。すると、彼を「神の手」に仕立てているのは実は全部新聞社なのですよ。朝日新聞も毎日新聞も、ずっと持ち上げて書いている。新聞社も過去の記事をどうするのですか。もちろん講談社も責任はある。しかし、自分たちの責任も問うてくださいと。それから、絶版にしろといいながら、朝日新聞も毎日新聞も同じような本をいっぱい発売しているわけ。それを新聞記者は全然知らない。

伊藤　だって、あれはもう通説でみんなやっていたわけだから。

小高　教科書だってそうだった。うちだけ責められる理由はない。うちは絶版回収するから、おたくもしなければ駄目ですよと言うと、どこか筆が鈍ってゆく。最後は、ＰＲ誌で公開の討論をやりましょう、とまで提案しました。すると、逃げ始めてしまった。そういうことも経験しました。それはもう大変な事件でしたが、しかし逆に、そういうときは元気になる。

伊藤　これが小高賢流。

小高　どうせなら面白くやってやろうじゃないと思いました。だからもう、一手にその関係は引き受けました。反論をつくったり、回収しなければならないので、書店にお詫びにいったり、事後処理に走り回りました。若い編集部員は実務で忙しいでしょうから、そういうものは、責任者である自分の役割だと思っていましたから。それの始末が全部ついて、全巻完結後、改訂版も出した。すべて解決がついたので、辞める気になりました。責任をとって辞めることにしたのです。

伊藤　いまから振り返ると。

小高　つらかったのですが、面白かったと思いますね。編集者としては、週刊誌から始まって、あらゆる書籍はだいたいやりましたから。

伊藤　そうだよね、週刊誌をやって、新書をやって、学術書をやって、学術局へ行って。

小高　「メチエ」を創刊して、『日本の歴史』をやって、『現代思想の冒険者たち』もやって、それから、医学書をやって、健康書をやったから。

伊藤　健康書もやったの。

小高　辞典もつくったし。だから、あまり思い残すこともないですね。安岡章太郎さんとか、何人かお付き合いがいまでもありますが、文藝だけはやっていないです。それ以外はほとんどやりました。辞めるとき、出版社を始めるのかとか、いろいろと言われたけどね、その気はなかったです。

伊藤　でも、その相手とけんかをすると元気が出るというのは。

小高　論争すると張り切るのですね。この前の大辻隆弘さんや、吉川宏志さんのときもそうだし、その前はオウム事件のときも、小笠原賢二さんとやり合いました。それから、吉川さんと「国歌・国旗問題」でも論争した。「売られた喧嘩」はわりと買う……。

伊藤　それはどこからきているんだろう。

小高　どこからなのだろう。

伊藤　小さいときから？

小高　小さいときは、とても気の弱い、すぐ泣いてしまうような少年でしたから。

伊藤　じゃあ、どこで変わったんだろう。

小高　編集者になってからじゃないかな。訴訟やクレームも受けているしね。だんだん意地っ張りになりますよね。伊藤さんは意地っ張りじゃないでしょう。

伊藤　意地っ張りじゃないな。

小高　偉いよね。

伊藤　負けるが勝ちみたいなところがあるよね。

小高　割と意地っ張りなのですよね。

伊藤　小高さんは自信があるから。

小高　そういう問題じゃないと思うな。

伊藤　これは絶対に正しいんだとか、相手の言うことがおかしいとか。

小高　けんかには両方理由があるわけじゃない。

伊藤　そうね、論争とかね。

小高　どっちかが一方的に有利ということはないでしょう。どうやって相手を負かそうかと思うと、ゲームみたいなものに思うから、面白いのかな。

伊藤　そういう精神はどこから。講談社に入って？

小高　だんだん底意地が悪くなったからではないのかな。

伊藤　底力が出る。底意地じゃなくて、底力。

小高 伊藤さんのように、黙っていた方がいいと思う。

伊藤 僕なんかあまり面倒なことに巻き込まれたくないし、まあいいやという感じ。

小高 つい言いたくなっちゃう。

伊藤 東京の下町の人間はそういう。

小高 そうかもしれませんね。下町といえば、分かりいいけど。下町でも、そういう人じゃない人もいるし、分からないよね。でも、おかしいと思うと、一言言いたくなる。

伊藤 その江戸っ子の意識というのはどうですか。あなたはもう祖父の代から、祖父、祖母、両親とも東京。そういう何か江戸っ子というか、東京っ子という精神というのは。

小高 あるような、ないような、分からないなあ。やっぱり貧しかったからじゃないですか。

伊藤 いや、僕らもそうですよ。

小高 でも宮崎はまだ食べものに困ることはないでしょう。

伊藤 そうですね。

疎開と高度経済成長

小高 僕は疎開していて、小学校へ上がる一年前だか、二年前に東京に戻ってきた。

伊藤 どこに疎開していたんですか。

小高 身延温泉の近くの寒村で、おやじも、おふくろも東京だし、おじいさん、おばあさんも東京で。

伊藤 そうしたら、どういう縁でそこに疎開を。

小高 わが家は、戦前、結構お金持ちだったらしい。うちのいまの家の周り、家作があって、そこに住んでいた人の縁で山梨に疎開したと聞いています。おやじは、戦争に行っていない。徴用だから東京にいる。祖父は死んでいて、祖母が中気。昭和十九年に祖母と生まれたばかりの僕を連れて、母が秋にそこへ疎開したのです。兄がその翌年四月に国民学校一年に入学。疎開先は寒いところなので米もできない。僕は弱くて、しょっちゅう病気をして、母は着物を売ってはブドウ糖を打ったりする。ブドウ糖がうまく入らないで切開する。僕は小さいころの傷痕がいっぱいあるのです。

亡くなる前に、母親を疎開先に連れて行ったときに、「この川でおまえのおむつを洗った」とか、「悦也（兄）がいじめられて、包丁を持って殺してやると出ていった」とか、そういう話をして、「こんなところに来たくない」と言いだし始めました。「嫌な思い出しかないの」と言っていました。僕はそれを全然知らないわけですよね。

伊藤 そうだよね。だって、まだ。

小高 生まれてすぐですからね。そこに三、四歳ぐらいまでいたのではないかな。あまりにも「ずうずう弁」がひどくなるので東京へ出て来て。だから僕は幼稚園に行っていないのです。

伊藤 その記憶はありますか、甲州の。

小高 幾つかありますよ。

伊藤　例えば？このシリーズは、いつも一番古い記憶を聞いているんですよね。
小高　自転車屋に間借りしていた。縁側に干し柿が干してあった。皮も干してあって甘い。せめて皮を食べたいわけ。けれども中身はもちろん、皮も食べさせてもらえない。それほど甘みに飢えていた。それから、自転車のチェーンに手を挟まれたとか、そういう記憶はありますね。
伊藤　それは、二つか、三つぐらいになる。
小高　三つぐらいでしょうね。遊んでいて。
伊藤　じゃあ昭和二十二年ぐらいか。
小高　その自転車屋のおじさんが空気銃で撃ったスズメだか、何か鳥を。
伊藤　あのころは、空気銃でスズメを撃ったりしたんだよね。
小高　うん、そう。火鉢の上で焼いて、毛が付いたまま食べようとしたとか。そういう断片的なことを覚えていますね。東京へ来ると野球ばかりやっていた。
伊藤　スポーツは得意なんだ。
小高　うん、スポーツは割と好きでしたね。あまりうまくはないのだろうけど。体が大きかったから、ピッチャーをやっていた。
伊藤　馬場あき子さんが最初会ったとき、スポーツ系の青年だとか。
小高　大分、脚色があると思いますけどね。
伊藤　われわれのころは三角ベース時代。
小高　そう、そう。
伊藤　やっぱり。
小高　全部三角ベースですよ。
伊藤　ろくなボールもなくて。
小高　そう、そう。グローブだってなくて。
伊藤　そう、手だよね。ハンドで受けていたわけだから。
小高　最初のグローブというのは、カバヤキャラメルでもらったものだから。
伊藤　えっ。何か食べて？
小高　カバヤの景品があって、食べて、応募して、グローブをもらった。
伊藤　あのころのカバヤの景品というのはね、すごい人気だった。
小高　東京には紅梅キャラメルというものがあって、両方なのですよ。前に、坪内稔典さんがカバヤ文庫の話を一冊にしました。
伊藤　カバヤの本書いて。
小高　僕が紅梅の話をしたら、「いや、関西では知らない」って言っていた。紅梅キャラメルはつぶれてしまったのです。紅梅の話を書きなよ、と彼にすすめられました。学校では、勉強らしい勉強はしていない。本当に、貧しかったから。焼け跡も残っていて。
伊藤　焼け跡はよく覚えている？

小高　よく覚えています。焼け跡でタイルのかけらを拾ったり、映画館の焼け跡が近くにあって、その上と下で、竹の吹き矢みたいなもので撃ちあう。

伊藤　結構元気で活発な子どもだった。

小高　うん、そう。だって、家にいてもやることないですから。勉強机があるわけじゃないし。

伊藤　家もね、あのころはみんな大した家に住んでいなかったもん。

小高　そう、バラックでしょう。

伊藤　外でいろいろな子どもたちが集まって遊ぶんだよね。知らない子どもたちともね。

小高　もうまったく知らない子どもと遊んでいて、三角ベースでしょう。ボール一個で遊べるわけだから。昼御飯は、ざるにびしょびしょの甘くないイモが載っているだけ。やかんで水を飲んで、それが昼御飯でしょう。白い米は、あまり食べた記憶がない。すき焼きといっても、肉が三、四片浮いているだけで。

伊藤　争って食べて。

小高　そういう記憶は、しゃべっていることもあり、印象が濃くなるのですが、実際に貧しかったですね。おやじは戦争ぼけもしているから、家作はほとんど取られてしまう。「いまの狭いところしか、わが家は残らなかった」と、おふくろがよく言っていましたよ。「このあたりは全部うちだったのだ」と。昔は、家を持っている人の権利が強くて、土地の権利が低かった。

伊藤　そうね。

小高　戦後すぐに、おやじがあそこに縄でも張って、掘っ立て小屋を建てれば、全部自分のものになったのに、それをしなかったから全部取られたといって、ずっと愚痴っていました。でも、おふくろもわりとお嬢さん育ちで呑気でしたからね。

伊藤　そうですか。

小高　記憶はないのですけれど、兄は「高校も行かせられない」とまで言われたそうです。高度成長が僕らにも及び、高校に行くのは当たり前だと思ったけど、兄たちは高校に行くのすら難しかった。兄貴、大学は国立です。国立でないと通わせられないわけ。僕は私立でしょう。妹は、高校から私立なのね。日本の戦後史と、六年ずつ違うわが家の兄弟は密接に関係している。

伊藤　そうか、六つずつ違うわけだね。

小高　時々思い出すのは、僕より四つ下の連続射殺犯の永山則夫です。彼は集団就職組で、フルーツパーラーの西村に勤めた。渋谷にありましたから、遭遇しているかも分からない。高度成長が彼の育ったところにはまだ及んでいなかった。やっぱり運命を感じます。永山則夫を読むと、運、不運があることを実感します。

伊藤　そう。何か一生懸命働くつもりでいるんだけど、次々とね。

小高　駄目になってしまう。
伊藤　駄目になってしまってね。
小高　出版でも同じで、やめてから十年近くなるのですけど。
伊藤　もう十年近くになるの。
小高　来年で十年目だから。しかし、いま出版はどんどん悪くなっているわけ。ひどいのよ。後輩が来るたびに、とんでもない話を聞く。
伊藤　悪くなっているというのは、本の売れ行きが悪いだけじゃなくて。
小高　本の売れ行きが悪いのがいちばんなのですが、給与も下がる、年金も下げる。雰囲気も悪くなる。いい時に辞めて、ずるいとまで言われるほどです。僕は全然そんな気はなかったのですが、やっぱりそのタイミングというか……。勤めていた時期の大体が高度成長時代じゃないですか。
伊藤　そう、僕らの時代はね。
小高　うちの子どもを見るとかわいそう。給料があまり上がらないのだもの。
伊藤　自分で選んだんじゃないけれども、結果としてそうなる。そのころは、まあいい時代だと思っていないんだよね。競争が激しいし、敗れていく者もいるし、死ぬ者もいるしね。相当な過酷な時代だけど、いまはもっと確かに若い人は厳しいよね。
小高　なかなか彼らの助けになれないのがくやしいですね。さらに原発事故みたいな問題があるじゃない。だから、一生八十年もどういう環境に生まれ落ちたかによって、だいぶ違うのではないかしら。
伊藤　違うね。
小高　運がいいのだよ。
伊藤　いまの若い人を見ていると特に。
小高　短歌にもそういう要素を入れて考えてないと、気の毒だと思うことがありますよね。

兄のこと

伊藤　せっかくだから、さっき言ったお兄さんのことをちょっと。やっぱり六つ上のお兄さんがいて、いろいろな遊びとか、勉強とかを教えてもらったり、お兄さんに影響を受けたとか。
小高　ありますね。
伊藤　僕は今日、小高さんの有名な歌だけど「的大き兄のミットに投げこみし健康印の軟球《ボール》はいずこ」という、すごくいい兄と弟の歌があるじゃないですか。でも、ちょっと後の方を見ると、「熟れ爆ぜしトマト畑に少年のわれ兄をはじめて敵とす」という歌がある。これは兄弟だから当然あるんだよね。
小高　そうね、ありますね。
伊藤　お兄さんの話はもっと聞きたいな。

小高　兄は明朗な性格で、僕と違って、すごく外交的な人で。
伊藤　えっ、小高さんも外交的だよ。
小高　いやいや、僕よりずっと。
伊藤　小高さんは外交的なところと、そうでない面と二面持っているような気がするよ。
小高　それで、兄の方が華やかで、学校中の注目を浴びる人気者で、体も大きくて勉強もできたんでしょう。六つ違うととても困るのは、兄が卒業すると代わりに自分が入らなければいけない。高校まで同じだから。必ず兄のことを覚えている先生がいるわけ。
伊藤　比較される。
小高　それで、兄さんはこうだったと言われる。生徒会の会長とか、そういうものを兄がやっていたわけで「おまえもやらなきゃ」ということになる。こっちは気が小さい方で嫌なわけ。だけど、やらざるを得ないみたいなところがあって。
伊藤　学校の先生はそういうことを言うよね。「おまえの兄貴は生徒会長をやって、勉強もできたよ」とか。常に弟は言われる。
小高　妹はそれをすごく嫌がっていた。「おまえの兄さんたちはこんなにできたのにどうしたのだ」と言われる。「高校は絶対に一緒のとこには行かない」と言った。それで別の私立に行ってしまったけど。六つ違う兄だとね、向こうは大人なのですよね。
伊藤　それはそう。六つ違ったら、すごい大人ですよ。
小高　そうすると、勉強も運動も教えられる。野球をやったら、フォームはこうだからここへ投げろとか、一部始終を教わった。仲はいい方だったから素直に聞いて、いろいろ言うとおりにやる。真似する。先に行っている人の言うとおりするから、学校ではそれなりにできるわけですよ。高校へ行ったら、兄から、「俺は文系だから、おまえは理科へ行った方がいい」と言われた。それで、理科系のクラスへ入ったわけ。両国は牢獄高校と言われるほどの学校で、受験勉強をやらせる。理科系のクラスなので物理をとっていた。しかし、物理がまたできないのですよ、本当に。当時の国立大学入試では物理は六十点満点でした。しかし、六十点満点で五点しか取れない。
O君という中学の同級生がいます。いま防災研究所所長をやっている友人なのですが、彼は、物理がいつも六十点。この五十五点の差は、世界史、日本史では絶対に詰まらない。結局、物理が敗因で落ちたと、自分を慰めているわけです。物理で、文系に挑戦したのですが、やはりダメでしたね。
兄の方がずっと貧しい時代ですから、豊かさへの願望があるわけね。だから、彼は大企業へ就職する。僕は、そのころから少しは目覚めてくるから、やれ社会主義だとか、貧しい人をどうするんだというようなことを言う。兄にもそんな気持ちは少しあったのでしょう。組合運動にのめり込む。しかし、組合運動が、乱暴に言うと貧しさのためのものでなくなるわけね。圧力団体になってくる。その辺から、お互いにどこかずれてくるということはありました。

思想的な対立になる。おかしいよ、というような話になる。それでも兄弟だから、べつに何でもないのですけど。そういうのがずっと続いて、だんだん距離が遠くなったような気がします。兄貴は疎開先でいじめられたとか、イモしか食べられなかったといった悔しさがあって、食いものに対する執着が、僕よりもはげしい。食い意地がはっているのです。うまいものを食べたい、いいものを見たい、そういうものが、日本全体を豊かにするのだという感覚が、彼にはあった。死んでそれがよくわかる。

伊藤　飢えの感覚ですよね。

小高　うん。みんなで食事をすると、残ったものをみんな食べちゃう。大江健三郎さんとか、小田実さんたちが太ったというのと同じような現象がある。僕らの方は、それに比べれば、まだよかった。そんなに食べなくても残せばいいじゃないという時にでも、「もったいない」と言ってさらってしまう。そういう六歳の差もある。最初僕はキヤノンに勤めていたでしょう。

伊藤　そのときお兄さんはすごく喜ばれた？

小高　兄貴に「キヤノンは新興会社だからいいのではないか」とか、「土曜日は休みだぞ」とかアドバイスを受けている。しかし、こちらはだんだん違うことをしたくなるわけ。一年七カ月しかいなかったのですが。そのままいれば、たぶんアメリカへ行ったはずです。どんどん拡大していった時期でしたから。大学の三年、四年先輩が、現在の販売会社社長をやっています。そのままいれば、英語などをペラペラ話していたはずです。「おまえは本が好きなのだから、向いているよ」といろいろなことを言った友人もいて、途中入社で、講談社に入ってしまったのです。

意地と復讐

小高　一方で、ある友人には「やめた方がいいよ。いい加減な週刊誌しかつくっていない、ろくな本がないじゃないか」と言われた。確かにそうなのです。人文系の単行本もほとんどなかった。文芸書はあるのですが。ある友人は「本は読んでいる方がいいので、つくるのは大変だよ」といっていました。

十一月二十一日が確かキヤノンの最後の日。金曜日でした。二十四日の月曜日が講談社の出社日。キヤノンは週休二日だから、土曜日に残った仕事を会社へやりに行って、全部処理して、一日休んで、講談社へ。そして、三週間ほどの研修のあと、その評判の悪い週刊誌に配属になる。取材記者とチームで仕事が始まる。

伊藤　週刊誌だから忙しいよね。

小高　忙しい。寝床に電話を一つ引いて、夜中一時とか、二時に帰ってくると、取材記者の家に電話して、どこまで進行しているか、できそうか、できないかというのをやっていた。それを三年ぐらいやった。そのころは、嫌なこともいっぱいあった。

伊藤 あるでしょう。

小高 やくざみたいな者に缶詰にされたりしました。いちばん嫌だったのは北朝鮮問題でしたね。当時、金嬉老事件があった。金嬉老が捕まって、獄中で結婚したのですよ。そのコメントをめぐって、いろいろもめた。もう一つは、当時、北朝鮮に「三千里」運動というのがあった。「金日成の躍進運動はどういうことか」と言われて、四ページの記事をつくった。いかに、どういうことをやっているのかということを緻密に取材し、朝鮮総連の副議長にもインタビューしてつくった。なかなかいい原稿ができたのですよ。

ところが、他との原稿の関係で載らないわけですよ、ほかの強い企画があったりして。そうすると、総連から抗議が来る。支援者からも強い抗議。面倒でしたね。おそらく、政治的なことがあって、掲載されなかったのではないかと疑われたのですね。実際は、そんなことないのですが。朝鮮問題は複雑なのだなあと、そのとき実感しました。

そうこうしているうちに、印刷所との野球の試合で投球骨折してしまったのですよ。柔道部の人が、脱臼だと思い、親切にも引っ張り、押し込んだ。その結果、単純骨折が複雑骨折になってしまった。全身麻酔で大手術。いまでも、右上腕はかなりまがっています。一カ月入院のあと、リハビリしている最中に辞令。腕を吊ったまま現代新書編集部に異動になりました。

伊藤 よかったね。本当に本をつくる。

小高 本をつくりたかった。堅い本をつくりたかった。ところが、講談社は堅い本がない。現代新書が一番堅い本。編集長になったときに、岩波新書の編集部と酒を飲む会をやったのです。そうしたら、岩波書店の新書の編集長が「うちでは、新書は会社の中で一番柔らかいと言われているのですよ」。こっちはぎょっとしました。そのくらい差があった。特にそのころは岩波新書全盛の時代で、初版が四万部、刷り置き一万部で五万部。定価がうちの二分の一。印税率が向こうは十五パーセント。講談社は二万部から二万五千部で、定価は倍。印税率は十パーセント。

著者に会いに行くと、嫌らしいことを言うのです。「君のところでやっても書評が出ません。学界で評価されません。印税も少ない。なぜ君のところで出さなければいけないの」とはっきり言われたときは、やっぱり屈辱でしたね。

伊藤 そのころ講談社の置かれた現状だったんだね。

小高 断られることが多く、十人頼んで三人ぐらいの打率。その悔しさを一度でも晴らしたいというのが、夢でした。

伊藤 「選書メチエ」とか。

小高 ああいうものをやろうと言うのは、その怨念。当時は景気もよかったからね。

伊藤　でも講談社のイメージを決定的に変えましたね。
小高　「メチエ」の若い編集員が、「頼みに言って、断られたことないのですよ」と言うのですよ。屈辱の経験がない。元の原稿のまま刊行されてしまうから本当はよくないのです。手を入れ、推敲してもらわないといけない。
伊藤　相当堅い本だもんね、あれね。書き下ろしのね。
小高　それはともかく、「選書メチエ」を創刊したり、『現代思想の冒険者たち』『日本の歴史』シリーズを創刊したのは、一種の復讐戦です。
伊藤　なるほど。
小高　編集者として何かを残したい。それと意地ですね。やっている最中は面白いわけですよ。まあ、こうやって編集者の話をしていれば、何時間でも話していられるね。

短歌をどう位置付けるか

伊藤　そろそろ歌にいった方がいいのかな。
小高　何度も言っているように、馬場あき子さんが歌をやっている人だと知らなかったからね。
伊藤　『鬼の研究』を。
小高　そうか、この人、歌もやっているのだと。僕はともかく、作ったことが一度もないわけで。
伊藤　でも、古典は結構読んでいたんでしょう。
小高　読んでいませんよ。
伊藤　『万葉集』とか、『新古今集』とかも？
小高　全然読んでいません。だって、僕は経済学部だから、読んでいたのは例えば、佐久間象山とか、横井小楠とか、荻生徂徠とか、丸山眞男先生の影響で思想史をやっていたので、福沢諭吉とか、そういうのはよく読んでいたし。それから、友達同士で勉強会や何かをやるのは、例えばファシズムの研究だとか、マルクス・レーニンといったもの、さらに丸山さんの系列のものを読んでいました。『万葉集』はおそらく歌をやらなければ絶対に読まなかった。『古今集』も、『新古今集』も、高校の教科書ぐらいしか知らないわけで。そのうち馬場さんのところにくる歌人とも知り合う。僕が一句と言うたびにいつも怒られる。
伊藤　一首です、と。
小高　ということが始まりですね。馬場さんも書いていますが、ずっと歌を軽蔑していたし、こんなもの何の意味もないじゃない、お金にならないでしょうと言っていた記憶がありまして。だから、知り合いになってもしばらく歌はやっていないわけです。馬場さんが「かりん」を始めたのが運の尽きなのだよ。あれをやらなければね…。
伊藤　何の会だったかな、やっぱり歌を作ってきてよかったと言っていましたね。
小高　それはそうです。
伊藤　小高さんは編集者として、いろいろ仕事をやってきたじゃないですか。自分でいろいろな思いがあるわけじゃないですか。でも、それはなかなか書けないわけじゃない。

小高　たしかに。

伊藤　書けない。それでは、短歌というのは、最初は馬場さんの誘いがあったにしても、やっているうちに、これは自分のいろいろな日々の鬱屈した思いとか、何かいろいろなものを表現するにはいいかなと。小高さんはそう思い始めたんじゃない。

小高　そのとおりですね。

伊藤　やっぱり誘われても続かない人もいるわけじゃないですか。でも、小高さんは自分なりに、歌はこういうふうに自分にとって意味があるんだと思って続けてきたし、それが僕はすごくうれしいんだよね。

小高　無理やりだし、あくまでお誘いを受けた方ですが、でも、すごく感謝していますよ。そうではないと、発散しないときもある。

伊藤　うん、そう。小高賢というペンネームを使って、いわばもう一人の黒子だよな。編集者は黒子というけれども、やっぱりもう一人の黒子をつくったんだと、僕は思う。それで相当、もちろんつくる側は大変だったろうけれども、でも、何かやっているうちに、自分の思いも言えるじゃないかというので。

小高　それはそのとおりですね。そこで、また同じことが起きるわけですよ。つまり、悔しくなってしまうわけ。

伊藤　悔しい?

小高　始めるときに、もうすでに、伊藤さんとか、小池光さんとか、河野裕子さんとかはみんな歌集を出している。

伊藤　出発が遅かったから。

小高　周りを見れば、ほぼ同じ世代が、みんな俊秀なわけ。冗談を交わしている人々が注目新人じゃないですか。こちらは編集者だからいっぱしのことを言うわけです。でも、実際はろくに何も知らない。作品もつくっていない。偉そうなことを言っていても、よく分からない。そこで、何かしなければいけないと思う。つまり受験勉強になるわけですね。

伊藤　それは、ともかく職場で大変な仕事をして、家に帰って、歌を一所懸命やるんでしょう。

小高　ともかくむやみやたらに読むとか、むやみやたらに作るとか。そういうことが始まる。たぶん歌を味わうということがなかったのではないかな。

伊藤　では、現代短歌、近代短歌を相当勉強して。

小高　編集者だから、本を集めるのは得意。歌集をいっぱい集めてしまう。教えてもらって、いろいろと買い込んだり、もらったりして、それをどんどん読む。一緒くたに読むわけですよ。正岡子規と福島泰樹を一緒に読んでしまうわけ。伊藤さんの『瞑鳥記』も、誰かにコピーをもらった。『瞑鳥記』とそれこそ、島木赤彦を一緒に読むみたいなことがおこる。頭の中は、もうめちゃくちゃ。そんなふうにやっているうちに、宮柊二などが自分に合っているなと思いはじめる。そこに行くまで、おそらく五、六年はかかっているはずです。だから、伊藤さんたちと違う。学生時代から歌をやっている人と全然違う。

伊藤　でも、近代思想とか、近代文学の幅広い理解があって、現代の歌を見るという視点はいまも。

小高　ありますね。

伊藤　小高さんの評論もそうだし、現代短歌を論じるときも、小高さんが、現代の文学全体の中において歌をどう考えるかという視点がいつもあるよね。それが、僕には非常に新鮮ですよ。

小高　近代文学史も、近代思想史もそうだけども、歌を全部外して考えていますね。短歌は、ほとんど問題にされていない。与謝野晶子など、ごくわずかな歌人です。

伊藤　石川啄木も結局、評論とかで評価されるのであって、短歌そのものはちょっと付け足しで評価される、文学思想全体の中ではそうですよね。

小高　そうですね。啄木は、それでもよく取り上げられる方だけど、ほかはひどいですよね。

伊藤　うん、そう。

小高　与謝野鉄幹もなかなかきちんと位置付けられていない。

伊藤　位置付けられないね。

小高　長くやっていると、身びいきもありますが、もう少し近代文学史とか、近代思想史の中に短歌を位置付けられないかという気持ちになりますね。

伊藤　小高さんは、これからいろいろな仕事を考えておられると思うけども、近代思想というのか、それをどう捉えるかというのは幾つか書いておられる。その中に短歌をどう位置付けるかというのは、小高さんでなければできない。

近代文学の研究者、もう本当に名だたる作家たちでも、いろいろな本を書かれても、歌の読みができていないね。

小高　本当、そう。

伊藤　表面的な散文的な意味だけで、歌を利用しているんですよ。本当に歌を読んでいないよね。だから、小高さんは、やっぱりこれから近代思想全体というのかね。

小高　とりわけ、「白秋論」に、その弱点が顕著ですよね。短歌になると、みんな怪しい。

伊藤　そうなのだよ。

小高　及び腰になってしまう。

伊藤　ただ引用してね。表面的な意味を取るだけ。

小高　そういうのはありますから。少しは歌が読めるようになると、気になって仕方がない。

伊藤　歌はやっぱり読んで、僕らは書いてほしいけども、歌をだしにしている作家たちの文章は多いよね。

小高　多い。本当、それはそう思います。しかし、一方で、どうして歌人がいままでやっていなかったのかと思うことも多い。

伊藤　だから、逆に言うと、僕を含めて歌人は近代文学全体のもっと幅広い視野というのか、それがないと、歌だけじゃ、やっぱり駄目だよね。
小高　近代文学をやり直さないといけない。
伊藤　そうね、やっぱりね。
小高　つまり、歌をやりながら、同時にその時代はどんな小説で、どんな評論があったかを一緒に読まないと、本当はいけない。
伊藤　そうなんですよね。
小高　それをやりたいのですが。なかなか。
伊藤　いや、東京はいろいろいると思いますよ。
小高　こちらも年齢を重ねると、そういうのがいちばん楽しい。
伊藤　そうね。
小高　何かを食べたいという欲望も少なくなっているし……。
伊藤　食べてもしれているし、飲んでもしれているから。
小高　いや、「飲む」ことについては、伊藤さんはしれてないでしょう。勉強することは、レジャーと一緒だと思う。

自分で自分を拘束

伊藤　それでは聞こう。小高さんのこれからのライフは、もちろん日本の出版界、あるいは、出版人を励まし導くのは、いまの小高さんの仕事じゃないですか。それは大事なリーダーシップを取ってやっておられるわけだけど。
個人としては、これから何か仕事というのは。

小高　僕はやはり歴史に興味がある。だから、例えば、戦後なら戦後、あるいは、敗戦なら敗戦で、なぜこうなった、なぜこういう文学になったのか、なぜこういう短歌になったのかということを、もう少し流れとして位置付けたいという気持ちがあります。昔、やっていた近代思想史への本卦還りかもしれない。せっかく歌をやったのだから、それとうまくドッキングできないかなということを考えることがあります。つまり、ある意味では、文学史の書き換えみたいなことはやりたい。
伊藤　したいですね。
小高　それからもう一つは、篠弘さんもやるとおっしゃっているのですが、戦争です。戦争と歌人という関係をやりたいですね。なぜ、あんなふうになるのかと、やっぱりまだ分からない。なぜ、ああいう歌になっていったのか。その中で、短歌というものは、何なのかを考えたい。例えば、土岐善麿という歌人などもそのひとりですね。「進歩的」という中味などを再考してみたい。
斎藤茂吉とか、議論になっている歌人ではなく、好感をもって迎えられている歌人をもう少し考えたいなと思うのですよね。これはなかなか難しい。こういうようなことをのんびりやりたいですね。
伊藤　いや、のんびりしていないよ。あと、もっとゆっくり、牧水のことも聞きたい。
家庭人の小高賢をちょっと聞こうと思って。奥さんの歌を引いてきたんだよ。やっぱり家の中でも張り切っているんだよ。この鷲尾三枝子さんの歌集『まっすぐな雨』からね。

小高　うちの奥さんの歌？

伊藤　そう。

「人生を節目節目と叫びつつ家中のカレンダー剝ぐはわが夫」（『まっすぐな雨』）

　大変だよ、この人は。

小高　うそですよ。

伊藤　これは、奥さんの歌の方がリアリティーがあるよ。

小高　毎日、「人生を節目、節目だ」と言って。

伊藤　だって、これはカレンダーをはがすのを「人生を節目、節目だ」と。

小高　カレンダーをはがすのは、僕の役目ですが。

伊藤　オーバーだよ。

小高　これはすごいね、毎月はぐって。

伊藤　困ったな。

小高　いや、うそでも、それはうその方がリアリティーがある。「人生を節目、節目と叫びつつ家中のカレンダーはぐ」んですよ。

伊藤　僕、割と真面目なのですよ。だから、例えば、仕事場へ行くでしょう。だいたい十時前後にはついている。そんなに行かなくてもいいわけ。べつに会議があるわけでもないし。でも一度決めてしまうと、それに拘束されて、十時前後に行かないと気分がよくない。何をしているかというと、何もしていない。パソコン見ているだけなのですが。夜も七時過ぎに帰ると決めると、用事がなければちゃんと帰るわけ。区役所的な行動が、区役所といったら悪いのですが、割と好きなわけ。

小高　暇な時間というのはある？ 暇は嫌？

伊藤　暇になると病気になる。風邪ひく。

小高　ああ、何かやっぱり。

伊藤　暇があると何かする。例えば、時間にゆとりがあるとするでしょう。この一週間は時間があるなというと、じゃあ、国会図書館でいまのうちに調べものをしておこうか、コピーを取ろうかとかいって。

小高　じっとぼんやりというのはないんだ。

伊藤　割とできないですね。だから、音楽も流している。

小高　音楽のためだけに時間を取るというのではなくて。

伊藤　ＣＤを流しながら本を読むとか。演奏会は別ですが、「ながら流」が多いですね。

小高　散歩とかはどう？

伊藤　ウオーキングはやる。

小高　ウオーキングをしながら、仕事を考える。

伊藤　それはしないけど、今日は一万歩歩くという目的意識が出てきてしまう。

小高　ああ、奥さんに褒められたという歌があったな。

伊藤　だから、そういうふうに決めてしまうと、それに拘束されるというのか。

伊藤　きちょうめんなもので、こういうものもあるんだよね。「モーニングコール十分前から待つ夫とローマ二日目諍いをせり」（『まっすぐな雨』）
　旅行中でも駄目なんだ。モーニングコールが鳴る前から早く起きて、「おまえもう起きる時間だ」と揺すぶるんだから。
小高　それは事実。海外旅行へ行くとモーニングコールを頼みますね。そうすると、モーニングコールが鳴るのを待っている。
伊藤　要らないんだ。
小高　モーニングコールで驚かされるのが嫌なのだ。だったらモーニングコールをしなければいいのだけれど。
伊藤　でも、モーニングコールは起こされるためにかけるんだよね。この人は、モーニングコールがなる前に自分で起きて。
小高　電話とか、ああいうもので驚かされるのは嫌でしょう。
伊藤　ああ。
小高　締め切りはどうですか。
伊藤　締め切り前後だな。
小高　でも、きちんと締め切りを守るでしょう。
伊藤　まあ、一日、二日遅れるぐらい。
小高　締め切りは守る方なのですよ。著者に二タイプある。
伊藤　プロだからよく分かるよね。
小高　真面目な人と、それから、すごく遅れる人。それは、ちゃんとこっちも分かっているから、さば読んだり、何かしたりする。一番いけないのは、編集者出身の著者。これが困る。
伊藤　校了がいつか分かっているから。
小高　まだ大丈夫だろうなどと、すぐ見破られる。もう亡くなったのですが、宮脇俊三さんという作家がいました。中央公論の専務までやった方で、鉄道ファンなら、誰でも知っている名文家です。書き下ろしを頼んだことがあります。本が出るのは二十日、校了はその前の五日ぐらい。しかし前月の三十日にまだ百枚以上も足りない。刊行は決まっているし、新聞宣伝も予定されている。装幀・カバーもできてしまっている。「宮脇さん、もう駄目なのです」と頼むと「ああ、そう。おたくの印刷所はどこ？」と言うのですよ。「凸版印刷です」と言うと「そうか、凸版、あそこはカレーがうまいのだよね」とか何とか言って、「分かった。残りは凸版で書く」。実際に三日間通って書いてしまうわけです。印刷所は、そういう人に対しては、もう最恵国待遇。例えば原稿三十枚が、二時間後にはもうゲラになって出てきてしまう（当時は活版印刷。念のため）。そこで直してしまう。また三十枚出て、あっという間にできてしまった。こういう著者は困ります、編集者にとっては。
伊藤　手の内を知っているから。
小高　逆もいるわけです。僕が付き合っていた中で一番真面目だったのは、画家で、エッセイストの安野光雅さん。例えば、原稿が十日締め切りというと、前の月の三十日ぐらいには出来ている。しかし、いつもぼやいていました。「早く出すのは駄目だ。編集者が感動しない。もうできたのですか、なんて言う」と。

伊藤　まだか、まだかと思って待っていると感動する。

小高　そうそう。やっとできたことに喜ぶわけですね。いい原稿かどうか言わないで……。そういう著者もいるのです。僕は臆病だから、病気になったりすると嫌だから、二、三日前には原稿が完成しているようにしている。心配性なのです。

自己防衛

伊藤　それは健康に関しても。

小高　うん。人間ドックに行ったりね。そういうのはよくある。

伊藤　奥さんの歌にこういうものもある。「三十七度七分の熱にうろたえる夫を叱りて氷かち割る」(『さみどりに呼ばれし』)。奥さんから見ると、三十七度七分ぐらい大したことはないじゃないかという。

小高　うちの奥さんは、熱にも強いし。

伊藤　女性の方が強いですよね。

小高　僕は、三十八度になると、もうほとんど半死状態ですね。

伊藤　上田三四二さんの本に病に強いと書いていたけど。

小高　あれほどたくさん病気をしたらね。

伊藤　でも、あれは病に強くならざるを得なかったんだよね。

小高　伊藤さんだって強いじゃない。病気しないでしょう。

伊藤　小高さんもそうでしょう。

小高　僕もしないけど。伊藤さんはカウンセラーだから、こういう相談はいっぱいあると思うけど、高校の一年ぐらいの春かな、いまでも思い出すのですけれど、死ぬことがすごく怖くなった。

死ぬということがどういうことかと考えると、もう居ても立ってもいられなくなった。たぶん、あれはノイローゼだと思うのですが、計算を始めるわけ。例えば、八十歳で死ぬと、八十に十二カ月を掛ける。それに一カ月が三十日で、三百六十五日を掛ける。それに時間を掛けていくと、死ぬまでの数字が出るわけです。忘れたけど、すごい数の秒数。

一秒ごとに死んでいくという意識が生まれてしまう。毎日が怖くて、怖くて仕方がない。上田さんも同じような体験があって、小説にも書いていました。高校のときにそれに襲われて、春休みを一回棒に振りました。何によって解消したかというと、誰かの本に、結局そういうのは忘れること以外ないと書いてありました。いくら考えてもしょうがない。結構、きつい体験でした。

伊藤　意識しないということ。

小高　忘れるためなら、どういう小説がいいのかも書いてあって、その中に武者小路実篤の小説が出ていた。大した小説ではなかったのですが、忘れることができました。いまでも時々、一瞬不安になります。

伊藤　最近、「短歌往来」に出したのも、「死に仕度」だったか。

小高　あれは、向こうのテーマでしたが。かなり臆病です。

伊藤　でも、いつも死というものは意識の中にありますよね。

小高　ありますね。女性の方が精神的に強い。僕は、すごいショックを受ける。

伊藤　同年代の友人や、会社の人たちが亡くなってすごく衝撃を受けて。それは、いつも小高さんのテーマですよね。

小高　一緒に席を並べた友人が四十九歳で死ぬ。何だろうと思ってしまうのですね。

伊藤　すごく年齢意識が強いと思うんだ。

小高　そう。

伊藤　あまり年齢を意識しないで生きている人がいるけど、小高さんはいつも結構年齢を意識しているんだよね。三十代になると三十代、四十代は四十代、五十代は五十代。すごく年齢意識が強い。

小高　あるね。それは、たぶん用心だと思う。つまり、準備をしておかないと、という不安感が強いんじゃないかな。だから、四十歳になったら、四十歳のときにこういうふうにしておかなければいけないとか。学校の準備を前の日にする、ランドセルの中に入れて。

伊藤　割と真面目なんだ。

小高　割とじゃない。

伊藤　周りはあまりそう思っていない。

小高　そう?

伊藤　結構自由奔放に生きていて、悩みがないかのごとく思っているんだけど。

小高　いや、気が小さくて、いろいろなことを気にしている。

伊藤　ああ、そう。

小高　気も弱い。

伊藤　モーニングコールを頼んだけど、その前に起きるんだ。

小高　小学校のときに、朝礼をやるじゃない。生徒会の会長が話す。そういうものを僕がやらなければならないときには、足が震えて、寝られなくなったりするわけ。会社でも、企画案を偉い人に説明する会がいっぱいあった。ところが声がうわずったり、足が震えたりするわけ。何度もやっているうちに慣れてくるのですが、根はすごく弱いのだと思う。伊藤さんは強いよ。

伊藤　僕も強くない。でも、そういうところは、いろいろ端々に見えますよね。歌を見ても、文章を見ても。

小高　たぶん自由奔放にやったり、人の悪口を言ったり、人のことをくさしたりするのはその裏返し。自己防衛なのだと思います。責められると弱いから、相手を責めてしまうというところがあるのじゃないかな。僕のおしゃべりは自己防衛に近い。自分のことを問われると嫌なのだ、怖いのですよ。だから、煙幕張るように話してしまう。そういう要素はかなり大きい。だから本当のおしゃべりかどうかは分からないのですよ。うちではあまり話さないからね。うちにいると自己防衛しないでいいわけですから。

近代人の寂しさ

伊藤　いい奥さまじゃないですか。牧水賞のときも一緒に来てもらってね。

小高　結婚すると決まって、はじめてわが家に来たときに、うちの家族が「あんな変なやつとよく結婚してくれて……」と言ったそうです。

伊藤　えっ、誰が？

小高　うちの両親が。うちの息子とよく結婚してくれたと。「もの好きですね」みたいなことを言われたらしい。

伊藤　なぜ両親はそんなことを言ったんだろう。

小高　僕のことをやっぱり変わっていると思っていたのではないかな。結婚はできないと思ったのではないかな。変わっているといえば、変わっているかもしれない。

伊藤　何が変わっているの？親から見て。

小高　だって人の悪口をすぐ言うし、女性に向かって、太ったね、などとすぐに言ってしまったりする。どう考えても、もてるタイプではない。

伊藤　でも奥さまは魅かれたわけだから。

小高　魅かれたといっても、お互いにいい歳でしたからね。

伊藤　いや、いや。

小高　三十歳近くになっていたからね。

伊藤　出会ったきっかけを。

小高　あるところで彼女が会社の友人と歩いているのに出会った。知っているから、じゃあ一緒にお茶飲まないと言って、会ったのが最初です。だから、向こうも変わった人だと認識していたと思いますよ。連れ合いにとって、迷惑だったのは、歌を始めなければならなかったことです。彼女もまったくつくったことがない。

伊藤　それで、馬場さんが仲人になったわけでしょう。

小高　会社の上役に仲人してもらうのは、嫌だったから、馬場さんにお願いしたら、「いいよ」と言って、快く引き受けてくれた。じつに、いい加減な結婚式で、酒は浴びるように飲むし、スピーチを頼むと、お色直しで彼女がいないと、「奥さんに言いたいので、いまは話したくない」と断る。酔った後輩の司会者は、坐ったまま、「次」「次」などと吠える。彼女の家族は怒っていたそうです。僕の友達みんなひどい連中ばかり。早く亡くなったのですが、毎日新聞に西井というゼミの友達がいた。

伊藤　西井一夫さんね。

小高　彼が「鷲尾が結婚するなんて本当に想像できなくて、

前の日までうそだろうと思っていた。行かなければいけない。しかし、金がない。しようがないから、友達集めて徹夜マージャンをやって勝ったから来た」というスピーチをする。ノンフィクション作家の上前淳一郎さんが「自分のいま着ている背広は、うちの奥さんがつくった。だから女性は……」などと、言いだす始末。彼女の友人がかんかんに怒って反論するなど、かなり破天荒な結婚式でした。

伊藤　牧水賞のときに奥さんが来てくださって、ずっと一緒にいてくださったじゃないですか。お二人の写真も撮って。

小高　ありがたいですよ。

伊藤　本当にそうですよ。

小高　一生に一度の晴れ舞台に。

伊藤　奥さんも喜んで来てくださってね。

小高　うちの奥さんは結婚式の写真が気に入らないわけですよ。

伊藤　結婚式の？

小高　そう。会場の出版クラブにはたいした衣装もなくて、たいした髪結いさんもいない。ともかく安いところだからね。だから、写真もひどいわけ。自分としては、こんな写真は残したくない、とずっといっていました。

伊藤　美しい奥さまで。

小高　牧水賞のときはシーガイアホテル。あそこもよかった。

伊藤　そう、そう。あそこのシーガイアだったものね。

小高　あれが生涯の華じゃないの。

伊藤　何言っているの。

小高　あとは、葬式ですよ。

伊藤　それで第五回牧水賞。

小高　もうだいぶ昔ですね。

伊藤　十二、三年前ですけど。

小高　前だね、そうだね。

伊藤　でも、あのときは小高さんと小島ゆかりさんと二人いて。

小高　賑やかでしたね。

伊藤　選考委員会でこれは絶対に牧水賞始まって以来の二冊にしようとなった。すごく評判がよかったのがあの第五回なのです。

小高　あのときはまだ両方共、賞金が二分割されないで。

伊藤　そう、そう。知事が「これは臨時予算を組んででも。半分ずつにしたら恥ずかしい」と言って。

小高　あのころをよく思い出しますよ。

伊藤　小高さんはどうなんですか、牧水賞というのは。

小高　年譜にも書きましたが、だいたい僕は賞というものをもらったことがないのですよ。高校のときにスポーツ功労賞というのはもらったけど、それ以来、何ももらったことはない。生まれて初めてもらったから、すごくうれしかったのと、ありがたかったのと。それから同時に、あのときは、ちょうど例の『日本の歴史』の騒ぎの最中だった。
伊藤　あのときだったの。
小高　あのときなのですよ。
伊藤　ひどい苦境だった。
小高　わんわんしているときにですから、すごく印象深い。宮崎から、馬場さんと伊藤さんからお電話をいただいたのはよく記憶している。もう一回ぐらい何か賞をもらいたいな。
伊藤　これからあるよ。
小高　「かりん」の友人たちも若かったし。
伊藤　たくさん来てくれたね。
小高　一緒に行ってもらった。授賞式のあと、高千穂まで行って面白かったし、思い出がありますね。
伊藤　そうなんだ。かりんで高千穂のお宮さんへ行ったんだよね。
小高　そう、そう。あのときのことはすごく感謝しています。平和で幸せな瞬間というのがあったということですね。それ以後、時代も悪くなるし……本当にタイミングというか、ぴったりのときで。馬場さんもうちの奥さんに時々言うらしい、「あのときは面白かった」と。高価な焼酎を亡くなった清見糺さんが抱えてしまって、ひとりで飲んでいたり。いろいろなことを思い出すなあ。小島さんとまるで夫婦のようにして登場したり。
伊藤　新郎、新婦みたいに。
小高　本当にありがたかった。
伊藤　そう言ってもらえるとうれしいよね。
小高　歌をやって、あまりいい思い出はないのですが、ただ一回のよかったことでした。
伊藤　牧水はどうですか。あのときもいろいろと原稿を書いたり、話してもらったりしたけど。さっきの近代思想全体の中、あるいは。
小高　近代史、あるいは近代思想史、近代文学史の中で、牧水はいちばん位置付けにくいのではないでしょうか。
伊藤　そうなんですよ。
小高　とても難しい。牧水のエッセイや短歌に思想的な言語は見えない。しかし、あれが思想なのですよね。そこのところをどう考えるか。正直、まだ完全に解けていないのかもしれない。大変だと思う。話すことなくなる感じがする。牧水の何を、どう取り出すか。もし、取り出せないとすると、たぶん日本の詩歌のいちばんの中心が分からないのではないですか。
伊藤　そうなんですよね。韻律の問題も含めてね。
小高　言葉から取り出す以外ないのだが、牧水の場合は言葉から取り出すのはかなり困難な気がする。伊藤さんはどう？
伊藤　いや、これからもっとやらなくちゃいけないけどね。
小高　「牧水研究」をいつもいただいて読むのだけど、いろいろなことをやっていらっしゃる。一方で、細かく調べて行くだけでいいのかなあなどと、失礼ながら考えてしまう。
伊藤　どうしたらいい？
小高　分からないですね。言葉を分析したり、切り口が結構大事になってくるのではないかな。言葉を分析したり、色がどうだとか、どこへ行ったとかというだけでは、分からないのではないかな。あそこにある悲しみ、牧水自身がすごく悲しいじゃない。あれをどのように捉えるか。
伊藤　それを、宮崎の講演のときも話していたよね。
小高　少しですが。
伊藤　壮年期の牧水の悲しさ、寂しさはどこから来るかというね。その辺を論じていくと、近代人の何か。牧水がいくら自然を愛し、旅を愛したといっても近代人だから。
小高　牧水の奥深い悲しみ。それをわれわれはうまくつかめていないような気がする。有名な、空穂に「あなたは何で酒を飲むのですか」と訊かれると、「もう朝、たまらないのですよ。飲まなきゃいられない。本当は、酒は好きじゃない」と答える。
伊藤　娘もそれを書いている。父親の酒は、「やっぱりほかの人ならやり過ごすことができることをやり過ごせないから、父は飲んでいるんです」と。偉い娘だよね。
小高　飲まざるを得ない近代人の寂しさ。僕は、夏目漱石などにも共通しているような問題があるような気がする。これは、大テーマですよ。
伊藤　大テーマだね。
小高　これをやらないと、うわべだけでは多分むずかしいのでしょう。僕は思想史として、牧水をきゅっとつかめることができないかと思うのですけど、これは結構大変だ。
伊藤　それは、近代日本人は何かという意味で。
小高　本当にそう。
伊藤　原日本人は何かという、そういうところへ行くんでしょうね。
小高　宮崎というところに流れてきたとか。
伊藤　おじいさんは関東の人。
小高　逆に、牧水は宮崎から東京へ出る。そこでの不適合。園田小枝子さんの問題にも、そういう問題が全部投影しているような気がする。
伊藤　小高さんは知っていると思うけど、丸山眞男さんの岩波文庫の大事な三冊の中の一冊は『牧水歌集』なんですよ。
小高　お母さんが歌をやっていたからね。
伊藤　そうなんです。
小高　先生は牧水が好きでした。座談会でも、「回想録」でも言っている、牧水のことを。
伊藤　ああそれは、僕も読みました。ちゃんとお母さんのことに触れて『牧水歌集』。だから、あれだけ近代日本人の精神を分析した人は、やっぱり岩波文庫の三冊のうちの一冊に牧水を挙げるという。これをどう考えるかというのが。

小高　名前を知っているかどうか分からないのですが、安丸良夫さんという思想史家がいます。その安丸さんに『現代日本思想論』（岩波現代文庫）という一冊があります。その解説を書いたことがあるのですが、彼の丸山論の骨格に、「古層」批判があります。あまり評判がよくない丸山さんのこの問題提起なのですが、多分、牧水は「古層」問題とも触れるのではないか、と考えています。

丸山先生の中にもお母さんの問題があります。大学とか、西洋などを通って、近代人に飛躍するのですが、しかし、なりきれない。どこかに原日本が存在してしまう。それが母親に体現されているのでは?そこに牧水的問題がからむのだと思うのです。近代人になかなかなりきれない。それを牧水が現象的に表しているような感じがするのですよね。歌はそういうことと関係があるのではないでしょうか。

伊藤　ありますよね。それは、短歌とは何か、短歌で培われた感性とは何かという問題になるんだろうね。

小高　北から茂吉。南から白秋、牧水、真ん中から空穂。これがみんな東京へ来るわけですよ。

伊藤　上京組ですよ。

小高　上京組ですね。啄木もそうだし、みんなが東京に来たときの問題というのも、やっぱり考えなきゃいけないのではないですか。

伊藤　やっぱり東京なしでは、文学はあり得なかった時代ですよ。

小高　東京を反措定にする。

もう少し大人になってくれれば

伊藤　話は変わりますが、今後は歌人として、また仕事はどうする。

小高　自分の限界は分かっているからね……。ただ、さきほど伊藤さんが言ってくださった、日々の澱みたいなものがはき出せる器としてはすごくありがたかったし、精神の安定にはとても助かっている。ただ、ここまできたら、もう成り行き上、やらざるを得ない。編集者らしいのですが、やはり自分の才能というのは分かりますからね。文学をやる人には、ナルシズムがないとやっていけない。それはない。また、自信がない。

伊藤　そうですか。

小高　それほど自分に期待していませんが、しかし、ここまでくると意地!また意地です（笑）。

伊藤　この間、かりんに『長夜集』の批評を書かせてもらったけど、すごく面白いよね。

小高　そう言っていただけるのは、お世辞としてもうれしいです。

伊藤　面白いというのはそういう意味じゃなくて、やっぱり問題提起があるよね。

小高　ありがとうございます。

伊藤　そして、やっぱり小高さんというのは、相当難しいことを考えて、難しい本を読んでいるにもかかわらず、散文も、歌も、平明をモットーとしているじゃない。それがすごく大きいことだと、僕は思うんですよね。

小高　難しいことを言っても、意味がないものもいっぱいある。

伊藤　それはそうだけど。

小高　歌は続けるし、やるし。

伊藤　ぜひ続けてほしいですね。

小高　自分なりにここまできたらやるのだけど、三十五年ぐらいやっていると少しぐらいは分かってくるというところもありますからね。首を傾ける批評もあるしね。

伊藤　それは誰の歌？

小高　いや、誰ということはないけど、歌壇にあるじゃない。

伊藤　それは確かにね。

小高　そうすると、かっとして言ってしまう。そういうところがいまだありますけど。心からいい歌はつくりたい。しかし、いい歌は他人が決めることですからね。

伊藤　そうだね。結局、人に褒められる、褒められないとは関係なく、やっぱり自分のつくりたい歌をつくるのが一番じゃないかな。

歌人は、他人の評価を気にするなら、そこはもうちょっと自分の…

小高　この年になると自分が満足すればいいと思わないといけない。

伊藤　そうだね。

小高　しかし、自分も小人物ですからね。正直に言えば気になる。

編集　あと一点だけ。時事詠の問題をどう考えておられるか。上九一色村に実際に行かれたりしておられますが。

小高　これも意地です。同時に、いまでも関心を持っています。オウムについての本や論考なども漁っています。オウムの場合にはたくさんの歌人と論争しました。どうも一過性が歌人の悪い癖なのではないでしょうか。今回の原発事故でも同じことで、ともかく歌人は忘れっぽい。一度、詠うと終えた気がするのかもしれない。先週も、金曜日に国会前に行ってきました。だんだん参加人数が少なくなっています。大したデモじゃない。ただ行って、叫んで、反対とやっているだけの「お焼香」デモみたいなものですよ。原発の問題も、沖縄の問題も同じで、僕らの世代は頑張らないといけないなと思うので、一所懸命参加しています。それに意地もあります。なんとか歌に反映したいのですが、なかなか大変ですね。吉川宏志さんは頑張っていますね。

みんな、時代に流されているところがある。僕はへそ曲がりが好き。兄が勲章をもらったときのお祝い会に行かなかったのも、そんな気持ちからです。

伊藤　ある時代の精神をしっかり持つ。いまは、そういう精神が薄れつつあるんだ。

小高　歌人に筋の通っていない人が少なくない。どうもイヤだなあ。出処進退は大事ですよ。そういう精神が歌人に問われていませんか。左翼などもう存在していません。しかし、まずいことはまずいと誰かが言わないと、どこかおかしくなる。それが子どもっぽいと言われてしまうところですね。でも、最近かなり年下の歌人から、連れ合いは「小高さんも、もう少し大人になってくれればいいのに」と言われたそうです（笑）。

（'12・12・5　於・新世界菜館）

小島　ゆかり

小島ゆかり（1956–）歌集『希望』で第5回若山牧水賞受賞。
歌集に『六六魚』『憂春』『水陽炎』他。

お母さんはステーション

伊藤　この前、小島さんにお会いしたときに朝の五時ぐらいから起きて、娘さんのお弁当づくりを始めるという話を聞いて…

小島　お弁当はつくらない。朝ご飯。

伊藤　ああ、朝ご飯ね。なんかともかく朝は五時ぐらいに起きるということで。

小島　五時半にはもう起きています。

伊藤　すごいたいへんな生活をしているなと思って。ちょっと小島さんの日常生活を最初にお訊きしたいと思います。朝何時ぐらいに起きて、平均的にどう過ごして、何時ぐらいに寝られるか、ちょっとプライバシーにかかわるかもしれないけど。

小島　これがね、自分でもなかなか体力があるなと思うような日常なんですね。

娘たちが大学生活をしているあいだはお弁当も作らなくなったし、まあ朝はそこそこ、普通に八時とか七時半ぐらい起きてたんですよ。ところが上の娘が、よくご存じの小島なおが就職しまして。

伊藤　どんなお仕事をされているんですか。

小島　ＩＴ関係なんですね。それで六本木からちょっと行ったところまで出かけるので、もう七時過ぎには家を出ます。いまの若い人のお勤めはけっこうたいへんなんですね。それで、まあせめて朝ご飯だけはしっかり食べさせたいという気持ちで、またしても五時半起きの生活が始まりました。

これはもう自分に課していることなんですね。自分を元気づける意味で、前の日がどんなに遅くても、出張があっても、とにかく朝五時半に朝ご飯をつくって、娘二人と三人で朝ご飯を食べるという一日のスタートを大事にしたいなという気持ちがあるんですね。だから朝ご飯はきちんと。けっこういろいろと。寒い時期には豚汁をつくったりとか。

伊藤　ちゃんと栄養を考えて。

小島　朝から野菜鍋をつくったりとか。朝からパンの日は前の日に野菜スープをつくったりとか、朝ごはんのファイトだけは自慢できる。

朝焼けというのが私は大好きなんです。

伊藤　そうか。五時半ぐらいに起きられて支度をされていると、朝焼けが当然見られますね。

小島　そうですね。いまは十二月なのでまだ暗いですが、起きてしばらくたつと朝焼けなんですね。これがやっぱりもう、今日一日の勇気というか、自然人ですね、もうね。縄文人みたい（笑）。

伊藤　僕もお月さまばかり見て歌をつくってないで、今度はちょっと早起きして、朝焼けの歌をつくろうかな（笑）。

小島　前の日がすごく遅くて二、三時間しか寝られないときは、家事一般をやって送り出してから一、二時間仮眠をしたりとかはありますけれども、まあだいたいそんな朝を迎えていますね。

伊藤　素晴らしい母親だな。

小島　いえいえ、そうじゃなくて自分の身体のためにも、何かそのほうがいいような気がして。そしてストレッチをやったりとか。

伊藤　なおさんがいつか、どうして私の母はこんなに元気かなと書いておられたじゃないですか。

小島　はい。まあ元気で、それはちょっと自分でも恥ずかしいほど、なぜか体力があって。

伊藤　それで朝の時間が過ぎると、大学に講義に行かれたり、カルチャーセンターに行かれたり。

小島　日によっていろいろですね。昼間にちょこちょこ出かける用事や仕事がいろいろあります。週のうち何日かは父の介護ホームに行きます。うつ病と認知症があるので、ホームからもらった日常の報告書を持って精神科に投薬のコントロールの指示を受けに行ったりとか、そういうような、ごちゃごちゃといろいろなことを。

伊藤　暮らしというのはまさにごちゃごちゃですよね。それで思い出した。なおさんの書いた文章に「母親はごちゃごちゃという言葉がすごく多い」って。

小島　ははは。わちゃわちゃとかごちゃごちゃ。

伊藤　たしかに日ごろの暮らしってそうですよね。

小島　わちゃわちゃしているんですね。

伊藤　小島さんの場合、それを前向きに受け止めて引き受けてやっておられるところが、元気のもとなんだろうね。

小島　そうですね。娘たちがいつも笑うんです。あるとき私が「お母さんは病気になれないから大事にしなさいよ。なぜなら私はステーションだから」。駅と言えばいいところをふざけて、「ステーション」って言ったら、それがなんか、はやってしまって「お母さんはステーション」になっています。

　親のことも、娘のことも、夫のことも、夫の親もちょっと今いけないので、私がすべてのステーションなんですね。私を通ってみんなの生活があるというような感じで、まあ最寄り駅というんですかね。

　子どもが小さいときから、お母さんが元気でないといろんなことがよくないだろうと思っていたんです。家事とか子育ては大雑把なんですよ。そういったことをいいかげんにしながら、一番大事な、いつもお母さんが元気でいる、笑っているというところだけは心掛けてきました。

伊藤　いまの若い人の名前というのは、僕の勤めている大学でもそうだし、小島さんが行かれている大学もそうだろうけど、ほとんど、「子」の付かない名前じゃないですか。非常に華やかできらびやかで、簡単に読めないのね。

小島　ええ。

伊藤　でも小島さんのところは、直子《なおこ》さんと明子《あきこ》さんでしょう。うちもね、愛子《あいこ》と倫子《みちこ》と泰子《やすこ》と非常にシンプルなんです。いまでは珍しいんですよね。
小島　珍しい。
伊藤　小島さんは、ご主人と相談して、直子さん、明子さんと名付けられたんですか。
小島　私がある程度候補を出して、それで夫が「まあ、これがいいんじゃない」なんて、漢字なんかも夫に相談してという感じですけど。
素直な気持ちと明るい性格というんですか。これがあればたいがいのことは乗り切れるというような感じがあって（笑）それで直子と明子というふうにしました。
昔は恨まれましたね。だって周囲はマイちゃんとか、ハルカちゃんとか、なんで私だけって感じで。
ただ最近、娘たちも二十歳を過ぎて、ようやく自分たちの名前を好きになったというか、よかったというふうに言ってくれるので、安堵しています。
伊藤　名が人をあらわすと同時に、人が名をつくっていくという相互作用があるじゃないですか。だから小島さんとこのお嬢さんの直子、明子という名前がだんだんそのようになっていかれる。
小島　いや、どうでしょうね。もっとおしゃれな名前だったら、おしゃれな子になれたかもしれないのに（笑）。
伊藤　下の明子さんのほうは、いま大学生？
小島　東京農業大学の三年生ですね。
伊藤　何を主に勉強しておられるの。
小島　森林工学で、自然が好きなんですね。頻繁に奥多摩とか山に入って、植林とか水質検査とか、植物の育つ状況なんかを調べたりしていますね。
伊藤　明子さんがそういう方面に関心を持たれた、何かきっかけとかはあるんですか。
小島　机に向かうのが好きじゃないということがありますね（笑）。
伊藤　小さいときから自然が好きだったとか。まあ、小島さんもとっても自然のいい歌があるし。
小島　ああ、好きですね。
家族そろって自然というか動植物、特に動物がほんとうに大好きなんです。
伊藤　森林は動物と植物とがいて成り立っている世界ですよね。
小島　そうですね。やっぱり人間ももとは野生じゃないですか。
子供が小さい時は最低でも一日に一回は外で遊んでいました。幸いそのころは主婦業に徹していられたので、朝ご飯を食べたらお弁当をつくって、多くの時間を外で過ごす。
武蔵野の外れでほんとうに自然が多く残っているところで子育てができたので、多くの時間を外で過ごしていました。そういうのは多少影響があるかもしれない。木登りなんか得意ですよ。
伊藤　いまその話を言ったのはね、アメリカにおられた時でも、身の回りの自然、大きな自然に触れることで小島さんは元気をもらっていたんですね。
小島　これはいい経験でしたね。
伊藤　日ごろの生活はもうほんとうにどうなるかわからん、ベッドで泣いていたとか、なんで私はこんな目にあうんだろうかとかね、そういうことがいろいろ書いてあるじゃないですか。
小島　ははは。はい。
伊藤　でもそういうなかで、身の回りの公園のリスに触れるとか、大きな夕焼けを見るとか、そういうものですごく元気をもらっているというのが印象に残っていますね。
小島　うちはいつも計画性がないんです。私も夫も、ほんとに行き当たりばったりで、思い付いたことに突進していっちゃうようなものなので。
伊藤　王さまとかお姫さまに、そういう人が多いんですよ。
小島　じゃあ王さまとお姫さまが結婚したの（笑）。
伊藤　「あとはよきにはからえ」で、あとは家来が心配してくれるという。だから王さまとお姫さまの二人かもしれない。
小島　いや、ずいぶんしょぼくれた。あははは。
　まあでも振り返ると、行き当たりばったりだからこそ、いろんな体験ができたなと思いますね。慎重で計画性があったら、こんな面白い人生は送れなかっただろう、と。まわりが仰天するようなことをいろいろやっちゃいましたからね。
伊藤　ご主人は目的があって医学を研究され、そしてアメリカに行かれた。一貫して自分の志を貫こうとされたわけですよね。
小島　そうですね。よその夫だったら、ほんとうに立派な尊敬できる人なんですけど、自分の夫だとちょっと困ったものです。経済観念がまったくないですし、家庭を持った人としての自覚がほんとうにない人ですから。いろんな生活の困難がありますね。
伊藤　若山牧水と通じるところがあるな。
　家族をたっぷり愛しているんだけれども、自分の志で家を出て行ってしまうところなんか牧水ですよ。
小島　もし夫に何かしら濁った心があれば絶対にそんな苦労は嫌でしたけど、まあ心のわりにきれいな人なので、しようがなかったかなと思いますけどね。
伊藤　牧水が喜志子さんにプロポーズしたときに、目がきれいだからといって承諾したというけど、目と心のきれいな人は最後、すべてを捨てさせて付いてこさせる力があるんだな。
小島　どうなんですかね（笑）。

父の短歌

伊藤　歌をいくつか持ってきたんですけど、お父さまの介護が現実の生活面では一番たいへんでしょうか。

小島　そうですね。

伊藤　その歌がまたとっても心に響くんです。「認知症のちちは真冬のチューリップ　片手を上げてぱかつと笑ふ」という一首。この比喩が、春のチューリップじゃなくて真冬のチューリップだもんね。

「片手を上げて」という具体的な場面が出てきて「ぱかつと笑ふ」の「ぱかつと」は小島さんならではのオノマトペですよね。

小島　もう認知症なので、これまでの人格とはほんとうに違ってしまっています。ただ、私の体力とか、すぐに前向きになれる気持ちとか、そういうのを授けてくれた両親にはとても感謝しているんですね。

小さいときにほんとうに、もうこれ以上ないぐらいに愛された実感が強くあります。だから、いまは介護自体は、たいへんはたいへんですけども、逆によかったなと思っています。これで辻褄が合うというんですか。愛されたぶんを、返すというか、返すというほど大げさなもんじゃないですけど。

愛されっぱなしではいけないという気持ちがあります。だからそういう点では納得できるし、どんなふうになっても最期まで見届けるのが、やっぱり愛された者のやることだろうと、自分ですごく自然に納得できますね。

伊藤　「片手を上げてぱかつと笑ふ」は、認知症の父の存在そのものに対する肯定じゃないですか。それがなければこういう表現は出てこないですよね。ある意味では感覚的表現ですよね。

その奥に認知症の父の存在を全面的に受容する、それを表現しているこの歌は、非常に印象に残りました。

小島　ありがとうございます。でもやっぱりいろいろプロセスがあって、最初は、「えっ、なんで、なんで？　なんで私の父がどんどんこんな風に壊れていくの？」というような戸惑いはありました。

認知症という知識はありましたけど、やはり目の当たりにしたときの驚きは大きかったですね。大好きな父親でしたから、介護のたいへんさよりも人格が壊れていくその悲しさとか、戦中世代ですし、父なりに一生いろんなことを、越えてきたのだと思います。

すごく頑張って生きてきた一人の、まじめに生きてきたこの人の一代の人生の時間というのは、ほんとうに失われちゃうんだろうかとか、どこに行っちゃうんだろう、こんな赤ちゃんみたいになっちゃってという…何て言うか、受け止めきれないような悲しみがありました。

伊藤　「〈燃えるゴミ〉の袋にたまる紙オムツわが父はもうだれにも勝てず」という歌がありますね。自分が思っている父は、世の困難を乗り越えてきた立派な仕事をした父なのになぜという気持ちですよね。受け止めるのにはやっぱり時間がかかりますよね。

小島　伊藤さんのずっとなさってきた仕事にだいぶ早い時

期からすごく気持ちが行っていました。『老いて歌おう』の歌集も常に読んでいました。老年とか老いを、ある自然な姿として受け止めて、そしてそこにこれまでにはない何か価値を見ていくということを伊藤さんに教えられたし、その作品に教えられた。

もう一つは、前登志夫さんの最後の歌集のなかに、自分がちょっと物忘れしていく姿が描かれていて、それを「われ、かんながら」という言葉で歌っておられるんですよね。「かんながら」なんていう言葉を現代短歌で使った例というのをあまり知らないんです。

その言葉に出合ったときに、それはもう大きな神の意志の下に、大きな何かの力のままにというような意味だろうと感じました。それが前さんの作品のなかでとても豊かに使われていたんですね。

私は特定の神さまはないですけど、それでも人為を超えた、人間の考えるちっぽけなものを超えた、何か大きなものの意、自然の懐みたいなのに抱かれたときに、人間はそうやってぼけていったりとか、死へ近づいていったりするんだなということを感じたんですね。

伊藤　そういう歌もありましたね。「惜しみなく父は忘るる　われのみが思ひ出を食べぶよぶよとをり」これはむしろ、いろんなことを忘れていく父の存在のほうがまっとうであって、いろんなよけいなことを覚えていてとらわれている自分のほうが…

小島　汚らしいみたいな。

伊藤　僕が見ている限りは、こういう介護の歌はないですよね。

そういう父がまさに、翁さび、神さびていくというね。そういうなかでこの生身の自分のほうは、はたして本当に人間らしく生きているのかという疑念ですよね。それを「われのみが思ひ出を食べぶよぶよとをり」と表現しておられる。

この一連で印象に残ったのは、「闇を跳び光をくぐりわが猫よ　ちちのたましひを尾行せよ」なんです。父に対する愛情がなければ、この歌は出てこないですよね。

小島　ありがとうございます。

伊藤　このネコは現実にいるネコでもいいんだけど、「ちちのたましひを尾行せよ」というのは、父はどんな思いでいまさまよっているのか、その父の魂のあとを自分がついていきたいという願いですよね。この「闇を飛び光を」これもすごくいいよね。闇だけじゃないんだな。

お父さんを、認知症の父ではなくて、一人のそこに存在している父そのものとして、小島さんが歌っておられるということをこの前、講演でしゃべりました。

小島　べたべた歌いたくないとか、変な愛情の垂れ流しになりたくないとかそういう意識がつねにあるので、介護の歌はどうなんだろうって思うんです。でももうね、恥ずかしいですけど込みあげてくるものがいっぱいあって、歌わずにいられないんですよね。

作品の価値はひとまず置いておいて、この何とも言えない、悲しいけど込みあげてくる愛情を歌に残せる、表現できるというのはすごい幸せだなと思いますね。こちら側の、私の側にいる父がだんだん自然の懐の側へ移っていくというか、そういう姿をきちんと見届けたいという気持ちはありますね。

そのうち母もそうなるでしょうし。お姑さんも徐々にそうなるでしょう。

伊藤 「桟橋」がこの前、百号が出てね、そのなかの小島さんの歌です。「認知症の父ある日々はそのほかの憂ひごとみな忘れてのどか」これは発想を逆転させた歌ですよね。ほかのいろいろな心配や悩みは…

小島 もうどうでもいいんですね。飛んでいってしまう。

伊藤 それぐらいまあ、逆に言うと、父の介護ということはたいへんで、これは四六時中ですからね。

小島 あらわな命の姿を見ますから、生きていることとか死ぬことのあらわな姿というか、やっぱり食べて出して、健やかに寝るというね。その大事さに比べたら多少の、娘の就職がどうとか、お金が多少足りないとか、そんなことはもうどうでもよくなっちゃうんですよね。

伊藤 たしかにそうなの。でもね、「そのほかの憂ひごとみな忘れてのどか」とはなかなか言えないよ。これはやっぱり小島さんだよね。

小島 伊藤さんもお母さんがご高齢でいらっしゃるから同じだと思うんですけど、認知症の人といると、あるときとてものどかな時間が訪れて、その時間は清らかですね、そんなことがある。

伊藤 印象に残っているのは、「かなしみに肉体ありて星の夜の大草原を疾走したり」。悲しみに肉体があるというところにはっとしましたね。

悲しみは心も持っているけど、悲しみに肉体があって、その肉体を持った悲しみが、あるいは悲しみという肉体が、星の夜の大草原を走っているという、すごい歌ですよね。

小島 これはすごく実感で、できあがった歌だけ見ると、どちらかというとシュールな領域かと思うんですけど、そのときはほんとうにリアルで、どうしようもないような悲しみに肉体があって。

私、サバンナとかジャングルとか大草原が好きで、そういうビデオとかを疲れたりするとよく見るんですね。なぜか悲しみに肉体があって、そういうとこを走っているというのをすごくリアルに感じたんですよね。

伊藤 悲しみに肉体があって、喜びに肉体があるというのは小島さんの感覚表現だろうなぁ。

小島 で、なぜか走っているんですよね、私って（笑）。

伊藤 もともと走るのは得意で？

小島 得意じゃないんですけど、運動がすごく好きなので。

伊藤 悲しみとか苦しみとか喜びというのは或る意味で抽

象的なものじゃないですか。その抽象的なものに肉体を与えて感覚的に表現するのが小島さんの歌かなと、この歌を見ながら思ったんですよ。

『万葉集』以来、抽象的な悲しみとか苦しみに肉体を与えるというのが、五七五七七の短歌だったのかもしれないけど、小島さんの歌はまさにそうかなと思って。

小島 それはとてもうれしい。一つには、常に行き当たりばったりで歌をつくっているので…

伊藤 行き当たりばったりというのは謙遜しているわけで。

小島 いえいえ。みなさん、こうつくりたいとか、方法論みたいなのをよく書かれていますけど、ほんとうにそれができない。その都度、その都度だから。

伊藤 頭でつくらないということでしょうね。

頭でつくるとやっぱりどこかで理屈っぽいじゃないですか。何て言うのかな、無防備な感じね。批判しようと思えばどこからでも批判できる歌かもしれないけれども、自分の魂から歌っている。

大丈夫だから、大丈夫だから

伊藤 小島さんが牧水賞を受賞したときにね、大岡信さんが「小島さんは精密な感覚器官を持ち、それを使って言葉に置き換える訓練ができている。感覚と言葉のあいだに生活の苦いものが入り込み、『むりッむりッと』少しずつ（中略）短歌の千数百年という長い歴史のなかで、彼女ほど詠めた女性歌人はまだ少ないと思う」とこう書いておられるんですよ。

小島 ええっ！もうそれで今日の対談はおしまい（笑）。

伊藤 実は選考過程で小島さんと小高さんの二人が受賞かどうか大議論だったんですよ。

それまでずっと男性歌人が受賞で、五十～六十代を受賞対象として選考してきたわけですよね。小島さんはあのとき四十五歳ぐらいだったの。

小島 四十代でしたね。

伊藤 だからこれはすごい大議論だったんですよ。小高賢の歌集もいいし、小島ゆかりの歌集もいい。でもずっと男性歌人の流れで来て、まあ牧水は男だからね、やっぱり男性歌人を顕彰するというのもあったんですよね。

でもともかく、小島ゆかりの『希望』という歌集はいいということになりました。もうこれは二冊しかないということで、二人受賞なら賞金がさらに百万円、プラス二人分の旅費、宿泊代がいるので、県の事務局に相談したんです。

小島 大散財ですよね、私のせいで。

伊藤 事務局としばらく相談して、「いや、何とか大丈夫」ということになって。

小島 よかったですよ、あの時期で。いまなら半分ですかね。

伊藤 小島さん、小高さんのときに臨時予算を組んだわけですよね、プラスアルファでね。

小島 牧水賞というのはやっぱり、高野さんが第一回受賞者で、そのあと幸綱先生が取られたりして、男性の実績のある方というふうに思い込んでいたので、自分が受賞するなんてことはまったく思いもよらなかったんですよ。

それに加えてちょうどそのころ「ＮＨＫ歌壇」の進行役をやっていて、岡野弘彦さんが選者でいらしたんですね。

伊藤　岡野さんも選考委員でしたからね。岡野さん、馬場さん、大岡さん、僕。

小島　受賞が決まったあとの収録の日に、私は岡野さんにお礼を言わなきゃいけないと思って、ちょっと早く行って、廊下で待っていたんですよ。

岡野さんがいらして、私の姿を認めた途端に小走りで寄ってこられて、それで耳元で、「小島さん、大丈夫だから、大丈夫だから」っておっしゃるんですね。

何が大丈夫なのかなと思ったら、「賞金はちゃんと百万円ずつだから」って（笑）。まず最初にその話が出てですね。もう私はほんとうに驚いたのと、これは選考委員のみなさんが、生活苦の私のために賞金を二倍にしてくださったんだなと思ったんですけどね。

岡野さんのそのことを忘れられないんですよ、いまだに。開口一番「大丈夫だから、大丈夫だから」と。

牧水と小さな自然

小島　牧水賞というのは不思議な賞で、牧水賞をいただくと、そのあとなんかとても仕事の運が開けるというんですか。

何か一つ、ほんとうに大きなジャンピングボードになって、自信とか意欲とか。私は特に『希望』という歌集で受賞させていただいたので、すごく希望が持てたんですよね。

あのときもたくさんの方が、ほんとうに初めてお目にかかるような宮崎のいろんな方が応援に来てくださって、希望をいただきましたよね。

牧水はあれだけの歌人だったのに、斎藤茂吉ほどには、言われたり、書かれたりする場所が少なかったと思うんです。けれどやっぱり牧水賞の力でずいぶん歌人たちが、牧水に対して…

伊藤　そうですね。牧水賞をもらうと、宮崎日日新聞に牧水論を書いてもらって、牧水について講演してもらうというノルマを課しています。

小島　牧水賞をいただくからには、牧水を知らないと恥ずかしいですよね。

伊藤　ほんとうは賞はそういうものですよね。単に名前をかぶせているんじゃなくてね。

これは最初、賞をつくるときに馬場あき子さんが、やっぱりそういうことをやったほうがいいよということでね、とってもよかったですよね。

小島　そうですね。毎回講演があるじゃないですか、選考委員の方のね。それもまた素晴らしくてね。

伊藤　そうですね。

小島　牧水の自然観というんですかね。それはやっぱり、牧水賞をいただいてあらためて知りました。『秀歌撰』なんか読んでいましたけども、どうしても恋愛の歌とか、派手な歌のほうに目が行っていました。受賞を機に『若山牧水全集』も買いましたし、そして読み直してみたときに、牧水の作品のなかに出てくる自然へのまなざし、特に大きな自然だけじゃなくて、小さな自然へのまなざしというのに気付きました。

伊藤　小島さんは講演でも話されたし、書かれてもいましたけれどもね、その小さな自然、自然の小さな部分に目をやるのは、牧水の大事なところだとおっしゃったのはとても印象に残っていますね。

小島　全集を読んで初めてそのことに気付きました。

牧水って、あの沼津の千本松原伐採に反対運動をしましたでしょ。あのときも美しい松じゃなくて、大事なのは…

伊藤　そう。灌木や下草が大事だという。

小島　そうですよね。むしろ雑木というものが大事なんだというのを、自然の循環のなかですごく語っていますよね。ああいうのにはやっぱり目を開かれる。

いまの自然、まあエコなんて言っちゃうと軽いですけど、そういうのの、先駆的な人が、やっぱり牧水と日本野鳥の会の中西悟堂さんですかね。やっぱりこの二人だなと思っています。

牧水を経由して中西さんのものもずいぶん読みました。二人に対する敬意が牧水賞をきっかけにすごく芽生えたというか、自分のなかで大事なものとなりました。

伊藤　小島さんの小さなところに目を注ぐという姿勢は、牧水を読まれてのことかもしれないけど、本質的にすごくある。受賞のときの牧水論が印象に残っているんですよ。僕は大きな自然にあこがれる牧水を思っていたけど、身の回りの小さな自然に。

小島　すぐそこにあるもの、そういうものへの愛がとても牧水は強くて、それを読むと豊かな気持ちになる。都会にいると自然がないと、みなさんおっしゃいます。もちろんそれはそのとおりなんですけど、ちょっと注意深く見ると…

伊藤　お日さまがあって、お月さまがあって、どんなところにも木や草はあるわけだからね。

小島　選歌というのは、最終的には好き嫌いじゃないですか。申しわけないなと思うのは、人事や心理の苦さをやりとりするような歌には私はあんまり気持ちが向かない。

伊藤　僕のほうがわりと人事の歌を採っているかもしれないな。

小島　伊藤さんは人間的な温かい歌を採られますよね。私は犬の足跡を見たりとか、そういう歌が好きなんです。そういうところを見ている人が好きなんですよね、やっぱり。何でもないような犬のしっぽの歌とか、気分の歌とか。

伊藤　小島さんが牧水について書いたり話したりしていて

すごく印象に残っているのを、今日ちょっと持ってきたんだけどね。それは寺山修司さんの「海を知らぬ少女の前に麦藁帽のわれは両手をひろげていたり」という歌。この歌について、「海を知らない少女がもし海を知ったら、海の圧倒的な魅力の前で、少年の自分の存在はたちまちちっぽけなものになってしまうから、少年は少女に海を見せまいとして、とおせんぼしているという解釈も成り立つ」と。

そのとき牧水の「君かりにかのわだつみに思はれて言ひよられなばいかにしたまふ」という歌を持ち出して、この歌と比較して、「恋人と海と自分との三角関係において、牧水の歌と寺山修司の歌はたいへん似ている。しかし似ていながらどこかが違う。祈るように恋人を見詰める牧水と、とおせんぼする修司。幼少期にすでに深い心の傷を負った修司の、少年ながらに屈折した心を思わせる行動に対して、見詰めるだけの牧水のまなざしは切なく優しく澄み渡る」これ、とても印象に残っているんですよ。そうやって思うと、この寺山の歌は解釈が、二通り、三通りあるんだけど。

小島　私はシンプルに、思春期のある賛歌みたいにずっと読んでいたんですけど。

伊藤　海はこんなに広いんだよという意味で手を広げたというね。

小島　ええ。ところがあるところで、私が引用させていただいた解釈をされている方が何人かいらして、あ、そんな読み方もあるんだということを思いました。

真相はよくわからないし、おそらくは思春期の賛歌のほうに近いとは思うんですけど、ただ歌というのはいろんな読み方ができて面白いなと思いましたよね。

伊藤　両方の気持ちがあると思うんですね。海はこんなに大きいよと言いながら、その海を見せたくないという気持ち。人間はそういう二面性、あるいは三面性があるから、たぶん両方の気持ちが働いているんだと思う。メジャーなほうの気持ちは、こんなに広いんだよと言うけども、いや、でも、こんな広い大きな海を見せたら、自分なんかちっぽけに見えるんじゃないか。そのマイナーなほうの気持ちもあったので、両方解釈できて面白いんじゃないかと思ってね。

小島　特に少年というのはやっぱり、とても屈折していますよね、ある意味で。青年よりもナイーブな部分があるので、そう思ったんですけど。

伊藤　寺山修司のこの一首と、牧水のあの一首とを結び付けるというのはたぶん誰も言ったことのない解釈ですごく面白かったですよね。そういう自然観が。

何歳になっても未知

伊藤　さっきお父さまの介護の話が出たけど、宮崎県で若山牧水賞を一所懸命やると同時に、もう一つ「老いて歌おう」の世界を充実させることが大事だと思っているんです。つまり全国で最も優れた歌人の歌集に賞を贈るということと同時に、一方で、まったく有名な歌人ではない人たち、特に心身に障害や故障があって、いろいろつらい思いをしている人たちの声を聞く。宮崎は「老いて歌おう」と二つあってバランスが取れると思っているんですね。小島さんは「老いて歌おう」の大会にも来ていただいたことがあるし。

小島　いい大会でしたね。

伊藤　両方にかかわっていただいているんですけど、どうですか、介護する人の短歌。僕がやっている「老いて歌おう」は介護されている人の短歌なんですけれどもね。

小島　難しいと思いますけれども、これから大きなテーマになるんじゃないかという気はしていますよね。

　穂村弘さんが、このあいだある雑誌の座談会のときに、考えてみれば子育ての歌があるんだから、介護の歌は当然テーマとしてあってもいいんじゃないかというようなことをちらっと言ってくださって、たいへん力を得たんです。

　ただ実際には、やっぱり愛情がなければ歌えないし、その愛情がある故に自分の歌が見えなくなってしまうというのがあります。子育ての歌がそうですよね。子育ての歌は河野裕子さんにずいぶん教えられましたね。母親のべたべたの愛ではなくて、子どもそのものを見詰める歌というものをずいぶん教わりました、あの歌をとおしてね。

　でも介護の歌というのは、歴史がまだないのでチャレンジだなというふうに思っています。

伊藤　僕は特に、介護される人の声をやっぱり聞きたい、あるいはその人たちに声を出してもらいたい。

　いま高齢者の人たちは人に迷惑をかけちゃいけないという考え方で生きてきた人たち。だからすごく我慢して、自分が辛抱すればいいというふうに思われる方が多いですよね。その人たちに声を出していただこうと思っています。

小島　私このごろよく思うんですけど、何歳になっても、まだ五十代でそんなことを言ってはいけないんですけど、何歳になっても未知なんですよね。

　常に明日とか、例えば五十二歳のときには、五十三歳の自分というのは未知で、なってみたらほんとうに未知で。その未知の連続で、父なんかを見ていても、まさか自分がこういう生活とか、こういうふうになるとは思いもよらないことなので、まさに未知の日々をいま生きているなと思うんですね。

　歌はもう千三百年の歴史があって、過去にいい歌がいっぱいあるのに、なんで私なんかが歌うんだろと思うけど、やっぱり自分自身が未知に向かって生きているので歌い続けられるし、何歳の方でもすごく新しい歌が、その方にとっての未知に向かう声ですよね。

　いまおっしゃったように、伊藤さんの長年やってこられているお仕事はたいへん尊敬しているので、何とか少しは見習いたいと思って。

伊藤　いつも「老いて歌おう」をたくさん買ってくださってね、事務局は感謝しています。

小島　たまたま私の父が、いま入所しているホームで俳句をやっている人がいるので。
伊藤　それをこの前「桟橋」で書いておられたので、ぜひその話を聞きたいと思っています。
小島　月に一回なんですけど、その俳句会でちょっと指導というか……
伊藤　行かれているわけでしょう。その話をもうちょっと聞かせてよ。僕、非常に関心があるので。
小島　なぜかわからないんですけれども、父が突然俳句をはじめまして。
伊藤　お父さんは若いときから文学がお好きだったとか？
小島　まったく。本を読むのは好きでしたけども、まったくで。退職してからしばらく、歌をつくったらなんていって、見てあげたこともあったんですけど、それもやめてしまって、まったくそういう世界とは無関係だったんですよ。
　ところが、私は父とともに過ごす時間が長いので、いろんな本を持ち込んで、父が寝ているときに読んでいたりしていたんです。そのうちに何となく、俳句をやっている人たちがホームにいらっしゃるというようなことをちらっと耳にして、それで「お父さんどう、俳句なんかも面白いよ」といって、俳句の本なんかを持ち込んでいたんです。そしたらいつの間にか作り始めていて（笑）。
　ホームの俳句会は女性ばかりなんですけれども、ほんとうにご親切なんですね。うちの父親だけかなりひどいんですけど、それでも快く仲間に入れてくださって、お守りですよね。お守りをしてくださるんですよ。それで、そんな感謝の気持ちもあって、ちょっと毎月伺ってますね。
伊藤　みんな喜ばれるでしょう。
小島　そうですね。ほんとに喜んでくださって、待っててくださって。だから、仕事で前の月、行けなかったときには二カ月ぶんを見たりして。やっぱりお一人お一人、この句がどうやって生まれたかというのをずっと聞いていくんですね。
伊藤　うん、そう。それが大事ですよね。
小島　そうすると、社会的、世間的には、もうお名前はべつにどうだっていいみたいな、そういう立場になってしまわれているような方だと思うんですけども、それがやっぱり一人一人、これまでの生きてきた時間のなかから、すごくいろんな記憶がよみがえってきて、いろんな話をされるんですね。そこから俳句が生まれてきて。俳句よりもその話のほうが長いんですけど（笑）。
伊藤　それが大事なんだな。いや、ほんとうにね、グループカウンセリングと言っていい場面ですよね。どんな思いで歌われたのか聞いていると、いろんな話が出てきますよね。
小島　そうなんですね。
伊藤　例えば年の瀬の歌が出てくるじゃないですか。そうすると、みなさん、小さいときはどんな暮らしでしたかとか、お正月はどう過ごされましたかとか聞くとね、日ごろ黙っている人が、いろんな話をされるんです。職員さんがびっくりするんですよ。「ええっ、あの人、ちゃんと話ができるんだ」って。ただの認知症の高齢者と思っていたら、実は違っていたということがよくあります。

小島　とんでもないですよね。ホームは西東京市ですけど、古里はいろんな地方の方だったりするんですね。そうすると地方のお料理のお鍋のつくり方とか、小さいころのお正月の過ごし方とか、いろんな話が出てきて、ほんとうに面白い。そのうちに「実は先生、私、俳句より短歌のほうが興味があったので、短歌も見てほしい」という方があらわれて、いま短歌をつくってこられる方もあって。あんなに歓迎してくださるというのがすごくありがたいですね。

伊藤　そうですね。僕ももう十二、三年になるかな、毎月、いまでも行って、楽しいですよ。

小島　楽しいですね。

伊藤　それにしてもお父さんの俳句はすごいなと思ってね。「孤独なる父にも父の日は来たり」。これ、ゆかりさんがつくった俳句じゃないかと。すごくいい句ですよね。

小島　おそらく、父の句の多くは私が持っていった本のなかから一部失敬しているだろうし、なかにはすっかり失敬しているものもあるかもしれない。

時々得意になって見せられたら、それは私が前に俳句吟行会でつくっていた、私の句だったりもするんですよね(笑)。それでもいいと思うんですね。何か言葉との出合いがそこであるなら。

伊藤　「老いて歌おう」のなかにも「東海の小島の磯の白砂にわれ泣きぬれて蟹とたはむる」とかね、けっこうあるんですね(笑)盗作というにはあまりにも有名な歌をやりすぎていると思うけど、自分の歌と思っておられるのか、愛唱歌を書いて送るというふうに勘違いされたのかね。

小島　ええ。まあ、そうでしょうね。私の父はまったく、盗作ということすらもわからないようになっていますから、おそらくノートに一所懸命書いて、それを自分の作品のように思い込んだりしているのだろうと。

伊藤　それからまたこれね、「二Bで描く大根の断面図」。

小島　あ、それはオリジナルらしいですね。

伊藤　これ、すごいオリジナルのいい句ですよね。

小島　それは面白いですよね。

認知症になってホームに入ってみたら、いままでできたことはすごくできなくなったんですけど、これまでできなかったことでできるようになったこともたくさんあるんです。いままで絵を描くなんてことはしなかったんですよ。

時間が長いのと、いろんな集まりがあるんですね。ちょっと絵を描いてみましょうとか、ちょっと俳句をつくってみましょう。そういうのに積極的に付き添って出るようにしたら絵も描くようになって。だから、できなくなったことはいっぱいありますけど、できるようになったことも。

で、身近にほとんど何もないので大根を描いたりとか。

伊藤 「桟橋」に書かれたこの「小さな奇跡」という文章を読んでね。

小島 奇跡だと思いましたね、ほんとに。

でもそれもほんとに短期間のことで、そのあとパーキンソン病が出てしまいました。いまは随意運動というのがどんどんだめになっているので。

伊藤 僕はスクールカウンセリングをずっとやってます。自分はほんとに愛されて育ったと冒頭におっしゃったけど、親は愛しているんだけど、子どもが愛されているという実感を持たなければ意味がないんですよね。

親は愛しているつもりでも、過剰な期待は虐待の始まりでね。小島さんのように、自分は愛されて育ったと感じる子どもは一生幸せだし。

小島 そうですね。

伊藤 小島さんはだからいろいろ困難があっても、それをしのいでいけた。

遠足の日に入園

小島 私はほんとうに出会いに恵まれていると思います。生まれたときに両親と出会っていますよね。とても幸せでしたし、私は一人っ子ですけども、母が自分の妹とたいへん仲良しで、叔母の家と家族ぐるみで仲良しで隣同士で住んでいたんですね。そこに一つ上の男の子のいとこがいて、だから一人っ子なのに兄もいて、しかもお父さん二人、お母さん二人いるような状態でずっと育ったんですね。

なんでと言われるとよくわからないですけど、自分がとても愛されているという実感がすごくあって。

伊藤 両親プラスアルファ。

小島 叔父、叔母、いとこですね。

時代がよかったですから、昭和三十年代が幼少期。日本という国の最もいい時代だと思います。

学校時代は友だちにも恵まれ、先生との出会いもいい出会いがたくさんあって、過去を振り返ったときに、思春期あたりにほんとうに明るい日差しが差し込んでいて、それがいまでも自分を支えてくれるという気がしますね。

一番初めの記憶というのが……

伊藤 あ、それをこのシリーズではいつも聞いているんです。その人が記憶しているなかで一番古い記憶。小島さんはどうですか。

小島 たぶんこれだと思うんです。母に聞くと、それは二歳半ぐらいだと言うんですけども、両親と初めて家族旅行に行ったらしいんですよ。

伊藤 どこに。

小島 志賀高原とか磐梯山とか、あのへんらしい。子どもだからどこだかはっきりわからないんですけども。

そのときにシェパードの山岳救助犬がいたんです。大きいシェパードで、私の三倍ぐらいの体だったと思うんですけど、そのシェパードが実によく訓練されていた。私は小さいときから犬が大好きで、すすっと寄っていったんですね。そしたら大きなシェパードが伏せの姿勢をとったんです。その犬にドロップをあげたらそのドロップをうれしそうに犬が食べたというのが、ほんとうにはっきりと覚えている最初の記憶です。

犬好きはそれで大きく助長されて、身体が大きい動物相手でも全然怖くない意識がそのときに植え付けられました。それがよくなくて、いまでも自然動物園なんかに行くと、ここから先は行っちゃいけませんと言われているのに、無我夢中になってヒョウに触って係員に注意されたり。

伊藤　え？ヒョウ？

小島　なんか夢中になってしまって。上の子の就職が決まったお祝いに和歌山の南紀白浜アドベンチャーワールドに行ったんです。

そこで訓練された動物だけのパレードがあるんですね。そのときヒョウもいて、ヒョウは檻の中のしか見たことがない。あとはジャングルバスか何かに乗って見るか、ビデオとか映像ですよね。でも生ヒョウさんがパレードで馬車みたいなのに乗ってきたんですよ。そしたらもう美しくて、いとしくて、もうほんとうに。こういう人が嚙まれるんだと思うんですけど、我を忘れてしまって、係員さんが「ここまでです」と言っていたのに、すうっと前に出て触ってしまったんです。そしたら「お客さん」と注意されてしまって。娘に「お母さん、もうやめてちょうだい」と（笑）。

なんかそうして、怖くなく行っちゃうんですよね。それはいまでもいけないなと思う。

伊藤　いかにも小島さんらしいね。たとえいくら訓練されていたにしても、ちょっと尻込みしたり、おずおずするのに、すっと行ってしまうところはやっぱり、小島ゆかりのゆかりたる由縁だな。

小島　なんか、自然のものというのは、動物もそうですけど、フォルムというか、やっぱりすごいですよね。かたちとか模様とか顔とか、なんであんなに美しく豊かなんだろう。何を見てもそう思うんです。だからついつい、つつっと行っちゃうんですね。それが今後大きな失敗にならなきゃいいんですが（笑）。

伊藤　いやいや、大丈夫。

小島　時代がよかったせいで、いろんな小さいときの思い出がたくさん。

伊藤　そういう思い出で、これまで書かれたものでもいいし、どんな小さなことでもいいから、僕もぜひ思い出を聞きたい気がします。

小島　隣同士でいとこと住んでいたんですね。いとこは一つ上なので、いつも遊んでいた大好きないとこが幼稚園に行き出したんですよ。それで寂しかったのもあるんですけど、あるときね、いとこが、幼稚園の遠足でリュックサックとかお弁当とか準備していて、それがうらやましくてたまらなくて、どうしても自分も行くと言い出して、きかなくなったの。
伊藤　まだ自分は幼稚園に行っていないわけでしょ。
小島　行っていないんです。遠足の日から幼稚園に入ったんです（笑）。
伊藤　すごいね。
小島　のどかな時代なので、叔母が幼稚園の先生に頼んでくれて、いとこでどうしても行きたいと言っているから一緒に行かせてくれ、と。ですから三年保育の最初からじゃなくて、遠足の日から、春の遠足の、五月ぐらいだと思いますけど、遠足の日から入れてもらって。いいよと、そのときはすぐ言ってくれて入ったんですよ。もう大喜びで遠足の日に行って。
　ところが、毎日遠足じゃなかったんですよ（笑）。翌日から普通の集団生活。それまでは一人っ子で、いとこと仲良しで好き放題やっていたでしょ。もう行きたくないんですよ。それで、幼稚園に行きたくない、行きたくないと言うと、母がそのとき怒ってね。「そんなことは許さない。自分があれだけ行きたいと言って、人を煩わせて、叔母さんにあんなに頼んで、先生にも迷惑かけて、絶対許さない」と言って。
　そしたら毎日電信柱に抱きついて、嫌だ、嫌だって。あのころは母も忍耐強くて、じっと待っているんですね、行くまで。そうするともう根負けして。
　母は仕事を持っていませんでしたから、ちゃんと幼稚園に送り届けて、そうするとまた幼稚園の入り口で泣きますよね。そうすると泣きやむまで待つんですね。泣きやむと帰るということを、毎日それの繰り返しで。
伊藤　素晴らしいお母さんだな。
小島　さすがに私もね、これだけ母に手間をかけちゃいかんなと思うようになって、まあ普通に行けるようになって。そしたら、気持ちが前向きになると楽しくなるのね。行きたくないと思っているうちは楽しくないんですよ。行こうとなったら楽しくなって、だからすごくユニークな幼稚園の入り方。
伊藤　遠足の日から入って（笑）。
小島　そんなのもあって、やっぱり自分はほんとうに幸せで、いま思えば、そのころから行き当たりばったりの人生だったなと。
伊藤　いやいや。計画的じゃないですか。遠足に行って。でも翌日からは考えていなかったんだ。
小島　そう。まさか翌日遠足じゃないとは思わなかったんですよね。毎日遠足かと思ってね。
伊藤　小島さんらしいな。
小島　一人っ子だから、甘えて傲慢な人間になっちゃいけないということで、小学校の四年生ぐらいのときにガールスカウトの下の、ガールスカウトジュニアみたいな、ブラウニーという団体に入れられたんですね。それは土日などに必ず奉仕活動をするんです。

伊藤　僕も中学のときにボーイスカウトをやったから、奉仕活動とかしましたよ。

小島　奉仕活動はべつに面白くもないんですけど、ガールスカウトに入れてもらったことによって、女性の先輩と一緒にキャンプをしたり、暮らしたり、山を登るときに、いろんなひもの結び方を教わったり。誰かが迷ったときにみんなの力で助けてあげるとか、女性だけのキャンプがすごい楽しかったんですね。そこではいい出会いがたくさんありました。

小学校のとき、私はわりと勉強ができたんです。いまはだめですけど。

小学校一、二年なんていうのは、保護者会とか、親が面談に行っても、まあ褒められていたんですけど、三年生のときの担任の先生が素晴らしい先生で、母が行ったときに、「ゆかりはいい子だし、いろんなことができる。勉強もできるし、友だちにも人気がある。ただね、お掃除のときにぞうきんが汚い、臭いと言ってぞうきんを持たない。これが気になる」というふうに言われたんですね。

帰ってきた母にすごくしかられてね。「あなたはみんなのお掃除なのに」と、とってもしかられたの。学校のぞうきんは給食の牛乳をこぼしたのをふいたりして、すごい臭い。家ではけっこう母は厳しかったんですけど、家のぞうきんとはまた違って、一段と臭いでしょ。それでたしかに嫌だったんですよ。

そのことを先生に言われたときに、見つかっちゃたなという気持ちと、一方で、あ、先生というのはこんな小さなことまで見ていてくれるんだというようなことを思いました。しかられたことに対する恨みより、むしろ先生に対する尊敬というんですかね。それで、その次の日からは、絶対ぞうきんを率先してやるようにした。

母がさらにその先生に、この子は一人っ子なので協調性といったものが気になると相談したんです。そしたら、どうも外で遊んだり運動するのは好きなようなので、球技のクラブ活動に入れたらどうだというふうにアドバイスしてくださった。その先生がソフトボール部の顧問だったんですね。それでソフトボール部に、「ゆかり来ないか」と言ってくれて入ったんですよ。そしたらもう、球技の面白いこと、面白いこと。それから延々、大学までずっと（笑）。

伊藤　運動はだいたい得意だったんでしょ？

小島　得意というか、特に球技が好きでした。みんなでやるスポーツでしょ。みんなでやることによって、どうでもいいようなことに、みんなで大喜びする瞬間とか、みんなで落胆する瞬間とかがありますでしょ。あれのすごさに心を打たれました。

それまで学級委員をやったり、そこそこ勉強ができたりしたので、ちょっといい気になっていたところがあったんですね。ですが運動クラブに入ってみたら、私なんかそんなに優れた運動神経じゃないですから、友だちがかっこいいシュートをするために、友だちがいいスパイクを打つために、私は常に友だちのために何かやるという役割になった。その時に自分をもう一回客観的に見ることができるようになって、逆に新鮮でうれしかった。そんな経験が球技を通じてできました。

伊藤　学級で中心、勉強でもリーダー的な人は、やっぱり部活でもそういう評価やポジションを求めることが多いんですよ。ある意味じゃ、わがままになって。でも小島さんは逆に、部活に行ったときには、自分が今度は主役の輝く人たちを助ける役割になったのは新鮮でね。そのとらえ方が素晴らしいですよ。

小島　常に私は中継ぎですね。ボールを回すとか。

でもね、自分がそういう役割になったために、ほんとうに親友ができた。学級委員なんかやっていると、スポーツで輝いている友だちは、自分では友だちのつもりでいても、彼女はクラスのことでは私の影の役割をしていたんだなということが、スポーツをやったらわかった。

球技のほうではその友だちがスターだから、私がその人のためにパスを回してあげると「ゆかりのパス、すごいよかったよ」とか言ってくれる。初めて本当の友だちになれるというんですか。そのことがわかって、運動しながらだから身体でわかって、すごい喜びでしたね。それで病みつきでずっと球技。バスケット部にもいました、こんなちっちゃいのに(笑)。

伊藤　僕はカウンセラーだからそういう話をするんだけど、教育の世界では自己肯定感、カウンセリングの世界では自己受容といいます。自己受容ができているとそのグループのなかで、人を助ける、人を輝かせる、影のような存在になっても充実しているんですよね。

小島さんは本物の自信を持っている。それはやっぱりすごく愛されているから。

小島　まあ、おめでたい感じです(笑)。

伊藤　人に愛されなければ自信はできませんよ。

小島　あ、そうかも。

伊藤　自信は自分でつくれないんですよ。誰かに愛されて初めて自信はできる、人に愛されないと自信というのは出てこない。パラドックスみたいですが。自分の自信だから自分でつくれそうに思うけどもそうじゃないんです。

小島　そうかもしれないですね。

伊藤　その意味で小島さんは両親、それからその近くの叔父さんたちにやっぱりすごく愛されたから。

小島　先生が指摘をしてくれたのだって愛情を持って見てくれたからこそだし。部活動で得た友だちというのも、親からの愛、先生からの愛、親せきからの愛とはまた違う、別種のもの。友人というのは愛情でしょ。「ほんとうにこの人と自分は親友だ」みたいな人が何人もできたときの自信というんですかね、それは生きていくうえでたいへんな力ですね。

掛け替えのない瞬間を

伊藤 そういう自信のある人が文学をやるかといったら、あまりやらない。
小島 全然やらなかった。
伊藤 現実生活に充分適合して、もうそれだけでいっぱい喜びがあるわけじゃないですか。
小島 はい。
伊藤 文学というと何かちょっと、自閉的になったりとか、そういう人が文学とか哲学をやるとかね。小島さんがそういう意味では…
小島 悩みもなく(笑)。
伊藤 生きている限り悩みはあるんだけど、ある意味では文学をやらなくても充分生きていける。そういう面があったのに、短歌とか文学とかいう方面に行かれたのは何がきっかけだったんだろう?
小島 いやあ、自分でもよくわからないですけどね(笑)。ただ、スポーツしている時間が楽しいとか、自分は幸せだなとかいう気持ちの一方で、何とも言えない何か不思議な感じがするというんですか。空を見たり、雲を見たりは大好きだったのですが、そんなのを見てると不思議な感じがやってくる。自分はどこから来たんだろうとか、自分は何だろうとか。

生きるというのはどういうことだろうとか、自分の感情というんですか。出どころがわからない感情があるでしょう。例えば季節によっても、何となく夏の夕暮れ、夏の夜なんか、ちょっと涼しかったりすると感傷的になったりとか、春の夕暮れとか、それから明るいところよりも夜の闇の中で何とも言えない安堵感が来たりとか、そういう出どころがわからない、この感情とか感覚というのは何だろうとか、そういうことを漠然と考えていました。なぜ自分はこんなに雲を見ると心が安らぐんだろうとか。
伊藤 いまの小島さんの作品を見てそれはよくわかりますよ。実に豊かで鋭い感性を持っておられるから。先ほどのような学校生活を過ごしながらも、いろんなことを感じ、覚え、考えておられて、そういうものがいっぱい心にあったと思うんですね。
小島 自分がいて他者がいるということの不思議とか、愛情というものの不思議とか、そういうのは何となく漠然と思っていました。

でもまあ、直接のきっかけはやっぱり大学時代ですね。私はもうほんとうに能天気で遊び回っていて、ふと気付くと三年生になっていて専門課程を選ばなきゃいけない。消去法で国文科に行ってみたら、みんな夢とか目標を持っているんですよね。自分はそういうのが何もなくて、すごいコンプレックスになった。それに人が話していることがよくわからない。みんないろんなものを読んでいるし。

伊藤　いやいや、僕もそうだったけど、読んでいないのに読んでいるふりをするというのが（笑）。人に負けまいとしてね。

小島　それでもう愕然として、何か読まなくてはと思って、お金もないし古本屋巡りをしました。何かに出会いたくて。それで訳詩集に出合って、羞恥心のあるような文語の美しさにひかれて、そのあと短歌ですね。『宮柊二の世界』、それからやっぱり一番大きな力を与えてもらったのは、高野公彦さんとの出会いだと思いますね。

伊藤　ちょっと高野さんの話に行く前に。現実生活に充分適応して楽しく過ごしていた小島さんがどうして短歌を作ったのかという話をもう少し。人間は自然を含めて、外界に対する関心、好奇心がすごく強いじゃないですか。

小島　そうですね。

伊藤　それがいまでも小島さんの歌の根底にあるなと思ってるんです。表現のかたちで結実させる何かだったろうと思うんですけどもね。

小島　さっきも言いましたけど、犬はなんていい形をしているんだろうとか、なんでこの花はこういう形なんだろうといったことはよく思いました。もう一つ人間の感情ということで言うと、ものすごくささやかなことがなんでこんなにうれしいんだろうとかね。友だちがいて、自分がいて、一緒に笑っている瞬間に、ふとそれを違うところから見ている自分が意識される。「この掛け替えのない瞬間をどうしてくれよう」（笑）みたいな、そういう感じはよくありましたね。

　それを逃したくないんだけど時間は過ぎていっちゃうでしょう。そのことがもったいない。いまこの瞬間、この掛け替えのない瞬間が「ああ過ぎちゃう」って。過ぎちゃうのを惜しむ自分というのは、生きていくなかでいろんな時期にありましたね。

　それは恋愛したり、結婚したり、子育てしたり。特に子育てしていた時期に一番「ああ、この瞬間がいま過ぎていく、過ぎていく。これを抱き締めていたい」みたいな感じを抱いていました。

伊藤　一つは、自分に対して否定的、懐疑的なところから生まれる文学があるじゃないですか。反対にそうでない文学もある。小島さんの場合はそういう自己否定とか、自己に対する懐疑と違うところから文学が出ていると思うんですよね。

　牧水もそうだと思うんです。牧水も恋愛を除いては何も不幸はなくて、ほんとに両親に愛されて、豊かな自然を体験していた。じゃあなんで文学をやらなければいけないか、そういう問いが牧水に対してもあるんですよね。

　牧水も無限のかなたからやってきて、無限のかなたに去っていく有限のいのちを持った自己という存在をいとおしみ、自然と出合っていく。そういう意味では小島さんの明るさと、牧水の明るさはどこかで通じるところがあるかなと思っているんです。

小島　ああ、それはうれしい（笑）。

第一歌集、第二歌集の頃は、当然ですけど、よく読んでくださる方からの批判がありました。抵抗感や否定精神がなぜもっとないのかといったことを言われました。それを自分に問いかけるんですよね、やっぱり。

ないわけはないだろう、と（笑）。生きている以上、やっぱり悲しいこと、つらいこともあります。人をうらやんだりとか、ある瞬間、瞬間でのこの世への抵抗感というのがあるに違いないんです。けどうまくそれを歌えないというか、自分が歌をつくりたいという気持ちが、そういうものとなかなか結び付かないんですね。

歌いたいものを歌いたいというのが基本的にあって、満遍なくすべてを歌いたいわけじゃない。歌いたいという欲求が、ばあっと身体に上ってきますよね。その抵抗感とかは、歌いたい対象にあまりならないんです。ただ、悲しみとか、自分が苦しんでいる姿は歌っているんじゃないかなと思っているんですけどね。

高野公彦との出会い

伊藤　そういう小島さんの才能を見いだして、この人を育てようと思ったのが高野公彦さん。

小島　そうですね。

伊藤　出会いはコスモス短歌会に入られて？

小島　そうです。私がコスモスに入った時は、高野さんはほんとうに雲の上の人でした。出会いがあるというようなことは夢にも思っていませんでした。ちょうどそんな時に、高野さんの歌集『水木』が出ました。高野さんはコスモスの編集部で書評の割り当てをしていらしたんですね。それで『水木』の書評が私に当たりました。

伊藤　高野さんは希望したんだな、小島さんに書いてもらおうと。

小島　いや、どの程度か書かせてみようという気持ちじゃないですか（笑）。それで書いたんですね。そしたらそのあとすぐにお手紙が来たんです。ちょうどコスモスの中で「桟橋」という同人誌を作ろうという時期でした。

手紙は、女性の方、特に主婦、家庭を持っている方はいろんな事情があるので、短歌を趣味程度でよろしいというならばべつに無理にとは言わないけども、もし歌を本気で好きでやろうという気持ちがあるならば、「桟橋」で一緒にやりませんかという内容でした。

伊藤　ほお、高野さんらしい手紙だね。

小島　それなら何日の何時にここに来てください。「桟橋」の編集会議をやるから、やる気があるならぜひとも参加してほしい、創刊号に参加してほしいということでした。

伊藤　日ごろから小島さんの歌を見て、期待をしておられたわけだね。

小島　うん、けどいまのままじゃ物足りないというお気持ちだったらしいんですね。高野公彦さんからお手紙をもらって、とても断る勇気は…（笑）。
伊藤　あの魅力のある文字でね。
小島　そうそう。とても断る勇気はない。それでおっかなびっくりで出かけたのが出会いですね。
伊藤　それは何歳ぐらいのときですか。
小島　えっと、結婚してしばらくして、二十六、二十七歳ぐらいだったと思いますね。
「棧橋」の創刊に参加することになって、創刊号の巻頭作品を出せと言われました。そこからもう、出したら二回ぐらい返ってくるんですよ。
伊藤　高野さんが注文を付けてくるわけ？
小島　最初に返ってきたときは、何も書いてなくて、ただそのまま返ってくるんですよ（笑）。
伊藤　何、どういうこと？
小島　これは怖い。何も書いてない（笑）。
伊藤　何もなく返ってくるというのは、つくり直せということ？
小島　だろうと思ってそれでまた出したんですね。
伊藤　じゃあつくり替えて？
小島　つくり替えて出したんです。そうしたらいくつかに丸が付いて、また返ってきたんですね。それで、あ、丸が付いているのはいいんだろう。この丸が付いた部分はいいんだろうと思って、あとのをまた変えて出したんですね。
そうしたら、何日に「棧橋」の編集の最後の校正をみんな集まってやるから、その日に原稿を持っていらっしゃいと言われて、三回目の原稿を持っていったんですね。そしたら、みなさんのやっているところとは違う席で高野さんが原稿を見てくださった。それで、最終的に三つぐらいにチェックが入って、これをこの場で直せと。
伊藤　まだ合格じゃなかったんだ（笑）。
小島　そこで初めて、「ここのこういうところが気になる」というふうに言われて、直せと。「長い時間ここでやっていますから、直して、最終的にそこに入れなさい」と言われました。もう泣きそうですよ（笑）もうほんとうにその場でね。編集委員といったって先輩ばっかりで、どきどきしてたんです。その場で直して、入れて、それで何とかオーケーが出たんですけど。
その時はこんなに厳しいんだと思って、ちょっと尻込みしたんです。ただ、そのときに見た高野さんの歌への執念というんですか。ここまでやるんだみたいなことと、私のようなものの歌にこれだけ時間を使ってくださるということへの驚きとか感謝で胸がいっぱいになって、絶対にこれはやるぞという気持ちになりましたね。
あとはまあ、第一歌集を出すときに。
伊藤　『水陽炎』のときの。
小島　コスモスは宮先生の方針などもあって、入会してから十年ぐらいは一所懸命やる期間なので、十年ぐらいたって初めて第一歌集オーケーぐらいの感じがあったんですね。
ところが、コスモス新鋭叢書というのをやることになったんです。何人か先輩が出すんですけど、新鋭叢書というからには、やっぱり対外的にも若い人を入れようということになったみたいです。そこで、高野さんが最後にあなたを入れたいので出すようにと言われたんです。でも歌集にするには歌が足りないんですよ、全然。
そのとき妊娠していたんですね。そしたら、生むまで待っているので妊娠中の歌と生んでからの歌を五十首ぐらい作って、それで第一歌集に入れろと。そのとき、入会して七年目だったんですね。
そのころ名古屋の主人の父親の介護をしていた時期でもあるんです。

伊藤 お義父さんの介護の歌ね。印象に残っていますよ。

小島 歌集の原稿を持って大きなおなかで名古屋に通いつつ、生まれるのを待って、新作を五十首つくって、それで第一歌集にしました。そのときも全部の作品を高野さんが見てくれて、細やかにチェックが入ったんですね。文法的な間違いとか。

伊藤 それはいい勉強になりましたね。

小島 そのときに、歌に対する気合いというんですか、たたき直されました。でも残念ながら第二歌集は期待していたらまったく見てくれず(笑)。

伊藤 僕が最初に小島さんのことを知ったのは、その『水陽炎』だったです。大岡信さんが「花神」という季刊の雑誌をやっていてね。あれで僕は歌集評をやって、そのとき初めて小島さんの歌を読んで、何か書いたんですね。
お義父さんを介護しながら自分の若さを憎むという歌があって、この人は若いのにすごい歌をつくるんだなと思ったのを覚えていますけどね。

小島 ありがとうございます。あのころはほんとうに、介護と出産と子育てと第一歌集とで、もう何だかわけがわからないような感じでしたけどね。
でも、希望を与えてもらって、こんなに早く歌集が出せるんだというような、びっくり仰天で。
ことが進むときにとてもいい出会いと、人がぐっと押してくれるというんですか。それによって前へ、ぱっと走れるということがありますね。ほんとうに高野さんには感謝しています。
初めのうちはそうでもなかったんですけど、『希望』でいい賞をいただいたころから自分のなかではっきりと、一生に一度、これだけは絶対やらなきゃという仕事として、『高野公彦の歌』を書きました。
これは絶対心を込めて全力で書くんだということを決めていました。内容はともかく、書くことができてよかったなと思いました。

伊藤 ほんとうにいい本でした。いっぱい教えられた高野公彦論でね。

小島　いえいえ。敬意と感謝を込めた一冊で。やっぱり歌集もそうですけど、最終的には自分のためですね。

伊藤　自分が納得する表現世界をつくりたいということですね。

小島　うん。仕事をきちんとしたいということでした。

伊藤　僕なんかもやっぱり、高野公彦さんというのはずっと尊敬している歌人でね、いつもその作品からいっぱい影響を受けてきて、勉強してきた歌人です。素晴らしいですよね、歌も論もね。

小島　みなさんそうかもしれないですけども、高野さんに厳しく教えられたために、逆に、歌ってこんなに面白いのかということがわかったんですよね。

それまでけっこういいかげんに、家庭を大事にしたいという気持ちもあったし、仕事をしているときは仕事を一所懸命やりたいとか、そういうタイプなので、そんなに全力で歌はやっていなかったんですね。ちょっと趣味的にやっていたんです。

高野さんと出会って、歌の本当の面白さというか、歌ってこういうもんなんだという入り口が見えて、そこから歌にのめり込んでいったという感じですね。それがなければ歌の本当の面白さには出合えなかったので、それも含めてすごく感謝しています。

伊藤　一つのターニングポイントは『獅子座流星群』ですか。

小島　どうなんでしょう。自分ではよくわからないです。

伊藤　僕はあの歌集は忘れられないね。そのあとに牧水賞の『希望』になる。

あの『獅子座流星群』は、ほんとうに忘れられない。小島さん、ちょっと新しい世界に踏み込んだなという感じがしましたね。とても印象的でした。

小島　あれはアメリカ生活のあとですね。

歌集を一冊出すごとにのめり込み方が激しくなってきて。

伊藤　だから歌集というのは、一冊出したら次に行かなくちゃいけないわけだわね。

この前、ＢＳの読書番組で橋本治さんが出ておられて、なるほどなと思ったの。

あの人、いっぱい書いているじゃないですか。それで橋本さんが言うわけ、もうこれを書いたら自分は次に書くものがないというところまで書いて、初めて次に新しいものができる、と。これは次に取っておこうとか惜しんでいると、次いいものができない。

小島　それはそうですね。

伊藤　歌集も同じで、全力を注ぎ込んで、もうこれで自分はひょっとしたら歌うものがなくなるかもしれないところまでいって、初めて次が何か出てくるというのかね。

小島　ええ、そうですね。

伊藤　『獅子座流星群』の頃は、苦労もいろいろあった時代だったんでしょう。

小島　はい。生活が一番たいへんだったときだったですからね。

伊藤　文体のうえでもいろいろ工夫されて、そのあとにまた『希望』が出る。ちょっとまた『獅子座流星群』と違う歌集ができて、それがすごいみなさんに好評で。

小島　みなさんに感謝ですね（笑）。

伊藤　あのとき、『獅子座流星群』とは表現を変えて、自分としては冒険をしたつもりだったから、それが受賞するとは思わなかったと言われていたもんね。

小島　はい。『獅子座流星群』ではけっこう無我夢中でやっていたので、何と言うか、読者のことをあまり考えず、自分の思うまま、もうわからなくたっていいやみたいな感じでやっていたんですよね。

　でもやっぱり、あれを出したあとにいろんな方から、わからない歌が多いとか、いろんな評をいただきました。そしたら何かつきものが落ちたようになりました。何て言うか、肩の力が抜けて、そうだ、もっと誰にでもわかる言葉というか、誰にでもわかる表現をぜひしてみようと。

　ちょうどそのころいろんな人が、河野裕子さんもそうですけどね、わかる言葉で自分のまわりにある言葉を大事にしようみたいなことを思い始めて、それで何か試行錯誤を『希望』でもして。毎回試行錯誤ですけどね。

伊藤　それがいいんだね。

小島　夢中になって、ほんとうに恥ずかしいですけど、歌集を出すごとに歌が好きになる。

すごく奥深いですよね、歌ってね。

伊藤　奥深いですよ。

小島　どこまでいっても底が見えない、底知れないものがあって、でもけっこうどこまでも受け入れてくれるし、その何か、すごいですね。だからどんどん歌が好きになって、だんだんもうどうでもいい。自分さえよければいい、と（笑）。

伊藤　それはいかにも小島さんらしい言葉だな。

　五七五七七の形式の持つ奥深さと、それぞれが生きている人間の心の奥深さとがうまくマッチしたときに、やっぱりいい歌が生まれるんでしょうね。

小島　生み出したいし。

伊藤　牧水賞では選考委員が、これがいい、あれがいいといって選んだ歌と、本人の自選の歌と一致しないことがすごく多いんですよ。選考委員が、なんでこんなのを自選で選んだのかということが多いんです。でも小島さんの場合は、選考委員がいいと言ったのと、自選の歌がよく一致しているんです。

小島　そうなんですか。

伊藤　うん。まあ小島さんの自選の半分以上はあの選考委員会で推した歌。

小島　あ、そうですか。それはうれしいです。

伊藤　「月ひと夜ふた夜満ちつつ厨房にむりッむりッとたまねぎ芽吹く」とか、「抱くこともうなくなりし少女子《をとめご》を日にいくたびか眼差しに抱く」とか「思春期はものおもふ春　靴下の丈を上げたり下げたりしをり」とかね。このへんはみんな選考委員で話題になった歌ですよね。

小島　あ、そうそう。抵抗といえば思い出しましたけど、私一つだけ抵抗があるんです。社会に対する歌に比べて、例えば厨の歌とか子育ての歌というのは、ある意味で小さいような、狭いような、そんな意見があるじゃないですか。

そういうなかで、「なんで？」というふうに反発して。厨仕事のなかにだってとっても豊かなものがあるじゃないかとか、子ども一人育てるのって、星一つ育てるぐらい（笑）のことなんだとかね、そういう変な抵抗感があります。だから思いっ切り豊かな子どもの歌をつくってやろうとか、思いっ切り豊かな厨の歌をつくってやろうとか。いまは思いっ切り豊かな介護の歌を歌ってやろうとか、そういう気持ちは抵抗としては持っています。

伊藤　小島さんは自分が若くして受賞したもんだから、先輩女性歌人がいっぱいいるのに申しわけない、申しわけないと言っておられた。あれも実に小島さんらしくてね。

小島　ほんと申しわけないですよ。

伊藤　選んだのは選考委員だから申しわけないと思わなくていいんだけど。それこそ河野裕子さんのほうが受賞者としてあとになっちゃったから。裕子さんより先にもらって申しわけない、申しわけない、申しわけないってね。

小島　申しわけない気持ちでいっぱいで。

伊藤　それで翌年、裕子さんが受賞した時に授賞式に来たんですね。

小島　そうなんですね。やっと気持ちの整理がつきました。当然、裕子さんが先になるべきですから。

伊藤　これも小島さんらしいですよね。

小島　なんか気持ちが落ち着いたです、裕子さんの授賞式に行ったときに。もうほんとうにうれしくて。

伊藤　ねえ、わざわざ来てくれたんですよね。

読書範囲の広がり

伊藤　毎日新聞の書評委員をされています。

小島　はい。新聞の書評委員というのは初めてで。話が来たときには、やっぱりちょっと躊躇してしまったんですね。忙しかったというと言い訳になりますけど、どうしても自分の分野、短歌とか俳句の本はよく読んでいますけど、それ以外の本というのはなかなか読む暇がないしというので、ちょっと荷が重いなというのがあったんですね。たまたま私は毎日新聞の書評ですけど。

伊藤　毎日新聞の書評って充実していますよね、ほんとにね。

小島　毎日新聞の書評委員のリーダーをなさっているのが丸谷才一さんですけど、丸谷才一さんから直接、「小島さん、自分が興味もないようなことの本を読んで、いい書評が書けると思う？」と言われて、「えっ？」て言ったら、「自分の興味のあることを書いてこそ、いい書評が書けるから何も難しくはない。あなたの興味のある分野の本をまずはどんどん読んで、そして書いてくれれば、おのずから世界が広がっていくんだ。だから全然悩む必要はない」というようなお言葉をいただいたんですよ。

丸谷さんというのはほんとうにすごい人だなと思うんです。新書評委員になって、一所懸命書きますよね。デキが悪かったのかわかりませんけど、別に何もないときがあります。それから、ちょっとでもいいと、すぐさま直筆で葉書をくださって、こういうところがなかなかよかったとか、書いてくださるんです。それがもう、どんな勇気を与えられたかわからないんですね。すごく褒め上手ですね、あの方はね。

そんなので勇気をもらいながら、そうするとより充実したものを書かなきゃいけないというような気持ちにだんだんなってきて、読書範囲がしだいに広がってきました。そうすると自然に、これまで忙しいとか何とか言って読まないでいたようなものも読んでいきますね。するとこれがまた結果的にはいい出合いを生む。あ、こんないい本があるとか、読むことによって自分の知らない世界に触れることができると、それがまたたいへん豊かな引き出しになるから、それもいい出合いだったなと思って感謝していますね。

伊藤　僕も毎日新聞をいつも読んでいて、何かね、楽しそうに書いておられて、だから読者が思わず読みたくなる。これも誰かが言っていたな、「小島さんが書いている本はみんな読みたくなっちゃう」。

小島　いやいや。あれは丸谷さんの作戦ですね。褒めてくださる葉書、あれがやっぱりすごい勇気、元気をくれますね。これでいいんだみたいな感じで。

「あなたの文章はユーモアがあるので、それがいいから」と言われると、あ、これでいいんだみたいな感じで。高野さんでもそうですけど、褒め上手な人に乗せられて来たなという感じがしますね。

書評を書くということも楽しくなって、その本を探すということも楽しくなってきました。

本を通じてこれまで未知の方との出会いというのはとても大きいですね。たいへんはたいへんですけど、たまにはいきなり指名で、「小島さん、村上春樹訳のレイモンド・カーヴァー全集はきみがやりなさい」とかね、たまに来るの。全集ですかみたいな感じでね。

歳時記を置いて

伊藤　ところで小島さん、歌はだいたいどんな場所でつくられるんですか。

小島　いろんな場所で。

伊藤　決まった場所はない?

小島　ないですね。

伊藤　家の中、あるいは乗りもののなか、どこでも。

小島　いろんなところで。長いあいだ細切れの時間を使って、生活がたいへんな時期もあったし、子どもも二人いたし、介護があったり看護があったり、いろんな時期があったので、少ない時間を自分の時間とする訓練はできていて。

伊藤　短歌の草稿ノートというのか、それは手帳ですか。

小島　最初は頭の中でぼんやり。なかなかすぐはできないでしょう。だから、読みものを読んだりして、何となく短歌頭とか、短歌身体になってきて、ぼんやり頭で考えているんですね。

　言葉になって、リズムを伴って言葉が出だしたら、ノートとか紙にちょっと書くんです。

伊藤　それは決まったノート。

小島　ノートだったり紙だったり、いろいろ。

伊藤　特別決めたノートじゃなくて。

小島　決めてないんです。そこらへんに書くんですよ。

伊藤　書くものがあればいいの?

小島　それが徐々に、完成はしていないけど、例えば七、八首とかの数になってくる。いまは依頼って、二十首とか、ある程度の数で来るでしょ。だから、全体を自分のなかでイメージします。

　一首、一首ももちろん大事だけど、全体の世界もけっこう大事なので。ばらばらになり始めたところで、一応コンピューターにばらばらなりに打ち込んでみて、プリントアウトするんです。そのプリントアウトした紙をじっと見て、それでまた次の歌を待つみたいな感じです。だから、なんかわちゃわちゃ（笑）。

伊藤　いろいろな機会につくった歌を連作、二十首とか三十首とか構成するなかで完成させていくという感じ。

小島　そうですね。

伊藤　そうすると、パソコンで打ったやつをプリントアウトしていくと、だんだんまたいろんなイメージがわいてきて連作ができるという。

小島　そうですね。歌が歌を呼ぶということがありますでしょ。

　始めにノートでつくったときは、こういう区切れだったけど、全体になったら似たような区切れの歌ばっかりだと殺し合うからつくり直したりとか、全体に構成したときに、このへんでこういう歌が欲しいなみたいなのはありますよね。そのためにつくったりすることはありますけど。

伊藤　筆記用具とか、これでないといけないとかは。

小島　まったく。

伊藤　何でもいいの?

小島　まったく、ほんとうに私はね、何でもいい人です。

伊藤　普通はボールペンとか鉛筆とか。

小島　そこにあったもの。そのときどきの出合いで。

伊藤　パソコンに打つ前の書いたメモとか、紙片とかは取ってあるんですか。

小島　いや、全部捨てちゃいます。

伊藤　そうか。もったいないな。
小島　いや、もうみんなぐっちゃぐちゃな字で書いたもの（笑）。
伊藤　将来、小島ゆかりを研究するためにはちょっと残しておいてもらえれば。
小島　いえいえ（笑）。私引越しがすごく多かったんです、これまで。それで、ちょっとでももものを減らさないと引っ越し代が高くつくので、けっこうきっぱり捨てるんです、何でもかんでも。
　歌集が出ちゃうと、歌集の詠草は取っておきますけど、雑誌に出たのなんかを切り抜いて歌集を構成していくんですけど、打ち出してしまって、その草稿をつくったら、もうそれも全部捨てちゃうから何にも残らないです。
伊藤　歌をつくるうえで、何かこの辞典は絶対必要だとか、この本は必要だとかいうのはありますか。
小島　やっぱり「歳時記」は絶対必要です。「歳時記」は大好きですね。
伊藤　じゃあ、歌をつくりながら「歳時記」を引いたり、あるいは「歳時記」を眺めていて歌がわいてくる、いまの時期だったらこの「歳時記」という感じで。
小島　「歳時記」と、もちろん歌集も読みますけど、やっぱり歌集だと、ああいい歌だなあなんて思っちゃって、そうすると影響されてなかなかできにくいので。
　句集はよく読みますね、ある言葉が凝縮したエッセンスをもらえるので。
伊藤　一語が輝いていますからね。
小島　そうです、そうです。それでイメージがわくということはずいぶんあって。「歳時記」特集号を見ていると俳人みたいですけどね。
伊藤　僕もこの前、ちょっとある文章を書いたんですけど、やっぱり俳句好きの歌人は歌がいいですよ。
小島　そうですか。
伊藤　塚本邦雄、佐佐木幸綱、高野公彦、みんな俳句にすごく詳しいですよね。
小島　俳句は大好きですね。
伊藤　この前塚本さんの文章を読み返していたんです。短歌と俳句の違いということがいろいろ言われたりするじゃない。ところが塚本さんはね、違いよりも同じ定型であるということを、むしろ大事に考えたいと書いていて。ああ、そうなんだなと思った。だからもっと短歌を俳句から学んで、俳人にも短歌をもっと読んでもらうといいなと思ってね。
小島　ええ、そうですね。俳句を読むと、ほんとに我慢して捨てていますよね。
　自分のごちゃごちゃしたものをね。あれはやっぱりとても学ぶべきものがありますよね。
　言葉の凝縮力というか、それをもらって、その言葉を自分のイメージでもう一回膨らませてみるというか、そういう作業はよくやっているかな。
歌はもちろん虚には違いないんですけども、自分の身体をくぐるというか、そういうことがすごい大事だと思うんです。
そうじゃないと何となく、頭でつくる言葉の操作になっちゃうから。言葉の操作の歌もこれまで散々つくってきたんですけど、それはノートとか、出す時点ではわからないけど、活字になるとはっきりわかるんですよ。うわ、薄っぺらいなとか、うんざりするほど薄っぺらなものというか、空疎なものになっているんですよね。そのためにも必ず、一応自分の肉体をもう一度くぐる。

伊藤　小島さんの歌は言葉が肉体から出るというのか、身体性を持っているもんね。だからリアリティがありますよね。

小島　なるべくそうしたいなと思うんですね。そうすると自分の身体の中に蓄えられているのは短歌のリズムだから、おそらくそれが短歌のリズムになって出てくるんだろうと思いますけどね。

伊藤　小島さんも締め切りが迫っているのに、どうしてもあと二首できないとか、三首できないとかは。

小島　しばしばそれですね（笑）。

伊藤　そういうときはどうするわけ。

小島　もうとにかく、歌のリズムが身体の中によみがえるまで粘り強く。それまでちょっと待ってもらって。やっぱりその身体にならないと出ないので。
だけど不思議なことに、最初は出にくくても、二、三首出始めると、ちょっと呼び水となって、出来始める。十首ぐらい出始めると、二十首ぐらいまではばっと行くんだけど。
また次はなかなか行かないみたいなね。

伊藤　普通は十首でも息切れして、あとが続かないけど。

小島　十首まではたいへんですけど、十首超えると、わりと二十首は行く。二十首超えると、また二十五首はたいへんだけど、二十五首行くと三十首は行くとかね、なんかそういう感じですかね。ただ自分は歌が好きだなと思いますね。

伊藤　そう思います。

小島　締め切り過ぎていて、もう睡眠不足でへとへとなんですけど、歌をつくっていると、ときどきものすごい、何て言うのか、歓喜というか喜びも満ちて、心も身体も。そういう瞬間がしばしばあって、歌は変なのに（笑）。
だから、つくりながら、ああ、自分は歌が好きだなと思いますね。

伊藤　やっぱり歌人だな。

小島　いえいえ。ただ好きだなと思って。べつにどう評価されようが関係なく、つくっている、いまのこの瞬間の充実感というのが、自分にとってとても大事だなと思いますね。

たった一本の木を

伊藤　最後に、これから短歌に関してはこういうことを思っているとか、あるいは短歌以外の仕事に関しても、いろんなお仕事をされているわけだけど、これからのことを。

まず短歌はどうですか。これから自分の歌はこういう方向に、まあ行き当たりばったりと、さっき謙遜しておっしゃったけど、確かにどうなるかわからないのが歌の面白さですよね。

自分の歌だけど、自分でコントロールできないところに行くのが面白いんだけど、まあでも自分としてはこれから、こんな歌をつくりたいとか、あるいは歌の世界でこういう仕事をしたいという、いろんな連作の試みもいろいろされていますけれども、どうでしょうかね。

小島　そうですね、先輩歌人たちの作品を読んだときに、目がくらむような思いがしているけど、自分ではできないというのがあります。

例えば、たった一本の木を歌っているだけなのに、それだけしかないのに、くらくらするような、感動する歌とか、そういうことですかね。うまく言えないですけど、それはやっぱり、未知と出合うということだと思うんですよね。

自分の生きている瞬間の次の未知、次の未知というのがあって、その瞬間に、もし一本の木との出合いがあったりとか、ある誰かの陰った表情との出会いがあったりとか、うまく言えないですけど、意味は何もないのに、ほとんど何の意味もないものを歌って、たった一人の読者でもいいから、身体がしびれるような豊かさというのか、それは目指していますね。

意味で読ませる歌じゃなくて、意味がないのにすごいという歌がつくりたいですね。

伊藤　自分を肯定的にとらえていると言ったけど、やっぱりこの世の存在をすべて肯定的にとらえれば、一本の木を歌っても、ちょっとした水たまりを歌っても、やっぱりそこに存在自体の輝きがあるわけだね。それをたぶん小島さんは歌おうとされているんだろうと思う。

小島　ああ、そうかもしれないです。うん、それは人でも自然でも何でもいいんですけど。

伊藤　そうですね。

小島　人がこう言ったとか、そういうことじゃなくて、意味がないこと。歌を読んだときに、何の意味もないのに、すごいという、そんな歌を歌いたいですけどね。遠いですね、それはね。遠いです。

伊藤　短歌以外の仕事で、これからこういう仕事をされたいとか、思っていらっしゃることというのは。

小島　いや、私はその書評とか、あるいはほかのいろんな地方に行かせていただいたりとか、いい仕事をたくさんいまやらせていただいているので、やっぱり、もっと歌がつくりたい、それだけですね。

おまえ、そんなにつくっていてと思われるかもしれない。やたら歌集を出していますから（笑）。

伊藤　僕も時々思うことがあってね、いろんな仕事をやっているけれども、実作をする時間というものをほかの忙しさのために削っていて。

小島　そうなんですね。

伊藤　それじゃ何のために歌を始めたのかわからないじゃないかということで、現実の時間、なかなか取れなくても歌をつくることがやっぱり、自分にとって一番大事なことなんだという気持ちは、このごろ一番思いますね。

小島　だんだんそういう気持ちがしてきて。もちろん散文集みたいなものもね、出会いがあって出させてもらうのはすごいうれしいことですけど、本当に正直に自分に問いかけたら、やっぱり私は歌がつくりたいだけで、歌集が出したいだけなんですよね。そのほかのことは、そんな強くは何も望んでいないので、それですよね。

伊藤　やっぱり、歌人《うたびと》小島ゆかり。やっぱり歌の魅力ですね、ほんとにね。

小島　ええ。歌がつくりたいというだけですね。

（'09・12・2　於・デスカット品川港南口店）

河野　裕子

河野裕子（1946-2010）歌集『歩く』で第６回若山牧水賞受賞。
歌集に『蟬声』『母系』『森のやうに獣のやうに』他。

初めて出会った頃

伊藤　今日はほんとうに楽しみに、お話をうかがいに来ました。
河野　辟易なさるんじゃないかと思って。喋りだしたらとまらないですよ。
伊藤　いいですねえ。
河野　いやいや、よくないの。もう新聞記者があきれて帰ります。そのあと、私はぐったり寝込むんですよ。
伊藤　あ、そうか。でも、そのときは喋りたくて、話したくて…
河野　走りだしたらとまらない。喋りだしたらとまらないというのはあります。ちょっと困ったことですよ。
伊藤　素晴らしいじゃないですか。楽しい、面白い、ためになる話を。
河野　全然ためにはならない（笑）。
伊藤　いやあ、だって僕なんか、いつも楽しみですよ。お金にはならないかもしれないけれども（笑）。
河野　ただ、自分の思って感じたことを喋るのが楽しいんですよね。
伊藤　それがなぜ人の元気になるのか、人の力になるのか。そこがやっぱり裕子さんの歌でもあり、人でしょう。
　まずは、ほんとうに迢空賞と斎藤茂吉短歌文学賞おめでとうございます。
河野　まあまあ、そういう年齢になっているんですね。
伊藤　そうですね。
河野　もういい歳だわ。お互い、ほんとうに長いお付き合いで。
　あなたにお目にかかったのは、おいくつでしたっけ？
伊藤　京都でシンポジウムをやったでしょう。昭和五十二年。お宅に泊めてもらった、あのとき。
河野　えっ、ほんとう？
伊藤　僕ね、永田さんにはその前に会っているんですよ。
河野　引っ越しの夜に永田さんが、あなたの出版記念会か何かで、下宿に行ったんじゃないの。
伊藤　永田さんが現代短歌「雁」で座談会をやったわけ。僕がちょうど第一歌集の『瞑鳥記』ができて上京していて、それで合流したんですよ。それで、永田さんが「実は今日俺は引っ越しなんだ」と言うのに、何かね。
河野　引っ張り込んだの？
伊藤　いやいや、みんなでわいわい飲んでいたんだと思うけどね。
河野　私は永田経由であなたのお名前を聞いていたから、ずっと前からお目にかかっていたような…
伊藤　僕も同じでね。だって僕なんかが「むき」という雑誌をやっていて、裕子さんが読んで手紙をくださったりしていたんですよね。もちろん僕も作品を読んでいるから知っているつもりでいたけど、考えてみると、実際に裕子さんにお会いしたのは、京都でシンポジウムのとき。

河野　あのときが初めてですか。

伊藤　うん。でも、あのとき何か初めてのような気はしなかったけど。

河野　あなたが、あのとき何か干物を下げてきたでしょう。

伊藤　あ、そうそう。

河野　岡井さんに初めてお会いしたんですよ。

伊藤　へえ、あのとき、岡井さん初めてだったの。

河野　遠くから見てはいましたけど。初めてお会いしてびびってしまって。

伊藤　そのときですよね、三枝昻之と僕と仁和寺の家に泊めてもらって、お騒がせしたのはね。

河野　そう月水金で。お騒がせでしたね（笑）。何回も「ちょっと静かに」と言ったって全然静かにならない。朝まで喋るんだから。

伊藤　しかも相当裕子さんは我慢していて、三時ぐらいに一回、四時ぐらいに一回とかね。

河野　私は言わなかったですよ。永田が言った。

伊藤　ああ、永田が言ったのか（笑）。

河野　私はそんな恐れ多いことはしません。

伊藤　ほんとうは永田さんも一緒にお喋りしたかったのかもしれないけれども。

河野　なんで永田も喋らなかったんだろう。へたばっていたのかな？

伊藤　あ、違う。下で相当お喋りしたじゃないですか、みんなでわいわい。

河野　汚い家だったね（笑）。

伊藤　えっ？それは記憶ない。

河野　あの建物、まだ建ってるよ。このあいだ、あそこを通ったら亡霊のごとくあの汚い三軒長屋が建っていて（笑）。

伊藤　もうこの際、文化財で保護してもらったら、ここは岡井隆が、こういう名歌（「批評しぐるれパトグラフィアの夜明けまで永田和宏仁和寺の家」岡井隆『マニエリスムの旅』）をつくった家だというので。

河野　あはは、あほらしい。すき間から隣が見えるような家で。もう三人が喋るから両隣二軒が心配で。

伊藤　でっかい声でねえ。いや、あのとき下で相当喋ったんですよ。

河野　で、できあがって二階に上がったの？

伊藤　そう。だから、もう永田さんも寝るつもりだったんですよ。もう二階に上がったのは一時かそれぐらい。

河野　だいぶできあがっていたよ、三人とも。できあがってから喋るんだから、すごいね。

伊藤　それで僕らは上の寝床で、けっこうぼそぼそ…ぼそぼそじゃないな（笑）。

河野　ぼそぼそどころか、あなた。岡井さん、三枝、あなたと、どれもいい声で。両隣りから文句が来なかったのが不思議です。

伊藤 何回か、永田さんが……

河野 「ちょっと小さな声で」って階段の下から。

伊藤 そう、あのときね。あれが最初だったと思う。僕は第二歌集の『月語抄』ができて東京にいたの。その帰りに京都にシンポジウムに寄る予定をしていたんですよね。

河野 あ、そうだったのですか。そうしたら、あなたはパネラーではいらっしゃらなかったわけ。

伊藤 あのときは前登志夫さんなんかに初めて会って話をしたりした。

河野 あなた、おいくつでいらしたんですか？

伊藤 あのときは、いくつだったのか？三十二、三ぐらいだろうね。

河野 若いなあ、恐ろしいなあ。

伊藤 裕子さんは三十ぐらいだよね。

河野 そうだよね。あのときにあなたに初めて会ったとは全然思わなかった。

伊藤 僕も。初めて会ったという感じがしなかった。まあ、それが裕子さんのお人柄なんですよね。いきなり「はじめまして」もなくて。

河野 私はそんなことは全然言わない。あなたね、私が東京にいるときに、東京でコスモスの花も見たこともないと言ったら、あなたがコスモスの押し花を送ってくださったでしょう。

伊藤 いやあ、そんなことがありましたかね？

河野 よく覚えているんです。

伊藤 もう東京がとっても苦しくて、というつらそうなお手紙だったんですよ。いかにも裕子さんらしいなと思って。裕子さんがコスモスが好きだから、コスモスを送ったんだろうね。

河野 東京にはコスモスが全然ありませんと書いたんですよ。それで、あなたが送ってくださったんですよ。

伊藤 その手紙を捜せば、どこかに保存してあると思うけれども。ともかく東京は自然がなくて苦しくてつらくてという、それがすごく印象に残っているんですよ。

河野 ああ、そんなことを書いたかな。

伊藤 ああ、やっぱり裕子さんて、そういう人なんだということをものすごく印象づけられているんですよ。

河野 とても嫌でしたね。ここで子どもを育てるのは、どうしようかなと途方に暮れましたね。ぶつかるんですもの、家の中を歩くと。ほら、田舎の大きなうちで育ちましたでしょう。それがアパート暮らしを始めると、小さい私がぶつかるんですよ。だから、とても嫌だったな。

それと、盆地育ちなものですから、東京の関東平野の広さがしんどかったんですよ、明るすぎて、逃げ場がなくて。

熊本の頃

伊藤 じゃあ、そのお話が出たところで、ちょっと今日は、裕子さんの年譜をこの前から眺めていてね。

生まれられたのが熊本県御船町の七滝ね。ここは、二歳ぐらいまでだから、記憶は…

河野 三歳だと思います、たぶん。記憶はあります。しっかり覚えています。

伊藤 『母系』に「幽霊坂」の一連があるじゃないですか。そこで歌っておられるので、これはやっぱりいくらかは記憶があるんだろうと。

河野 鮮やかに覚えています。うん。けったいなうちでね。あのうちは、伯父さんのうちだったのかなあ。伯父と言うのは父の兄さんですけれども。変なうちだったなあ、あれは。

伊藤 えっ、変って、どんな?

河野 二階にトイレがあって、それが下までトイレになってて、すとんと。あの印象が。

伊藤 昔の家にありましたね。

河野 お風呂に入っていると、樋から水が流れてくるから、ササの葉っぱとかいろいろ浮かんでいるの。むかし、そういううちがありましたでしょう。

このあいだ五十年ぶりに帰りましたけれども。

伊藤 それがこの幽霊坂の一連でしょう。

河野 そうです。五十年ぶりに帰って、本家のところから、田んぼの向こうのほうをぼぅーと見ていると鮮やかに、これは記憶のなかにあるなあと思いましたね。

三歳で田舎を出ていくときの、バスに乗ったときの自分が着ていたセーターをよく覚えていますね。胸にトンボの刺繡が付いていて。そして、おうちに芭蕉の木があって、あの芭蕉もよく覚えていますね、風にそよいでいたのを。

それから、昔は蚕の桑をね。

伊藤 植えていましたよね。

河野 そうそう。家の中で、いとこやらおばさんたちがたくさん集まって、がやがやしながら何していたんだろう。ほんとうによく覚えていますね。サトウキビもよく食べました。

伊藤 あのころサトウキビはごちそうだったからな。

河野 ごちそうでした。ほんとうに九州の、いまも昔も三十戸しかない寒村ですよ。食っていけないから、みんな海外へ出たり北海道に行ったりする。

伊藤 熊本は、だいたい海外によく出かける土地ですよ。

河野 そうですか。

伊藤 そうですよ。というのは、僕の父は熊本の宇土の出身なんですよ。宇土のちょっと東が七滝なんですよ。宇土半島というのがあるんですよ。そこに網津というまちがあって、そこが僕の父の出身なんです。地図で見てもらったら、その七滝と僕の父の網津というのは二十キロか三十キロ。だから、宇土の中心のまちの東のほう、山のほうに入っていくと七滝ね。海のほうに行くと、その網津というところがあって。

だから、僕は七滝の地図を見ると、ああ、僕の親父の出身地と裕子さんのお父さんの出身地って、わりと近くなんだなと思って。

河野　お父さまは、その宇土というところにずっと先祖代々お住まいで。

伊藤　昭和のはじめまでいたんですよ。それから薬屋の資格を取って、宮崎で商売を昭和四年だったかな、始めたんですね。それまではずっと熊本にいて仕事をしていたんです。

七滝と網津とは、いわゆる宇土の中心の東と西というわけ。

河野　それは知らなかったです。熊本のご出身とはうかがっておりましたけれど。

ほんとうに私は記憶が鮮やかで、何か広い野原みたいなところで母親と二人でお花摘みをしていたのかなあ。たぶん大矢野原に演習場があったらしくて、そこに行ったんじゃないかなと母親は言っていましたけれど。

何か古い記憶というのは、ほんとうに原風景以前の風景ですね。原風景とさえ言えないような何か古い、深い。古いとも言えない。何と言うんでしょうか。だからこそ、かえって鮮やかに色彩感を持ちながら見えてくるようなところがあって。

それから、もう一回、小学校三年生の春休みに七滝に帰ったんですよ。そのときに初めて翁草というのを見ました。あれがとても印象に残っていて。

伊藤　茂吉の歌った、あの翁草。

河野　あれを初めて見まして。それ以来、五十年ぶりに行ったんです。熊本の何やらがありますね。何だったっけ？　熊本何とか図書館がありますね。あそこで郷土の作家展というのをやって。

伊藤　あ、熊本近代文学館かな。

河野　そうそう、それ。そこで「河野さん、それなら七滝をご案内しますから」とおっしゃっていただいたんです。嫌だなあ、うっとうしい、あんなところに帰りたくないと思いました。ところが、永田が「帰っておきなさい。必ず後悔するから」と。それで帰りました。それで五十年ぶりにお墓参りをして。やっぱりここから私は出てきたのかなと。

伊藤　牧水賞を受賞されたときに、九州出身の初めての受賞者だったんです。第五回まで九州出身者は誰もいなかったんですよ。

まあ裕子さんは、ずっと九州にいたわけじゃないけれども、でも熊本で生まれ育って。

河野　私はそれがずっと根っこ深く自分は九州から出てきたんだということを忘れることはありませんね。このあいだちょっと事情があって母の戸籍を取り寄せたんですよ。そのときに母の戸籍は七滝小川野、私はあれを見て、私の本籍もあそこに戻そうと思いました。

私はやっぱりここから出てきたんだと。否も応もなく、ここにもう一回本籍を戻そう。永田さん、いいでしょう、と言ったんです。
　私は、やっぱりあのわけのわからん、うじゃうじゃした暗くて、もう貧しくて、どんな先祖が生きていたかわからないけど、ああいうところから出てきたんだよということを思って。戸籍って不思議ですけど。

伊藤　いま僕がカウンセリングの仕事をしていて特に思うのは、やっぱり三歳ぐらいのまでの体験というのは、ものすごく子どもにとって大きいですよね。

河野　大きいでしょうね。

伊藤　記憶している部分は、もちろん少ないんだけど、記憶していない部分を含めて、やっぱり魂に絶対に痕跡があると思いますよ。

河野　ありますね。あると思います。

伊藤　ただ本人が、もうそれを記憶していないだけで。でも、人間形成というのか人格形成に、数知れない体験が絶対大きく影響する。

河野　絶対あると思います。それは記憶する、しないとは別に染み込んじゃっているんですよ。

伊藤　染み込んでいると思う。

河野　何か風土と、そのときの人間の、どういうふうに自分が扱われたかとか、まわりに誰がいて何をしゃべっていたかを、何かどこかで覚えているんですよね。

伊藤　と思うんですよね。

河野　不思議ですね。カウンセリングをなさっていて、そう思われますか。

伊藤　思いますね。もちろんカウンセリングをしていても、相手自身は記憶に残っているものは少ないんだけど、今度は、その子どものお母さんの話やお父さんの話を聞いていくと、本人は記憶していないけど、お母さん、お父さんは覚えていることがあるじゃないですか。そうすると、その子どもを理解するのに大事な材料が出てくることがありますよね。

河野　それと、父母の話から、ある種の既視感というものが、つくられた記憶というのか、あと追い記憶というものが、しっかり根付くんですよね。

伊藤　裕子さんの豊かな自然感覚の歌はやっぱり七滝の生活が関係してくる。

河野　豊かどうかわかりません。ただ、薄暗いなかで、いろんな血縁たちがうろうろ、うざうざいたわという不思議な感じ。その幽霊坂も、昔はかき分けながら歩くようなね、もう鬱蒼としていたんですよ。今度帰りましたら、いまはからりんとコンクリートでもう幽霊の出る、もう、あなた……

伊藤　場所がないね。

河野　ほんとうにみんな変わりました。

伊藤　この幽霊坂の一連を、ああ、ここが裕子さんの出発の場所だったんだなと思いながら読みましたよね。

河野　そこを読んでくださる方はあまりいらっしゃらないんですよ。

伊藤　僕はこの部分がやっぱり裕子さんの土台になってるんだな、とね。

河野　伊藤さんが、そういうお父さまのご関係があるからかもしれませんね。

伊藤　僕も父のふるさとの網津を、父がまだ元気なうちに訪ねたことがあって、父の親戚に会ったり、父の同級生に会ったりしたことが忘れられないですよね。

僕の父はあまりふるさとに愛着を持っていなかった。苦労していましたからね。長男で、自分の親が先に死んで、下に弟、妹がいっぱいいて相当苦労したから。ある意味じゃ、もう逃げるようにして宮崎に来たのかもしれない。

河野　そう、逃げたんだと思います。いられないんですよ、長男は。しがらみが、もう。もう逃げ出さなきゃしようがないんですよ。

伊藤　僕の親父と同じ時代に、裕子さんのお父さん、お母さんが近くにおられたんだなということを思いながら、縁を感じたんですけどね。

この年譜を見ると、そのころなのかな。「ひどいはしかを患ったあと緘黙症《かんもくしょう》になり、ものを言わなくなった」と。

河野　あははは、いかにも私でしょう。

伊藤　いや、裕子さんって、すごく元気で行動的な面と、すごく内向的、内閉的な面と、交互に繰り返しているんですよね。でしょう。

河野　あはは。もう極端、極端。

伊藤　学級委員長をやって、ずっと頑張っていたかと思うと、今度は自律神経失調症で何かとかね。

河野　緘黙症になったのは、ほんとうだと思いますね。私がひどい緘黙症になっちゃったから、父がカミキリムシの幼虫を捕まえてきてね。こんがり焼くとおいしいんですよ、あれが。めちゃくちゃおいしいの、こんがりと。あれを食べさせたら治ったと、よく言っていました。

伊藤　ええっ、ほんとう！

河野　上海から引き揚げて食っていけないから転々としたんですよね。大牟田で妹が生まれて、また転々として、大阪に行きましたけれども、大阪は焼け野原で住むところがないから、そうしたら京都に行こうかと。それで、京都に引っ越しました。ちょうど東本願寺のすぐ近くで、まだ、そのうちが残っているの。化けもんみたいにして、このあいだ行って、ぎょっとしました。その二階へ間借りしました。前が畑でして、材木置き場があった。引っ越したその日か次の日に、三歳の真っ黒けの九州弁丸出しでしょう、出て行って、隣近所の男の子を相手に大げんかをしたんです、材木置き場の上で。おでこにまだ一生傷が残っているの。血みどろで帰ってきたの。

伊藤　そのエネルギーはどこから出てきたんだろう。

河野　知りません。山猿です。

伊藤　緘黙症になる子って、すごく内面的で、いろんな人間関係にこだわりがある子どもが多いですよね。緘黙症というのは誰にもものを言わないのではなくて、ある人にものを言わないというのが普通、緘黙症です。

河野　そうなんですか。父も母も亡くなっちゃったからわかりません。ただ、ものを言わなくなったということは言っていました。それと、ものすごいはしかにかかって。はしかにかかって緘黙症を起こしたのかな。何か言っていましたね。もう、みんな亡くなっちゃって、わけがわからない。

伊藤　そういう何かものを言わなくなったとか、全然ものを言わなくなったとか。一方では、すごく負けん気が強くて男の子を負かすとかね。

河野　そうですすよ（笑）敵は何人もいるんですよ。私は一人ですよ、山猿が。なんでけんかをしたんだろう。もう血みどろになって帰ってきて。だから極端なんですよ、たぶん。

伊藤　そのあたりが不思議なパーソナリティー、魅力。

河野　魅力ならいいんですけど、付き合うほうはたいへんですよ、もう。

伊藤　いや、魅力ですよ。裕子さんの作品も、ほんとうに繊細な、これで生きていけるのかというような歌と、一方では、すごくたくましい…

河野　たくましくないから困っちゃうのよ。

伊藤　じゃあ、あえてたくましい歌をつくられるのかな。

草花の記憶

河野　うーん、でもねぇ根性は据わっているんじゃない？「おまえ、これからギロチンにかけるよ」と言われても、ああ、さいですか、と言っていると思うんです。

伊藤　へえ、そうですか。

河野　うん、私、たぶんそうだと思うんです。「これからおまえは死刑で、首をちょん切るよ」と言われても、おたおた泣いたりわめいたりしないと思うんです。

伊藤　僕だったら、おたおた泣いてわめいて、ちょっと半狂乱になりそうな気がするけどな。それは、どういうところから、その力が…

河野　昔から、自分でそう思っているんですよ。もう、そのときはそのときだよと思って。

だから今度、がんの転移だと言われても、むしろ家族のほうがびっくりいたしましたね。あ、そうですか。いよいよ来ましたかと、それっきりですよね。第一波は、すごかったですけど。第一波は、やっぱりいろいろ家族に迷惑もかけたし。

伊藤　それこそ、牧水賞を受賞した『歩く』という歌集が。

河野　あのころでしたか。

伊藤　そう。あとがきにそのことを書かれて。でも、お母さんも授賞式にみえるのでお母さんに自分の病気を知られたくないというので淳さんが、特製の三冊、乳がんという部分を削ったあとがきの歌集をつくって。
河野　あ、そうでした。
伊藤　『歩く』を受賞歌集で紹介するときに僕があとがきを読んだんですよね。でも、その部分はカットして。
河野　そういえば、そういうことをお願いいたしましたね、お食事のときに。
伊藤　そうそう。おかあさんも喜んでみえているので、乳がんという文字は削ったかたちで紹介。
河野　そうでしたね、そういうこともございました。ほんとうに、まあしようがない。いろいろあって。
伊藤　そうですね、いろいろ起こりますね。
河野　起こりますね。生きているあいだは何か起こるわ。起こらないほうが不思議です。
伊藤　そうですね、たしかにね。
河野　でも、私はしみじみ、おもろい人生やったなあと言うんですよ。あははは。
伊藤　「やった」という過去形は早い。
河野　面白い人生だったなと思いますね。いいんじゃないもうこの際。
伊藤　裕子さんのこれまでを見ると、濃密な記憶というのはすごいですよね。これまで歌にされたこと、それからいろんな人と対談、座談されたときに語られた記憶というのはね。
河野　人との関係の記憶というよりも、見た花の記憶というのは鮮やかですね。
伊藤　それはぜひお聞きしたいですね。その七滝のとき、あるいは京都のときに印象に残っている花というのは。また、さっき翁草はおっしゃったけど。
河野　京都の東本願寺の前に畑があって、あそこに菜の花が。菜の花といっても、いわゆるアブラナではなくて、取り残しの菜っ葉に花が咲きますでしょう。
伊藤　いわゆる菜の花ね。野菜の花ですね。
河野　あれが咲いていた記憶とか。隣のおうちにパセリがすごく鮮やかに生い茂っていて。
伊藤　ああ、白い花だな、かわいい。
河野　それから、石部に行ったのが五歳ぐらいだったと思うんですけれども、井戸のそばに梅の木がありましてね。梅が咲いて。父が不思議な人で、河原から大待宵草の苗を取ってきて庭に植えるんですよね。それがきれいに咲いていて。
　あの父親が変な親父で、夕顔と菊と朝顔と待宵草だけは植えました。ほかは植えなかった。だから、私が石部で初めて迎えた夏には父が大待宵草と夕顔を植えて、母親がサルビアを植えましたね。あれ以来ずっと、母は毎年必ずサルビアを植えましたね。あれ、何だったんだろう。あれも鮮やかな赤い花、鮮紅色の。ああいう草花は、いつもいつもまわりに見えていて、あれがほんとうにきれいでね。
　隣とうちの垣根のところに沈丁花が咲いていて、生まれて初めて見ましたけど、なんていいにおいのするお花が咲くんだろうと。

伊藤　においがいいですよね。

河野　東海道五十三次ですから街道がありますけれども、農家の納屋を借りていたんですね。こちらの家の側から五十三次の道を隔てて、小さな畑があって、そこに春先に菜の花が咲くんですね。そのおうちに通草《あけび》のお花が咲きましたね。あれが蔓になって咲くの。それから白い躑躅が、ちょうどお祭りに真っ白い躑躅。草花の記憶というのが非常に何だか、もう。ちょっと夏めいてくると、豌豆もね。豌豆の畑に連れて行ってもらうと、豌豆のお花ってこんなに美しいのかなとか。何というのかなあ、栽培したお花よりも、ああいう。

伊藤　野の花ですね。それこそ野菜の花とか野の花ですね。道端にある花ね。

河野　あれが、なんであんなに美しかったんだろう。それが不思議に年々歳々鮮やかに見え始めるんですね。あれは何だろう。みんなおっしゃいますけど、歳とともに昔の記憶が鮮やかになる。

　私の場合は、草花の記憶がすごく鮮やかですね。あの幼かったときに見た花の色の鮮やかさほど、あんなに美しく見えるお花は、もうないんじゃないかな。いま同じように咲いていますけれども、あのときに初めて見た記憶の美しさというのは。きれいだったなあ、ほんとうに。美しかったなあ。

　このあいだ紅さんに言っていたんですよ。紅さん、もうね、あと何年生きられるかわかんないけど、お母さん、この世に生まれてきて、ああいうお花を見ただけでも幸せやと思いますって。何か、うまく言えません。あんまりきれいごとで言ってしまうのは恥ずかしい。

　本来好きなんですよね、やっぱり。ほら、子規が「せんつば」だとか言って、自分でつくったでしょう。ああいう子規の気持ちはよくわかるんですよね。だから、小さいときに自分で畑に温室をつくったりしましたから、やっぱり好きなのかな。

伊藤　そういう意味じゃ七滝もそうだし、滋賀県の石部ですかね、あそこもまわりにいっぱい野の花があったところで。まあ、時代が昭和二十年代だから、それこそ自然豊かな土地がいっぱいあって。

河野　いっぱいありましたし、私は学校から帰ったらお友だちと遊ぶよりも、チロという犬を連れて山歩きをしていたんですよ。

伊藤　それは石部のときですか。

河野　はい。犬を連れて山を登って、また谷を下りて、山を登る。向こうのほうが、はるかに面白いような気がするでしょう? 昔は里山が美しかったですから。うろうろ歩いていましたね。あれがすごく楽しかったなあ。

伊藤　そうすると、花が好きだと言われたけど、犬とか猫とかも…

河野　犬猫、めちゃくちゃ好きですよ。もう犬猫が好き、好き、好き。『家なき子』なんて二度と読みたくないですよね。

伊藤　ああ、そうか。

河野　あれは、お猿さんとかがひどい目に遭うでしょう。人間がひどい目に遭っても、そんなに同情はしないけど、犬猫がひどい目に遭うというのは、もう読みたくない。

伊藤　お母さんが、いつかインタビューで「裕子は人と話しているかと思ったら猫と話していた」ということを言っておられたけど。

河野　そうですよ。犬猫と、ぼうっと暮らせる幸せが一番いいですね。私は人生で猫と一緒に暮らせるだけで、どんなに幸せか。犬猫、動物なら何でもいいですけどね。

何か他愛もない話をしてどうしよう…

母系

伊藤　いやいや、僕はそういう話をぜひ聞きたいんですよ。だって、そういう感覚がやっぱり裕子さんの歌の原点にあるじゃないですか。そういう野の花なら野の花、犬なら犬、猫なら猫と、何か分け隔てなく一つになっていく感覚というのかな。

河野　分け隔てないんですよ。

伊藤　それがまた自分ともっと違う樹木に対してもそうだし。雲に対してもそうだし。今度の、『母系』にいっぱい印象に残ったいい歌があったんですけど、青空の歌があるじゃないですか。

河野　青空が怖いんだ。

伊藤　青空がぞろぞろ入ってくるという、すごい歌があったんです、あれ。

河野　青空は不安ですよ、もう。

伊藤　でも、こんな感覚って、ちょっと誰にもないですよ。

河野　いやあ、青空というのは不吉ですよ、やっぱり。

伊藤　それが僕にはない感覚だから。

河野　あなたは月夜ですもんね。月夜歌人。

伊藤　あ、これ。「あをぞらがぞろぞろ身体に入り来てそら見ろ家中《いへぢゆう》あをぞらだらけ」と。

河野　そうなんですよね。

伊藤　えっ、何がそうなんですか?

河野　青空がくっついてくるんですよ、家の中までね。やっぱり青空ってすごく不安なものじゃないですか。みんな、青空はいいとおっしゃるけど。

伊藤　その不安なものが「ぞろぞろ身体に入り来て」という。

河野　そうなんですよ。自分中が青空になってしまってから。

伊藤　そして「家中青空だらけ」ですよ。

河野　逃げ場所がなくなっちゃいますよね。

伊藤　その感覚というのは、野の花だとか、犬や猫だとか、そういうものと分け隔てないところと、この分け隔てないことが、ある意味では自分にとって楽しいんだけど、ある意味では、ちょっと恐ろしいことにもなるじゃないですか。いまおっしゃった話を聞くと。

河野　青空は明るすぎてきれいだから怖いんじゃないですか。何かよくわかりません。

伊藤　それもちょっとね。普通は青空がきれいでいいなと、みんな言いますよね。

河野　自分で説明できません。ただ、あまりにもこの世が明るすぎると怖いんですよ。

伊藤　ああ、そうか。それはたしかにありますよね。

河野　カウンセリングをなさっていて、そういう方はいらっしゃいませんか？

伊藤　いますね。つらいときは、やっぱり明るさというのは嫌ですよね。

河野　嫌ですよね。内面と外があまりにも違いすぎるとちぐはぐします。

伊藤　そうでしょう。裕子さんがお風呂に明かりを消して長く入っているというのは分かります。ここにいると、竹やぶのほうからすごい風が吹いてきたりすると何かちょっと感じるというか…

河野　改築後、二階に上がってからは竹やぶサマから距離ができました。一階に住んでいるときは竹やぶサマが枕元に座っているんですもん。おかしくなりますよ。

伊藤　その竹やぶサマが枕元に座っている感覚が、さっきの青空の感覚と似てる。

河野　ともかくこの竹やぶに乗っ取られてしまってどうしようか。昼間なんか、もう怖いですよ。夜ならいいんですけどね、真っ暗ですから。

伊藤　あ、そうか。

河野　今は二階ですから、ちょっと違いますけど、一階に住んでいたときは、夏場に西日が回り込んできますでしょう。そうすると、竹やぶが真っ暗なシルエットになって。西空が真っ赤。そして、そこでカナカナが鳴くんですよ。もう、どうしよう。カナカナは鳴くし、竹やぶは真っ暗で、空は真っ赤で、もうあの世とこの世がむちゃくちゃで、それで「カナカナ」と言われたら「あっちゃあ、もうやめてくれ」と。もう、あのカナカナには参りましたね。

伊藤　そういう感覚でこう歌ったんだよね。「君江さんわたしはあなたであるからにこの世に残るよあなたを消さぬよう」という、この「わたしはあなたであるから」という感覚がずっと生きているんですよ。さっきの花を見たら自分が花になってしまうとか、猫と一緒にいて猫と自分がすり替わるような感覚とか。

これはおかあさんですよね。僕はそれが『母系』の世界だと思ったんですよ。男はどうしても相手との距離があって、その距離を超えられないところが、これは父親と子どももそういうところがありますよね。母親と子どものほうが一体化していきますよね。

裕子さんの『母系』は、どういう意味でタイトルを付けられたのかこれからお聞きしますけど、母から娘、娘から、また娘というのが母系だけれども、僕はやっぱり自分と他者とが一体化する世界だとおもうんだけど。

河野　自分が母親になるずっと昔から、母系という言葉で言ってしまえばおしまいですけれども、何かすでに約束されていたような、続いていたような、暗くて不思議な温かいような、そういうものがずっと続いてきて、いまちょうどこの時期に「母系」という言葉を得て、この歌集としてあらわれたというおもいがあります。何か自分なりの必然というような納得の仕方をしているんですけど。

母がいなくなってしまいましたけれども、それって物理的には亡くなってしまったけど、そんなに悲しむべきことではなくて。それは悲しいに違いないですけれど。何て言うんでしょう、うまく言えません。ほんとうに言えないから短歌になったんでしょう。

伊藤　でも、「わたしはあなたであるから」と歌われていると、ここにお母さんがそのままいる、と、読めますよね。

河野　あの母親は不思議な母親でね。教育ママではまったくなかったし。おばあちゃんもそうでしたけど、そこにいてくれることが大きく、包んでくれるような、安心感みたいなものがありました。

伊藤　それがほんとうの母性でしょうね。

河野　そうなのかもしれませんね。永田和宏さんを見ていると、そういうことをほんとうに知らないで大きくなった人だということをことさらに思うんですよね。ああ、この人には、それがない。そういうことをふっと言うと、あの人はすごく傷つくんですね。

何かうまく理屈を付けて言うと嘘くさくなるから言いたくないんですけど。そういうものが自分のなかに、もやもやあって、手探りしながらやってきた。そのことが表現することにつながっていったんじゃないかなと思うのです。

生きることとか、人生の時間が過ぎていくことというのは、そんなにきれいに整理して言えるもんじゃないし。なんとか短歌をつくりながら、自分と折り合いをつけるんでしょうね。

伊藤　その折り合いというのは、どういうことですか。

河野　言葉にならない、何か自分という存在の不思議さ、わけのわからなさ。何とも言えない、ほんと不思議でしょうがないじゃないですか。言えないぶん、短歌でなんとか折り合いをつけてきたような。「きれい」に「うまく」「らしく」は言えないんですよ。

伊藤　きれいに言ってしまうと、何か嘘になってしまう。そういうものをやっぱり裕子さんは感じておられるんですよね。

河野　そのくせ言葉を使って表現しているわけですから。

伊藤　文章も書かれるし、中学のときなんかは童話も書こうと思ったと言われるけど、そういう意味では短歌というのは裕子さんにとって一番いい表現方法だったのかな。
河野　それもたまたまだったと思うんですよ。国語の先生に「裕子は短歌がいい」と言われて、「あ、そうか」と、乗っただけの話です。
伊藤　でも、お母さんも相当歌集を読んでおられたとか。
河野　母が娘時代に読んでいたようです。
うちの母というのはめちゃくちゃに働き者でして、よく働くんです、異常なぐらいに。働きすぎるとうつ病を起こすんですよ。
伊藤　カウンセリングをしていてそういう方いらっしゃいましたか？
伊藤　それはやっぱり頑張りすぎる人ですよね。
河野　頑張りすぎるの。
伊藤　それでも頑張りが足りないと思うから自分を責めちゃうところがありますよね。
河野　それで、ひどいうつ病に何回かかかりましたね。そのときに永田和宏が、「お母さんに歌をつくってもらいなさい」と言いました。あれは、まことに正解でした。
母は、それ以来うつ病を起こしませんでしたものね。どこかで無意識のうちに自分というものの立て直しというのか、修復をやっていたんじゃないでしょうか、短歌をつくることによって。あのままがむしゃらに働き続けたら、ちょっと危なかったような気がしますけれど。
ただ、かと言いながら、うちの母は最晩年までもう怖いほど働きました。どうしてこんなにご飯も食べないで働けるんだろうと。あれはちょっと異常ですね。私は自分でも思うんですけど、あの異常さは、どうも私に血統として受け継がれているような気がしますね。
伊藤　裕子さんもよく働きますから。
河野　自分では働いていると思わないんですけど。永田さんを見ていると私は何にもしていませんよ、と。
伊藤　ここは夫婦そろって働き者だからたいへんだな。
河野　永田さんは桁違い。今朝も五時過ぎに帰ってきましたもん。それで平気な顔で出ていきますから。あの人を見ていると、私は何をしているんだろうと…劣等感ですよね、あのそばにいると。
伊藤　たいへんな亭主を持ったものだからしかたがない（笑）。
河野　向こうは向こうで、そう思っているんじゃないですか。
伊藤　そうね、それは当たりだねきっと。
河野　こんな女房たいへんだ、もう。この気性の振りの激しいこと（笑）これをうまいことなだめすかして、人間がよくできているんです。普通の男の人なら、ポイです、私なんか。
伊藤　最高の夫婦ですよね。
河野　何を喋ったらいいんだろう…
伊藤　僕もいろいろお聞きしようと思って来たんですけれ

ども ね。

河野　私を相手にしていたら、私のペースに巻き込まれてコースを間違えますよ。

平塚運一画伯のこと

伊藤　ちょっと話題を変えて。今日は平塚運一画伯の話を。僕にアメリカから送ってくださったじゃないですか。

河野　何を？

伊藤　画集を。

河野　画集？

伊藤　今日、持ってきたんですよ。

河野　まあ！これをあなたにお送りいたしました。

伊藤　そうなんですよ。

河野　なんであなたにお送りしたんだろう？

伊藤　うちの家内が版画をやっていることもあって、向こうで平塚画伯と歌会をやっているというので。

河野　私は、伊藤さんによっぽど入れ込んでいたんだわ。

伊藤　だから今日はもう、ぜひ持って来ようと。

河野　よくお持ちくださいました。

伊藤　だから、さっき一階で早速…

河野　それで「正倉院」をご覧になったわけですか。

伊藤　うん。実物がきっとここはかけてあるはずだと思ったから。この画集に平塚さんの署名が入ってるんですよね。

河野　ウン（UN）運なんですね。

伊藤　ウン（UN）ですよね。それで「彫り上げていざ摺らんかな初摺のこの嬉しさを誰にか語らむ」と歌が入ってるんです。

河野　私はあのころはまだ生意気で、この歌のよさがわからなくて。だって、若くって前衛の印象が残ってたから。

伊藤　前衛から見ると、ダメになっちゃうよね、この歌は。

河野　当時まだ三十いくつでしょう。でも、いま読むとしみじみいいなと思う。

伊藤　ほんとうに。

河野　いま読むと、ほんとうにこういう方でした。素の人間でした。ちっとも偉いと思わせない、小さいおじいちゃん。

伊藤　棟方志功のほうが有名だけど、実はこの人のほうがはるかにね。

河野　棟方志功はちょっと濁っちゃっていると思います。この人のほうが、ずっと静かで。白黒が一番いいとおっしゃいましたね。色彩をやったけど白黒が一番いい、裸婦が難しいとおっしゃいました。この方にお目にかかったことは、私にとっては非常に大きなことでしたね。

伊藤　しかも、この人は牧水のことを語ったと言ったよ。

河野　「梅原くんはドモリでね、ひ、ひ、平塚くんというんだよ」とかおっしゃるんです。もう昨日のことのように話されるんですよ。梅原龍三郎や山本鼎や牧水やら、あのへんがぞろぞろ出てきて。日本版画の草分けですし、あのころはお歌もおつくりで、歌人たちも。

伊藤　あのころはやっぱり歌人とか詩人とか垣根を越えているんですよ、芸術家がね。だから、すごいいい交流をしていたんです。

河野　人物交流史が非常に豊かでね。お父さまが宮大工をなさっていたそうです。お茶をいただきながらそんなお話をうかがうんですけどね。出雲のご出身で、村住まいじゃなかったでしょうか。明治ですね。村で新聞を取っているのは、うちの家だけ。親父は朝になると縁側に出て大きな声で新聞を読むんですって、みんなに聞こえるように。

伊藤　一軒しか取っていないわけだからね。

河野　こういうこともあの先生はおっしゃっていたかな。あの時代の人たちは黙読ということはできなくて、声に出して読まなければ頭に入らなかった。そういうことも思い合わせて聞いたんですけど、大きな声で縁側で読んだと。

伊藤　そのころ九十…

河野　九十一歳ぐらいでいらしたと思いますよ。ずいぶんご苦労なさったらしくて、道玄坂でアセチレンを灯して版画を売っていたら、竹久夢二が通りかかって声をかけたら、たった一枚だけ売れたとか。

英野《ひでの》さんという奥さまが小さいおばあちゃんで、「おじいちゃん、おあがり」と、腰を曲げながらお茶を出されるんですよ。その方がたいへんお人柄がよくて、先生の版画を乳母車に乗せて郵便局に持っていってお送りになるんですね。英語は話せないけれども、お人柄がいいから、みんながすごく親切にしてくださったというお話を聞きまして、ああ、よくわかるなと思いました。

伊藤　牧水の話なんかをなさったということだから少し調べてみたんですね。一番詳しいのは大悟法利雄さんの『若山牧水伝』なんですよね。その本だとか、ちょっとほかのものも見てみたけど、平塚さんの出てくるのがなかったんですよね。

どこでどういうつながりかと思ったら、石井柏亭《いしいはくてい》なんですね。石井柏亭は牧水の『別離』の装丁もしているんですよ。

河野　ああ、そういう関係でしょう。

伊藤　あのころ石井柏亭は白秋の『邪宗門』だとかを装丁していて。牧水の出世歌集になった『別離』、あの装丁は石井柏亭なんですよ。だから石井柏亭を通じて牧水と知り合ったんではないかと思うんです。まあ「パンの会」にも石井柏亭は入っていたので、何かそういうなかで。もっとも、あのころには牧水のところには、それこそいろんな絵描きもいるし、詩人もいるという感じだった。中川一政なんかも牧水から歌をならったとか、あの時代は面白い時代ですよね。

河野　そうです。みんな歌をつくりましたからね。面白い時代だったと思いますね、明治って。

平塚先生に屋根裏にあるお仕事場をご案内いただきまして。九十何歳でいらっしゃるのに百いくつ版木を持っていらっしゃるんですよ。百五十歳まで生きるつもりなのよ、この人はって奥様がおっしゃっていました。よく見せてくださったと思いますね。

全国の国分寺をお回りになって、そこの瓦の拓本を集めておられた。それを見せて頂きました。革表紙の端っこがすりへっていました。

ほんとうに偉い方というのは、自分の身の丈で付き合うということが一番大事だなということを教えられましたね。

伊藤　なるほどね。

河野　この方は、日本よりもアメリカでのほうが有名でしたね。

伊藤　有名ですね。

河野　アメリカを展覧会で巡回なさったというお話をうかがいました。私たちが日本に帰って来ましてから、奈良で一度個展がありました。

個人的な印象としてはそういうことで、私は版画のことも美術のことも、ほんとうに知らない者ですけれども、そういういいお出会いをさせていただいて。

伊藤　でも素晴らしいお仕事ですよね。僕も版画はまったく素人だけどね。

河野　知らないですけど、知らないなりの素人のわかり方というのが。

この方は純粋に、ただただもう飯のことを考えずに、版画ばっかり彫っているから、奥さまがたいへん。

何か息子さんが九州大学にいらしたらしくて、出征なさって病気をして亡くなられたということでね。

伊藤　そうですか。

河野　奥さまが非常に悲しんでおっしゃっていました。お嬢さんがお二人いらっしゃるのですが、一人のお嬢さんは版画をなさっていて、もう一人のお嬢さんがアメリカで社交ダンスの一位になられた。やっぱりそういうある種の集中力みたいなものをお子さま方が継がれたんじゃないかと思うんです。

河野里子さん

伊藤　じゃあ、せっかくだから、この平塚画伯以外に、まあ歌人のお話は別のインタビューでも答えておられるので。歌人以外で裕子さんが、この人の生き方はすごいなと思われたのはどなたですか。アメリカでも、あるいは日本でも、有名な人でも、そうでなくてもいいので。

河野　やっぱり心に残るのは河野里子さんですね。

伊藤　あ、その方のお話。僕らも多少、歌とか文章で知っているぐらいでね。亡くなられたお友だちでしょう。

河野　そうですね。河野里子さんは、もう思い出さない日はないですよね。あの人のことについては誰も知らないし。

伊藤　よかったら聞かせていただくと。

河野　里子さんのことは誰も喋らないし、大学にも一年ぐらいしか来なかったし、数えるほどしか会わなかったし。それに里子さんは、私ごとはお互いに喋らなかったから何も知らないんですよ。それでもよかったの。

伊藤 それでも、すごく心に残る大きな影響というのが…

河野 だって、いっぱい喋ったからいいっていうもんじゃないでしょう。そんなに会わなくても、そんなにべちゃくちゃ喋らなくても、ああ、この人はという人がいますでしょう。もうほんとうに、あんな人に、もうこれから会うことはあるまいね。

京都女子大にはお嬢さんが行っていらして?

伊藤 うちの娘が行っていましたよ。

河野 まだ旧校舎は残っていましたか?

伊藤 残っていたんじゃないかと思いますけども。

河野 旧校舎のときは階段教室だったんですよ。下のほうに教授がいて。すり鉢の底で教授が講義をいたしますでしょう。窓の外にキイチゴの花が咲いていたりして。その階段教室でとにかく一番はじめに見たときから、この人が好き、と思ったんです。

伊藤 ものを言う前から?

河野 この人と友だちになりたい。

伊藤 見ただけで?

河野 うん。あの人ねいつも一人だったの。私は群れをなす人は嫌いで、一人でいる人が好きで。あの人は雨の日も風の日もスカートのベルトに男物のこうもり傘を下げているの。それを初めて見て「はあ〜…」と思って。そして階段教室の一番前に座る。ときどき居眠りをする。それで「立っていなさい」と立たされるの。

伊藤 先生に。

河野 全然悪気がないの。立っているの。

非常に素朴でね、お化粧もしない人だった。

女子大の記念撮影があって、あいうえお順で並びますでしょう。それで河野里子さん、河野裕子さん、河合さんと並びます。私と河合さんちびなんです、どっちも。記念撮影をするときに里子さんは両方をちょちょっと見てから、ちょっと背をかがめた。

それが里子さんなんですよ。普通なら、ちょっと背を高く見せようとかするのにね。そういう気遣いを、ちょちょっとやっちゃうんですよね、あの人は。

寒いときなんかがあったりすると、あとから気が付くんですけど、里子さんは風上の寒いほうに立っていたなあって。

伊藤 この人は、出身はどこだったの。

河野 大阪に住んでいましたけど、故郷は徳島の柿の原村でそこにおじいちゃんが居ると言っていました。

伊藤 裕子さんのほうから声をかけてお友だちに?

河野 もう絶対になろうと思ったの。大学へ行ったら、里子さんをどうしてつかまえようかと毎日考えているの。あの人はずっと一人でいたし、ぱっと帰ってしまうし、これはどうしたもんかな、と。

京都女子大は旧校舎のときに地下に図書館があったんで

すよ。そこに行った時に「あ、いた」と思ったんですよ。それでこっちから喋りに行きました。つかまえようと思ったら、どうしてもつかまえるの。
何て言ったかな？「あなた、宮沢賢治が好き？」とか言ったんですね。そうしたら反応がよかったのかな。それで、くっつき始めたんです。何とかかんとか言って、里子さんにくっついてね。あの人はほとんどお友だちがいなかったんです。

伊藤　じゃあ里子さんにとって、ほんとうにいいお友だちになられたわけだね。

河野　たぶんそうでしょうね。

伊藤　ほかにお友だちはいないわけだし、そういう文学の話ができて。

河野　相性がよかったんじゃないですか。里子さんが「歌人　河野裕子」なんてアルバムをわざわざ残していてくれるんだから。あのときの里子さんは私をそんなふうに認めてくれていたのかなと思ったりしました。でも、あの河野里子がもう死んでしまって。

伊藤　結局何歳のときに亡くなったんですか？

河野　三十にならないぐらいの若さで。

伊藤　三十にならない前。

河野　里子さんのことについては、何を喋っても、みんな嘘くさくなるから、喋ることも書くこともできない。

伊藤　とっても大事な友だちだということは歌ったり書いたりしておられるけど、実際どんなお友だちだったのかというのは具体的にはなかなか見えてこないんです。

河野　あるときポケットの中から、丸っぽの裸ん坊のダリアの球根を出してくれるんですよ。それを植えたら、立派な白いダリアが咲きましたね。あるときは青いリンゴをくれた。
白土三平がはやった時代ね。京極に二人で映画を見に行ったりすると、地面に物売りがいますでしょう。しゃがんで、その人と何かかんだ言いながらすぐにお友だちになっちゃうの。それで、ポケットから何かをあげるの。
あの人のずだ袋の中には何でも入っていたなあ。新聞の切り抜きやら、何か書いたのやら、スケッチブックやら、写真やら、本やら何やら…何でも出てきて、ちょっと一言で言えません、里子さんについては。
里子さんが私たちの結婚式の司会をしてくれるというので、永田の家に来てくれたことが一度あります。永田のお友だちも何人かいて、入ってくるなり、みんなに仁義を切るわけですよ。「私が河野里子でございます」って（笑）。

伊藤　司会者だからちゃんと仁義を切らなくちゃ。

河野　いえいえ、そんなんじゃなくて。そういうメンタリティーやったから。
あの人はいろんなところに入っていて、折り紙協会みたいなのにも入っていましたね。いろんな折り紙をしていて、あの人が亡くなったときに駆けつけたら、枕元に金色の折り紙でウマを折ってあったのが置いてありましたね。

いろんなところへ連れて行ってくれたなあ。大阪府知事の黒田了一のシンパで、黒田了一にインタビューするのに連れて行ってもらったのを覚えていますね。

短い人生を動き回れるだけ動き回りましたね、あの人は。雨の日に「もしもし」と電話がかかってきて「裕子さん、これから倉敷にベニセキエイを見に行くから行かない？」って言うんですよ。「行かない」って急に言われたって、ベニセキエイなんて何だかわからない。石のことで紅石英。

あの人がうちに泊まっていったとき、ごちそうをつくるんですが、菜食主義だったから何も食べないの。布団の上に寝ないの。布団と布団のあいだに寝るんですよね。帰りにバス停まで送っていきましたけど「おい、里子さん、気持ちがいいから裸足で歩こう」と言ったら、裸足で歩いたり。それをほんとうに息をするように普通にやっちゃうのね。

あの人は何だったんだろう。死なれてから初めて気が付いたんですけど、たぶん激しい躁鬱病じゃなかったかなと永田は言うんですよ。だから、鬱のときの里子さんは全然知らなくて、活動して、元気で、面白いことを言って、絵を描いて、あの里子さんしか知らない。

キューバにサトウキビ刈りにも行ってたんですよ。私が卒業して学校の先生をしていたときだ。急にサトウキビ刈りに行っちゃうんです。サフラボランティアとかいったらしくて、世界中の若い人が集まってサトウキビ刈りに。

それでお金がないから、大阪の地下で自分のガリ版で刷った詩集を売ってお金集めをしたらしくて、そんなことを突拍子もなくやる人でしたね。そういうエピソードをいくら重ねても、あの人には重なりません。ただ、何なんだろう、あの人は。ほんとうに素でしたね。優しかったな。ほんとうに優しかったな。

伊藤　ありのままの素ですか？

河野　素だと思います、飾り気がなくて。それは私の主観的な見方かもしれませんが。普通、女の子が二人いたら、自分は人よりもきれいに見せたいとか、いいかっこうをしたいと思うでしょう。でも、私は里子さんといて、そんなことは一度も思ったことはなかったですね。そんなことを思わなくてもいい人だったし、喋らなくてもよかったの。黙っているだけでいい。
まだ京都市内に市電が走っていまして、東山七条が京都女子大の前なんですよね。あるときに里子さんと市電の停留所で電車待ちをしていたら、例のずだ袋から何を出すのかなと思って見ていたら縄跳びを出して、ぴゅんぴゅん、ぴょんぴょんと跳ぶの。

伊藤　電車が来るまで？

河野　それが、ちっとも嫌みじゃなくてあの人にとっては普通なんです。私は一番影響を受けたと思うな、あの人に。里子さんと一緒にいると、「里子眼鏡」になっちゃうの。なにもかも里子眼鏡で見えてしまうから自意識がなくなっちゃうんですよ。そういう人っていまだかつて会ったことがないな。

　何も自分を飾らなくてもよかったし、里子さんから何を聞きだそうと思ったわけでもないし、自分が何か喋りたくて喋ったわけでもなくて、ただ一緒にいるだけで里子さんは里子さんだったんです。

伊藤　で、裕子さんは裕子さんらしくあることができる、彼女と一緒にいると。

河野　べつにそんなことも考えなかったの。一緒にいりゃよかったの。

伊藤　一緒にいればよかったというのは最高の友だちですね。

河野　喋れば喋るほど、嘘くさくなるの。だから、誰にもうまく伝わりません。でも、もうこれから何年生きても、ああいう人には、もう会うことはあるまいと思うし。

　でも、声って不思議なものですね。面影を忘れても、いまでも「裕子さん」と言われたら「はい」と言ってふり返ることができるぐらいに、あのちょっとハスキーな声をよく覚えている。

官能的な声

伊藤　ちょっと話がそれるようで、裕子さんは声の歌が多いですよね。すごく、声のいい歌が多いですよね。

河野　声ってすごく官能的で肉体だと思うんですよ。

伊藤　僕は忘れられない歌があるの。『はやりを』にある歌。

河野　ああ、そうそう、濃淡？

伊藤　いや、濃淡じゃなくてね。ちょっとそれは書き抜いてきたんだ。これはすごく忘れられなくてね。「こゑのみは身体を離れて往来《ゆきき》せりこゑとふ身体の一部を愛す」という『はやりを』の歌。

河野　まったく官能的やと思いますよね。

伊藤　だいたい声って、ほんとうに僕の身体の中から出てくる声じゃないですか。それが耳を通して相手の身体の中に入っていくんですよ。

河野　入っていくんです。

伊藤　こんなの声だけですよ。

河野　においもそうですよ。

伊藤　あ、そうかそうか。まあにおいもね。でも日常的に裕子さんが話している声というのは、僕の耳から入っていくじゃないですか。だから、お互いの身体の中を行き来する。

河野　だから官能的と言うんですよ。

伊藤　そうそう、そういう意味でね。声のとらえ方というのは、さっき言った裕子さんの、相手と分け隔てなく一つになるという感じから言うと、声って、ものすごい重要なはたらきをしているんですよね。

河野　あ、そうですか。

伊藤　その里子さんの声というのも、そのまま裕子さんの身体の中に残っているわけだからね。

河野　残っていますね、もう鮮やかに残っていますね。声っていいものでして、美声が必ずしもいいものじゃなくて、何でしょう。声については私はあまり深く考えたことがないけど。

伊藤　すごく声の歌は多いですよね。

河野　話し方の感じのいい方がおられますよね。その方が隣の部屋で話していて、声が聞こえてきて、とてもいい感じがすることがときどきあるでしょう。あれっていいもんですよね。その人の表情とかを見ているんじゃなくて、その人が話していて、濃淡あって、ふと途切れたりして呼吸があるよというのは、あれは何かすごくいいもんだなと。

伊藤　僕はときどきねイエス・キリストの声ってどんな声だったのかって思いますよね。

河野　と、私も思う。

伊藤　ゴータマシッタルタの声って、どんな声だったろうと思いますよね。

河野　聖徳太子でもね。

伊藤　そう。あの表情と声とがなければ、いかなる教えも絶対相手の身体の中に入っていかないのね。

河野　と思います。

伊藤　ね、絶対ない。どんな声で、どんな表情で語ったのかということをね。

河野　内容ということを言いますけど、残っているのは内容ですけれど、内容以上に声と表情、その人のたたずまいというのは、ものすごく大きいと思いますね。

伊藤　そうですね。大きいですね。

河野　あの声の持っている、あのよさというのは何なんだろう。

伊藤　だから、この『はやりを』の歌を読んで忘れられなくてね。「こゑのみは身体を離れて往来《ゆきき》せり」すごい表現ですよね。こんなふうに声をとらえた人っていないんじゃないかなと思うんです。

　声は身体の一部なんですね、身体から出すんだから。それがお互い行き来するというのはすごい感覚ですよ、やっぱり。

河野　でも、沈黙も面白いですよね。沈黙も声の一部だから。黙っているということ。黙っていてときどき話をするっていうことの面白さっていうのはええもんですよね。

伊藤　うん、カウンセリングがまさにそうだな。

河野　ああそうですか。

伊藤　うん、黙っているときというのは実は非常に濃密な時間なんですよね。特にあの、クライアントの人が相談にきて、相手が何か考えている時間というのは、こっちもじっと静かに待っているっていうね。

河野　待つ時間のほうが長いでしょ?

伊藤　そうですね。だけど考えているほうは長くないんですよね。

一所懸命こう濃密な、ある意味ではいい時間を過ごしているんですよね。

河野　それで、伊藤さんそういうときには、黙っているときには半眼ですか、よそ見してらっしゃるんですか。どうなさっているんですか。

伊藤　相手の様子によりますよね。相手がもう一心不乱に考えているときっていうのは、こっちがどうしていてもだいじょうぶですよね、邪魔さえしなければ。だけど、なんか考えている自分を見られているなと思ったら、さりげなく外を見たり、ちょっと部屋に帰ってきますとか言って、そのまま一人の時間つくったりね。いろいろしますよね。

こっちが相手が一番考えやすい状況を考えるというのかね。

河野　伊藤さん自身が喋りにくい相手っていらっしゃいますか。

どういうふうに声をかければいいかという。

伊藤　そうですね。それはやっぱり相手と自分とのその関係をつくれないといけないですよね。その関係をつくるためにどうしたらいいかということは考えますよね。そのときに、相手が何を求めて何を願っているのかをこちらが理解しないと。こっちが喋ることを求めているのか、喋ってほしいと思っていないのか、それこそ静かな小さい声で話してほしいと思っているのか、もうちょっと元気のある声で向こうは話してほしいと思っているのか、相手の求めているものをこっちが理解するということがまず基本ですよね。

河野　伊藤さんはいつも元気で大きな声でお話になります。でも、カウンセリング室では全然別ものでしょう。

伊藤　うん、そりゃそうですよね。

河野　お部屋に入ってきたときの雰囲気でわかりますか？

伊藤　まあまあ、ある程度はわかりますよね。どれだけ重たいものをしょってるか、さほどでないか、ここに来たくて来ているのか、来たくなくて来ているのか、早く帰りたいと思っているのか、切羽詰まっているのかというようなことを考えますよね。

河野　で、いろいろカウンセリングなさって死んでしまった子もいますか？

伊藤　ええ、後ではいますね。カウンセリングの途中で自殺した子どもというのは僕は幸いいないけど、そりゃたまたまでしょうね。

河野　でも、そういう何かいろいろ抱えてやって来る人に自分の波長を合わせるということは、ものすごいエネルギーが要るでしょう？

伊藤　そうですね。

河野　自分がわかったつもりでも、相手は全然わかってくれていないということも多いでしょ。まずもって、わかること自体が無理ですもの。

伊藤　そうですね。

河野　そういうときは、そう言うわけですか？その人に。

伊藤　まあ、ともかく相手が自分の言いたい気持ちを、いくらかでも言えたかなという気持ちになってもらえればいいわけですよ。そして、今日はうまく言えなかったけれど、あるいは聞いてもらえなかったけれど、これからも聞いてもらえれば、ひょっとしたら自分の気持ちをわかってもらえるかなという、そういう気持ちになってくれたらいいですよね。

河野　ずいぶん時間かかるでしょう。

伊藤　かかりますよね。

河野　でも、たいていの子は喋りませんでしょう、そこまでは。

伊藤　まあ、喋りたい子、喋りたくない子、いろいろですよね。

河野　私、カウンセリングをずいぶん受けたんですよ、高校のときにややこしくなって。高校のときにもう行き場がなくなりましてね。もうどうしようもなくなっちゃって。これじゃあだめだなと思いました。でもその先生が長い長いお手紙をずいぶんくださいました。

伊藤　カウンセラーが治そうとしたら、まずだめですよね。治そうとするより、わかろうとせよというのが僕らの一番の基本です。こちらが気持をわかるというね。

河野　でも、わかるということは非常に僭越なことではないでしょうか？

伊藤　そうですね。

河野　人の気持ちがわかるわけがないもの。自分でさえ自分の気持ちがわかりませんもの。ほんとに。自分の気持ちを説明してごらんって言われたって、そんなことできませんもの。

伊藤　いまおっしゃった通りなんですよ。「わかろうとする」ことができるだけなんですよ。「わかること」はできないんですよ。わかっていないと思うから常に相手の言葉に耳を傾けていくということになりますよね。相手がもうわかったと思ったら、もうこちらは相手の気持ちを聞く必要ないですよね。あなたこうしなさい、ああしなさいになっちゃうよね。

河野　それ言っちゃだめなのよね。

伊藤　うん、そうなの。

河野　しかし、難しい仕事ですよね。

伊藤　たしかに難しい。自分が相手をなんとかしようと思うと、ほんとに難しくてどうしようもなくなってしまいます。

河野　そんなことができりゃあ、世の中はもう簡単ですよ。

伊藤　そうなんです。だからカウンセリングって無力であり非力なものであるということを思い知っていないといけないんですよね。それをカウンセラーが相手を治してやるとかね、そういう考え方に立ったら相手は絶対拒否します。

だから、なんべんもいろんなカウンセラーをまわって来た子どもが僕らのところに来るとね、もう本当にいろんな話を聞きますよ。

河野　もうスレているんです要するに。人間を測るものさしが非常に鋭敏ですからね。そういう人を相手に自分というものが測られているしんどさというのはありますよね。

伊藤　あります。

河野　逆ですよね、あれは。測られるんですよ、カウンセラー自身が。

伊藤　そのとおりです。

河野　相手はしっかり見ていますもの。あ、嘘をついたなって一発でわかりますもんね。

伊藤　わかりますね。

河野　話が横道にそれましたけど。

伊藤　いやいや、でもそのとき相談に来た人がね「先生、嘘を言っていますね」って言ってくれる子はいいんですよ。

いまが一番いい

河野　ただ黙ってそばにいて背中をなでてくれる人がいれば、それだけでも救われることもありますし。

伊藤　だから本気で自分のことをわかろうとし、支えようとしているかという、そのことを一番まず感じるわけでしょう。

河野　私も病院に何年も通いましたから一発でわかりますね。なんかお医者じゃなくても、そばにいてくださるだけでわかりますもんね。ああいうことってなんでしょう。元気なときにはわからないことが。

病院にこれだけ通っていますと、自分の症状によってね、見え方が変わってまいりますね。自分が危ういというときには、死にかかっている人が見えるんですね。ああ、この人はもうちょっとで危ないな、とか。元気になってしまうと見えなくなっちゃいますね。なんか非常に不思議ですねあれは。直感でキャッチしちゃう。

だからね、人と付き合うときは口先だけで付き合うのは、もうやめやと思いました、もうこうなったら。だからもうね、もうすっぴんでええわっていう感じになって。

平塚先生にお会いして、大事な里子さんに死なれてしまって。自分がこんな病気になってしまって。あと何年かなと毎日考えるんですよね。そうすると、いまが一番いいなと思うんですよね。いまが一番いいときで。あと、どういう凄まじいもがき方するかっていうことはもうわかりません。だけど、そういうことを考えてもしかたがないしね。いまが一番いいなと、本当にそう思います。

伊藤　いつもいい表情でいらっしゃる。

河野　そうですか。

伊藤　うん、本当に。

河野　なんにも起こらないで、ただその日が過ぎていくということの、季節の移っていくということの、それがとても大事。

今年のサクラが本当に美しくてね、それが散って青葉が始まって、どうしてこの世ってこんなに美しいんやろうと思って。もうなんて言ったらいいのかな、茫然としちゃうんですよね。もう青空の不安は消えてしまいましたね。
伊藤　それはよかった。
河野　青空の不安を言っている暇はないわと思って。この季節の移っていくことの何ともいえない不思議なこの時間の歩みというんでしょうか、時間が過ぎていくことの不思議な感じというのは、自分を置きながら時間だけが過ぎて行って、季節が移っていくっていう、そういうことがどうしてこんなに美しいんだろう。ほんとうに茫然とするほど美しいんですよ。
　今年は思いきりコスモスの種をいっぱい蒔きました。庭中コスモスだらけにしようと毎日世話をしています。

紙縒の帯

河野　とても恵まれて面白い人生だったなと思います。特に人間関係で。人間関係は本当に幸せだったと思います。まあ、親父が生きているあいだは「この親父め」と思ってましたけど。
伊藤　相当厳しいお父様だったそうですからね。
河野　でも死なれて初めてね、河野如矢《ゆきや》さんはそうだったのか、と納得いたしまして。だから『私の会った人びと』のあとがきにも書いたんですけど、あの本のきっかけは、河野如矢という人をこの世に残しておくことが私のすることだって思いましてね。そして河野君江さんという人に二冊の歌集を残すように動いたことだけが親孝行で、父母についてはもうそれでまあまあ、プラスマイナスこれでよかった、と。
伊藤　やっぱり語り継ぐということは一番の親孝行じゃないですかね。
河野　と思います。みんないなくなっちゃいますから。語り継ぐこと、みんなに。孫子たちに、こんな人がいたよって。いたよって言うことがとっても大事だと思うんです。
伊藤　いやそう思いますよ、ほんとにね。
河野　ああいう人がいたよ、こういう人がいたよ。何でもいいから、何でもいいんです。歯ブラシを間違えて磨きはったよだけでもいいんですよ。めりけん粉とお砂糖を間違えてお汁粉つくったよだけでもいいんですよ。そういう人が自分の昔にいたっていうだけでね、その人はそれで生き続けるんですよね。私ほんとそう思います、語り続けることって。おっしゃるとおりだと思います。
　聞くだけで、ああおもろいと思うじゃないですか。そういうことってすごく大事なことで、人の話を聞いて覚えておいて、それを誰かに言うということ。自分のなかでためておかないで。それがすごく面白くて大事なことだなと思って。
　ともかくこの世の中は、ものすごく残酷で目も当てられんかったけど、ものすごくきれいな世の中で、極端だと思って。だってそうじゃないですか、生きものを殺して食べるとか、もうかなわんな。ときどきね、マーケットへ行っても私、お肉売り場へ行くのをやめて帰ってくるんですけどね。かといって、そうもいかんわねと思ったりして。だけどそういう残酷なことを一方ではやっていながら、なんてこの世はこんなに美しすぎるんやろうかと思ったりして、言うのも恥ずかしいけど。

伊藤　いやいや。

河野　まあね、そういう何だろうな。ともかく私、人間の関係においては恵まれて幸せだったと思います。おばあちゃんが面白い人でしたし。

伊藤　そのおばあちゃんの話というのは、もう忘れられないですよね。

河野　めちゃくちゃ面白いですよ。

伊藤　カナダに行っていたおばあちゃんね。

河野　そう。あれがまたおっぱいちゃんで。あのおっぱいが語り草で。見事なおっぱいでね。あのおっぱい見たかぎりは、どこのおっぱいもあきません。白くてきれいでつやつやして。お風呂に入ってはかっているの。「どっちのおっぱいが重かろうかねえ」と言いながら。あのおっぱいはきれいでした。そのおばあちゃんいうのが、もうめちゃくちゃ大陸的でええかげんで能天気で。

伊藤　そのおばあちゃんがその石部にみえたんですね。

河野　ええ、私が六歳か七歳くらいから一緒に暮らし始めたかな。

まだ京都にいたときにね、九州から訪ねて来たんですよ。田舎ですからなんにも持ってくるものないでしょう。タケノコのシーズンで、タケノコをしょってきたんですよ。いわゆる孟宗竹じゃないんですよ、破竹《はちく》。あれが精一杯のごちそうというのか、お土産で。それしょってやって来ました。

裕子がいるか見に行こうと思って幼稚園に来たらしいんですよ。窓からのぞいて見てね、「ああ、あれが裕子ばいね」って思ったんですって。それから二、三年してから一緒に暮らし始めました。おもろいおばあちゃんやったな。

伊藤　裕子さんの書かれたのを見ると、ほんとに豪傑だよね、生き方が。

河野　そんなことない。

伊藤　だっていろんな苦労があっても、それを平気でしょってしまうような。

河野　楽天的なの。

伊藤　あるいは、しょっているということも思わないぐらいに平気で生きているという。

河野　自殺しようなんてこと思ったことない人じゃないですか。帯紐がなければ、そのへんに落ちている荒縄をぐるぐる巻いて、それで当たり前。全然恥ずかしいともかっこ悪いとも思わない。

伊藤　お母さんのお母さんですね、おばあちゃんは。

河野　はい。うちの母とはうまくいきましてね、たった一度も嫌なことなかったですね、あの二人は。おばあちゃんが亡くなって、おばあちゃんの簞笥をガタゴトといわせて、母が遺品の整理をしたんですよ。そしてね、母が言いましたね、「人間が持って暮らせるものって、たったこれだけのものかな」って、ひとことぽつんと言ったんですけど。

そのときね、母がおばあちゃんの残したもの広げていたんです。帯が出てまいりましてね。それは昔、手習いをいたしましたでしょう、半紙で。字を書いて朱を入れていただいたりして。その半紙をね、全部紙縒にしましてね、その紙縒の糸で帯を織っていたの。それをね、ずっと死ぬまで持っていたの。あの帯はまだ実家に残っていますよ。

伊藤　ああそうですか。

河野　そういうような生活、貧しい生活だったんでしょうね。赤いのと黒いのと白いのと混ざっている帯。あれをおばあちゃんは巻きながら何十年も暮らしたのかなと思って。学問もないし、教育も受けてないし貧しくて。縁側でね、鉛筆なめながら自分の娘たちにお手紙書くのね。平仮名混じりでね。それがね、なかなかよかったんですよ、素朴な文章でね。べつに文章を書くわけでもないんですけどね。ほんとに小学生みたいな作文ですよ。それでもやっぱり手紙を書きたかったんでしょうね、娘たちに。六人生んで五人育てたらしいんですけど。一人で日雇いしながらね。たいした人ですよね。

伊藤　たいした人ですよね、もうほんと聞いただけでねえ。

河野　でもそれを大変なこととは思わなかった人ですよ。

伊藤　そういう日本人てやっぱりたくさんいたと思いますね。

河野　ええ、いたと思います。

伊藤　われわれの祖先にはね。

河野　それが当たり前で。私たちは理屈をいっぱい言いますけどね。人のせいにしたりね。それが当たり前で、それが生きていくことで。そういうような人生を終わってしまって何にも残らなかった。そういう人たちがいたという。そういうことってすごく大事なことだと思うんですよね。

伊藤　そうですね。

選歌を通して

河野　そういうふうにして何にも墓石もろくすっぽ残らなくて、ただただ暮らして、そして死んでしまったという。

そういう人たちというのを私はほんとにしみじみ思うんですね。学歴があるとか有名であるとか勲章もらったとかね、それはそれなりに偉いことだと思うんですけど。思うのはね、そういう父母おばあちゃんがいたことも一つですけど、一つは新聞の選歌をさせていただいてね、いろんな方が投稿なさいますでしょう。ほんとに自分の暮らしのなかから歌をつくってこられる。それを読ませていただいているうちに、これが日本人なんだと思って。それまで私たちは前衛の影響を受けて何かほら偉そうなこと言っていたでしょう。
　選歌をしてれば、嫌なこともいっぱいありますよね。ある事件があったら、同じような反応しかしない日本人のメンタリティーはどうなっちゃっているのか、ということを山ほど思いますでしょう、伊藤さん、ほら。
伊藤　僕ね、いま毎日新聞と西日本新聞は裕子さんと同じで、いつも見ているんです。あ、裕子さん、こりゃあいいのを選んでいるなとか、なるほどこれは裕子さんだから選んだ、これは裕子さんだから出したんだと思いながら見てるんですよ。裕子さんに採って欲しいと思って出したんじゃないかってよくわかる歌もありますよ。
河野　あまり意識しないんですけど。でもね私、選歌しながらね、言っちゃなんですけど、名もない人たちが歌が好きで、ずっと出し続けていらっしゃる。
伊藤　ねえ、いい歌いっぱいありますね。
河野　ありますね。
伊藤　だから選歌って、そういう意味じゃ楽しいですよね、出会いだからね。
河野　出会いですよね。向こうは一方的だと思っていらっしゃるけど、こちらは決してそうじゃなくて、双方向ではたらきますよね。あれがなかなかいいもんで。あ、あの人は出していらっしゃらないけど、どうなっちゃったのかなとか、今度は調子がいいなとか、ちょっとくたびれていらっしゃるなとか思いますもんね。
伊藤　思いますね。
河野　なつきますね、なつきませんですか、こちらがついなついちゃうの。
伊藤　ありますよ。
河野　ああ、この字が今週はないとか。ああいう感じって選歌してみないとわかんないですよ。
伊藤　そうですね。

いいお父さん

伊藤　淳くんと紅ちゃんのこともぜひ。
河野　うちの家族はとてもいい家族で。紅さんが仕事して夜中に帰ってまいりますでしょう。永田さんも、もうそろそろ寝ようかいって言っているんですけどね、紅さんが帰って来ると、これから宴会しようかと言ってワインを開けだすんですよ。それで朝まで喋ったりするの。それがね、たいへんいいんですよね。何でもかんでも喋るのは、とてもいいんですよね。
　私は本当に家族に恵まれていると思って。やっぱり永田和宏さんがいいからだと思うんです。あの人はいいお父さん。それで私にもったいないような夫だと思います。
伊藤　彼はでも、もったいない奥さんだと思って。
河野　「あなた、世の中でいろいろ言われていると思うけどね、私が一番あなたを尊敬しているんですよ」ってときどき言うんですよ。これを言ったら、また裕子さんがクサイこと言うって笑われるかもしれんけど。

伊藤　永田さんよくわかっているんじゃないですか。

河野　わかっていると思いますよ。

伊藤　彼はお母さんを亡くしているじゃないですか。あれ以来、裕子さんは妻にして母なんだよ、やっぱ母性。

河野　なんせ面倒見にゃあかんので。だってね、一緒に生活しなきゃわかんないですよ。いくら大学で学生を怒鳴ったって、そのときは怖い先生かもしれんけど、くたくたにくたびれて帰ってきて、よれよれであくびばっかりして、もうご飯を食べさせても、何を食べているかわからへんのですよ。もう食べているだけが精一杯の人にこの魚はなんとかかんとか、って講釈言ったって聞こえへん、それだけ疲れて帰ってくるんです。もう疲れ果てているんですよ。それでご飯食べてから、また仕事始めはるんですよ。それがね、一週間や十日ならいいんですけど、結婚して以来ずっとそうでしょう。

伊藤　ほんとにね。

河野　森永に勤めているときには組合から文句が出るくらい残業やったんですよ。京都に帰ってきてからは夜に塾の先生をして、そして夜中過ぎに帰ってきて評論を書いていたんです。

それがもうずっと続いてきて、そしてどんどん忙しくなってきています。いまはもう雑用が増えて。もうお歳でしょう、ええかげん。六十歳過ぎちゃって。それでも前よりも凄まじい仕事をしている。

それでもよそに行ったらちゃんと喋るし、編集会議もあくびしてよろよろして、大丈夫かなと思ってついていくんですが、ぴしっと仕切りますしね。

あの人は、三回くらい脱皮しましたね。

そのこととは別の文脈で言いますと、永田和宏という人は自分が寂しい幼少年時代を送ったせいか、あるいは生まれつきのものかよくわかりませんですけど、ほんとうにいいお父さんであったと思います。

アメリカに行って、息子の淳にいろんなことがあったときも、私たち家族は何にも聞かないのね。顔をはらして帰って来るの。けんかして。けど何にも言わないの。そんな時に「おい淳、キャッチボールやろうか」とか将棋やったりして。何にも聞かないけれど、息子をなんて言うのかな、殴ったのも見たことないし、頭から怒ったこともなかったし。ほんとによくわかっていて。いつか「淳のことは俺が一番よくわかっているし、淳も俺のことが一番よくわかっている」って、言いましたね。

紅さんによう言うんです。紅さん結婚するんやったらね、いいお父さんになる人選ばなあきませんよ、と。

ちょうどね、まだ学生だったころに百万遍の、場所まで覚えていますよ、百万遍の工学部の前を歩きながらね、私ね、何の話のついでにか、戦争に遭った人の話をしていたんです。その息子さんとお父さんが約束していたんですって。もし自分たちが空襲に遭ったら、ここに来て会おうねと約束をしていたという話を。それで空襲があって約束の場所にお父さんが行かれたときにはね、その息子は涙をためて死んでいたってという話をしました。そのとき永田が「俺が父親だったら、どんなことがあってもその子のところに行く」ということを言わはって、それを聞いたときに、この人と結婚しようと思いました。

伊藤　なるほど。

河野　いらんことは言いません。頭から怒らないし、どこまで言えばいいかがよくわかる人。私はこういう人間だから、わあわあわあわあ、言っちゃうんです。言いすぎた、しもうたと思うんですけど。あの人は考えているから言わない、けれどもよくわかっている。

　あの人が何回か私に「俺の誇りは子どもたちだ」ということ言いました。それってなかなか言えないことじゃないですか。うちの愚息とか、愚妻とかは言いますが。それを聞いたときに私、ほんとにうれしかったし、いい言葉を聞いたもんだと思いました。

　永田和宏さんとは大げんかもしましたし、いろいろなことがありました。けれどこの人の言うことは黙って聞いてきました。余分なことは言わないし、いつもブレないことを、まっすぐ言ってくれますね。

　私はそういう意味で本当に幸せだったと思います。父母やおばあちゃん、家族がいてくれた。歌集をこういうかたちで息子が出してくれたのも、とても大きいし。

伊藤　『歩く』は青磁社の最初の歌集で牧水賞受賞になったんですよね。

河野　うちの家族は、お互いに歌でわかり合っている。特に淳の連れ合いが裕子ちゃんて言うんですが。

　裕子ちゃんていうのが全然、愛想もくそもなくて、そこがいいんですよ。すっぴんでね、お世辞ひとつ言わない。全然なよなよしていない。だからとっても好きなんですよ。

　裕子ちゃんも歌を作るんですが、歌を読んでいるとね、ああ裕子ちゃんてこれ考えているのやとすぐわかりますし。

　私の歌を家族が読んでくれて、そして息子の連れ合いがまたすごくよくわかってくれて、そして息子の子どもがまた本が好きで、何でも読んでくれて。上の子は櫂《かい》って言うんですが、きっと櫂は私の歌を読んでくれるだろうと思う。

牧水の家族

伊藤　最後に牧水について。牧水はまさにね、いい妻と四人の子どもに恵まれて、夫婦歌人でね、ほんとに見事な家庭だったんですよ。

河野　牧水?伊藤さんがそういうふうにおっしゃる?私はそうは見てないの。

伊藤　どうして?

河野　だってあんな亭主かなわんですよ。飲んだくれて、出て歩くんやもん。

伊藤　でも喜志子は夫を愛して幸せなんですよ。

河野　それはそれでいいと思います。

伊藤　牧水が旅に行かずにはいられない寂しさを理解しています。

だから、出て行っても夫を恨むことも責めることもない。喜志子という人はね、夫が出て行って、帰ってくるじゃないですか、足音が違うと言うんですよ。帰るときの足音の、いそいそとしたその響き。大地を踏みしめて。「帰ったぞ」と帰ってくるという、そういう歌をつくっていますよ。だからこの人は行かずにいられない、人間の根源の寂しさを持っているけど、最後は自分のところに帰って来るとわかっているから。

河野　わかっている。

伊藤　ある意味ではいくらでも行かせるんですよ。行かせてやらないと、この人は生きられない人だってのがわかってるから。

河野　牧水というのは、歌をつくらなければ生きていけない人、飲まないでは、ほっつき歩かないと生きていかれない人。それをよくわかっていたんですよ、喜志子さんは。

伊藤　そうなんですよ。

河野　そういう人を妻にしたというのは幸せなことだと思います。

伊藤　牧水、幸せでしたよね。

河野　でも、喜志子さん寂しかったやろね。

伊藤　そうですね。でもね、裕子さんが永田和宏さんが夫で幸せであったように、喜志子も牧水を夫にしてほんとに幸せであったと。

河野　はい。

伊藤　でしょう。だから喜志子もね、牧水で大変だということはあったにしても、不幸だとは全然思ってないです。

河野　ああ。

伊藤　例えばね、牧水の歌碑ができるんですよね。でもう牧水が亡くなったあとの歌碑建立だから、牧水はいないんですよね。だから、何万人集まってもあの人がいないから私は寂しいという歌をつくっているんですよ。

河野　私もそう思います。

誰が来たかって永田さんがいなかったら私は生きていてもしようがあらへん。たった一人いてくれればいいんですよ。

与謝野晶子もそうだったと思いますよ。晶子もちょっと変になっちゃいますでしょう、鉄幹が死んじゃったら。

伊藤　そういう夫婦歌人のよさがね。与謝野鉄幹、晶子。若山牧水、喜志子。永田和宏、裕子夫妻もやっぱり。

河野　だから何の悔いもありません。もう一回人生やり直せと言われても同じようにやります、私。だから、これでいいんですよ、べつに。

（'09・5・12　於・永田家）

三枝　昂之

三枝昂之（1944‐）歌集『農鳥』で第７回若山牧水賞受賞。
歌集に『遅速あり』『甲州百目』『やさしき志士達の世界へ』他。

文学館館長として

伊藤　今日は話を聞くのを楽しみにしていました。本当にしばらくぶりですよね。

三枝　あらたまって二人で向き合って話すのは、初めてですよね。

伊藤　初めてだね。特にアルコールなしでというのは。いまはすごく充実して仕事をされているじゃないですか。ふるさとの山梨県立文学館の館長としての仕事は、どうですか。

三枝　県立美術館はほとんどの県にあるけれども、県立文学館はたしか十数県です。山梨県のような小さな県が美術館と文学館を持っているのはやっぱり志だと思うんです。県立文学館館長は、初代も二代目も近代文学の大家なんです。

伊藤　紅野敏郎先生。

三枝　初代は三好行雄氏。古典中心の東大国文科で初めての近代専攻でした。二代目が紅野先生。

伊藤　素晴らしいお仕事をされました。

三枝　紅野先生は、僕が『昭和短歌の精神史』に悪戦苦闘して、雑誌で分からないことがあって教えを請うと、電話口ですぐ教えてくださった。

伊藤　紅野先生は雑誌の初出を大事にされた方ですよね。

三枝　館長の打診を受けた時にはやはり研究者が適任、自分の役割ではないとは思ったんですが、ある人が「文学館をつくるのが飯田龍太の夢だったんだ」と教えてくれた。ジャンルは違うけれども、僕にとって飯田龍太は、大切な師でもあるんです。

伊藤　入院中、三枝さんは「ともかく飯田龍太の俳句に出会って、すごく大きなものを得た」と書いておられますよね。

三枝　師の夢を担うのはうれしいことと思って、館長を引き受けることにしました。

伊藤さんの牧水記念文学館もそうでしょうけど、県立文学館は県民の税金で運営されているから、どうやって県民向けのサービスを心がけ、県民に還元するかということが、常に求められるんです。だけどもう一方で、文学はいまだんだん片隅に追いやられている。

伊藤　大学で文学の講義が減るとかね。

三枝　文学部そのものがない大学も増えていますから。

そういった中で、どう文学館の舵取りをするか。これは県庁とメディア向けに言っていることですが、文学館は来た人に幸せを感じて帰ってもらうところだと思うんです。例えば、雨の日にたった一人の入館者しかなかった。だけど、その入館者が三時間くらい展示とじっくり向き合って、何か自分の人生に対する小さなヒントをもらったとする。そういう、たった一人の雨の日の至福、それも文学館の使命じゃないかな。

伊藤　本当にそう思います。ご存じのように牧水記念文学館も、日向市のかなり山あいのところにあるじゃないですか。それを関東、東北から、一人とか二人でわざわざ訪ねてみえる人がいます。この大切さは、やっぱり人数の問題じゃない。

三枝　牧水の文学館には行くことそのものに志を感じますね。大切ですよね。山梨県立文学館は「芸術の森」という公園内にあって、美術館と向き合っている。美術館に行ったから、ついでに文学館にも顔を出してみようかという流れを作りたいんですね。

伊藤　そういう意味では、地の利が非常にあるわけですよ。わざわざ訪ねてくれる人はありがたいですよ、本当にね。

三枝　もう一つは、やはり文学は敷居が高いんです。「文学」という言葉自体が。だから、できるだけ敷居を低くしようと、いろいろ手探りしています。

例えば、二〇一三年の与謝野晶子展では、晶子の歌に出てくる、恋のいろいろな悩みをおみくじにしたんです。何番を引くと、この歌ですからあなたの恋はこうなるというような。そんなお神籤に近い遊び心を交えながら。

伊藤　それは三枝さんの提案ですか。

三枝　学芸課に教育普及という部門があり、そこが考えました。

僕が考えたのは、歌に投票してもらう企画です。全国を回ると、鉄幹と晶子の歌碑が並んでいる場所が多い。啄木記念館の敷地にも二人の歌が並んでいる。すると僕の悪い癖で、どちらの歌がいいかと比較しちゃうけど、かなりの確率で鉄幹の方に軍配があがる。そういう経験を活かして、与謝野晶子展では同じテーマの歌を並べて入館者に投票してもらいました。すると、富士山を歌った鉄幹の歌に高校生が「鉄幹、やるー」と感動して一票入れる。こういう遊びを通じて展示に親しんでもらうことも、大事にしています。

文学館には県民向けの文学創作教室もありますが、これもより身近な詩への入り口にするために、レミオロメンというロックグループの作詞作曲とボーカル担当の藤巻亮太を講師に招きました。専門の詩人だけではなく、もうちょっと身近なところにも、きらっと光る詩はある。中島みゆきやユーミンのように。藤巻氏の詞がなかなかいいんですよ。僕が詞について質問し、藤巻氏に作詞の工夫の仕方を語ってもらう。そうしたトークを通して、若い世代に詩作の楽しみを実感してもらおうと思った。これは角川の杉岡氏の橋渡しがあって実現したんですが、共同通信が記事を全国配信し、反響の大きい企画でした。こうした、文学へのルートをいろいろ広げたいと思っています。

だけど、一つの悩みは、月に五日、文学館に行かなければいけないことです。それが条件ですから。伊藤さんは何日行っていますか。

伊藤　僕は随時だね。行くときは行くけれども、行かないときは行かない。

三枝　月に二日が多いようですよ。僕の場合、毎週一日と、どの週かは一泊二日ですから。

伊藤　でも、館内の決済とかは、ちゃんとした別の人がいるんでしょう。

三枝　副館長が県の役人ですから、決済は彼ですね。

もう一つ、寄託というものがありますよね。寄贈されたものは、そのまま文学館の所有なんだけど、寄託されたものは申し出があれば返さなければならない。寄託のなかには樋口一葉や井伏鱒二など貴重な資料もあるんです。外に売りに出したら、かなりの金額になる。なるべく寄託を続けてもらうためにいい関係を続けることが重要なんです。

伊藤　井伏家から寄託されているんですか。

三枝　井伏家だけでなくそういうものが結構多い。時には館長が挨拶に行かないと。

伊藤　でも、館長の大事な仕事ですよ。県立文学館からすると、有名な文学者の先生に来てもらうのは、そのネームバリューも含め、他に対するアピールになりますよね。そういう意味では、三枝さんは縦横の活躍をしている。

三枝　日本歌人クラブの仕事もあるし。

伊藤　日本歌人クラブの会長だしね。

三枝　変ないきさつで、そうなって。

伊藤　でも、衆目の一致するところ、歌人クラブの人から聞くと、「次は三枝さんがいるから」と言って。

三枝　僕は無関心だったんですよ。神作光一さんが会長のときに、秋葉四郎さんを通じて「ぜひ歌人クラブの中央幹事に」と頼まれたけど「それは勘弁してください」と。挨拶のつもりで「秋葉さんが会長になったら手伝いますよ」と言ったら、本当に秋葉さんが会長になった（笑）、それで「男の約束だから」と。秋葉さんとは茨城県の常総市が主催している長塚節文学賞の選考委員仲間として付き合いが長いんです。

まあ、変なきっかけですよね。ただ、引き受けたからには責任をもってやらないと。現代歌人協会はプロの集団ですが、歌人クラブは親睦団体、そして短歌愛好家をサポートする組織だと僕は思っています。全国に支部組織があって裾野が広い。塚本邦雄さん、岡井隆さん、伊藤さんのように、短歌をどれだけ表現の極限まで深めていくかという、「文学としての短歌」という領域を意識している層とは別の、日々の暮らしのなかの、日記代わりの短歌を楽しむ層、楽しみながらレベルアップも図りたいという層があり、そういう層を支えることが、短歌自体を支えることにもなるのではないか、と考えています。

伊藤　文学の敷居をなるべく低くする、短歌を愛好していらっしゃる日本歌人クラブの方たちをサポートするという考えは、いつごろから強くなったんでしょうか。

三枝　『昭和短歌の精神史』を書き継いでいたときからでしょうね、きっと。専門歌人の歌はやはり素晴らしいけれど、イデオロギーとは無関係に、毎月投稿するのを楽しみにしている人々の作品にも胸を打つ戦中戦後の暮らしの声が少なくない。前衛短歌の尺度だけでこういう作品の評価を低めてはまずいと考えるようになりました。それからはイデオロギーからなるべくフリーになろうと思って、歌へのアプローチの仕方も変わったと思います。

伊藤　イデオロギーからフリーになるのは、われわれより上の年代にはなかなか難しいことじゃないですか。

三枝　塚本さんや岡井さん、あるいは近藤芳美さんや宮柊二さんたちが、イデオロギーとどう向き合うか、大格闘したから僕らは「短歌って、まだ大丈夫だ」と思えましたね。

だって、僕らが歌を始めたときは、短歌は日陰者の文学だったでしょう。

伊藤　そうでしたね。

三枝　だから、山手線の中で短歌の雑誌とか歌集は開けなかった、恥ずかしくて。あの青年は何んであの奴隷の韻律に親しんでいるのだろうか、と見られそうで。

伊藤　盆栽と同じぐらいのレベルで見られていましたよね。

三枝　そういう困難を克服するために塚本さんと岡井さんは闘ってくれた。僕は早稲田短歌会で塚本さんと岡井さんを読んだから、佐佐木幸綱さんの新鮮さもよく見えてきた。

つまり、前衛短歌の時代は、第二芸術論とどう向き合うかという時代ですよね。だからイデオロギーと向き合わざるを得ない。だけれども、それは一つの戦後的な尺度であって、今日も有効かどうかは、また別の話ではないかと。別の担い方をすることが、いまの短歌を担うことになるのではないかと思っています。

伊藤　そのお話は後程ゆっくりうかがいたいので、さっきの山梨県立文学館に話を戻しましょう。

山梨県民の文学に対する関心、甲斐の国の文芸・文学に対する関心はどうなんですか。僕はあまり詳しくないんだけど。

三枝　不思議なことなんだけれども、甲斐の国は俳句の風土なんですよ。長野は短歌の風土ですよね。

伊藤　面白いね。山梨と長野は隣同士じゃないですか。こっちは俳句の国、あっちは短歌の国。

三枝　長野県は太田水穂、窪田空穂、島木赤彦と近代短歌の大家が揃っていて、それが土壌として根付いている。山梨県にも歌人はいますが、飯田蛇笏、龍太の存在が大きい。その系譜が今も豊かに広がっています。だから松山は「俳句王国」、山梨は「俳句の聖地」と言う人もいる。僕もそう思っていますが。

伊藤　でも、蛇笏と龍太がいるのは、確かに聖地と言っていいような存在ですよ。

三枝　山梨は、深沢七郎や太宰治など小説にもゆかりがあるけれども、文芸の風土としては、やはり俳句の風土ですね。だけど、面白いことに、空穂系の雑誌が結構活発なんです。

おやじの遺歌集から

伊藤　そうなんですね。ではここでお父さんのお話も。山梨で商売をされながら、歌をつくっておられたんですよね。

三枝　甲府は江戸時代、天領の城下町だったんです。魚町、工町《たくみまち》があって、横近習町、縦近習町があって。商人たちの町は、柳町、桜町、紅梅町など。父はその桜町で衣料品店をやっていたんです。当時の商店は、朝早くから夜遅くまでなんですよ。セブンイレブンができたとき、画期的だと言われていたけど、僕の感覚だと、おやじのころからセブンイレブンだよと（笑）。

伊藤　よく分かる。僕も父が宮崎市で薬屋をやっていて、夫婦と、時に手伝いの人が来て、朝早くから夜遅くまで、休みなしで働いていましたよ。甲州人がよく働くというのは、よく聞きますよね。

三枝　そうなんです。休みは盆暮れ以外に二日だけ。その休みは短歌の集まりに合わせていた。「東京で空穂会があるから」といったぐあいに。

伊藤　ええっ、じゃあ、歌の勉強に。

三枝　歌の刺激を受けるためでしょうね。どうして短歌をつくり始めたのかは、丁稚をしていた店の関係者の影響らしいです。

伊藤　影響があるにしても、歌心というか、文芸に対する心がなければ、すぐにやめてしまいますよね。それをずっと続けられて、少ない休みの日に東京へ行かれて、空穂会に参加されていたのは、やっぱりお父さんは歌心、文芸の心をお持ちだったんじゃないですか。

三枝　そうなんだろうと思います。働きづめの暮らしの中で短歌が唯一の息抜きで、趣味だったでしょうね。だから、家にある本は歌集や短歌雑誌ばかりだった。窪田空穂や直接の先生の植松寿樹、歌仲間が甲府に来ることも多く、家で歓待したりしましたね。

伊藤　それは覚えていますか。

三枝　よく覚えています。子どもにとっても嬉しい機会です。ごちそうが用意されてお裾分けがこちらにも来る。だから歌人は子供心にも歓迎でしたね。あるとき父に、短歌の一番偉い人は誰だと訊いたら、「一番が窪田空穂、二番が植松寿樹」と明快だった。後から考えると、本当かなとも思うけど（笑）。

伊藤　二人とも大した歌人だけども（笑）。

三枝　父は短歌の仲間や先生を大切にしていたけれど、僕が短歌に関心を持つことには繫がらなかった。きっかけになったのは、高校一年が終わる三月におやじが亡くなって、歌仲間が雑誌に発表した作品を集めて遺歌集を出してくれたんです。おやじの遺歌集ですから、一応、読まないとまずいですよね。読んでいくと、昭和三十六年の作品に僕の高校入試を心配している歌があった。「試験運と云ふことあれば今日の試験に困りてやゐむ四男昻之」と、もろに出てくるんですね。これが奇妙に心に染みた。親が子どもの受験を心配するのは当たり前ですが、それが日記だったら、おやじも心配してくれたんだという程度で済んだはず。しかし短歌になると心に染みる度合いが一歩深いと感じて、短歌って結構いいものだなと思った。それがきっかけでしたね。

それで、昔父と見た川が懐かしいという、挽歌とも言えないような歌を、高校三年のときに朝日歌壇に投稿した。その歌を五島美代子さんが採ってくれて、これはいけるかもしれないと錯覚したんですね。

伊藤　いまのお話で興味深いのは、日記に書かれていたのではなく、歌になっていて、歌集にまとめられている。日常のことを、話したり書いたりしても大したことはないんだけど、それが短歌という形式で表現されると、独特の存在感を持って迫ってくるという。歌というものの不思議さですよね。

三枝　不思議なものですよね。あの歌、ほとんど散文ですよ。試験には運・不運があるから、大丈夫だろうかと心配しているだけの歌ですから。

伊藤　でも、「四男昂之」が結句に来ているところがポイントで、ここに愛情が出ていますね。だから、お父さんはちゃんと歌を心得ておられるし、やっぱりすごいですよ。印象に残りますよね。

三枝　つぶやきのようなものでも、短歌形式をとると一歩味が深まる。不思議ですよね。

伊藤　そうですよね。僕も歌をやっていて、ありふれた日常が作品になることはありますね。

ちょっと話が前後しますが、短歌を投稿するようになった高校時代よりも前、小学生とか中学生のときは、どんな子どもだったんですか。

三枝　僕は昭和十九年の一月生まれで、学年は伊藤さんと同じ。だから、戦争のことを本当は知らないんですよ。僕の戦争の記憶というのは、後から植え付けられた。甲府の空襲は二十年の七月七日、七夕空襲といっています。母親が一歳半の僕を背負って、次男と三男の手を引きながら焼夷弾のなかを甲府駅の近くの川まで逃げたらしい。夏になると、母親がそれを何度も話してくれる。すると、僕は母親の背中で花火を見るように七夕空襲を見ていたように思えてきて、それが「記憶にない記憶」の発端だと思いますね。

伊藤　本当は脳に刻み込まれているんだろうね。われわれが思い出さないだけで。そういう記憶もあるのかもしれないね。

三枝　伊藤さんはどうですか。

伊藤　僕はあんまり小さいときのことは覚えていないんですよ。宮崎にも空襲はあって、僕は二歳近くだったんだけど、覚えていないですね。幼稚園に行くぐらいからしか記憶になくて。だから余計に人のことが聞きたくなるんです。三枝さんのような記憶の在り方は、たとえお母さんから聞いたものであっても、ほとんど自分自身の記憶になる必然性みたいなものがあるんだと思いますね。

三枝　僕は高校の教師になって、最初は政治・経済、最後は日本史を教えていた。日本史はだいたい明治維新で終わっちゃうんです。だから、できるだけ昭和の歴史を教えていた。テレビ番組を録画して、映像を見せながら、戦争について授業をしていたんですね。その中のひとつに、大阪大空襲で、赤ん坊を背負ったまま焼夷弾の中を逃げ回った母親が、気が付いたら赤ん坊の頭がなかったというドキュメンタリーがあるんです。あの赤ん坊は自分だった可能性もあると思うと、母親から聞いた甲府の町を彩った花火は、すごく大切というか、重い記憶になるというか。ただ、僕は子どものころから虚弱児でね。

伊藤　すごくけがをして大変だったと。

三枝　もう病気のプロですから。僕のすぐ上の兄貴は、一家の中で一番頑丈なんですよ。母親が面白いことを言うんです。「昴之ちゃん、悪かった」と謝る。なぜかというと、「私が子どもを産むときの体力は、みんなヒロミツちゃんに取られちゃった」と。「もう残っていないときに、おまえが生まれてね。だから、おまえには本当に悪い」と言われて。そう言われるとますます自分が虚弱児に思えてくる（笑）。

伊藤　いまはこんなに元気じゃないですか。

三枝　伊藤さんや永田和宏と二、三日一緒にいたら、もうとても駄目ですよ（笑）。

伊藤　僕だって同じですよ（笑）。

三枝　小学校の低学年のときは幼児結核をしたし、その結核菌が残っていて、二階から落ちて背中を打って、骨にちょっとひびが入ってそれが脊椎カリエスになって二年間寝たきりになったりして。病弱な子どもでしたからね。

伊藤　作家たちはよく、幼少期の病気や事故や、何らかの出来事がその後の自分の、ものの見方、考え方に影響を与えるというけど、そういったことはありますか。だって、二年間伏せっていたらね。

三枝　背中にギプスをして、天井を向いているわけですよ。板張りの木目が奇妙な形に見えたり、雨が降ると隣の家の瓦が非常に光ったり。体調が悪いときには、すごく反応過剰になりましたね。だけど、それが自分の感受性にどんな影響を与えたかは、あまりないように思います。記憶としては鮮明なんですけどね。

伊藤　ある意味では、強いということですか。

三枝　いや、どうですかね。よく分からんですね。

伊藤　そのころ、本はよく読んでいましたか。

三枝　本を読むのが唯一の楽しみでした。少年少女向きの世界文学全集とか、『源平盛衰記』、『義経物語』、『太平記』とか、少年少女向きの歴史ものをよく読んでいました。漫画は「冒険王」の「イガグリくん」。

伊藤　じゃあ、そのころから歴史に関心が強くて。

三枝　そうかもしれないですね。小学四年生の五月から二年間寝たきりになって、小学校に戻るとき、学校側は五年生でも六年生でも好きな学年を選ばせてくれたんです。だけど、母親と父親が、そんなに焦って進級する必要はないと決めて五年生から始めたんです。二年ダブると、友達ががらっと変わる。これはかなり不思議な経験で、自分にとってどういうことだったんだろうと思いますね。よく分からんけどもね。あんまり深くものを考える方じゃなかったけれど。

伊藤　五年のほかの者からしたら、なんだかすごいお兄ちゃんが来たと。小学生で二つ上といったら、相当お兄ちゃんですよね。中学一年生がいるようなものですよ。

三枝　そうそう。ただ、担任の先生が面白い男で、僕をみんなに溶け込ませるのがうまかった。結構生意気な文学青年の担任でね。あの頃はいろいろな事情のある生徒も多くて、サーカスの子が興行の二カ月間だけ編入して、終わると転校していくとか。

伊藤　昔はそういうのがあったんだよね。

三枝　そういう子や、僕みたいに二年遅れで入った生徒は、クラスを運営するうえで、扱いが一番難しいはずですよ。学校経営としては学年の一番ベテランの先生に割り当てるのが順当なんだけど、一番若くて生意気な先生のところにいった。

伊藤　校長はどういう経営方針だったのでしょう。

三枝　分からない（笑）。ただ、担任の先生は、生徒一人一人の長所を褒めるのがうまかったんです。彼に「三枝は詩を書くといいよ」と言われたのが、後々まですごく自分を勇気づけてくれた。ある同級生には、「杉田はコイルの巻き方がうまい。電気系統の勉強をするといいよ」と言っていて。その杉田君はいま、工学分野で特許を取って、山梨大学の特任教授です。

伊藤　先生は子どもの素質を見抜く目があったんですね。

三枝　彼は僕らが卒業すると、小説家になりたいと仕事を辞めて、東京へ出て働きながら小説や詩を書いていた。

伊藤　これ（『こころの歳時記』）に出てきますよね。

三枝　そう。小澤貞夫先生。先生が、僕をクラスの中に非常にうまく溶け込ませてくれた。それはいまでも感謝ですね。

伊藤　素晴らしい先生ですね。だから、先生の恩に報いるように、卒業生たちが先生の本をつくろうと言ってね。『こころの歳時記』の中で、感動的な物語ですよね。

三枝　先生が亡くなったとき、先生の作品が山と残っていた。我々が預かって、みんなで回し読みをして遺稿集を作った。弟の浩樹が驚いていましたよ。「俺たちの担任の＊＊だったら絶対につくらないよ」と。

伊藤　小澤先生がこんにちの三枝昂之を見たら、「俺の目は間違いなかった」と絶対に言うはずだよね。

三枝　生きていてほしかったですね。六十三歳で亡くなりましたから。

伊藤　「あいつは本当に才能があったし、そのとおりになった」と言って。山梨県立文学館の館長になったといったら、先生は本当にあの世で喜んでいるでしょうね。

三枝　ほかのことでは褒めてくれなかったけど、いまだったら、少しは褒めてもらえそうですね。やっぱり先生の力は大きいですね。

伊藤　先生に「三枝は詩がいい」と言われたのが、心の中に残っていることもあって、文学を仕事にしていけると思ったんですか。

三枝　そこまでは思わなかった。小さいステップとしてはおやじの短歌ですね。

集団には収まりきれない自分

伊藤　それで、早稲田高等学院三年生のときに朝日歌壇に入選して、やはり自分は歌でやれると。

三枝　朝日歌壇に出したら、これは大丈夫じゃないかと錯覚するでしょう。

伊藤　朝日歌壇って、そういう力がありましたよね。

三枝　毎日歌壇でもよかったんだけど、毎日歌壇は窪田空穂が選をやっていて、弟が先に投稿していたんです。空穂がわりと採ってくれていて。そこへ出すわけにはいかないじゃないですか。向こうが採られて、こちらが駄目だったら、兄貴のプライドがないから。

だから、朝日に出した。それで、短歌って面白いなと思って、高等学院の図書室で、窪田章一郎編の『現代秀歌』を読んでいると、いいなと思った歌人がいて、作者紹介を見ると、僕の通っている高校の国語教師と。これは驚いた。

伊藤　武川忠一さんですね。

三枝　そう。おいおい、あの古典の教師じゃんと。

伊藤　授業を受けていたわけですか。

三枝　「古事記」の授業を受けていました。それで、先生に『氷湖』を読みたいと。

伊藤　武川さんの第一歌集ですね。

三枝　「子のわれを誰ぞと問いて…」の歌だった。武川先生は父の名前を知っていたんです。「まひる野」と「沃野」は兄弟誌ですから。それで最初に読んだ現代歌集が、武川先生の『氷湖』だったんです。それもあって、大学では早稲田短歌会に入りたいと思った。当時の早稲田短歌会は佐佐木幸綱さんが頑張っていて、「週刊新潮」でも記事になった。たしか学生のセックス短歌が話題だった。「童貞でもセックスを歌う」と。いま思えば当たり前のことだけど、なんだかすごい連中がいるな、週刊誌も注目するんだからここに入るしかないと。佐佐木さんは大学院生だったけれども、早稲田短歌会の歌会に時々来ていました。

だけど、早稲田短歌会に入ったら、それまで僕が読んでいたものとは、違うものを皆読んでいた。僕が読んでいたのは、文庫版の宮柊二とか近藤芳美、武川先生の歌。それが塚本邦雄や岡井隆じゃなきゃ駄目、でしょう。これが現代短歌だと、一所懸命背伸びをしていたんです。だから、あのころの僕の歌なんか、めちゃくちゃですよ。

伊藤さんには習作期というのがない。いきなり完成度が高い歌じゃないですか。若いころの同人誌を見ると、下手で青くてというのが通り相場だけど、伊藤一彦はそれがない。

伊藤　僕もありますよ。

だいたい僕は、四年生の九月に早稲田短歌会に入っていて、まったく異例なんですよ。僕は入らないと言ったけど、福島泰樹が「いまからでもいい」と言うから。みっともないけど、入ったらすごく面白かった。歌会も激烈にやっていたしね。

三枝　伊藤さんは哲学科だったこともあって、ものの存在感みたいなものを見る目が最初から深かった。

伊藤　その存在感を出したかったけど、なかなか歌えなくて。

三枝　そんなことはないですよ。こちらは青くて、とても恥ずかしいです。

伊藤　いやいや。でも、六十六年頃はあまり歌を出されていなくて、評論の方が多いですよね。

三枝　伊藤さんもそうだと思うけれども、歌をつくるだけでなくて、評論もしなくてはと。

それがごく自然な思い込みでしたね。短歌はまだどこかで日陰者の文学で、なんでこんなものをやるのかと自分なりに納得をさせなきゃいけなかった。

伊藤　自分が歌をやるのは本当に意味があるのか、ほかのことをやった方がいいんじゃないかという、自分の中での戦いだったでしょうね。

三枝　自分を納得させなければ歌と向き合えない時代、理屈を立てなきゃいけない時代でしたね。佐佐木さんが典型だけど、歌をつくることと、なぜ歌をつくるのかという問いの二刀流が当たり前だった時代ですよね。

伊藤　確かにそうですよね。

僕は四年生のときに入ったから一回限りだけど、「早稲田短歌」という、年刊歌集を出したんですよね。

三枝　そうでしたね。年刊歌集の「早稲田短歌」があり、佐佐木さんが岡井さんの「木曜通信」などをヒントに始めた年に四回ほどの「二十七号室通信」があった。

伊藤さんは西洋哲学専攻だったから専門だろうけど、あの当時、僕らはマルクス主義より実存主義だった。

伊藤　そうでしたね。早稲田哲学科でも実存主義の先生が多かったです。松浪信三郎さんとか、川原栄峰さんとかね。

三枝　あのころ実存主義で一番話題になっていたのは、サルトル‐カミュ論争。サルトルの方が理路整然としていて正論なんだけど、僕はカミュが好きだったな。

伊藤　闘争の歌があるし、『やさしき志士達の世界へ』もそうだけど、そういうことをテーマにしていたから、そこから一歩、距離を置いている歌だよね。

僕は「反措定」で『やさしき志士達の世界へ』の評を書いたんですけど、「やさしき志士達の世界へ」であって、「やさしき志士へ」ではなくて、「やさしき志士へ」ではなくて、そこから一歩距離を置く、逡巡する自分。ほかの志士たちと一体化したあなたを中心に書く人もいたけど、そうでない、逡巡する自分がものすごく出ていて。

三枝　伊藤さんが批評してくれたタイトルを覚えていますよ。「樫と髪と」。

伊藤　そうそう。そうだった。つまり、樫の木の歌と髪の歌がすごく実在感を持って歌われているということを書きました。

三枝　樫は大地に根を張っているものへの憧れみたいなものだったんでしょうね。だから、確かに闘争の歌もあるけれども、本当はそういうところに入りきれない、ためらいのようなものが、自分の主題だったかなと思います。

伊藤　短歌はそういった気持ちを表わすのに非常に適していたわけですよね。でも、時代が時代だったから、三枝・福島は闘争世代、闘争の歌というキャッチで捉えられて、論じられたけど、すごく印象に残る歌がありました。

　あのころよく引かれた、

「夜となれば青年の瞳に鉄カブトひかりとなりて涙のごとし」

とか。

「サーチライトがわれよぎりゆきわが影がはいつくばっている　祖国」

とか。

三枝　現実との距離を感じざるを得ないというか。当時で言うと、集団と個という、集団には収まりきれない、はみ出してしまう自分を見つめているということなのかな。

伊藤　東京で三枝さんと福島が中心になって、雑誌を一緒につくろうということになって、宮崎にいる僕にも呼びかけが来て。「反措定」は十号まで出たのかな。

三枝　公式には十号までです（笑）。

伊藤　十号は出ていない？

三枝　十冊はそろっていない。七〇年安保のころの、ガリ版のアジビラみたいなものもカウントしているから。それも欲しいと冨士田元彦さんに言われたんだけど。

伊藤　十号は浩樹の歌集評だった。あれで終わったような気がしたけど、途中がないのか。さばを読んでいる（笑）。

　それで今度は、「反措定」で叢書をつくろうという話が出ましたよね。

三枝　懐かしいですね。その話が出たのは宮崎の串間でしたね。福島と僕が串間の伊藤さんの新婚家庭へ押しかけた。

伊藤　しかも、福島が先に串間に遊びに来ていた。あなたは屋久島かどこかに。

三枝　奄美大島出身の教え子がいて、「夏は俺のところへ来てよ」と言うので。串間から鹿児島へ、そこから船に乗った。

伊藤　そのころ僕が住んでいた串間って不便なんだよ。宮崎市から電車で二時間半ぐらいかかるところに訪ねてきてくれたんです。福島は前日から来ていて、三人で飲んで騒いでいるうちに……これは前もって企画の話があったのかな。

三枝　いや、ないない。

伊藤　突然、あの場で。

三枝　大言壮語が得意な福島が「現代短歌は俺たちが担わなきゃいけない」と。酒の勢いで、三人で「そうだ、そうだ」と「じゃあ、叢書を出そうじゃないか」と。

伊藤　福島はもう、第一歌集の『バリケード・一九六六年二月』も出していたね。

三枝　彼はもうスターでしたね。酔っ払った勢いで、「じゃあ、出そうじゃないか」と。

伊藤　金がないから、一人五万円ずつ出して、二十万円で資金をつくって第一弾を出して、その売り上げで第二弾を出すという話をしたんですよね。

三枝　そうそう。そう決まったのが串間の伊藤一彦の新婚家庭というのがいい（笑）。

伊藤　新婚だったかな。

三枝　まだ新婚でしょう。

伊藤　むさ苦しい家だったけどね。

三枝　あれは青春ですね。ああいう勢いで叢書が出て。

伊藤　第一弾が『やさしき志士達の世界へ』。

三枝　あのとき、伊藤さんが第一弾でもよかったんだけど、なんか慎重になったんだよね。

伊藤　歌集ができなかったんじゃないかな。

三枝　じゃあ、三枝が第一弾だと。僕だって歌がないから、一所懸命書き下ろしをしたんです。めちゃくちゃな歌だったなあ。

伊藤　でも、第一弾はやっぱり『やさしき志士達の世界へ』でよかったですよ。反措定のイメージ。

三枝　いまから考えると、とんでもないタイトルですよ（笑）。

伊藤　あの時代の雰囲気と、われわれの青春がこもっていますよね。

三枝　その次が『瞑鳥記』というのがいいよね。第一弾がとんがっているので、第二弾が、瞑想しながら世界を見つめている奥行きを感じさせる。

伊藤　第一弾と第二弾のタイトルからすると、イメージが違うよね。

三枝　その幅が「反措定叢書」のいいところでね。

伊藤　「反措定叢書」は、福島が若い歌人の解説を書いていて、判型も工夫した、ちょっと縦長のね。

三枝　横が四六で、縦がA5なんですね。冨士田元彦さんが提案してくださった。福島のリーダーシップも大きかったですね。

伊藤　福島が「（タイトルを）『浪漫叢書』にしよう」と言

ったら、冨士田さんが反対したんだよね。「そんなのは戦前の右翼の浪曼派みたいだ、日本浪曼派みたいだ」と。でも、福島は「浪漫叢書がいい」と言っていたね。

三枝　いまだったらいいかもしれないんだけど、やはり「浪漫」は日本浪曼派に直結するイメージがあったから。

伊藤　イデオロギーめいた言葉ですからね。

でも、叢書をつくろうという話がなければ、われわれは歌集を出せなかった。まだ角川の短歌叢書もできていないわけだからね。

「茱萸叢書」もこの後だよね。だから、若い人の解説つきの叢書は、「反措定叢書」が最初なんです。

三枝　角川の「新鋭歌人叢書」は、「反措定叢書」の解説を参考にしてつくられたわけだから、自画自賛ではないけど、やはり「反措定叢書」は先駆的なアイデアでしたよね。福島のアイデアだった。

伊藤　そうですね。情熱的に。

三枝　だから、オーバーに言えば、串間の夜が青年歌人たちの歌集の出し方を決めた。

伊藤　日本の南端で。

三枝　早稲田短歌会の、そういったつながりは大きかったですね。

伊藤　僕なんかは宮崎に帰っても、三枝さんや福島が常に声をかけてくれた。でなければ、僕は歌をこんなふうに熱心に続けていなかったかもしれません。

三枝　いま日本の短歌の大黒柱だから、伊藤一彦は。早稲田短歌会のエネルギーは、いろいろなかたちで広がりましたね。

伊藤　福島にしても、三枝さんにしても、僕にしても、もちろんほかにも歌人はいたけど、同時期に活躍した者が、ずっと短歌の仕事を、実作で、評論で続けているのは、なかなかありがたいことだなと思います。

三枝　相互刺激が大きいですね。僕が早稲田短歌会に入ったときに一番ショックを受けたのは、佐佐木幸綱さんの作品と評論ですよ。塚本さんや岡井さんは前衛短歌の、思想としての短歌。それと佐佐木さんは違う。青春のすこやかさを奪いかえそうとしていた。後から考えると、あの違いは大きかったなと思います。

伊藤　佐佐木さんの歌と評論ですね。「早稲田短歌」「二十七号室通信」に書かれています。

三枝　佐佐木さんについて印象深いのは、学生会館の二十七号室で歌会をやるのは夕方でしょう。もう暗いのに、佐佐木さんはサングラスをかけて現れた。僕は素朴な地方出の青年ですから、「佐佐木さん、もう暗いのに、どうしてサングラスを掛けているんですか」と訊いたら、彼の言葉がすごくて、「俺は有名人だから」と（笑）。

伊藤　ははは。そう言ったの。

三枝　短歌は片隅で人に隠れてやるものじゃないんだ、胸を張って、肩で風を切ってやらなきゃ駄目なんだよという、シグナルでもあったと思う。短歌は大言壮語が似合う詩型だと言いたかったのかもしれない。

龍太を通じて甲斐と和解

伊藤　佐佐木さんはシャイなところがあるから、ちょっとはにかみながら言ったのかもしれない。僕らより五つぐらい上の世代に、佐佐木さんがいたというのは大きいですよね。

その後も三枝さんはずっと歌をやってきて、いろんな歌集を出されたけど、今回は牧水賞を受賞した歌集、『農鳥』について聞かせてください。

牧水賞の選考委員会で、全員一致で『農鳥』と決まって。『農鳥』は、あのときのピークの歌集じゃないかなと思って、僕らはいい歌集を選ばせてもらったと思っているんですけど、いま自分で振り返ってみてどうですか。

三枝　あのころ僕は大病がまだ完全には治らなくて、四十代は入退院を繰り返していた。そういうこともあって、『農鳥』の受賞は大きな励ましでもあった。

伊藤　僕らも心配していた時期ですよね。

三枝　子どももまだ小さくて、僕が山梨医大に入院した日が、息子の幼稚園の入園式の日でしたから。

伊藤　それはつらかったですね。

三枝　とにかく働かなきゃいけない、五十歳まではなんとか教員をやって、子どもを育てなきゃいけないと思いながら、闘病生活をしていたんです。それが転機になって、考えたことが二つあります。一つは、他を措いても自分が本当にしたい仕事をしようと。評論では前川佐美雄さんの評伝を書きたいと思った。

伊藤　なぜ前川佐美雄について書きたいと思ったんですか。

三枝　やっぱり佐美雄の歌が好きだったから。それから、それまでの佐美雄に関する短歌史的な評価がおかしいと思ったのも大きいですね。もう一つは、病院のベッドで飯田龍太の作品を読んだときです。それまで僕は甲斐の国が嫌いだったんです。だって、日本で一番高い山があって、二番目に高い山があって、山にぐるっと囲まれているでしょう。京都の盆地とは違うんです。誇張して言うと、かなり顔を上げないと空が見えない。とにかくここから早く抜け出したいと思っていた。

伊藤　東京の早稲田高等学院に行ったのも、それがあるんですか。

三枝　それが大きいです。だけど、飯田龍太は山と向き合う暮らしの中から俳句を紡ぐ。その俳句を読んで、山と向き合う生活は、こんなに奥深いものかと教えられたんです。

例えば、

「水澄みて四方に関あり甲斐の国」

秋の透明感が少しずつ増してくると、水が澄み大気が澄み、山々の一筋一筋がくっきり見えてくる。そんな麗しい国ですよ、甲斐の国は、と甲斐を愛でる句ですね。じっくり向き合うと山々の奥の深さが見えてくる。それで、甲斐の国は山に囲まれているんじゃなくて、山々に抱かれていると思うようになった。僕は龍太の作品を通じて、甲斐の国と和解をしたんです。

前川佐美雄と龍太体験が非常に大きくて、それからは、できるだけ故郷の豊かさを意識して歌をつくろうと思った。『農鳥』は農鳥岳という南アルプスの山の名を借りている。季節が動いて雪が溶けはじめると鳥の形が山肌に現れ、それが農業を始めるシグナルになる。山と暮らしとが一つになった山ですね。山との暮らしが、自分の中でとても大切な主題になった。だから、『農鳥』で腰を据えて故郷と向き合うようになった。とてもありがたいことですよね。母の挽歌もあるし。

伊藤　お母さんの、とてもいい歌が入っていますよね。牧水賞の選考会では、本当に全員一致して『農鳥』に決まったんだよね。例えば、

「甲斐は峡《かい》にして貝の国はろばろと舌がよろこぶ煮貝のあわび」

とか、ふるさとのオマージュみたいなものが、素直に歌われている。

三枝　牧水賞受賞を、飯田龍太がすごく喜んでくれたんです。龍太は、若山牧水と飯田蛇笏の結び付きをすごく大切にしているから。

伊藤　蛇笏が「俳句をやめる」と言うと、牧水は「俳句をつくれ。そして東京に出てこい」と言って、蛇笏のところへ寄るんですよね。

三枝　牧水が蛇笏を訪ねたのは、失恋したからでしょう。

伊藤　そうだよ。まだ恋の悩みの真っ最中ですよね。明治四十三年の十月かな。

三枝　牧水は、蛇笏のお蔵の二階に十日ほど滞在、その間に蛇笏のお母さんか祖母かが亡くなるんでしたね。ところが、飯田家は牧水に気づかれないように振る舞っていた。わざわざ出掛けて「文学続けなければ駄目だよ」と言う牧水もすごいけど、気づかせないようにもてなす蛇笏もえらい。知ったら牧水はすぐに出ていっちゃうから。

牧水は飯田家の土蔵の二階に滞在していたんですが、土蔵はその後売って他へ移築した。ところが、龍太の息子さんで今の当主の秀實さんがまた買い戻したんです。

伊藤　珍しいね。一旦売っちゃったものを。

三枝　蛇笏との繋がりがあるから龍太氏は牧水賞をとても喜んでくださった。龍太体験は『農鳥』というネーミングにも繋がって、龍太は僕の大切な師ですよ。

伊藤　あと、病気をされたときも、奥さまの支えはすごく大きかったでしょうか。やっぱり今野寿美夫人のことは聞かないと。新婚の三枝さんの家に、僕と小紋潤とで押し掛けたんだから（笑）。覚えてる？

三枝　そうだっけ。

伊藤　小紋が「伊藤さん、三枝さんのところに行きましょ

う」と言って、夜遅くに押し掛けて、結局、一晩泊まったの。
三枝 ああ、そうだったなあー。
伊藤 きのう今野さんに、「あれは結婚して一週間ぐらいだったですかね」と聞いたら、「いや、そんなに早かったですかね」と言われたけど。もうずいぶん昔。厚かましく行ったんだよね。
三枝 新婚家庭に来た歌人は、小紋潤、伊藤さん。それから、岡井さん、馬場さん、永田和宏、河野裕子。六人だったかなあ。
伊藤 錚錚たるメンバーが行っているんだな。
三枝 僕が病気になってからの今野は大変だったと思いますよ。食事は一日三十種類と主治医が言うと、それを忠実に実行する人ですから。子どもを預けて学校へ行って授業してと、よく気丈にこなしたなと思います。
伊藤 倒れずに頑張られましたね。
三枝 あの人は不思議な人で、すごく食が細くて、ハーゲンダッツとゴディバで生活しているような人なんだけど(笑)。
伊藤 ええ!?(笑)
三枝 でも、持久力があるんですね。高校生のときマラソンで全校二位だったとか。今も丹沢の夜間登山を楽しんでいる。あんなに体重が少なくていいのかと思うけど持久力がある。自分がやると決めたらとことんやる人ですね。仕事でもそうで、「りとむ」の特集号の「みだれ髪語彙」や「赤光語彙」。
伊藤 徹底した調査がされた、すごい仕事ですよね。
三枝 あれは彼女の意志の強さそのものですね。ああいう分析は楽しいらしい。
伊藤 本当にいい仕事をされていますよね。
三枝 大病をした四十代の僕を支えてくれたんですけど、彼女が偉いのは、学校をやめるんですよ。普通だったら、こちらのリスクが大きいときに学校をやめない。だけど、やめてカルチャーセンターをいくつか持って時間をつくり、僕のフォローをし、子育てをする。背水の陣をしいたんですね。
伊藤 決断力、実行力がすごいんだね。
三枝 今野がいなければ病気を克服できなかった。不思議なことに、五十代に入ったらすっと体調が戻って。
伊藤 本当によかったね。
三枝 今はまったく問題ないから、毎日飲んだくれていますが(笑)。あの時期は今野にとっても試練でしたね。永田和宏が河野さんを支えていたのとは比べものにならないけど、やはり夫婦でなければできないことですね。
伊藤 生活面ではまったくそのとおりですが、歌人の夫婦としてはどうですか。永田家でいうと、裕子さんは全部永田に見てもらうとか。三枝家では、お互いに作品を見せ合うことはありますか。
三枝 作品を出すときは見せ合っています。近頃はお互いに忙しくてできないときもありますが。今野は添削がうまいんです。佐藤佐太郎も、奥さんの志満さんに見せて、志満さんも添削がうまいんだそうですよ。添削して、添削料を取るんだって（笑）。秋葉四郎さんから聞いた。

伊藤　夫から添削料を（笑）。

三枝　「この助詞をこうしたら」といったぐあいに、今野のアドバイスは結構効果的です。僕は添削しないで感想を言う。ただ、お互いの言い回しはかなり違うから、そこには触れない。助詞、助動詞、名詞一語、ちょっとしたサポートは結構してもらっています。

僕が彼女の役に立ったのは評論でしょうかね。「これじゃ駄目だ」と厳しく言う。彼女が若い頃のことですが。

伊藤　評論研究をするうえで、今野さんは三枝さんに感化され、影響を受けたということだね。

三枝　その点くらいは彼女の役に立ったかなと思いますね。村上春樹は書いたものを奥さんに見せて、奥さんの反応だけを大切にしているという話を聞きましたけど、それに近いものはありますよね。

馬場さんとの出会い

伊藤　話が前後しますが、大学を卒業して、赤羽商業高校に赴任した。そこに、たまたま馬場あき子さんがいたんでしょう。

三枝　僕は高等学院で武川さんと出会ったでしょう。大学へ入って、福島や佐佐木さん、伊藤さんとも出会った。大学を卒業して教員になるんだけれど、政経学部から都立高校へ就職する学生なんて、いないわけですよ。

伊藤　少なかっただろうね。

三枝　合格者名簿に載れば自動的に採用の連絡が来ると思っていたんです。卒業前の二月に入ってからかな、キャンパスで偶然に窪田章一郎先生と会ったんです。「君、就職はどうしたの」と問うから、「都立高校の合格者名簿に載っていますから、そのうち採用連絡がくると思います」と言ったら、先生は驚いて「君、そんなものではない」と。

伊藤　教員試験に受かっても、採用される者と、採用されないで、また試験を受けなくちゃいけない者とがいるんですよ。

三枝　後から聞いた話だけど、教育学部は、合格者名簿に載った人間と早稲田出の校長の面接会をやって、そこで就職先を決めていたらしい。当時は、校長が採用を決めていたんですよ。

窪田先生が急いで早稲田出の都立城北高校の校長に連絡してくださったけれどもう全日制はどこも決まっていて、空きがあったのが赤羽商業の定時制。四月から勤め始めたらなんと馬場さんの職場だった。

伊藤　それ以前に馬場さんに会ったことはあったんですか。

三枝　何か短歌の集まりで会っていますね。不思議な縁ですよ。高等学院で武川さんと会って、大学では短歌会顧問の窪田先生と会い。

伊藤　今度は職場で馬場さんと出会うという。人の縁に恵まれていますね。

三枝　馬場さんにはいろいろ教えていただいて、その縁で今野とも知り合いましたからね。人の縁は不思議なもので、節目節目で大切な人と出会うことができて、ありがたいですよね。

伊藤　そうですね。

最後に、牧水についてもお話をうかがいたいです。さっき蛇笏と牧水の話も出たけど、三枝さんは牧水をどう評価していますか。

三枝　牧水は、評価するのが非常に難しい歌人です。石川啄木はキーワードが見つけやすい歌人ですね。斎藤茂吉も同じだと思う。牧水は、こういう角度に絞ったら自分なりの牧水論を書けるなという、その角度が見えない。牧水はそうしたつかみどころのなさを持っている歌人ですね。初期から晩年まで歌は好きだけども、牧水論は書く角度がうまく捉えられない。どうしてだろう。

伊藤　三枝さんが牧水賞を受賞されたときに講演されて、その記録がここにあるんだけど、読み返してみて思ったことが二つあります。一つは、自然に対する親愛感。

それは、近代文学の中でべつに目新しいものではないし、特に自我というもの、自分というものを打ち出して、自然との緊張関係を大事にする中では、牧水の自然に対する親愛感は、どう評価していいか分からないところがありました。

でも、その自然に対する親しみや、自然に入り込んでいくことを、三枝さんはすごく価値があるんじゃないかとおっしゃっています。

あと、年を取ってからの牧水の歌が、立派な老人の歌、覚悟した老人の歌じゃなくて、構えない、ありのままの自分を見せている、ユーモアのある老いの歌だとおっしゃっていて、僕は非常に印象に残ったんです。

三枝　「楽しむ牧水」という演題でしたね。

伊藤　そうそう。

そういうものは、対立関係・緊張関係を主な柱とする近代文学の中では、何かのどかで、あまり現代性がないんじゃないかという見方がありますよね。

三枝　近代短歌は一所懸命なんだよね。鍛錬道でも、実相観入でも。

伊藤　肩に力が入っているんだよね。

三枝　そう。一所懸命な歌でいいのかというところですよね。もっと豊かな水脈があるはずだけど、その水脈を歌の中でどう再発見していくか。そのキーワードになるのが牧水なのかもしれませんね。そうか、なにかルートが見えて来そうな気がします。

伊藤　僕は、窪田空穂の日常歌も、もっと論じられていいと思うんですよね。なんでもないことのようだけれども、空穂らしいきちんとした、張りのある文体で日常を歌っているじゃないですか。ああいうものをもうちょっと見ていくと、違った短歌の側面が見えるかなと思ったりしますよね。

三枝　空穂論で決定打はないですね。

伊藤　僕は大岡信さんの書いた『窪田空穂』が印象に残っています。「空穂はこういう人だ」と一冊にまとめたものは、三枝さんが書かなくちゃいけないね。

三枝　僕は、三枝浩樹に書いてもらいたいと思っています。「沃野」を背負っていますからね。

伊藤　植松寿樹、窪田空穂ね。浩樹さんもよく頑張っている。「沃野」は内容が充実してきて、誌面が変わりましたよね。

三枝　浩樹をスカウトしたのは大英断ですよね。

伊藤　それにしても、三枝家は昂之も浩樹もよく働くね。やっぱり甲州人だね、この働きは。

三枝　いや、働くといったら、永田和宏と伊藤一彦じゃないですか。

伊藤　僕は日向でのんきだから。

三枝　そんなことはないよ。

伊藤　でも、永田和宏さんは本当によく働くよね。

三枝　僕は、最後は体力だと思っている。だって、伊藤一彦だって、永田和宏だって、僕から見れば疲れ知らずですよ。

伊藤　すごい体力ですよ、永田さんはね。

三枝　永田と三日付き合ったら身体が壊れる（笑）。伊藤一彦と付き合っても同じ。

伊藤　僕はそんな体力はないな。

三枝　福島泰樹も毎日お経を上げているのがいいのかな。

伊藤　彼も元気で体力があるよね。

三枝　永田、伊藤、福島と体力・持久力を比べると、僕は虚弱児ですから。

伊藤　いやいや。いまの仕事ぶりを見ていると、とてもそんな感じじゃないですよ。

三枝　あっぷあっぷですよ。

伊藤　みんな似たようなものですけどね。

三枝　そうなんだけどね、体力的には、もう限界ですね。

これからについて

伊藤　でも、山梨県立文学館の館長のお仕事も意欲的にしている。

もう話をする時間がなくなったけど、日本歌人クラブの会長の仕事とか、「りとむ」の仕事、あとはいろんな短歌史の仕事もしている。僕らの年代は、三枝さんがいるから短歌史の仕事の見直しができるので、期待されている分、いよいよこれから大変ですね。

お互いに七十過ぎちゃったから、体は大事にしないといけないですけど、今後どういう仕事をしていきたいですか。

三枝　歌でいうと、やっぱり前衛短歌体験が非常に大きいから、前衛短歌の表現意識を生かしながらの日常詠。これを深めたいと思います。文学の最大の主題は、自分は誰か、なぜ生きているのか、ということだけれども、それを日常生活のルートの中で手探りするのが、短歌の一番得意な領域だと思う。

評論に関して言うと、本当は『昭和短歌の精神史』の続編を書こうと思っていたんですが書けない。自分たちが当事者の時代を書くときはどうしても党派的なゆがみが出てくる。だから無理だろうなと思っています。ただ、『昭和短歌の精神史』で取り上げた時代より前の動きを視野に入れた近代短歌百年、これをどう風通しのいい見取り図にできるか、それはやりたいと思っているんですよ。五年かかるか、十年かかるか分からないですけど。

伊藤　三枝さんは従来の短歌観、短歌史観を変える評論、論文を書いているから、ぜひ期待したいですよね。

三枝　さっきの牧水の話、いいヒントになりますね。

伊藤　どういうふうに位置付けるかというね。

三枝　「アララギ」系の歌人は、自分のキャッチフレーズをうまく出しているから、それを足がかりにして論を立てやすいけれど、キャッチフレーズのない歌人は難しい。けれど、そういった歌人をうまく論じられなければ、駄目ですね。

伊藤一彦は、これからどうしますか。

伊藤　個人的には、もちろん歌をつくることがあるんだけど、やっぱり牧水顕彰。

三枝　佐佐木信綱研究会は牧水研究に刺激を受けて生まれたはずですので、僕も会員ですが、地道な研究をつづけていますよ。牧水研究の本気度はすごいですよ。伊藤さんがあれだけ本気になって書いている。

伊藤　本当は、牧水研究から近代短歌研究に発展させたいんです。窪田空穂論や与謝野鉄幹論、斎藤茂吉論があったりね。ただ、それを書く会員がなかなかいない。

三枝　牧水に特化したからよかったんじゃないでしょうか。あれだけ本気が伝わってくる雑誌は他にない。

伊藤　一応、二十号までは年二回発行しようと。二十号まで出したら、年一回になるかもしれないけど、継続しようという話になっています。

あとは、三枝さんにお願いした「みやざき百人一首」とかね。宮崎は、幸いバックアップがあるから、牧水賞も含めて、牧水関連の行事がいろいろできるんです。

三枝　それも伊藤さんが働き掛けをして広げたからで。

伊藤　動いてくれる人がいてね。

三枝さんの牧水賞受賞式では、堺雅人が朗読をやったんです。いまはとても無理だけれど、あのころはまだ頼めたんですよ。あれは一回きりの、三枝さんの受賞式だけのトピックですね。

三枝　ラッキーでしたね。楽しかったですよ。その後はやっていないんですか。

伊藤　もうやっていない。いまは事務所に何を言っても駄目ですよ。

真田幸村ですよね。「半沢直樹」もあったしね。

三枝 いま一番オファーが取りにくいと聞きますね。

伊藤 そうです。事務所が全部断ってきますよね。あのときはうん十万円でなんとかやったんだけど。いまでも「あのときのビデオはないですか」とか結構来るんですよ。

三枝 ないの？

伊藤 いや、固定カメラで撮っていて、いろいろなアングルで撮っていないから、映像があまりよくないね。

その後、三枝さんは日向、延岡で講演もしましたよね。

三枝 あのときの県の役所の担当は早稲田の人で、今も年賀状のやりとりをしています。

伊藤 大岡信さんは、もう選考委員ではなかったけど受賞式に来てくれたし、もちろん今野さんもいらしてね。やっぱり大事な行事ですよね。

三枝 宮崎が本気になってくれているのが大きいですよ。

伊藤 それは間違いないね。いまの知事もそうですよ。

伊藤 いまでも宮日新聞に見開き二ページあるというのはね。

今年、二十回記念で「みやざき百人一首」をつくる企画ができたり、牧水のおかげですね、やっぱり。

三枝 それは伊藤一彦のおかげでもありますよ。牧水はもちろん大きいけれど、それを顕彰しようという人がいないと、できないですからね。

伊藤 飯田龍太はどうですか。もちろんお弟子さんたちはおられるけども、雑誌がないし。

三枝 後継誌が二誌あります。「郭公」と「紺」。文学館では、その後継誌を大切にすることを通してバックアップしたいと思っています。

伊藤 廣瀬直人さんはまだお元気？ちょっと病気か。

三枝 徐々に回復なさって、もう一息と聞いています。

伊藤 いい句集をね。

三枝 龍太人脈は生きています。山脈は大丈夫ですよ。

（'15・5・31　於・ホテル・アゴラリージェンシー堺）

栗木　京子

栗木京子（1954–）歌集『夏のうしろ』で第８回若山牧水賞受賞。
歌集に『ランプの精』『けむり水晶』『水惑星』他。

幼少期

伊藤　最初に名古屋出身ということをどう思ってらっしゃるか。岡井隆さんがおられて、春日井建さんがおられて。後輩では小島ゆかりさんがおられて。

栗木　加藤治郎さんとかね。

伊藤　栗木さんは名古屋で生まれたわけですよね。

栗木　そうですね。名古屋駅のすぐ南の中村という下町ですね。

伊藤　自分は名古屋人というのか、そういう意識はかなりあるんですか。

栗木　母方は代々の名古屋人で。父の方は浜松なんですけれども、やはり母の方の親戚と、いまでも割合交流があるので、私のルーツは名古屋かなという気持ちはありますね。

伊藤　歌人を見ると、錚々たる人たち。山中智恵子さんも名古屋出身でしょう。

栗木　稲葉京子さんもそうですね。それから、岡崎市ですけど、松平盟子さんも愛知県ですよね。

伊藤　相当の人材を産んでいる名古屋、愛知県だけど、名古屋人の気質というのは?

栗木　どうなんですかね。名古屋は婚礼が派手とかいいますけれども。ちょっと見えっ張りなところがあったり。その分、何か素朴な田舎っぽいところもありますし、あまり洗練されてはいないと思うんですけれどもね。

伊藤　でも、いま名前を挙げた人たち、栗木さんも含めて、洗練されている人たちじゃないですか。

栗木　皆さん若くして東京に出たりしている。

春日井さんは、東海地方中心に活躍されておられましたけど、ほとんどの方がだいたい大学生ぐらいでほかのところへ出てしまわれている。あまり生粋のという感じではないのかなと思いますけどね。

伊藤　僕は九州の宮崎だから、もう名古屋は大都会。そこでそのまま生活されたらいいように思うけど、やはり東京とかに行くのは一つの流れですかね。

栗木　でも名古屋で、例えば名古屋大学に入って、いまは合併しましたけれど、東海銀行という銀行があって、地元密着の東海銀行に勤めるなんていうのは最高のステータスとされているようなところがありました。そういう意味では、閉じているといえば閉じている地域です。私は下町のにぎやかなところで。中村というところは、もともと遊郭が近くにあったりして、そんなに品のいい場所ではなかったと思うんです。

ですから名古屋でもいろいろ、岡井さんがお育ちになった橦木町とか、御器所なんていうのは本当に高級住宅地。たぶん岡井さんの育ったところと私のいたところは、まったく違うんだろうと思うんですけど。

伊藤　まだ、あまり名古屋の歌というのは歌っておられないかな。

栗木　そうですね。ないですね。小学校入学のころに岐阜に行ってしまったので。だからむしろ、私のなかでは岐阜の方が、はるかに影響は強いですね。

名古屋のときには、しょっちゅう屋台、市が立ったりして、屋台でみそカツを食べたり。お祭り気分みたいななかで暮らしていました。いまでもみそカツが大好きなんです。

岐阜は郊外の住宅地で、野山に囲まれて野生のサルのように育ちました。

伊藤　栗木さんはお兄さんがおられて、その後の長女に生まれたわけですね。

栗木　そうですね。二人兄妹です。

伊藤　お父さんお母さんの教育方針というのはどんな方針だったんだろう。お父さんは共同通信社でしたか。

栗木　ええ、そうです。共同通信は交代制勤務なんですね。ニュースは夜中でも入ってきますから。普通の昼の勤務と遅番勤務と泊まりの夜勤があって、翌日に休む。看護婦さんみたいな勤務形態でした。日曜日にいないこともある代わりに平日の昼間にいるとか。そういうときは、すごく遊んでくれました。

私は父がけっこう年をとってから生まれた子どもなんですね。父もいろんな事情のある人で。最初ふるさとの幼なじみと結婚するんです。その人が結核を病んでいて周りから反対されたのに、どうしても初恋を貫くと言って、亡くなることは承知で結婚した。それで、もちろん子どももないままに亡くなって。その亡くなった人が一人娘だったので、亡くなった後になぜかその人の両親を養うんですよね。

いま思うと殊勝な人だったんだなと思うんですけどね。

伊藤　すごいですね。

栗木　まったく資産家でも何でもなかったのに養っていたみたいです。

伊藤　それほど妻を愛しておられたんでしょうね。

栗木　愛していたんでしょうね、きっと。

伊藤　でなければ、妻の両親を妻の死後も見るということはないですよ。

栗木　普通は亡くなったら「では、失礼します」となりますけれども。そういうこともあって、長いこと結婚もせずにいたようです。

戦前は同盟通信といいましたよね。戦後は共同通信にずっと勤めて。もう自分は一生たぶん結婚せずに過ごすだろうと、遊び回っていたらしいんですよね、いろんな女性といいように。

そうこうして三十五ぐらいになった頃、父は名古屋の支局にいたんです。名古屋市役所の記者クラブにいたとき、母が市役所に勤めていたんですよ。そこで知り合ったんです。

伊藤　出会いがあって。

栗木　母が好きになって、押しかけたみたいなんですね。本人はあまり詳しくは言わないですけど、親戚の叔父さん叔母さんの話を総合するとそのようです。それで父が押し切られて「親がいてもいいと言ってくれるんだったら」というので結婚した。だから両親の年がかなり離れているんですね。

伊藤　ドラマですね。

栗木　ドラマなんですね、そういうところがね。

堀辰雄の小説にありましたね。『風立ちぬ』だったかな。そう言って父をからかったことがありますけれども。

私たちが産まれて間もなく、そのおじいちゃん、おばあちゃんは亡くなってしまいました。おばあちゃんの方はちょっと覚えていますけど、おじいさん、全然血はつながっていないわけですけど、はもうほとんど覚えていないのです。

それで、家族四人でずっと来ました。父は、そういう遅く生まれた子だし、すごくかわいがってくれましたね。グライダーを飛ばしに行ったり、旅行もよく連れて行ってくれました。

結構ギャンブルも好きだったんですね。競輪とか。小さいころの父との思い出は、幼稚園ぐらいのときに、しょっちゅう競輪場へ行っていたこと。競輪場の食堂でみんなにかわいがってもらっていたという恐ろしい思い出がありますす。

伊藤　栗木さんの幅の広い人間性は、そのお父さんの影響がかなりあるのかもね。

栗木　いやあ、どうなんですかね。分かんないですね。

母は逆に結構真面目なんです。宮大工の娘なんですね。母の実家の近くに行くと、おじいちゃんが建てたお寺があって欄間なんかの造りはなかなか見事です。どうしておじいちゃんがこんなに器用だったのに、私は不器用なんだろうと思いますけど。

母は九人兄弟なんです。お弟子さんなどがいっぱいいる家で育った。

ただ、やはり母の方が型にはめたがる感じでしたね。勉強しなさい、と言われたことはないんですけど。風邪をひくといけないから九時になったら、眠くても眠くなくても寝なさいとか。

夜まで本を読んでいたりすると、すごく叱られるんですね。「いつまでも本を読んでいて、病気になって学校を休むようなことになったら許さない」みたいなことを言うのが怖かったですね。

伊藤　この間「短歌研究」の十月号（二〇一二年）にお母さんのことを歌っておられたじゃないですか。「母の自慢ひとつづつ減り娘婿が医師なることを今は言ふのみ」「わかりやすき自慢しかせぬ母ならむ『娘が歌人』はまづ除かれて」と。こういう歌を見ると、賢い京子に相当期待して「将来は…」というのが小さいときからいろいろあったんじゃないかと思ったんですが。

栗木　母は専業主婦でずっとやってきた人でした。結婚して市役所はやめちゃって、子育てだけ頑張ってきた人なので、それだけ期待するものが多かったんでしょう。

伊藤　何か仕事、職業を持って活躍することを望まれた。

栗木　そうですね。望んでいたみたいですね。理科系に進んだので、ずっと医者になりなさいと言われました。兄もやはり理科系だったんですけど、血を見るのが嫌だと言って工学部へ行ったんですね。二人とも頑張れば医学部へ行けたかもしれないのに、度胸がなくて医者になれなかったというのが母の悔しいところで。

医者が嫌なら薬剤師になれと言われました。薬学部は京大にもありますし。私は言われると反発をしたくなるタイプで、そういう資格を取るために大学へ行くのも何だか不純だなと思って。

伊藤　なかなか純粋ですよね、その辺りの考えは。

栗木　いや、いや。結局そういうところが世間知らずというか、生意気というか、抽象的なことを勉強したかったんです。すぐ後悔しましたけどね、大学に入って。

伊藤　そういう意味では理学部というのは、非常にいい学部学科ですよね。

栗木　湯川秀樹さんがまだ当時名誉教授でおられたので湯川さんに会いたいと思っていました。何にも分かっていないのに。

母はいま老人ホームに入っているんですけど、ものすごく自慢したがりなんですね。もう何かどうでもいいようなことを。

伊藤　僕も九十八の母親がいるんだけど、やはり何かとそういうところがありますよ。

栗木　周りの方が割合いい人なので、うるさいとも言わずに聞いてくれているので調子に乗って自慢しています。最初は「うちの娘は短歌をやっていましてね」みたいな。みんなが集まるロビーがあるんですよね。私が行くと必ずそこへ連れていって、「短歌をやっていましてね」と言うんですけど、みんなはぴんと来ない。「ああ、そうですか。それは高尚ですね」とかみんなの反応がいまいちなので、もう言わなくなっちゃって。

「娘のだんなさんは医者をやっていましてね」と言うと、みんなが「いいですね」と食いつきがいいんですよ。

伊藤　それを率直に歌われるところが栗木さんの一つの側面ですよね。

栗木　母にとっては本当にふがいない娘。

私が高校時代から仲がよかった友達が、結婚して子どもを産んでから勉強して税理士になったんですよね。ご主人が税理士だったということもあるんですけど、夫婦とも税理士で事務所でばりばりやっているんです。「あなたも短歌なんかやめて、勉強して税理士になりなさい」と母がずっと言っていました。

伊藤　あはは。短歌は低く見られていたわけだ。

栗木　国家資格があれば、夫があした死んでも食べていけるって思ってたんじゃないですか。

伊藤　栗木さんは小さいときから、もう勉強はよくできたし。

栗木　いや、いや、全然できないです。

伊藤　え？

栗木　どっちかというと運動が大好き。

伊藤　運動系？

栗木　運動系でしたね。

伊藤　外でよく遊んだりした？

栗木　遊んでいました。小学校から高校まで岐阜でしたけど、学校まで通うのに、小学校なんか三十分ぐらいかけて徒歩で通っていたんです。朝は普通に行くんですけど、帰りは今日はどこに寄り道して、どこで遊んで帰ろうかと。だからよく叱られましたね。「まだ帰ってこない。まだ帰ってこない」と言って母が途中まで探しに来たり。お風呂屋さんをやっていた友達がいたので、散々泥まみれで遊んで、そこのお風呂に入らせてもらって帰るとか。

揺れていたクマザサ

伊藤　このシリーズは、いつも皆さんに自分の一番古い記憶、だいたい三歳ぐらいが多いけど、中には三歳になる前、二歳前後を覚えている人もいます。栗木さんの場合は何ですかね。

栗木　たぶんまだ三歳になる前ぐらいかなと思います。名古屋のうちだと思うんですけど、和室に寝かされていたんです。後から母に聞くと庭があって、そこにクマザサが植わっていたというんです。そのクマザサに光が当たって、葉の揺れるのが障子にちらちらと映っているのを見ながら、なんてきれいなんだろうと思ったのが一番最初の記憶です。

伊藤　すごいなあ。歌人だなあ。

栗木　すごく幸福な記憶なんですよね。この世はなんていいところなんだろうみたいに思えたという。

伊藤　いろんな人にこのシリーズでそれを聞くけれども、だいたいは出来事なんですね。栗木さんの記憶は、何も出来事はないじゃないですか。

栗木　出来事はないですよね。

伊藤　出来事じゃなくて、クマザサの葉が光に当たって障子に映っているというね。やはり感性がすごいなあ。

栗木　ぼおっとした子だったと思うんですけどね。

　母に言わせると、全然泣かない子だったみたいです。兄は結構疳が強くて、しょっちゅう抱っこしていないと泣いたり熱も出したりしていたけど、私はお乳を飲ませて寝かせておけば、いつまでもにこにこしていて。目を覚ましても、寝転んでいる子だったというので、まだ一歳か二歳のころに、クマザサを見て、一人で面白いなと思っていたんでしょうね。

伊藤　その感性がいまに生きているわけだ。

栗木　いやあ、どうですかね。でも、いまでも各駅停車の列車に一人で乗って、歌もつくらず、ぼおっと景色をただ見ているのが割合好きですよね。

伊藤　すごく印象的な話ですね。さっき言ったように、普通は事柄を覚えているわけだけど、事柄じゃなくて何も事がない。たぶん、みんなそういう経験はあるんだけど、記憶には残らないじゃないですか。

栗木　けがをして泣き叫びながらお医者さんに運ばれたとか、そういうのはたぶんもっと大きくなってからの記憶だと思うんですよね。

伊藤　なるほど。

栗木　何かつらいことがあると、それを思い出して、ああ、私はすごく幸福にこの世に生まれてきたんだなということを心の支えにすることがありますね。この世ときっと相性がいいんだと思って、くじけるのをやめようというふうに思えますね。

伊藤　僕はずっとカウンセリングをやっていたじゃないですか。カウンセリングの世界では自己受容ができるということが一番大事なんですよね。平たく言えば、自分で自分が好きだというね。いま自己受容感の乏しい若い人が多いんですよね。

栗木　居場所がないみたいに思う人。

伊藤　自己受容感がないと、居場所があっても居場所に思えないわけですよ。

栗木　そういう意味では母が健康に産んでくれたということは感謝してもしたりないですね。まず人生の一番の幸運は、そこだったかなと思って。

伊藤　いろんなデータを見ると両親に愛されたという体験が一番自己受容感をつくりますもんね。

栗木　そんなに豊かでもなく、普通のサラリーマンの家庭でしたけれども、両親も仲がよかったし。

とんちんかんな一面

伊藤　話はかわりますが、角川の「短歌」で栗木さんの特集号があったじゃないですか。あれがすごく面白い。「素顔を語る」というのを小島ゆかりさんとか、島田修三さんとか五、六人ぐらい書いていた。

栗木　みんな温かい目で。

伊藤　素顔を語るとなると小島さんも島田さんも、吉川君もだったかな、すごく張りきって書いているんですよね。みんな私だけが知っている素顔、私だけが知っている栗木京子があるという感じで。「恋ぐらいしたい」と言ったとか。

栗木　忘れ物ばかりするとかね。

伊藤　下ネタの話ばかりするとか。

栗木　そうそう。島田さんが書かれてました。

伊藤　それを張りきってみんなが書こうとしているところが一番面白かった。つまり、表に見えている栗木京子ではない栗木京子を私は知っているんだと。企画もそういう企画だったんでしょうね。

栗木　単に理科系の学部を出ているとかそういうことだけで、すごくしっかりした人間と誤解されているところがあるんです。だけど実は、すごくとんちんかんだし、まったく機械のことなんかも分からないし、方向音痴だし。だから、みんなそういうのを暴露するのがうれしいんじゃないですかね。

伊藤　表と裏かどうかは知らないけど、素顔をしばしば見せてしまうわけですね。

栗木　そうですね。

伊藤　だから、見せられた方はよろこんで、ああいうときに原稿を書いちゃう。素顔というか、裏が見せられるというのは、やはり自己肯定感があるからなんですよ。自己受容しているからです。

栗木　そうなんだ。

伊藤　でないと、どんどん隠してしまう。

栗木　取り繕っちゃって。

伊藤　周りから見るとしっかりしているように見えるけれども、とんちんかんな面があるといま栗木さんが言われたじゃないですか。普通はその「とんちんかん」を隠すわけです。それを栗木さんは、あまり隠さない。

栗木　もう隠しようがない。あはは。

伊藤　もちろん誰にでもそういうことをするわけじゃないし、そんなとんちんかんなわけじゃないんだけど、そういう面を見ると、やはりみんなうれしくなって書いちゃう。

栗木　本当に仲のいい友達なんかには、ちょっと見せすぎで心配になるときがあるから、「もうちょっと上品にしたら」とか言われるんです。その時はそうだ、そうしようと思うんですけど。

高野公彦さんにも、「栗木さんは黙っていれば本当にすてきなのに、何かしゃべると、ちょっとがっかりしますね」と言われたり。

伊藤　栗木さんが黙って、そこに座っていたら、みんなちょっと近づけなくて、気高くて。だから、そうでない面を見せてもらう方が。

栗木　もうちょっとミステリアスな雰囲気をつくると、もてるかな、とか。

伊藤　そこがミステリアスだと僕は思うんだけど。外見とまた違う面、その絡み合いがミステリアス。

栗木　そう言っていただいたのは初めて。

毎年、今年こそもうちょっと無口になって、影のある女と言われるようになろうと思うんですけど、まったく駄目ですね。

伊藤　栗木さんの正体はまだみんなに知られていないんじゃないのかな。

栗木　どうでしょうかね。底が浅い人間なので。

中学時代

伊藤　自筆年譜に中学時代のことを書いておられるじゃな

いですか。マンモスの管理学校で、すごくやせて、苦しんで。

栗木　ええ、そうですね。

伊藤　だから、あの時代の栗木さんというのは。

僕はスクールカウンセラーだったから、そういう、いわゆる優等生のいい子が一所懸命、先生や学校に必要以上に適応しようとしているのをみてきました。外面的にはもう問題のないいい子、素晴らしい子です。だけど内面はぐちゃぐちゃ、つらいんだけど、つらいと言わないで、歯を食いしばって頑張っている。周りは「あの子、にこにこして頑張って、素晴らしいよな」という評価の子どもたちがいま、すごく多いんですよね。そういう子たちが場合によっては高校とか大学で息切れしてしまって。

栗木さんが中学生のころ三十八キロとかと書いてあったかな。

栗木　そうですね。もう食べても食べても、太らない。体は丈夫なんですけど、やはり何か精神的なものだったんですかね。

小学校は山の中にある小規模な学校で、跳んだりはねたりして楽しく過ごして、中学は長良川の近くにある風光明媚な場所でしたけど、四つぐらいの小学校が統合してできている大きな中学でした。

クラスで四人ぐらいのグループをつくって、連帯責任制度みたいなことがあるんですね。そのグループのなかに勉強がついていけない子がいたりすると、グループでその子に、朝一時間ぐらい早く来て勉強を教えてあげるんです。ある程度の点数が採れるようにしなさい、みたいな指導があって。

そうなるとこちらは使命感に燃えて、集まって教えるんだけれども、泣くんですよ、その子が。女の子だったんですけどね。それで、すごくいじめているような気持ちになるし、向こうの子は「申し訳ない」となるんですよね。

そうしていると、何か私はすごく悪いことをしているんじゃないか、みたいな気持ちになってくるんですけど、やはり言えないんですよね。教えたくないと言うと、利己主義者みたいに言われるので。

そのうちその子が、体もちょっと弱い子で、具合が悪くなって学校に来なくなってしまったんですね。自分のせいだろうかと思ったり。それがいま思うと一番つらかったですね。

伊藤　中学とか高校はお友達はいっぱいおられた？

栗木　ベビーブームのちょっと後ぐらいでしたから、近所に友達がいっぱいいました。仲のいい友達関係ではそういうストレスは発散できたんですけど。

誰かをいじめたという記憶は私のなかではないんですけど、仲のいい子だけで遊びたい気持ちの時に、ちょっとおとなしい子が一緒に遊びたいと言って来ても、どうしても仲良しだけ集まっちゃうみたいなことがあったりしました。するとその子が親に「京子ちゃんにいじめられた」と訴えるんですね。難しいなあと思いました。
向こうの親御さんがそういうことを学校に言ってきて、先生が母に言ったので「これからはおとなしい子とだけ遊びなさい」と言われて、嫌だなあと思ったり。

伊藤 お母さんに言われたの？

栗木 ええ、でも、まあ、のんきでしたね。

伊藤 女子の生徒の中学、高校時代の人間関係というのは、なかなかデリケートで難しいですよね。

抽象的な学問を

伊藤 大学は理学部に進まれました。

栗木 そうですね。

伊藤 抽象的な。

栗木 抽象的な学問がしたいなと思って。すぐに資格が取れて役立つということじゃなくて、何も役に立たないようなこと、だけど大学でしか学べないようなことを学びたかったんです。

伊藤 それはどこからそういう気持ちになられたんだろう。

栗木 母があまりがんがん言うから、それに反抗していただけじゃないですかね。高校の先生もとにかく岐阜大学の医学部へ行けと、そればかり。同級生で、だいたい成績が同じぐらいの子は、みんな岐阜大学の医学部に行きましたね。いまはもう立派な女医さんで、ばりばりやっています。それを見ると、ああ、間違ったかなと思いますね。皮膚科のお医者さんか何かになって。

伊藤 何で皮膚科？

栗木 美容皮膚科がいま大人気なので。

伊藤 抽象的な学問をやりたかったというのはどうなんだろう。

栗木 伊藤さんも西洋哲学ですよね。
私は文科系だったら、たぶん哲学とか倫理学とか、そういう方へ行ったんじゃないかなと思いますけれど。

伊藤 理学部に入られたときには、もう専攻は決まっていた？専攻は後で決まっていたの？そのころは。

栗木 そのころはすごく緩やかで、べつに専攻も決めなくてもいいみたいな。卒論もなかったんですよ。好きな講座を取って、単位さえそれなりに集めれば卒業できるという感じ。大学には四年たっても卒業せずに、いつまでもいるという人が多かったんです。何とかそういう人を排出したいので、もう「単位をあげますから、どうぞ出て行ってください」という雰囲気でした。
四年生になってDNAとかRNAとか、そういうのをちょっと研究しました。ゲノムが解読されるちょっと前ぐらいですけど、最先端で面白いなと思って。

伊藤 栗木さんはよく「理学部に入って自分は、とてもついていけないような気がした」と書いてる。本当はついていけたんでしょう？

栗木 いや、もう、まったくついていけないです。理科オタクみたいな人が来ているんですね。圧倒的に男子が多いですし、みんな高校生のころから、「ネイチャー」を読んだりしているような。だから話にもついていけない。

伊藤　栗木さんは十分ついていこうと思えばついていけたんだけど、自分が考えているような学問とはちょっと違ったんじゃないかと思っていたんですが。

栗木　一所懸命テキストも読んだりするんですけど、よく理解できないですね、本当に。実験も一年生、二年生は化学実験をずっとやるんです。電気回路の実験みたいなのもやるんですけど、できないんですよ。

化学実験は夜遅くまでやったりして、有機溶媒なんかを使ったりして、頭は痛くなるし、体力もないから具合が悪くなるし、もうまったく駄目でしたね。

まったくのお荷物。だから、だいたい二人ずつのチームを組んで化学の実験をやるんですけど、みんな私と組みたくないんですよね。

伊藤　そうですか。

栗木　大学院生、ドクターコースの人が実験のサポートに来ていて、だいたいその先生と組むんですよ。それで、全部やってもらって、その代わりにチョコレートを「すみません」と持って行ったり。

こっちも素直に「すごいですねえ。助かります」と言うから、向こうもまだ若い男性なので気をよくして全部やってくれる。私はあそこで世の中のずるい生き方を学んでしまったような気がする。

やってもらうから、成績はそんなに悪くないんですよ。でも、ほとんど理解できていない。精神的にはすごく惨めでしたね。

短歌との出会い

伊藤　そんな時に「コスモス」を古書市でたまたま見られて、それが作歌のきっかけになったのかな。

栗木　そうです。文学部へ変わろうと思ったんです。京大は二年から三年へあがるときに、入学試験の点数がボーダーラインを満たしていれば転部できるんですね。

だったら国文学をやりたいなと生意気に思っちゃって、国文の先生のところに面接に行ったんです。「国文に進みたい人は、もう二年生の後半ぐらいから万葉仮名を全部読む訓練をしている。あなたは、もうそれだけでも遅れているし、文学部なんか出ても一つもいいことはない」と言われて。

伊藤　それで？

栗木　「せっかく理学部に入ったんだから、文学なんていうのはいつでもできるから、理学部を卒業してから、もし気持ちがあれば私が受け入れてあげるから、また来なさい」と懇々と説得されました。それで軟弱だから、すぐころっとね。そうか、万葉仮名でも遅れているのかと思って、やはりやめましょうと言って理学部へ行くことにしたんですね。

そこでまた一つ、私はどこへ行っても、居場所がないと落ち込んだ。文学部へ行っても遅れているし、理学部でも駄目だしと思って。せめてちょっと文学の匂いのするようなものをして自分の支えにしたいなと思っていたときに短歌と出合ったんですね。

伊藤　でなければ、古書市に行って短歌の冊子を手に取るわけがないですよね。

「コスモス」を手に取った時のことを覚えておられますか。

栗木　京大は中央食堂というのがあって、そこの片隅に、たぶん卒業生が置いていった本を二束三文で積み上げて臨時販売みたいにやっていたんですね。

私はいつも教養部の食堂で友達と食事をするんだけども、たまたまそのときは一人だったんで中央食堂まで行きました。一人でもそもそ食べるのもあれだから、ちょっと本でも読みながら食べようかと思ったときに見かけて、表紙がとても。

伊藤　いいですよね。

栗木　駒井哲郎さんだったんですね、当時。表紙が銅版画でとてもきれいで、コスモスという名前がきれいで一番安かったんだと思うんですね。ただみたいな値段だった。読んで食事して読み終わったら捨てて帰ってもいいかなぐらいに思って読み始めたら、若い人の病気の歌とか、失恋の歌とか、お金がない、仕送りを待っているみたいな歌があって、ああ、私と同じだと思って。

伊藤　では誰か京大の先輩か。

栗木　そうでしょうね。きっと誰かが「コスモス」を置いたんでしょう。

伊藤　それは歌壇のために大いなる貢献を果たしてくれたな。歌人栗木京子誕生の一コマだからね。

栗木　あったのが「アララギ」だったら「アララギ」に入っていたかもしれないかなとか。あはは。

伊藤　あはは。

栗木　「アララギ」だったら難しくて短歌をやっていなかったかもしれない。

編集　そのときに短歌を読んですぐ分かりましたか?

栗木　分かりました。朝日新聞を取っていたんで、朝日歌壇の歌は、読んだりはしていましたので。

伊藤　じゃあ、やはり文学への関心はずっとあったわけですよね。

栗木　俳句じゃなくて短歌の方には関心がありましたね。

伊藤　それから間もなく角川短歌賞を知って出されたわけでしょう。

栗木　そうです。

伊藤　それはどこに広告が出ていたんですか。

栗木　それで、ああ、「短歌」という雑誌があるんだと思って、大学の中の本屋さんに行って、角川「短歌」の二月号を一冊買ったら、たまたまそこに募集というのがありました。
　もうほとんど模擬試験を受ける感覚ですよね。何だかよく分からないけど、取りあえず出してみて、佳作ぐらいに入ればもうけものだなと思って、ひと月ぐらいのうちに訳も分からず。

伊藤　今日、持ってきたんだ、そのときの「短歌」の発表号。栗木さんは「二十歳の譜」で次席なんです。

栗木　ああ、それはよくありましたね。昭和五十年。

伊藤　僕はもう相当歌をつくっているときだったから。ここに略歴があって「栗木京子、本名山本京子、昭和二十九年十月生まれ、京都大学理学部学生。歌歴なし」と書いてある。

栗木　なし。あははは。いや、本当になし。

伊藤　何という新人だ。僕はそれを一番よく覚えている。歌歴なし。

栗木　すごいですよね。

伊藤　無所属じゃない。歌歴なしって、全然つくったことがなくて。

栗木　「なし」と書く自分もすごいですよね。

伊藤　あはは。すごいよ。これを見たとき、びっくりしました、これはすごい。

栗木　まったく何にも知らないんですもん。

伊藤　そうだろうね。でも「歌歴なし」っていうのはねえ。無所属と書くのはまあ、あるけれども。

栗木　あ、そうか、いまでも歌歴なしというのは聞かないですよね。

伊藤　ない、ない。史上初だったんじゃないのかな。

栗木　いやいや。歌歴ひと月ですよね。

伊藤　歌歴ひと月だよね。

栗木　もうだから、文法の間違いだらけ。それなのに、何にも知らないのに、旧仮名を使っている。だいたい高校のときに古文は苦手だったのに。

伊藤　ああ、そうですか。

栗木　だから、その辺がちゃらんぽらんだなと思うんですけどね。

伊藤　でも、一カ月で挑戦というのはすごいよ。
　そのなかに例の「観覧車」の歌も入っているし。確かにちょっと玉石混交なところもあるかもしれないけども。

栗木　いや、もうひどいです。

伊藤　『水惑星』には半分ぐらいしか入っていないんですよね。

栗木　そうですね。

伊藤　でもいいと思う。本当に、このときからいいですもんね。

栗木　いやいや。

伊藤　文学の本とかは中学、高校時代も、かなり読んでみえていたわけですよね。

栗木　そうですね。小説は松本清張とか、川端康成とか読んでいましたね。

伊藤　そういう素養があって、短歌はつくって一カ月ぐらいだけど。

栗木　でも、ものを知らないというのは恐ろしいなと思うんですけどね、本当に。

伊藤　これは選考委員会もいろいろ、いい歌と、これはどうかなという歌があるということで。

栗木　紛糾したみたいですね。当時の選考委員だった岡野弘彦さんとか武川忠一さんがすごく最近まで、「あのときはいいと思ったんだけど、あなたを推しきれなくて、本当に申し訳なく思っています」とおっしゃっていました。

リズムを取り戻さねば

伊藤　栗木さんにいろいろお尋ねするにあたって、これは栗木さんも見られていないと思うし、短いから僕も本に入れなかった文章があるんです。『水惑星』の書評を書いたんだけど、そのときに、この「二十歳の譜」を読んだ感想を書いているんですね。

栗木　ああ、ありがとうございました。

伊藤　それで僕は、これを読み返しながら「二十歳の譜」を読んだときの印象を思い出したんだけど。一番最初が、「食べ食べてなお満ち足らぬ胃のごとき若さなるもの、時に疎みぬ」というのがあるじゃないですか。この歌が僕はすごく印象に残ったんですよ。

栗木　歌集に入れていないですけどね。

伊藤　これは「二十歳の譜」の冒頭の歌ですよね。

やはり若い人だと、若さを讃えたり青春を讃えたりが普通かもしれないけれども、その若さを一方憎しみの対象にするような、そういう葛藤の歌は結構あるんですよね。米川千嘉子さんなんかにも、結構青春というものをデリケートな感覚で捉えて、全面的肯定じゃないような歌を覚えているんですけどもね。

栗木　「〈女は大地〉かかる矜持のつまらなさ昼さくら湯はさやさやと澄み」（『夏空の櫂』）ですかね。すごいですよね、つまらないと言ってのけちゃうところが。

伊藤　僕の印象に残ったのは、この「時に疎みぬ」。これを「食べ食べてなお満ち足りぬ胃のごとき若さなるもの、時に憎みぬ」とかだったら、普通なような気がしたんです。「憎む」というのは、もう自分の方が、ある意味では優位に立って青春を憎んでいる。でも、「時に疎みぬ」というのは、自分が一歩引いてしまっている。

栗木　そうですよね。もう対応できないみたいな。全然細かく考えず、何の推敲もせず、そのまま歌って、そのまま出しているという感じですよね。

伊藤　逆に言うと、すごく本心が出ているところがあるんじゃないですかね。

また歌集の巻頭の「走り来て四肢投げうてばいや高く規則正しき血流の音」という歌。これは自分としては、どうですか。
栗木　妙に韻律が弾んでいるなと思いますね。「いや高く」なんて、「いや」なんて言葉をよく知っていたなと思って。
伊藤　あははは。
栗木　「ますます」ですよね。古文が苦手でも、知識を総動員して、ここで二音当てはまる言葉はというふうに考えたんじゃないですか。
伊藤　リズムがいいですよ。いかにも走っている感じがリズムにあってね。
　ただ、この一連のなかで読むと、「いや高く規則正しき血流の音」というのを、作者は喜んでいるのか。走ってきても、規則正しい血流の音というのは、何かちょっと自分としては受け入れるのはためらわれるような二面性が感じられて。
栗木　乱れないことに、ちょっと辟易しているところもあるみたいな。
伊藤　僕もそれを思ったんですよね。
栗木　結構自虐的なものもあったと思いますね。
伊藤　それが巻頭の「時に疎みぬ」という、結局、疎んでいるのは青春じゃなくて、青春に対してそういう感じを抱いている自分をどう受け入れるかという。
　さっき小さいとき、親にかわいがられて自己受容しているということだったけど、やはり思春期、青春期は、なかなかそうはいかないじゃないですか。
栗木　心は結構すさんでいるのに、体はすごく丈夫で若くて健康。本来それは喜ぶべきなのに、疎ましいという気持ちがあったのかなと思いますね。
伊藤　疎ましいと同時に、そういう自分を好ましく思っている自分もあるんじゃないかと思う。
　あと、この歌は「走り来て四肢投げうてどいや高く規則正しき血流の音」にしてしまったらつまらないでしょうね。「走り来て四肢投げうてばいや高く規則正しき血流の音」は、そのまま自分を受け入れているように見えるけど、一連のなかで読むと、すごく複雑な感情が歌の後ろにあるのかなと思った。すごい新人が現れたなと思って読んだんですよ、本当に。
栗木　そこまで細かく読んでいただいて光栄です。
伊藤　あの「観覧車回れよ回れ想ひ出は君には一日《ひとひ》我には一生《ひとよ》」も、これはもう戦後の名歌中の名歌ですけれども、すごく自分で自分に言い聞かせている、そういうつらさみたいなものがあの一連のなかに置くと出てくる。
栗木　そうですね。ただ青春謳歌というのではなくて。
伊藤　じゃないですよね。この下の句の「君には一日我には一生」というのは、自分で自分に一所懸命言い聞かせている。
栗木　初期のころはすごく調べが通った歌が多いですね。
伊藤　それはいまでもそうですよ。
栗木　いや、リズム感がよくないので。あまり調べのいい歌がないんですけどね。そのリズムを取り戻さねばと思いますね。

伊藤　まだまだ女性歌人が少ない時代ですよね。

栗木　そうですよね。河野裕子さんが鮮烈にデビューされて。ちょっと間が空いていたんですかね、その後。

伊藤　そうです。僕らの世代の座談会とかがあっても、女性はいつも裕子さんだけですよね。

栗木　その後に松平盟子さん、今野寿美さん、米川千嘉子さんと次々角川賞をとってらっしゃいますけどね。

市役所に就職

伊藤　その後「二十歳の譜」を入れて歌集を出されたわけですよね。

栗木　そうですね。その間に「コスモス」を辞めたり。

伊藤　ああ、そのことを聞かないと。その前に京大短歌会……

栗木　そうだ、京大短歌会。この「二十歳の譜」が活字になったことで、京大短歌会のどなたかが角川へ問い合わせたらしいんですね。「京大理学部と書いてあるけれども連絡先を教えてくれないか」と。

伊藤　教えたんだろうか？

栗木　教えたんですね。いまみたいに個人情報とか言わない時代ですから。それで突然電話がかかってきて、京大短歌会という会があるんだけれども、一度来ませんかと。大学の喫茶店で三人ぐらいの人と会って、こういう活動をしているから入りませんかと言われて。

顧問は高安国世先生という教養部のドイツ語の先生だし、一度高安さんのところにもあいさつに行きなさいと言われた。それであいさつに行ったら、先生が「塔」という雑誌を自分は持っているから「塔」にも来なさいと。

その時点ではもう「コスモス」に入っていたんですね。もう「コスモス」に入っちゃったんですかと言われて、「コスモス」は「コスモス」で頑張って、歌会だけ「塔」に来なさいということになりました。だから京大短歌会というより、「塔」の歌会にお邪魔していましたね。

伊藤　いかにも高安先生の人柄だね。

栗木　そうですね。

そのとき、ちょうど永田和宏さんご夫妻は東京に行っていらしたんですね。お子さんも産まれて、結構大変な時期だったみたいでした。永田さんも研究と短歌と、子どもも生まれたりしていて、「あなた、短歌を頑張るのはいいけど、くれぐれも、歌人とだけは結婚しないように」と高安先生に言われましたね。

伊藤　そんなことを言われた？

栗木　言った。もう、「えっ⁉」という感じ。「京大短歌会のあなたの先輩で有望な人がいるんだけど、はやばや結婚して、なかなか大変だから早まらないように」と。たぶん裕子さんが気の毒とか、そういうふうに思ってらっしゃったんじゃないですかね。

高安先生自身も自分の妻にも苦労を掛けてしまったみたいな気持ちがあったのか。先生のお母さんも「アララギ」の歌人なんですね。だけどお父さんは歌人ではなかったから、「うちの母は、父が短歌をやらなかったので最後まで幸せに創作活動ができた」と。

伊藤 それを聞いてどう思いました？

栗木 ああ、そうかと肝に銘じましたね。

伊藤 あはは。実行されたわけだその後。

栗木 そうですね。結婚式にも出ていただいたんですけどね。報告に伺ったときに、「それは、よかった」と。

伊藤 あははは。

栗木 「その選択は正解ですね」と言われました。

お嬢さんが嫁いで出られた後だったので、本当に娘のようにかわいがっていただいて。ちょうど下宿していたところが先生のお宅の北白川に割と近いところだったんですよね。お宅にも何度か伺ったりしました。

伊藤 大学を出て浜松市役所に就職されたじゃないですか。さっき聞いたら、お父さんが浜松のご出身だったんですね。

栗木 そうなんです。父も共同通信を定年退職して第二の仕事というので、親戚の関係の会社に勤めていたんです。浜松に両親がそのときにいたんですね。それで、就職するなら親元から通えと両親に言われて。そういう点は自分も素直でした。教職は取っていましたから。

伊藤 理科か数学の先生？

栗木 高校の生物と、中学校の数学。

浜松の私立学校の生物の先生が決まりかけていたんですけど、浜松の市役所を行政職で受けたら運よく受かりました。私ごときが先生はできないなと思って、市役所に勤めることになった。

伊藤 先生になっても素晴らしい先生になっておられたんじゃないかな。

栗木 いや、駄目でしょう。女子の中・高一貫のカトリックの学校で、それはそれで面白かったかなと思いますけどね。

伊藤 その市役所の二年間は『水惑星』ではあまり歌われてないけれど、これはなかなかのつらい日々ですよね。

歌をちょっと引くと「ひきだしに乱数表をひそめ置き職場の日々を無口に過ごす」「たはやすく誰をも憎み得ることが我が救ひかと書類に対《む》かふ」。このころに、例の有名な「鶏卵を割りて五月の陽のもとへ死をひとつづつ流し出したり」なんて、何か暗い歌ですよ。

栗木 恵まれた職場ではあったんですけど、働くこと自体が面倒くさかったんですね。怠け者なんで。浜松はそんなに田舎でもないんですけど。

伊藤 僕も姉が住んでいたことがあるから何度か行ったことがあります。

栗木 活気のある街なんですけど、旧弊なところが残っていました。私が入った年に初めて市役所が大卒の女子を採用しました。
伊藤　じゃあ、注目の新人だったんだ。
栗木　そう。私ともう一人お茶の水女子大学を出た人と二人。
伊藤　期待の星だな。
栗木　だけど結局体質が古いんです。直属の課長さんなんかは、もっといろんな仕事を早く覚えてもらって、企画立案みたいなこともしてもらう、と言ってくださったんですけど、単調な書類書きとか、出張経費の計算とか、そういうことばかりの仕事でした。それで、ちょっとへこたれたというかね。
　一緒に入った子もやはり二年で東京の人と結婚して辞めちゃったんです。市役所はそれで大卒女子の採用に懲りたんじゃないですかね。
伊藤　年譜を見ると栗木さんは市役所を辞めたあとに京都に行かれて。
栗木　京都でもう一回青春をやり直したいなと思って。
伊藤　お父さんお母さんは何か言われませんでしたか？
栗木　反対しました。でも、市役所時代にためた自分の貯金で、親からは一銭も出してもらいませんでした。京都で小さな出版社にアルバイトで勤めて。
伊藤　それは初めて聞きました。
栗木　学習教材をつくる出版社でした。いまでもあると思います。Z会みたいな通信添削もやっている会社で、学生時代に添削のバイトをしていたんです。そのご縁でバイトさせてもらえませんかと電話したら、「バイトだから時給安いけど、いいの」と言われました。
　家庭教師をしたりそのバイトをしながら。出納帳を付けて、百円、二百円も節約しながらの生活でした。お風呂もない、トイレも共用みたいな下宿に住んでいましたね。楽しかったですけど。
伊藤　思い切っていますよね。いくら職場が嫌でも市役所に勤めていれば、親元で安定した生活。それを「やはり、辞めよう」と言って京都に行ってね。
栗木　そういうところがやはりわがままなんですよ。
伊藤　いや、何かを求めているんですよ。
栗木　後から考えると損な方、損な方ばかり。大学選びにしても、損な方ばかりに行っていると思いますけどね。
伊藤　全部栗木さんの財産になっていると思いますが。僕は河合隼雄先生にいろいろ教えを受けることもあったんだけど、つまずいた石が、振り返ったらダイヤモンドになっていると仰ってました。
栗木　自分で選んだことなので人に八つ当たりもできない。納得して行ったことだから、後から思うと要領悪いなと思うけど、しようがないと思いますね。
伊藤　でも歌人で言えば、文学部の国文に行って、結社に入ってというのが順当かもしれないけれども、栗木さんはちょっと違うじゃないですか。それは、栗木さんのすごい財産じゃないですかね。

栗木　裕子さんはすごく過大評価してくださって、「あなたは理学部に行ったのがよかったのよ。そこが私と違うところでうらやましい」と、ずっと言ってくださいましたけども。

伊藤　理学部でそういう理系の学問を目指された感性とかは、そのままいまの歌に生きている。

栗木　顕微鏡でいろんな細胞を毎日のようにずっと見てスケッチしていたりすると、古い細胞はもうどうしようもないんですよ。周りもぼろぼろになるし。そういう厳然たる事実を見てしまった。細胞レベルで人間というのは衰えていくんだから、まあ、しようがないなと知ったということは、科学を学んで良かった点です。ほんの端っこをかじっただけですけれども。

伊藤　でも、次から次へ細胞は生まれてくるんでしょう。

栗木　新生はしますけれども、古いのはもうよみがえらない。

伊藤　それはそれでいいわけでしょう。新しいものが、どんどん。

栗木　そうです、そうです。

伊藤　だから昨日と違う今日に、体の上では、細胞の上ではなっているわけでしょう。

栗木　そういう意味では、むしろ希望がありますよね。

中断、そして「塔」へ

伊藤　京都時代に思い切って一人暮らしをされて、そのころかなり歌をつくられたのかな。

栗木　そうですね。「塔」の歌会にも毎月出るようになりました。永田さんもそのころ京都に帰って来られていました。まだ不安定な立場で、塾の先生か何かをやりながら無給で研究を続けておられて大変だったとは思うんですけど、野望に燃える青年歌人でした。

　歌会の後なんかに三、四人ぐらい集めて、一人一人、「おまえは誰を目指すんだ。言ってみろ」と言うんです。ほとんどゼミの先生ですよね。それで私は「コスモス」の初井しづ枝さんという非常に端正ないい歌をつくる方がいらして、初井しづ枝さんを女性では尊敬していますというふうに言ったら、永田さんが、「初井しづ枝さんも悪くはないけど、栗木さんは駄目だよ、それでは。葛原妙子を目指せ」と言われて。

伊藤　なるほど。

栗木　私、勉強不足でよく知らなかったんですね。それで一所懸命、葛原妙子はどんな歌かと図書館に行って読んだような気がしますね。

伊藤　永田さんが葛原妙子と言ったのは、なかなか面白いね。

栗木　永田さんに後で言ったら、「全然覚えていない」と言うんですけど。

伊藤　葛原的なものは栗木さんの歌に確かにありますね。

栗木　永田さん自身が塚本邦雄とか葛原妙子に心酔していらしたのでしょうね。

伊藤　葛原さんは戦後の代表的な女性歌人じゃないですか。そういう意味では、栗木さんに対する期待があったんでしょうね。

栗木　あまり期待はしていなかったと思うんですけど。

伊藤　そんなことない。

そして、京都におられるときに結婚。

栗木　半分お見合いというか、紹介してくださる方がいて。その辺が私も非常に志が低くて。一人でこうしてほそぼそ暮らしていくのも大変だし、結婚してくださいという人がいるんだったらいいかとか思っちゃった。

伊藤　あははは。

栗木　京都を離れるのがつらかったですけどね。

伊藤　結婚してしばらく歌を中断されています。みんなで「栗木さん歌をやめられたそうだよ」と噂していました。

栗木　歌会も全然行かなくなってしまって、子どもも生まれました。そんなに真剣じゃなかったんですね。短歌は生活のちょっとした楽しみでやれるときにやればいいかなぐらいに思ってたんだと思います。

当時の角川の編集長、秋山實さんだったと思うんですけど、秋山さんが期待を寄せてくださって、短歌の依頼とか文章の依頼を三カ月おきぐらいにくださったんです。でも、とてもついていけないな、できないなと思ってお断りしてしまいました。そのときに、ああ、じゃあ、お断りしたついでに短歌自体もちょっと休んじゃおうかとなって。

伊藤　ちょっと短絡的だなあ。

栗木　そうなんですよ、私はいつも。高安先生にでもご相談すればよかったんですけど、相談もせずに勝手に。「コスモス」も全てやめますなんて言っちゃったんですよね。

伊藤　その時点ではまだまだ本気でやめるつもりじゃなかった？

栗木　もう一生短歌はつくらなくてもいいぐらいに思っていて。このまま子どもが何人か産まれてそれなりに忙しくなれば、十年か、十五年は、短歌を忘れていてもいいかなぐらいに思っていたんですよね。

そうしたら子どもを産んだ後で、出産自体は何ともなかったんですけど、ちょっと熱が出たり具合が悪くなっちゃって、また落ち込むんですね。私は幸せになると短歌を忘れるんですけど、落ち込むと短歌だけが私には残っているはずだ、みたいに思うんです。

高安さんは、その間もずっと「塔」を無料で送ってくださってたんです。

伊藤　それは高安さん偉いよね。

栗木　いま思うとこんな海の物とも山の物とも…

伊藤　それは期待がかかっていたんだろうけどね。

栗木　結婚式にも来てくださったし、気に掛けてくださったというのもあるのかもしれません。

それで「塔」を送っていただいたお礼状に、ちょっと体調を悪くしていますと書いたら、「そういうときこそ短歌をつくりなさい」と手紙をくださったんです。先生のサイン入りの全歌集と一緒に。それで「塔」に入れていただいた。

伊藤　まだ栗木さん自身が、本気で歌を自分の一生のものとしてやろうというところがなかったんですね。

栗木　すごく臆病なので何の勉強もない、知識もないのに、総合誌に文章なんか出せないと思ってしまったんですね。そのときに京都にいて、仲間がいれば「何とかなるよ」と言ってくれたんだと思うんですけど。自分のなかだけで、そんな大それたことをしてはいけないみたいに決めてしまったところがあって。

いまはすごくずうずうしいんですけど、あのころの謙虚さをちょっと思い出さねばいけませんね。

伊藤　それで、第一歌集『水惑星』が出るんですね。

栗木　高野さんに解説文をお願いしたんです。本当は永田さんに書いていただきたかったんだけど、永田さんが、「コスモス」の中心になっている高野さんが解説を書いてくれるんだったら、あなたの歌集にとってきっといい道筋が付くだろうから、本当は僕が書きたいんだけど、高野さんに頼んで書いてもらえれば、その方がいいんじゃないかとアドバイスしてくださったんです。

伊藤　永田さんの用意周到な判断だよね。もちろん歌集もいいんだけど、やはり「コスモス」の高野さんが書くと、「コスモス」にいた仲間としては。

栗木　最初、高野さんは絶対、却下されると思ったんですね。やはり不義理をして「コスモス」を出てきちゃったわけだし。

そうしたら、「最近のあなたの歌をよく読んでいるわけではないので、いますぐには返事はできないけれども、読むだけは読ませていただきたいので、原稿がまとまったら一度送ってきてください」とおっしゃってくださった。それで、わあ、うれしいと。それで結局、書いて下さったんですね。

伊藤　高野さんはほかにも解説を書いていますけど、栗木さんのは解説は本当に力作の解説ですよね。

栗木　言葉遣いに変なところが多いと高野さんに随分指摘されました。「あなたの歌だから、直しはしないけれども、おかしいところに全部印を付けるから」と。三回ぐらいやり取りをしながら指導していただきました。ご恩は忘れませんね本当に。

伊藤　構成も一部と二部と、結婚の前と結婚の後とに分けられて、それぞれ特色がある。

栗木　ああ、それは高野さんのご意見だったかな。歌集を作っている途中で永田さんがアメリカへ行かれたんで、永田さんに見ていただくことができなかった。たぶん永田さんが高野さんに、解説だけじゃなくて構成の方も見てやってくれないかと頼んでくださったみたいです。

　タイトルも私が五つぐらい挙げたなかから高野さんが選んでくださったんですよね。

「妻」、「妻たち」

栗木　このあたりからシンポジウムがあったりして、わあっと時代の機運が高まるんですよね。
伊藤　京都の四月一日のシンポジウム以来ね。
栗木　続々と。阿木津英さん、今野寿美さん、松平盟子さん、沖ななもさんと。
伊藤　やはり勢いのある時代でね。
栗木　裕子さんはちょっと別格で第一人者でおられて、その後の世代が、またわっと出てきた。
伊藤　そういうなかで第二歌集の『中庭《パティオ》』が、いっそうまた大きな問題提起として話題になった。あの歌集はやはり「ゆにぞん」や「中の会」のメンバーと一緒に勉強会をされたことに、かなり影響されているんですか。
栗木　大きいと思いますね、やはり。ニューウエーブとか、ライトヴァースとか、そういうものを目の当たりに見ていましたから。俵万智さん、加藤治郎さん、穂村弘さんは私より十歳くらい若いんですね。
　若手の歌とは違う、自分の立脚点を模索したときに、いままでのフェミニズムとはまたちょっと違う突破口はないかなとかいろいろ考えましたね。あのころから自覚的になってきて、もういつ短歌をやめてもいいやとは思わなくなった。
伊藤　僕が『中庭《パティオ》』を読んでいて思うのは、「私」とか「私たち」じゃなくて「妻」、「妻たち」という三人称の使い方がすごく鮮やかな点です。自分のことになると歌いづらいじゃないですか。でも「妻たち」という三人称で歌ったのは、すごく面白かったし、鮮やかに成功したと思いますよね。
栗木　一九八四年のシンポジウム（編集部註・〈歌うならば今〉於・京都）では、例えば河野裕子さんが、「個」の幸せというものを強調して歌ったのに対して、阿木津さんが自分、自分と、そんな狭いことでいいのか、女はだから踏みつけられるんだみたいな対立があった。
　私はどっちとも違う。「私」の幸せでもないし「女はかくあるべし」みたいなふうにもいかない。私であって、あなたもそうである妻たち、そういうところでもうちょっと歌い方があるんじゃないかなと思っていました。
　いろいろな歌い方があってそれぞれに魅力的だけれども、それの後追いをするのでは、やはり潔くない。私だけの切り口がないかなと思ったときに、たまたま、それが「妻たち」というかたち、ちょっと通俗的ですけどね。
伊藤　シニカルな味も含んでしかも、何となしにみんな、「妻たち」のなかに作者を入れたり、入れなかったりする。その辺で面白い読みができるわけですよね。

栗木　そうですね。距離感がね。
伊藤　一人称にしちゃうとつまらないかもしれないけども、シニカル、クリティカルなものもあってすごく読ませる。
栗木　けっこう虚構も交えながら詠んでいるんです。
伊藤　そうでしょう。
栗木　ミスタースリムというたばこを吸っている歌がありますけど、たばこは吸わない。だから、加藤治郎君に言わせると、歌壇で一番の大嘘つきは私ということになる。
伊藤　あはは、それは素晴らしいなあ。
栗木　名誉な称号をいただいたなと思って。
伊藤　中庭《パティオ》という題は自分で付けられたんですか。
栗木　これは永田和宏さんですね。
伊藤　タイトルがいいですよ。
栗木　斬新ですよね。
伊藤　第一歌集は高野さんが付けているんですね。
栗木　そうです。第二歌集は永田さんで、その後の第五歌集『夏のうしろ』は馬場あき子さん。
伊藤　あはは。
栗木　結構私は人に頼りたいタイプ。
伊藤　パティオという言葉がいまよりもなじんでいない時期ですよね。「中庭」で「パティオ」。
栗木　スペイン語かな。
伊藤　そうすると、一種のバーチャル空間のような感じのする響きですよね。歌集全体にぴったりな感じ。
栗木　私は「中庭」だけでもいいんじゃないですかと言ったら、永田さんが「それは駄目だ」と。
伊藤　中庭は現実の空間だから。
栗木　日本家屋の庭園みたいで駄目、ササが植わっているみたいで駄目、と。
伊藤　そこをパティオにすると、バーチャルな空間で妻たちが生きている感じになる。ぴったりなタイトルですよね。
栗木　その直前、松平盟子さんが『シュガー』という歌集を出されて、すごくインパクトがあったんですね。それで二匹目のどじょうじゃないけど、「シュガーがあって、パティオがあるというのもいいじゃないか」となりました。
伊藤　それで、次が第三歌集の『綺羅』、これは自分でタイトルを付けられたのかな。
　タイトルになった歌もあるし、後書きでも「綺羅」について書いておられます。
栗木　そうですね。
伊藤　これは何と言っても、「失神するなかれ」という後書きが印象に残りましたよね。
栗木　あれは、河出書房新社のシリーズで、後ろに必ずエッセーを入れるというコンセプトがあった。
伊藤　すごく面白い文章ですよね。失神する女たちは得だと言って。
栗木　そうそう。いまでも思いますね。

伊藤　自分は失神しない。

栗木　しないんですよね。貧血とか起こさない。中学生ぐらいのときからバス遠足に行くと、必ず酔う子の隣に座れと言われるんです。その子が乗り物酔いをしないように気が紛れるように常に話しかけろと言われて。本当は仲良しの子と座りたいのに。

伊藤　「疲れる時には、やっぱり疲れる。ただそこで失神できないだけで、内臓は悲鳴を上げたり、たぶん血をにじませたりしている。それが表面に出ないので、仕方なく平静を装っているにすぎない。／顔で笑って背中で泣いて、あるいは胃袋で泣いてなんて、まるで世の男性のようではないか。体型のみならず、精神面でもきっと私は女性ホルモンが薄いのだ、と昔から思ってきた」と、書いてあるんだよね。

栗木　本当に女性ホルモンが少ないと思いますね。

伊藤　女性ホルモンに負けないぐらい男性ホルモンがあって、両方あるんじゃないですか。

栗木　「はかなさ」みたいなものがないんですよ。触れなば落ちんみたいな。

伊藤　外面だけ見ると、触れなば落ちん、感じでも、実際接していると違うから、みんな素顔を語りたくなってしまう。

栗木　花山多佳子さんは割と貧血を起こしやすいタイプらしいんです。彼女は楚々としているでしょう。倒れて介抱される立場で、「それは、それでつらいのよ。介抱する方が楽だと思うわ」と言われて、ああ、それはそうかなとも思いましたけどね。

伊藤　『綺羅』の終わりの方に「負け馬に乗り換へほくほく往く生もたのしからむがわれは勝ちたし」という一首があります。

栗木　ああ、変な歌ですね。

伊藤　勝つとか負けるというのは、栗木さんの後半の歌に結構出てくる。

栗木　多いですね、最近。自分では気が付かなかったんですけど、人に言われて。

伊藤　やはり言われますか。

栗木　ラッキョウと梅干しの歌とか。

伊藤　そう、それ。『しらまゆみ』の歌、僕は今日書き抜いてきたんですよね。「人の世の勝ち負けなどは梅干とらつきようの差ぞとシーツを干しぬ」。「いろいろな負け方重ねゆくことが大事と海に花火の上がる」。「幼くして敗者になるといふ体験われにはあらずあらざれば浅し」。

栗木　随分ありますね、やはり。

伊藤　どうしてこんなふうに、勝つとか負けるとかいうことに栗木さんはこだわるんだろうと思って。

栗木　『負け犬の遠吠え』という本がベストセラーになったりして。

伊藤　酒井順子さんね。

栗木　三無主義、夫なし、子どもなし、定職なしかな。五十代になると、だいたい人生の一段階目の決算みたいな感じがあって。そうすると何となく負け組、勝ち組みたいな感じを意識したということですかね。

ふっと振り返ると、さっきも言ったように、要領の悪い方ばかり選んできたなという思いがあります。もっと勝ちに行く道があったのに、ばかだなというようなね。

伊藤　勝ちに行く道は、例えばどんな道だったんだろう。

栗木　資格を取るとか。研究者になるとか。あるいは、歌人と結婚してとか。

伊藤　歌人と。

栗木　もっと早く東京に出れば、もうちょっとよかったかなと思ったりもします。全て思い付きで無駄な方ばかりを選んできたかなという感じですね。

伊藤　周りから見るとすべていい方向に行っているなと思いますが。栗木さんはそんな負け戦を戦っているとは、負け戦と言っていいかどうかしらないけど、少なくとも本人が言われるように、何かジグザグしてきたというふうには全然思えないんじゃないのかな。

栗木　運がよかったところはあると思いますけどね。いい先輩に恵まれたとか、そういうことはありますけどね。

伊藤　「われは勝ちたし」とか言って出てくるとね。

栗木　何か恐ろしいですね。

伊藤　え、栗木さん、この上何に勝とうと言うのか？って。

栗木　たぶん敗北感が強かったんだと思いますね。

伊藤　私はコンプレックスが強いんだと、どこかで書いておられたけども。

栗木　一人子どもが生まれた後でちょっと高熱が出たりしたせいか、次の子ができなかった。本当はもう一人ぐらいは欲しかったんですけれども。

何人か子どもを持っている周りの友達に対して、ジェラシーもありますし、望んだのに何で私は得られないんだろうという思いもある。あまり人には言わないけど、そんな感情はいっぱいありますよ。

伊藤　端から見る幸福度と、本人が自分の内面に抱いているものは、また違うところがありますからね。

栗木　でも客観的に見れば、ぜいたくな悩み。子どもだって一人いるわけだし、健康に育ってくれているわけだから。

伊藤　その辺りは『しらまゆみ』の「人の世の勝ち負けなどは梅干とらつきようの差ぞとシーツを干しぬ」という、差がないとは言え、やはり梅干しとらっきょうほどの差はある、微妙なところが面白いんだけど。

栗木　あははは。微妙だ。まあ、どうでもいいやみたいな。だんだんアバウトになっちゃう。

伊藤　そして、いろんな負け方を重ねていくことが大事じゃないかというふうに、人生観がまた変わってきて。

栗木　あまりにもぼおっと育ってしまったので。人にいじめられたこともないし、中学時代のちょっとした軋轢はありましたけど、基本的には、あまり悩むこともなく来てしまったので、やはりもろいんですよね。
　話を聞いていると、あの馬場あき子さんでも小さいころは体が弱かったり。
伊藤　そう、妄想にうなされてね。
栗木　びっくりするようなものを見ると高熱が出たりとか、弱い子だったと伺って、やはりそういう方の方が最終的には強靱になるのかなと思ったり。
伊藤　それが「幼くして敗者になるといふ体験われにはあらずあらざれば浅し」という歌につながるのかな。
栗木　ええ、浅いなと思うんですね。すぐぽきっとなってしまう。
伊藤　ぽきっとならないように思うけど。
栗木　精神力ないですね。だからすぐ、ああ、もう駄目だとか、もう投げ出そう、断ろうとか思ってしまう。

時事詠、社会詠

伊藤　『夏のうしろ』で牧水賞を受賞されました。選考委員四人の全員一致。

　いろんな評価があったんだけど、時事詠、社会詠が『夏のうしろ』にはすごく多いことが話題になりました。『綺羅』のころからそんな歌があって、酒鬼薔薇の事件などいろいろ歌われてきた。委員の中では時事詠、社会詠に対する評価がすごくあったんです。

　特にバスジャックの「主義のため人殺したる少年は学生服着てゐたりき哀し」。「普段着で人を殺すなバスジャックせし少年のひらひらのシャツ」と、こういう歌を引いて、岡野さんは、「二つの事件の類似と差異をとらえ、その背後の社会の変化を浮かび上がらせ、作者自身の視点と叙情とを明確に示し分けたところに、表現力の新しい開発を感じさせる」と評価しておられる。

「人も動物も植物も対等に愛する精神からだんだんと社会的なものへの見方がいろんな批評の言葉として出てきている」例えば、さっきの「主義のため」と「普段着で」の歌を引いて、「事件の背後にある、累積した暮らしや情念の形ではなく、もっと深く沈んだことを取り上げ、『学生服』や『シャツ』に象徴させている。把握の力が厚くなってきた」と、これが馬場さんですよね。

　佐佐木さんは「社会詠、時事詠を（『夏のうしろ』は）特徴の一つとし、9・11、アイザック・スターン氏の死、バグダッド陥落、北朝鮮問題などを独特の批評性をもって詠んだ。「国家といふ壁の中へとめり込みし釘《くぎ》の痛みぞ拉致被害者還る」。単なるニュースをうたうのではなく、国家という〝壁〟に無理やり打ち込まれた釘のようなものを、拉致被害者や国家の〝痛み〟になぞらえた。この優れた比喩表現は、現代短歌の特徴でもあり、その水準の高さを示している」。あのとき聞かれたと思いますけども。

　自分としては積極的に時事詠、社会詠を歌うという気持ちで、この歌集をつくられているんですか。
栗木　これは「短歌研究」の作品連載の機会をいただいて、三カ月に一回で三十首ですよね。私はもともと寡作な方でたくさんつくれないんですよね。
伊藤　いま充分つくっておられるじゃないですか。
栗木　気息奄々ですね、もう。それまで三カ月おきに三十首なんていうふうにつくったことがなくて。
伊藤　そういう依頼のしかたは確かにあまりなかった。
栗木　家族の歌とか、風景の歌だけ詠んでいたら間に合わないぞとなってきた。
旅の歌が苦手なんですね。いまでも、ほとんど旅の歌はつくりません。いろんな所に旅するんですけど。
伊藤　それは馬場さんと違うところだな。
栗木　旅の歌よりは時事詠の方がまだ行けるかなと思って、苦し紛れに入れたという感じですね。
伊藤　『綺羅』の辺りから、さっき言ったように、ぽつぽつといろんな歌が出てきますよね。積極的に市民の一人として新聞で読んだニュース、テレビで見たニュースを歌おうというのは、前から栗木さんにはあったんじゃないですか。
栗木　きっとあったんですね。そのころ岡井隆さんたちと超結社の東桜歌会というのをやっていました。大辻隆弘さんとか、島田修三さん、荻原裕幸さんとか、十二、三人で集まって、月一回の無記名歌会。そういうときに岡井さんの時事詠と、島田さんの時事詠は結社が違うから全然違う。岡井、大辻一派と島田さんとがすごくぶつかり合ったり。
そういうなかで、刺激を受けながら、じゃあ、私もこの事件について歌ってみようとか、そういう気持ちが芽生えてきたのが大きかったかなと思いますね。
伊藤　栗木さんは高い表現力を持っているから、そういう関心を持って歌われた歌はすごく印象に残りますよね。
栗木　米川さんはかなり詠んでらっしゃるけれども、他の先輩の女流歌人は、馬場さん以外、あまり詠んでいなかった。
それと、息子や夫が家族の歌をもうつくるなと言うようになって。
伊藤　そうですか。
栗木　子どもが小さいころはいいけど、息子は「もうやめてくれ」と言うので、ちょっと家族の歌もつくれないな、と。
伊藤　時事詠、社会詠には、すごくいい歌が多かった。もちろん、それ以外の歌もあるんですけどもね。牧水賞の選考というのは、その年度で一番いい歌集というだけでなくて、その人の歌集のなかで一番いい歌集を選びたいというのがあります。
栗木　転機になった歌集ということでね。
伊藤　いい歌集だけど、前の歌集の方がいいから、次を待ってみようという議論になったりする。栗木さんの時は、第一歌集は別として、やはり『夏のうしろ』は断然いいという話になった。

栗木　ありがとうございました。

伊藤　この前沼津で牧水シンポジウムをやって、栗木さんと小島ゆかりさんと米川千嘉子さんと僕とで牧水の歌について魅力を語るというのがありました。そのときに栗木さんだけが牧水の第一次大戦が終わった後の歌を引いておられたんですよね。牧水は、あまりそういう時事的、社会的なものを歌わないんだけど、新聞社から依頼を受けて五首ぐらいつくっているんです。それを栗木さんが引いておられた。「たたかひの終れるあとに這ひまはる虫けだものを追ひ払へ神」。

栗木　牧水らしいですね。

伊藤　珍しい牧水の社会詠。でも歌はやはり牧水らしいね。

栗木　どの歌を引こうかなと思っているときに、秋葉四郎さんが茂吉の幻の歌集といわれる『萬軍』の本を出されました。ちょうどその書評を東京新聞に書いているときでした。ちょっと目を覆いたくなるような戦争賛歌にあふれていて、それが頭にあったんで、ああ、牧水はどうだろうみたいな関心を持って読んでいたんです。

伊藤　牧水は昭和三年に死んでいますから、満州事変の前ですね。

栗木　戦争になだれていく前だけれども、戦争を詠んだ歌があった。牧水があと十年、二十年長生きしていたらどうだったんだろうという思いにしばしふけってしまったんですね。

伊藤　直接的なきっかけを聞きましたけれども、やはり自分が時事詠、社会詠を歌っておられるから、牧水のこういう第一次大戦が終息したときの歌というものを意識されたのかな、と思ったのです。

栗木　それももちろんあるでしょうね。

歌人は本当に巡り合わせがある。茂吉だって、もうちょっと遅く生まれていたら、あんな歌をたくさん歌わなくてもよかったかもしれない。当時の第一級の歌人だから、依頼を断り切れないわけですよね。

伊藤　牧水も昭和十年代に生きていたら、あまり国家社会のことに関心がないんだけど、要請されたら歌わざるを得なくなる。

栗木　まったくは断り切れないですよね。

伊藤　昭和一桁で死んだ者は、そういう歌をつくらないで済んだんだけど、昭和十年代を生きた者は、やはり悩み苦しみ、あるいはのめり込んでいく。

栗木　土屋文明は中国へ陸軍省報道部の臨時嘱託として行っていますよね。あれは最初に茂吉のところに話が来て、茂吉がさすがに年齢も年齢だから行けないというので、断り切れなくて文明に行ってもらった形になっています。

私は最初行きたくて行ったのかなと思っていたんです。

林芙美子も中国や南方に行っています。必ずしもそうでもないみたいですね。

伊藤　そう。桐野夏生さんの『ナニカアル』を読んだらね。

栗木　『ナニカアル』を読むと、佐多稲子も行っていますけど、そんな単純なものではない。もう死ぬか生きるか、どんな弾圧があるか分からない中で。

伊藤　ものすごく気を付けてものを書いたり、監視の目が光っているんじゃないかということを、桐野さんの『ナニカアル』は書いていますよね。

栗木　ぎりぎり忠誠の証しとして、こうやって私は国家のためにやることをやっていますと訴えたくて行っている。当時を知らない者が、「あの人も詠んでいた、この人も戦争賛歌を詠んでいた」と頭ごなしに批判するのは、どうかなと思いますね。

伊藤　頭ごなしには言えないけれども、いろんな意見は当然あるでしょうね。

栗木　ちょっと悲しいかなとは思います。

訳の分からない自分を

伊藤　「短歌研究」十月号（二〇一二年）に「歌になることば」を出されている。そのなかに、脱原発のデモの歌があったじゃないですか。「西瓜の種小《ち》さくなりゆく世なれども脱原発のデモは勢ふ」というところから始まって、「わたしなら行つた行つたと書かぬだらう、いやきつと書く官邸前デモ」と、揺れ動いている。まだ続いて、「黙つて行き発酵させてそののちに長き論考書くべきならずや」。

栗木　硬いですね。ふふふ。

伊藤　もう一つの視点が出てくるんですよね。さらに、「ツイッターにデモへの参加書きしるす能動性をしばしあやしむ」と、ここでまた自分の考えを出す。今度はまた、「傷つかぬ能動性をうたがへど疑ふわれも無傷《むきず》なひとり」とある。僕はこれに、すごく注目して読んだんです。

栗木　自分のなかでまったく結論が出ずに、もうそのまま乱れ乱れたまま詠んだ。

伊藤　いや、歌は乱れていないですよ。でも、「こうでもない、ああでもない。何が正しいのか、何かを正しいと言う自分は、ではどうなんだ。無傷のままいるんじゃないか」という葛藤ですね。

　そのまとめというのか、この一連のタイトルにもなる「歌になることばと主張することば同じか違ふか夏空に問ふ」とあるじゃないですか。これが結局、時事詠、社会詠を歌うことにどんな意味があるのか、歌ってどうなのか、「歌になることばと主張することば」、主張する言葉がそのまま歌に入ってきて歌になるのかどうかという問いかけになるんですね。

栗木　「短歌研究」の八十周年記念号だったんです。前編集長の押田さんにも、堀山編集長にもすごく目を掛けていただいていて、「記念号に高野さんと栗木さんの、三十首詠を載せます」と言われた時点からとても緊張しました。ただ単に日常を詠むんじゃ駄目だと。

伊藤　さっきから話に出ている戦中、戦後のいろんな日本の歴史、歌人の歴史を見て、こういう歌を歌っておられるんだろうと思ったんですけど、どうですかね。

栗木　震災以来、当事者か、非当事者かみたいなところでなかなか詠いにくいこともありますよね。東京にいて電気を使い放題使って、いろんな楽しいことを享受しているなかで、毎週デモにだけ行って、「行った、行った」と、いかにも自分は義務を果たしているようにツイッターで書くことだけでいいのかなと思うんです。

伊藤　それが「わたしなら行つた行つたと書かぬだらう、いやきつと書く官邸前デモ」になる。

栗木　きっと自慢しているな、これは、と感じるんです。

伊藤　この反問がやはり文学じゃないですかね。一方を主張するだけじゃなくて、右に揺れ左に揺れ、今度は左に揺れた自分を右の自分が否定して、右の自分を左の自分が否定してと、行ったり来たりする一連ですよね。

栗木　坂本龍一はすごく好きなアーティストなんですけど、坂本龍一が脱原発の旗頭に立って発信していると、ちょっと言い過ぎじゃないかと、がっかりするところもある。その反面、影響力のある人が発言することも大事なのかなと、また思い返したり。

でも、あまりそこで自己顕示欲だけが目立ってしまうのはよくないのではないか。そういう暇があるんだったら黙って行ってボランティアをして、詰まった下水を掃除して帰るとかね。がれきの処理をお手伝いするとか、そういう方が本当かなと思ったりするんです。

伊藤　この一連で言えるのは、栗木さんの時事詠、社会詠、全てが自分に引きつけて詠ってあるじゃないですか。それが読者を動かすところだと思うんですよ。評論家的な歌じゃなくて、全部自分に返ってくる歌。そうやって自分への問い掛けがあって、時事詠、社会詠の一つの方向というんですか、それがここで出ているんじゃないかと思う。

栗木　やはり矮小な自分というのをさらけ出さないといけないという気がしています。『夏のうしろ』を出した後『けむり水晶』はそうでもなかったんだけど、『しらまゆみ』を出したぐらいで、特に若い人から、「栗木さんの目線が高い」といわれました。若い人は純粋だから、割とばちっと言ってくれて。

全然偉ぶっているつもりはなかったんだけれども、確かにやはり、言葉だけで自分のなかで結論を早めに出しすぎていたなというところがあった、黒か白かみたいなね。だから、もうちょっと迷いながら、訳の分からない自分を出した方が、もっと素直に表せるんじゃないかなというのを最近、思うんです。

馬場さんのような人に

伊藤　これからどんな歌を。恋の歌人として評価されたいと時々おっしゃっていますが。

栗木　それもちょっと妄想が過ぎて。自分でもむなしさを感じるので。
スタンスは変わらないですかね。日常に立脚点を置きながら、世の動きみたいなところにも目配りしていきたいと思います。
昔から言っているんですけど、古典のなかから美しい言葉をくみ取るとか、そういうこともやっていきたいなと思っています。「短歌研究」で連載していた「超時空歌合わせ」の企画、タイトル『うたあわせの悦び』と変えて春ぐらいには出ます。
あれを書くときに、『万葉集』から、『源氏物語』『古今集』とか、分からないなりに一応読んで、面白いなと思うことも多かった。そういうところも並行してやっていきたいなと思います。

伊藤　僕はいつか栗木さんの歌を「エゴ・アイデンティティーを求めている歌」と書いたことがあります。栗木さんのおっしゃる、ジグザグしながら自分とは何か、自分は何を人生でやるのかというのを探されるのが、ずっと続いていくような気がして。
これから、また今度は夫が出てくるかもしれないし、子どもが出てくるかもしれないし、このまま元気でいれば、みんな年を取って老年になるわけで、まだ早いけど栗木さんがどういう老年を歌うか。

栗木　本当に切実ですよ。まずは、母とか夫の両親とか。

伊藤　いまはまだ介護の歌じゃないですか。

栗木　しばらくはそれですね。

伊藤　栗木さんも間もなく六十代になられるのかな。

栗木　ええ、そうです。

伊藤　そうすると、いよいよ今度は自分の老いの歌。栗木さんは長生きしそうだから、七十代、八十代、九十代、そのなかで、これまでにないアイデンティティーを栗木さんの歌に期待したいですよね。

栗木　どうなんでしょうかね。何かじたばたすると思いますよ。

伊藤　そのじたばたがいいんじゃないですか。近代以降の女性歌人というのはアイデンティティーを求めるというのが一つの方向だったと思うんです。権利を抑えられていたり、不自由を強いられたりしていたから。
そのなかでどう自分らしさを求めるか。例えば九条武子なんかは西本願寺の娘さんとして生まれて、いろんな制約のなかでどう生きるかというような。この人は結婚すると夫がすぐロンドンに行って十年も帰って来ない。そのなかで、周りからは本当にあがめ奉られて、でも内面は苦渋に満ちている歌とかがある。
白蓮なんかも、いろいろ本当に苦難の人生を歩んで、最後は出奔するわけだけど。

栗木　そうですよね。好きな人と一緒になれたんですからね。

伊藤　でもその後の歌は駄目ですよね。苦難のころの方が柳原白蓮は歌がいい。
　白蓮も、自分はどんな人間で、どんな人生を生きたいのかを悩んだ。九条武子もそう、岡本かの子もそう。女性というのは周りの制約、束縛が多い分「自分とは何か、自分はどう生きたらいいんだ」と問いがあると思うんです。

栗木　片山廣子もそうですね。夫や息子を割合早く亡くしていますが、その後の歌が片山廣子はいいなと思いますね。「心の花」の今年の全国大会に呼んでいただいて。

伊藤　全国大会で今年、「心の女性歌人」、講演してもらいました。

栗木　それを機会に、片山廣子をはじめ、九条武子とか、いままでちゃんと読んでこなかった歌人を、全歌集で読みました。近代の女流も非常に厚みがあって、すごいもんだなと思いましたね。

伊藤　突き詰めて自分と人生を考えて歌っていますよね。

栗木　佐佐木信綱さんの指導が素晴らしかったからでしょうね。

伊藤　「おのがじし」の理念、それぞれの心の花を大事にしていくというね。

栗木　アララギでは近代あれだけ女性を押さえつけてしまった。「心の花」では非常に伸び伸びと女流が才能を開花させたというところ。だから、結社というのも面白いですね、本当に。

伊藤　では少しいまの「塔」の話を。

栗木　「塔」では、私はもう本当に甘やかされて、自分勝手にやってきて、申し訳ないなと思いながら来ているんです。

伊藤　「塔」の中心としてやっておられて。

栗木　やはり河野裕子さんは、お姉さんのような大きな存在で、いろんなところでかばってくださったりして。よく電話がかかってきて、愚痴をお互いに言い合ったり、面白かったですね。

伊藤　女性同士はこれができるからすごいよね。

栗木　だいたい最初は、「高野さんの歌について書きたいんだけど、歌集があるはずだけど見つからないから、あなたの所にあったら教えて」というところから話が始まって、そこから延々と、どうでもいい話になっちゃう。

伊藤　それが女性の素晴らしいパワーだよね。

栗木　さっきもちょっと申し上げたように、裕子さんは理科系の女性をものすごく過大評価しているところがあって、「栗木さんは理科系だから、理路整然としていて賢い」と言ってくれるんですね。
　「紅ちゃんと話していても、本当に栗木さんと話しているみたいやわ。紅ちゃんに話を聞いてもらうと、頭のなかの交通整理ができるのよ。だけど紅ちゃんは最近忙しくて、あまり話し相手になってくれないから、栗木さんに聞いてもらうと、何かすっとするのよね」というようなことを言ってくださって、面白かったですね。「まだ締め切りが五つもあるのに」と言いながら一時間ぐらいしゃべっていたりして、大丈夫かなとか。

編集　最後に一つだけお聞かせ下さい。時事詠のモデルみたいな歌人はおられますか。栗木さんは時事詠にある一つの先鞭をつけられたところがあるじゃないですか。何か自分が、この人をモデル、下敷きにしているみたいなところはあるのかお聞きしたいのですが。

栗木　やはり斎藤史さんのことはすごく尊敬していて。

伊藤　例の二・二六事件のときの歌とか。

栗木　二・二六のね。史さんの場合は、独特の個人的な、そういう状況というのもありますけれども。斎藤史さんとは一回ぐらいしかお会いしたことはないんだけど、すごく華やかで。

伊藤　大きくてね、体が。

栗木　外国の女優さんみたいな華がある。そして、硬派というか、晩年の過ごし方も見事ですよね。介護の歌も見事だったし。「濁流だ濁流だと叫び流れゆく末は泥土か夜明けか知らぬ」という覚悟を最後まで心のなかに持っておられるところがありましたね。

常に目標にしているのは馬場あき子さんですね。馬場さんの『無限花序』は安保の挫折の後の歌集で、そこで一回挫折を経験した後、『鬼の研究』、『式子内親王』などを出される。

古典を一つの軸にしながら、常にいまでも社会を見据えておられる。このまえ出された『鶴かへらず』でも、「あの雨のあぢさゐの日からまちがへし思ひやり予算いよよ豊けく」とね。「あの雨のあぢさゐの日」というのは六十年安保の日ですよね。そこで日本がきちんと意思表示できなかったから、思いやり予算というわけのわからないものができた。沖縄の基地に対して日本側が払うお金。払ってあげているんですよね、日本がね。

伊藤　何という名称かと思うよね。

栗木　ねえ、腹立ちますよね。

常に自分自身への叱咤激励も含めてあの悔しさを忘れない。ただ単に主張を突き付けるだけの言葉じゃなくて、紫陽花とかね、思いやりとか、豊かとか、そういう言葉のなかで突き付けてくる。私は本当に感心して、こういう歌を詠みたいなと思った一首なんです。

難しいですけど。

伊藤　いや、いや、ぜひ目指してください。

（'12・12・13　於・学士会館）

あとがき

わがこころ澄みゆく時に詠む歌か詠みゆくほどに澄める心か　　若山牧水『くろ土』

「若山牧水賞」は、国民的歌人の若山牧水の顕彰と現代短歌の発展を目的として、牧水の郷里の宮崎県・宮崎日日新聞社・日向市・延岡市が一九九六年に創設した賞である。選考委員は詩人の大岡信氏、岡野弘彦氏、馬場あき子氏、それに地元から私伊藤一彦が加わっての四名でスタートした。賞の発展に尽力してくださった大岡氏は二〇一七年に残念ながら他界されたが、岡野氏と馬場氏は現在も特別顧問として協力していただいている。現在の選考委員は佐佐木幸綱氏、高野公彦氏、栗木京子氏、私である。

「牧水賞」の名で親しまれ、注目を集めるようになったこの賞が、二十五周年を迎える記念として本書は企画された。第一回から第八回までの受賞者へのインタビュー集である。じつは本書の版元である青磁社が有難いことに受賞者一人一冊の充実した特集ムック「シリーズ牧水賞の歌人たち」

を出してくれている。その中のインタビュー部分だけを抜き出してまとめた本である。現代の短歌と歌人について、あるいは歌作りについて関心を抱いている方々に興味深い一冊になっていると思う。

ゲラ刷りを読み返しながら、八人の歌人の皆さんにそれぞれお話しをうかがったときのことがありありと思い出された。言うまでもなく八人は現代の短歌界を代表する歌人であり、その充実した活動はよく知られているが、第一線の歌人となるまでの生い立ち、たとえば最初の記憶、幼少期の体験、中高生時代の様子などもくわしく尋ねさせてもらった。いわば心の原風景を知りたい思いからであったが、私の時に不躾な質問にも快く答えてくださった。おかげで興味深く意義ある話を聞くことができ感謝している。

もちろん、短歌との出会い、歌人としてのデビュー、その後の活躍についても話を聞いている。八人に共通しているのは、よき人とのよき出会いをもっていることであると思う。もっと正確にいえば、人との出会いを「よき出会い」として自ら創り出されていることである。偶然の出会いを偶然に終わらせなかった確かな志を皆さんの話から感じた。

そして、それぞれの牧水賞受賞歌集について聞いている。すなわち、高野公彦氏の『天泣』、佐佐木幸綱氏の『旅人』、永田和宏氏の『饗庭』、小高賢氏の『本所両国』、小島ゆかり氏の『希望』、河野裕子氏の『歩く』、三枝昻之氏の『農鳥』、栗木京子氏の『夏のうしろ』である。いずれも選考委員四名が自信をもって一致して推した歌集である。

悲しいことにインタビュー後に二人の歌人が亡くなった。二〇一〇年に闘病のあと世を去った河野裕子氏と、二〇一四年に突然世を去った小高賢氏である。ゲラを読みながら、あらためて胸を締めつけられた。

河野裕子氏のインタビューは二〇〇九年五月に新築されたばかりの御自宅で行なった。亡くなられる一年三か月前だった。「自分がこんな病気になってしまって。あと何年かなと毎日考えるんですよね。そうすると、いまが一番いいなと思うんですよね。いまが一番いいときで。あと、どういう凄まじいもがき方するかっていうことはもうわかりません。だけど、そういうことを考えてもしかたがないしね。いまが一番いいなと、本当にそう思います」と、「いまが一番いい」を三回繰返した。その時も胸に深く残り、現在も胸に深く残っている言葉である。私は永田一家と飲むつもりで「百年の孤独」を宮崎から持参していた。インタビューが終った後、「裕子さんも飲みますか」と言ったら、「飲むわ」と言った。そばにいた永田和宏さんにいいですかと聞いたら、彼がうなずいたので、ボトルを空けた。ストレート好きの裕子さんは生のまま口に含んで「これ、おいしい」と笑顔で言われたのが忘れられない。

小高賢氏の訃報は青天の霹靂でわが耳を疑った。二〇一四年二月十日に脳出血のための急逝だった。ムック『小高賢』の最終ゲラを見ての旅立ちだったことが、編集後記の永田淳氏の文章でわかる。「あまりの突然の悲報に言葉を失った方も多くあるだろう。私もまぎれもなくその一人だった。このムックの最終校了ゲラが小高さんから届いたのが二月十日、ゲラには前日にお書きになった手紙が添えられていた。（中略）十日の午後四時過ぎにはメールがあり、書き出しは『東京は大雪。昨日、雪かきで腰を痛めました。年寄りは困ったものです。』であり、結語もやはり『そのうち、打ち上げで一献しましょう。楽しみにしています。』であった。その僅か数時間後に訪れる唐突な死のことなど、微塵も感じさせない文面である」。インタビューを読み返すと、彼が死を意識し、それゆえいかに健康に気遣っていたか痛いほどよくわかり言葉を失う。彼の神田の事務所近くの料理屋で実作に対しても評論に対しても強い意欲を語っておられたのにとその死が悔やまれてならない。友人の或る編集者は「不謹慎かもしれないが、自らのムックを仕上げて旅立った姿は、名編集者らしい見事な最期と感じる」と追悼の文を寄せていた。

牧水賞受賞者には、宮崎県での牧水についての講演、ならびに宮崎日日新聞紙上での牧水論の執筆が「宿題」として与えられる。忙しい受賞者に負担をかけるが、県民の牧水理解を高めるための企画であり、その成果には大きなものがある。以前は牧水をただの酒好きの親不孝者のごとく言う者もあった。しかし、今は自然と人間の関わりのあり方を根本的に問いかけた先駆的な文学者として高い評価を受けるようになった。

本書には第八回までの受賞者へのインタビューを掲載していると言ったが、第四回の福島泰樹氏はムックが未刊のため残念ながら収録していない。受賞者は第九回以降も続き今年度が二十五回である。その受賞者は錚錚たるメンバーで、牧水賞の創設に関わった者として大きな喜びである。牧水さんも天国で盃を傾けながら喜んでくれているだろう。

インタビューに応じてくださった八人の皆さんにあらためてお礼申し上げたい。またムック「シリーズ牧水賞の歌人たち」を刊行し、この度は本書を企画出版してくださった青磁社社主の永田淳氏に心から感謝を捧げたい。そして、牧水賞を支えてくださっている関係者、短歌愛好者の方々、有難うございます。

二〇二〇年九月

伊藤　一彦

伊藤一彦が聞く　牧水賞歌人の世界

初版発行日　二〇二〇年十二月十五日
編　著　伊藤一彦
定　価　一八〇〇円
発行者　永田　淳
発行所　青磁社
京都市北区上賀茂豊田町四〇－一（〒六〇三－八〇四五）
電話　〇七五－七〇五－二八三八
振替　〇〇九四〇－二－一二四二二四
http://www3.osk.3web.ne.jp/~seijisya/
装　幀　加藤恒彦
印刷・製本　創栄図書印刷

ISBN978-4-86198-490-7 C0095 ¥1800E